天命

王晴川　李治邦 ／ 著

天津出版传媒集团

百花文艺出版社

图书在版编目（CIP）数据

天命 / 王晴川，李治邦著. -- 天津：百花文艺出版社，2022.8
ISBN 978-7-5306-8268-5

Ⅰ. ①天… Ⅱ. ①王… ②李… Ⅲ. ①长篇小说–中国–当代 Ⅳ. ①I247.5

中国版本图书馆 CIP 数据核字(2022)第 044998 号

天命
TIANMING

王晴川　李治邦　著

出 版 人：薛印胜　　　　　责任编辑：刘　洁　李　莹
美术编辑：郭亚红　　　　　封面设计：润山设计
出版发行：百花文艺出版社
地址：天津市和平区西康路 35 号　邮编：300051
电话传真：+86-22-23332651（发行部）
　　　　　+86-22-23332656（总编室）
　　　　　+86-22-23332478（邮购部）
网址：http://www.baihuawenyi.com
印刷：天津新华印务有限公司
开本：710 毫米×1000 毫米　　1/16
字数：290 千字
印张：22.75
版次：2022 年 8 月第 1 版
印次：2022 年 8 月第 1 次印刷
定价：60.00元

如有印装质量问题,请与天津新华印务有限公司联系调换
地址：天津东丽开发区五经路 23 号
电话：(022)58160306
邮编：300300

目 录

尾声

后记

第一章

1月,法兰克福与卫市

才刚到法兰克福,庄合超就有些想念卫市了。也许人们都习惯于离开或失去后才念起曾经的好来,大到一个时代的丰盛恢廓,小到一道清影的缱绻流连,拥有时都以为会岁月深长,其实从这抹深长变成心尖上惆怅回望的吉光片羽,可能也就是一转头而已。

庄合超这时就在想,卫市虽然有时也会有阴霾,但一场大风就能让老天透亮好几天。而法兰克福的冬天就像脸上总挂着霜的迟暮美人,大多是阴郁的,空中总缀满翻卷的冬云。

此刻,他站在"世界中医经方交流大会"召开的大厦前,便看见那道浓厚的云彩气势汹汹地奔过来,从几十里外的高架桥呼啸着腾身而起,飞掠过纵横交错的快速路,在这片高楼上方喘息着刹住脚,簇拥成恢宏的云城。一缕阳光正艰难地想从铁灰色的云城里挣出来,却又被浓云前仆后继地捂住。

1月初的法兰克福确实有些潮冷。开会的大厦倒是布置得花团锦簇,刚过完圣诞节和元旦,空气中还残留着点新年的喜庆劲。

这些年,中医在国际上的影响力不断扩大,国际性的中医会议也多了起来,以往欧洲的中医国际性会议大多集中在 5 月到 9 月,这次法兰克福会议因为主办方的原因,安排在了1月5日这个元旦后的第一个周日,这可能也是德国人新年后的第一次大型会议。

这是庄合超第二次来法兰克福了。第一次是在三十八岁的时候,那时候这个国际会展之都曾给他强烈的新鲜感。十一年过去了,庄合超已成了卫市中医药大学总医院院长,也许是看惯了国内城市建设的突飞猛进,也许是已快到天命之年,他觉得自己很难再对什么事物感到新鲜和好奇了。

他再次扫了眼手机,上面有一堆信息,但还是没有侄女庄妙妙的消息。这丫头去武汉采访,电话不接、信息不回,已经快两天了。他把紧绷绷的脸甩向一同前来的助手齐美琳。

齐美琳说,我也没妙妙的消息。

她已郁闷了一路了。三十四岁的齐美琳是卫市中医药大学即将毕业的美女博士,目前正在庄合超所在的中医药大学总医院实习,因为选取的毕业研究课题跟这次国际会议的主题颇有关系,而且她在读研究生时曾跟一位来进修的德国女生混得挺熟,也就会一些德语,所以被选定陪同庄院长一起来法兰克福开会。

在卫市的中医界,庄合超算是个传奇人物。但这次近距离接触,齐美琳却注意到这个学术权威很奇怪,给人的感觉像块冰。这个人似乎总处于一种若有所思的状态,老是目光空洞地望着前方,不知在琢磨什么,跟他说话,他也冷冰冰地爱搭不理。偶尔他也会问几句话,但都是还有多久飞机落地、宾馆离会场多远之类的,问完了,又会重新恢复冰块状态,继续空空洞洞地望着前方,不知在琢磨什么。

庄合超这时正望天出神。

失联四十八小时了,难道庄妙妙这丫头在武汉失踪了?他吸了吸鼻子,闷声步入会场。

经方就是指中医经典方和古代经验方,著名经典《伤寒杂病论》中便记录了两百多首经验方,成为中医界公认的经方。因为经方治病安全有效,更有巨大的商业价值,便素来被国际中医界重视。这次的世界中医经方交流大会搞得挺隆重,从国内和欧美来了不少学者。他们大多是中医药专家,也有几位对中医感兴趣的西医专家应邀莅临。

所谓感兴趣其实是两种,一种是单纯的喜欢、痴迷,另一种则是将信将疑,甚至是挑刺。以往的中医交流大会,多是一派暖意融融,与会者如沐春风。但这次大会却颇多争鸣,甚至是唇枪舌剑。

会议的一大主题是对白云堂孤本《伤寒杂病论》等民国时期发现的古本伤寒论进行研究探讨。庄合超算是国内中医名家中的新锐,被安排做了一次发言。他讲的主题是《伤寒论的融古创新与 SARS 的防治心得》。

这种在欧洲召开的中医国际性交流会议,参会学者专家的发言主题大多是肿瘤康复、心脑血管病等方面的经方治疗与养生,因为欧洲的心脑血管病和肿瘤等病的发病率很高,医疗费用也高,这种课题很受西方人欢迎。庄合超讲的却是中医治疗传染病。这非常罕见,因为传染病范畴历来被认为是西医之长、中医之短。

他这番演讲立即引起了许多学者和听众的兴趣。提问环节刚开始,一位德国本地的华裔老中医就摇着头说,庄先生你提到的,中医"不创新、毋宁死",这观点未免太危言耸听了吧?

庄合超也摇摇头说,就拿疫病学来说,从张仲景的《伤寒杂病论》,到吴又可的《温疫论》,再到清代的吴瑭和王孟英,中医一直在发展和创新。十七年前的 SARS(严重急性呼吸综合征),更是促使了伤寒与温病理论创新。总之,我们不能墨守成规。

一位满脸花白胡子的德国老学者就问,说到 SARS,据我所知,中医其实没有病毒学说,为什么能治疗传染病,又怎么保证对病毒性传染病的治疗效果?

庄合超说,十七年前,我随家父驰援广州一线,在 SARS 肆虐最紧要的关头,我们所在的中医院创造了零感染、零死亡和零转重的纪录。中医虽无病毒学说，但病毒早已被概括于"邪气"之论中，发展到了清代，大医吴瑭在其病原说的相关论述中就包括了人体内在、气候环境和致病物质三个方面，这比只重视病原体的现代医学理论似乎更为全面。

与会者中华裔占大多数，但也有不少西方学者，庄合超用英语对答时尽量用词通俗易懂。齐美琳有些惊讶地发现，端坐在台上的庄合超仿佛换了个人，再不是那个眼神空洞、若有所思的家伙，那眼神亮亮的竟有些刺人。

庄合超最后说了句，对于真正有本事的中医人来说，SARS并不算什么难治的病。

那花白胡子学者一直在礼貌性地微笑着，但听到最后这句话时，眼睛却倏地亮了起来。

哈曼先生，我读过您的《21世纪的循证医学》英文版。庄合超定定地望着他，说，如果有机会，我很想跟您进行一下深入探讨。

他说罢扯了张便笺，飞快地写了两行字，折好了，交给了身边的女主持人。女主持人款款走下台，将便笺交给了哈曼。

哈曼觉得庄合超的双眼就如两汪映着日光的潭水，深邃而又明亮，接过便笺后瞥了眼，脸色就微微变了下，说，庄先生，虽然对你说的中医理论，我还有很多疑问，但我已经有些相信你了。他晃了晃那张便笺，说，我们一定会深入探讨的。

会场上的人都有些疑惑。齐美琳也很奇怪，不知庄合超的便笺上写了些什么。她更有些为他揪心，这个惜字如金的家伙，辩起来居然也能长篇大论，而且开口就不大不小地得罪了两个权威。那位华裔老中医在德国很有名气，而哈曼更是著述等身的流行病学专家，这次居然破天荒地出现在了中医交流大会上，可算是一奇，更奇的是竟被庄合超用一张小便笺封住了口。

快离开讲台时，庄合超看到自己的手机闪了下，蹦出了庄妙妙的信息。他没来得及细看，因为哈曼正在台下等着他。

我很想知道你是怎么看出我的病情的，哈曼低声问，还有，你说你会很快给我治好？

庄合超挨着他坐定了，轻搭着他的脉，徐徐说，中医有望诊一门，我见您的面色通红，又略带浮肿感，这都是眩晕症的表征。但我不是巫师，您的眩晕症是一位同行告诉我的，何况我还注意到了您的手杖。

年届古稀的德国流行病学权威笑了，眼中满是狡黠的光芒，说，庄，原来你很狡猾。

庄合超也笑了，说，从脉象上看您是弦滑脉，这也佐证了我的诊断。您体内痰饮较多，我尽量用西方医学表述，您的血脂、血压略高，平时口苦咽干，颈椎处活动不适，身体代谢功能较差，眩晕发作时，会出现胸闷恶心的现象，轻的时候闭目会缓解，重的时候就像坐船一样旋转不便站立，并且常伴有耳鸣、头痛、腰痛等不适症状，所以您平时携带着手杖。

如果我推断得没有误差，您平时两肋处就常感闷胀不适，按压时会有疼痛感。这是我们中医的触诊。庄合超说着，轻轻按压了一下哈曼的左肋。

哈曼脸上的笑却有些凝住了，喃喃地说，确实是这样，我是前庭神经病变引发的旋转性眩晕，我一直用镇定和抗胆碱能药物，但收效不大。

庄合超又说，按照中医来看，您的问题是肝脾不调导致的痰饮重，少阳相火上炎……很遗憾，这句术语用英语可能很难表述。我这个方子是从张仲景的小柴胡汤与泽泻汤加味，另融合了二陈汤而成，前两个方剂恰恰出自今天会议研究主题之一的张仲景医学。

他很快在便笺上开出了处方，递给了哈曼。哈曼接过来，愣了下，说，看来我要试试中药了？

庄合超说，传统医学以医师的个人经验为主，您这种眩晕症，我治疗的效果很好，在三天内就会有极大改观，如果您肯严格遵医嘱服药。

哈曼说，我一定会试试。三天，就能全好了吗？

庄合超说，三五天内能够让您的病症有很大改善，却不能痊愈。想要根除的话，需要在服药的同时，进行针灸疗法。

他写了个电话号码递了过去，说，我哥哥是卫市很有名的针灸专家，目前正在美国纽约讲学，这是他的电话号码。用他的针灸和我的汤药，我有把握让您的眩晕症痊愈。

哈曼接过了纸条，说，感谢上帝，再过一个月我就要去纽约进行一次学术交流，有了好消息我一定告诉你。他习惯性地又皱紧眉头，说，其实你们这种会议，我一般是不参加的，但耐不住德国中医联合会会长陈先生连续的邀请。我看了会议议程，里面唯一让我感兴趣的，就是你的发言。

你知道吗？我已故的父亲约普原本是波兰人，年轻时曾经远赴中国，就是在卫市感染了霍乱。那是1932年，一场恐怖的霍乱席卷了整个中国，当时卫市的情况也很糟糕。那时候我父亲还是个快乐的单身汉，他在卫市经历了一系列的奇遇。但很不幸，他也感染了霍乱。上帝保佑，他遇到了一位中医，治好了他的霍乱。

庄合超说，1932年的霍乱流行，感染者数量大致是2000万人，死亡人数是40多万。当时已有中西医两法合治，中医的理中汤、乌梅丸、急救回阳汤都有显效。

哈曼的眼睛又亮了下，说，所以我比较关注中医。这并不奇怪，要知道，德国占领了欧洲草药市场的70%。现在我们的医学越来越依赖激素、抗生素，副作用太大了，当代医学已经进入了方法学的死路。可惜的是，中医同样在迅速地衰落。

庄合超闻言一怔，见哈曼的目光已无比锐利地扎了过来。哈曼又说，不过我认为，不是中医不行了，是人心不行了，是你们自己锁住了自己，甚至是自己击败了自己。

庄合超只觉对面这个花白胡子老头儿的眼神正尖刀般刺着自己的心，竟让他不敢再接那目光。

哈曼摇了摇药方，郑重揣好，挂着拐杖站起来，果然不再听其他人的演讲，径自走出会议厅。庄合超和一位副会长忙跟着送了出去，齐美琳也跟在了后面。讲台上还有专家在演讲，三人尽量走得悄然。

只有那个特立独行的老头儿走得大摇大摆，看那步伐，竟似没有眩晕症。

到了会场外，哈曼又说，庄，你知道现在美国流感季的情况吗？我的美国朋友跟我说，去年10月到今年1月的流感季可能是美国十年来最严重的流感季，感染流感的人数逼近1500万，而平均每个月就有2500多人因流感死去。

庄合超说，我只知道2017年到2018年的美国流感季已经号称是近几十年最严重的流感季了，我还记得美国疾病控制与预防中心的一个数据，仅仅2018年的第三周，全美就有4000人死于流感和肺炎。

2019年到2020年的美国流感季更加让人头疼。我们处在互联世界，地球已经变成了一个"村子"，这正是我们流行病学专家需要关注的。所以，对你刚才讲的课题，我会持续关注的。哈曼跟他用力握了握手，又说，对了，庄，你的眼睛很特别。我父亲曾经告诉过我，当年治好他的那位中医就拥有一双神秘的眼睛。虽然我没有见过那个中医，但我想，你的眼睛就是那样的。

庄合超笑了笑，想到了这老头刚才那直刺自己心底的目光，也许那目光并不特别，特别的是他评论中医的话，那才叫锥心刺骨。

哈曼摇头叹息着，庄院长，我要郑重地拜托您一件事，能帮我找到那位救活我父亲的卫市中医吗？从年龄上看，他应该已经不在了，但是，还是很想打听打听他的情况。很可惜，我只知道他的姓氏……

他鼓起嘴，发了声，说，大概是这个发音，应该就是他的姓氏。

姓xu？只知道姓氏，这个太难了。庄合超说着，心却微微一动，又点点头，说，不过，我会尽力。

刚步出会场时，天才微微泛着灰，法兰克福冬月的暮色太短暂了，这几句话的工夫已化作了苍黑。哈曼的车灯亮了起来，很快就被无数明灭闪烁的灯影吞没。街灯还没来得及亮，串串车灯就如勃勃跳动的紊乱曲线。天上的云气被斑驳的灯影衬得越发厚重，仿佛层层叠叠的天鹅绒，沉沉地压了下来。

齐美琳对哈曼说起的故事很感兴趣。她毕业前选取的毕业研究课题正是民国时期伤寒名家的临证理论研究，最近一直在拜访卫市伤寒论的权威大家、庄合超的父亲庄仲衡，曾听庄老爷子讲过民国霍乱疫情期间的中医抗疫故事。她很想细问下庄合超，但瞥见那张又挂了霜的冷脸，就只得把话咽了下去。

庄合超默默地点开了庄妙妙的微信留言，脸色立时难看起来。

这次来德国开会，庄合超最不放心的就是一老一小。老的就是自己的老爸庄仲衡，这些日子老是咳嗽，还总觉得后背疼。老爷子本就是中医权威，认为这是肺失宣肃，没什么大事，他好说歹说，老爷子就是不去医院检查。

小的就是侄女庄妙妙了。前两天庄妙妙说有个很重要的采访任务，就一猛子跑去了武汉。这不玩了两天失踪后，她才忽然发来信息：对不起啊叔，刚到武汉的头天玩疯了，转天就感冒了，怕你担心，就在闺密家里眯了一天。

庄合超向齐美琳苦笑，说，妙妙回信了，说她感冒了。他又想，为什么一说到感冒，自己居然这么紧张？可能是刚跟哈曼说了美国流感季死亡人数这个沉重话题吧！

齐美琳松了口气，说，妙妙没事就好。

庄合超没有立即回会场，而是点了根烟，深深地吸了口，问她，你最近的研究课题就是民国伤寒医家的临证理论，应该知道民国时期有几种号称古本伤寒论面世的事吧？

齐美琳说，知道，那应该都是二十世纪三十年代的事了，有长沙本、涪陵本等古本伤寒论先后石印公诸于世，还有一种，是1937年在日本印行的康平古本。它们都被称为秘密流传的古本伤寒论，只是在民国时期才被广泛刊行于世。民国时期，医家已经开始努力借鉴和吸收西医学，对伤寒论的研究也有很多新的特色。

庄合超说，记得不错。这里面日本的康平古本，真实性最强，号称最古最善本。其实，若论首尾呼应、篇章齐全、结构严谨和载方无缺，则应是白云堂孤本，可惜学界对它的关注度和研究一直不够。

白云堂孤本《伤寒杂病论》? 她立即想到，这次国际会议的交流主题之一正与之相关。她不由瞟了眼他。她极少看见他抽烟的，此刻那张冷硬的脸孔被笼在浓浓的烟雾里，竟显得有些肃穆。

他似乎知道她要问什么，点点头，说，听我父亲说，我家似乎和这白云堂孤本《伤寒杂病论》有些渊源，这次他再三叮嘱我要过来，也算是了却一桩家族旧愿吧。

他缓慢而有力地吐了口烟。烟气飘得很慢，似有些沉重的样子，终于忧心忡忡地腾了上去。

那上面，是帷幕般灰暗的无尽虚空。

庄妙妙是在两天前赶到武汉的。

她爷爷庄仲衡是全国数一数二的中医权威，爸爸庄合兴也是卫市中医研究院的针灸专家，但这丫头从小就性子野，不能静下心搞中医。她爸爸倒是个随和人，由着她的性子让她去做了北漂，反正北京离着卫市很近。庄妙妙文笔不错，又有闯劲，在北京某著名大型文化刊物做了记者，干得风生水起。

庄妙妙从上小学起，就经常吃住在叔叔庄合超家。而庄合超的大哥庄合兴两个月前以针灸指导专家的身份去了美国。庄合超便很自然地更加挂念起自己的这个侄女，人在德国，还得关注她的动向。

在互联网时代，实体杂志早成了稀罕物，好在她所在的那家刊物是业内权威的综合型周刊，走的是精致和专业路线，内容涵盖了文化和新闻类，销量倒还不错。庄妙妙有点写作功底，文字感觉不错，而大学所学的中医又与这家刊物设置的传统文化专栏接近，于是渐渐做了这个专栏的负责人。

现在杂志经费紧张,文化类的直接采访已经比较少见了,但这杂志做的"非遗文化大咖"系列很受欢迎,下一期就要做非遗戏曲——汉剧的名家专访。而庄妙妙因为妈妈是卫市小有名气的京剧演员,她从小耳濡目染也能跟着咿咿呀呀地唱几段,初中时还常在市里面演出。这项技能甚至在她公司面试时也为她加分不少,算是她在文化方面的特长。这特长终于又有了用武之地,现在的社会,别说年轻人,就是中年人能懂点京剧的也是凤毛麟角了。而据说汉剧为京剧的形成做出过特殊的贡献,庄妙妙懂京剧,跟汉剧名家在一起探讨,至少不露怯。

庄妙妙也很乐意讨这趟差事。她当年在武汉上的中医药大学,工作后的这几年就再没回来过,她在武汉颇有些同学死党,回武汉不但是故地重游,更是与闺密重聚。

她盘算得挺好,因杂志都要提前个把月编辑印刷,前段时间为了突击春节前后的两期刊物,赶得太辛苦了,这次来武汉,她甚至请好了长假,要搞几轮同学聚会,在附近再多玩些日子。她到武汉甚至不用住酒店,直接就到了闺密朱丽的家。

大学时期两个人就在一起合租,假期还多次结伴去远游。毕业后两个人的聊天几乎就没断过,从束身衬衣搭配什么颜色的马甲,到新潮包包走哪家代购最靠谱,从瘦身保健到文胸垫片的选择,她们的话题无所不包,自然也少不了情感话题。

朱丽是校花,而且永远不走寻常路,毕业后就跟一位很有实力的基金经理住在了一起。这套高档小区的大户型,就是基金经理给她买的。小区名字就叫明珠丽苑,地处黄金地段,甚至能远眺长江。基金经理爱意满满地对朱丽表白,这个小区名字里嵌着你的名字,这是我们真爱的证明。

在一起过了一年后,朱丽发现与她海誓山盟的基金经理早有了老婆孩子,当然坚决不干了。基金经理也很迅速地做出了决断,明珠丽苑这套150平方米的房子归了她,他从她的生活中消失,条件就是她不过来闹。因为基金经理的一切，都是他老婆给的。

好闺密朱丽热情地接待了庄妙妙，亲自组织了一场热闹的聚会，系里面很要好的"八朵金花"终于凑在了一起。大家疯玩了一通后，朱丽扯着妙妙回到了自己装修得富丽堂皇的香巢，躺在床上，又絮絮叨叨地聊了半晚。庄妙妙这才知道，风情万种的朱丽又找到了新的归宿，这一次是个富二代，信誓旦旦地要娶她。转过天，朱丽就把豪宅的钥匙扔给了她，自己和富二代飞去马尔代夫度假了。

这天晚上，庄妙妙一个人躺在大豪宅那空荡荡的主卧里，感觉有点魔幻。

她不由想起了自己当年得知朱丽被基金经理甩了后，曾很替闺密愤愤不平，问她为什么不去闹，难道让这个渣男继续去坑害别人。朱丽云淡风轻地说，妙妙你还是跟上学时一样认真，人生在世，认真你就输了。

对于从北京赶过来的庄妙妙来说，1 月初的武汉其实不算太冷，只是那份阴寒的潮气有些重。可能是头晚的闺密聚会玩得太疯了，她居然有点发烧。她对自己的体质心里有数，知道这是前段日子忙乎杂志赶出来的火，也没大在意，也知道对付这种小感冒，只要足够的睡眠加上多喝水就能扛过去。她在朱丽家里昏天黑地地睡了一天，果然就恢复了过来。

庄妙妙已经查过武汉汉剧名家蔡青莲的资料，也曾打过两次电话，在来武汉的动车上又把这些资料过了两遍。但是没想到，计划永远赶不上变化，她的感冒刚好，回了几个微信，便接到了蔡青莲的电话。

蔡青莲电话里的声音有些疲倦，说自己得了重感冒，持续的低烧和胸痛，多半是传染性的，让她先不要过来采访。汉剧名家显然也觉得自己这样太过失礼，便让儿子何锋出面接待庄妙妙。

何锋也是汉剧的新锐演员。说是新锐，其实已经三十三四了。只是这个年龄在后继乏力的汉剧界还算年轻而已。庄妙妙跟何锋在微信上聊了几次，觉得这家伙挺幽默，聊起天来自来熟，就问，蔡老师不就是个重感冒吗，不会太严重吧?何锋那边回了个愁眉苦脸的表情,说,医生说转肺炎了,已经住院了,怕是传染性比较强。

庄妙妙才想起来,刚刚翻看新闻,看到武汉市卫生健康委发布了个通报,似乎在武汉发现了不明原因的病毒性肺炎,已经有几十人感染,其中还有些人是重型。

她在武汉上的中医药大学,有不少同学就在武汉从医,她翻了翻通讯录,就拨通了贾天明的电话。大学期间,胖乎乎的男生贾天明有个绰号叫"小嘀咕",凡事都爱打听,打听到了什么消息后又爱嘀咕。现在碰上这种事,最好就是找小嘀咕问问。

拨通了电话后,贾天明还是一如过去的热情,先埋怨她远道而来,怎么也不事先说一声,大家好好聚一聚。庄妙妙忙说,来了当然得聚会,现在就攒局,那就明天晚上。接着她就说起了这次的采访对象蔡青莲患病的事,又细问起了新闻里面说的病毒性肺炎。

贾天明忽然就有些沉默,沉了沉,才嘀咕着,这个肺炎确实是麻烦,不明原因,也不明其传染性和危害性。等我给你转个照片吧,是从别的医生群里转过来的。放下电话前又嘀咕了一声,你自己看看就得了啊!

小嘀咕转过来的截图应该是一份患者的检测报告,上面的注释很清晰,SARS冠状病毒检出高置信度阳性指标。

庄妙妙盯着那截图有些头大,毕竟已经离开医学圈子一段时间了,拿不定主意,想了想,就把截图转给了叔叔庄合超。

这时候,庄合超已经在回国的飞机上了。

法兰克福会议刚结束,庄合超就收到了儿子庄永昆发来的信息。他居然软硬兼施,让爷爷庄仲衡住了院。庄合超没在法兰克福多做停留,急匆匆地登上了直飞卫市的飞机。

一路上,齐美琳又开始体验庄合超的冷头冷脸。她也调整了待人策略,别人脸上老罩着块冰，自己便也安安静静。

其实这倒是齐美琳的本色，至少是这些年的经典形象。很多年了吧，至少是从那段短暂而痛楚的婚姻中挣扎出来后，她就习惯于对人对事都淡漠如水。她的心永远似是被粽叶精心缠裹的，露在外面的只是粗粝而普通的绿，谁也看不清里面的颜色。

其实齐美琳的爸爸齐宣和庄合超的老爸庄仲衡是忘年交。两家人有二十多年的交情。她和庄合超的侄女庄妙妙很早就认识，这两年联系渐渐紧密，大龄、单身、经常被身边的人催婚，让两人有了更多的共同话题，成了闺密。

齐宣从事的工作比较独特，是卫市著名的风筝魏传人。现在掌握这门风筝制作手艺的人越来越少了。大多数入门的人能知道扎、糊、绘、放这四大工序，但里面选材、劈竹片、抠榫眼那上百道小工艺就没几个能尽数掌握的了，至于拆卸类风筝的穿眼扣榫流程、锣鼓风筝的铜锣皮鼓响器制作等特色工艺，懂的人就更是凤毛麟角。

齐宣曾患有严重胃病，多年来缠绵不愈，直到遇上了庄仲衡，经庄老爷子妙手治愈，感激之余便亲手扎了个彩蝶风筝送给了庄仲衡。齐宣后来告诉过女儿，当年他把五彩斑斓的硕大风筝送到庄仲衡身前，庄仲衡就非常喜欢，举着四尺宽的真丝绢风筝左看右看。待他看够了，齐宣才接过风筝，打开背后的暗扣，轻巧地拆下了翅膀和触角来，然后将拆下的部件继续折叠，顷刻间便把个一米三的大风筝收入了尺余长的精致木盒内。庄老爷子又惊又喜，拍案叫绝，说这种打眼扣榫的骨架扎制法，能做到这水平的太少见了。这应该是风筝魏的绝活呀！想不到这玩意儿居然还在。

齐宣爱好很广，风筝大匠都精通书画，他的"退晕法"彩绘工艺在业内数一数二，还精通篆刻和茶道，因为自己多年的胃病，也研究过中医。庄仲衡就和齐宣成了无话不谈的忘年交，除了喝茶、谈书画、聊风筝，也论医道。后来齐宣英年早逝，庄仲衡非常痛心，对他的独女齐美琳就非常照顾。

齐美琳研究生毕业后曾在卫市中医三院工作过一段时间，但随即遭遇了丈夫出轨乃至婚变的惨剧。痛苦无比的齐美琳想换一个环境生活，便咬牙拼命，又考取了了卫市中医药大学的博士。临近博士毕业，她选取的研究课题正是民国时期伤寒名家的临证理论研究，为此几次来拜访卫市伤寒论权威大家庄仲衡。庄老爷子对这位故人之女非常关心，对她的研究课题也很赞许，只是感觉她的临床经验太少，便介绍她去儿子所在的医院实习。

　　她的实习方向也很明确，深得其父真传的庄合超是目前国内首屈一指的伤寒学派名医，而齐美琳就是要现场学习庄合超伤寒论的临床应用。只是庄老爷子和齐美琳都没想到，庄合超实在是太忙了。齐美琳在中医药大学总医院当了庄合超半个月的助理，虽然现场跟过庄合超几次诊病，却没时间跟庄合超进行什么深入交流。

　　好在庄合超随后就确定了要参加这次世界中医经方交流大会，而大会的主题之一是白云堂孤本《伤寒杂病论》等民国古本伤寒论研究，这也正属于齐美琳的研究课题。庄老爷子知道了，就让儿子带着齐美琳一同去法兰克福开开眼界。

　　其实齐美琳以前对庄合超是有些印象的。初中的时候，老爸带着她也去过庄仲衡家几次，也曾在那儿碰到过庄合超。只是印象已有些模糊了，只记得他瘦高的身形，走起路来很随意的样子，高挺的鼻梁上架着精致的半框眼镜，镜片后的脸却隐着她读不懂的神情，深邃而清冷。虽然他对老爸齐宣挺客气，对她也会点头笑笑，但她那时就觉得这个人很特别，跟她那个热情洋溢的老爸，甚至跟直率豪气的庄仲衡伯伯，都不是一路人。

　　现在回想起来，庄合超的笑也是礼貌成分居多，而且都是一闪即逝，这个人大概就是个不苟言笑的人。她有些郁闷，自己怎么就遇见了这么个主儿。

　　飞机起飞了，庄合超却忽然开了口，说，问个问题，读中医是很苦的，为什么你一直读到了博士？

齐美琳有些吃惊他会主动搭话，觑一眼，见他仰靠在座椅上，双目微闭，甚至都不看自己，心里就微气，说，硕士研究生毕业后觉得自己没学到多少东西，歇了两年也没想明白，就又回来学。

他扭头望着她，忽问，你相信中医吗？

她一怔，陡然间竟觉得在这样的目光逼视下，不应该说什么客套话，就说，我一直逼着自己相信中医。

两个人都愣了下，显然都料不到忽然间竟触碰到了这样一个挺严肃的话题。

齐美琳挑了下眉，苦笑了下。她一直读到了博士，现在还认真地做着民国时期伤寒名家的临证理论研究这样的毕业选题，她当然是信中医的。她坚信中医有很多精华，但也有许多似是而非的理论，让她总觉得无所适从。

她说，也许是我这个人太敏感，或者说太喜欢质疑。我觉得，确是有不少中医院校里面的学生对中医没有多少信心。顿了顿，又说，我就是。

他没有说话，眼神却分明在询问。

她说，中医的理论基础之一就是阴阳五行，这种朴素的古代哲学很难说服现在的年轻人。还有个问题，中医太容易学了。过去有句话，秀才学医，笼中捉鸡。一个落第秀才只要翻几本医书，背几个药方，就能成为郎中，像笼中捉鸡一样容易。现在的中医爱好者也是这样，看过几本书了就觉得差不多了。但真实的情况是，中医真的是太难学了，虽然你背了许多经方，学习了许多理论，也许会蒙着治好了一两个患者，但面对大部分的病，你还是心里面没底。

她眼底闪过一抹光，笑了笑，说，我学中医，其实是为了我父亲。他一直着迷中医。但学了这么多年我才发现，中医这门医学，整体上就是个形而上的学问，很多时候它给我的感觉就是太虚无缥缈了。我甚至觉得，中医一直想努力在现代医学里找一个适合自己的位置，却一直找不到。

庄合超发现她的笑容很特别，有无奈和遗憾，但更多的则是散淡，是那种事不关己的淡漠。他不由皱了皱眉，问，你自己的病，你也尝试过中医吧？其实你的问题不在脾胃，而在肝，主要是肝郁。

齐美琳睁大了眼，不由"啊"了一声。

在那段以天数计算的婚姻结束后，她便总觉得脾胃不好，吃饭没什么胃口，这些年来更常有力不从心之感。她推断自己是脾胃不和，很可能是遗传了父亲的老胃病，可是中医西医都看过，却没什么疗效。对这种慢性病，她当然更多的是从中医入手进行调理，但无论是自己照本宣科地给自己治疗，还是找了几位著名中医，都没什么效果。虽然也曾有两位老中医说自己很可能是肝气压抑，但因为其药效平平，自己便也没太相信。

而今天庄合超居然开口就断她是肝郁，更奇特的是他还推断出她曾将重点都花在调理脾胃上了，不由让她颇为吃惊，他是怎么做到的？

她忽觉手腕上一热，原来是庄合超已将手搭上了她的脉门。他微闭着眼，也不说话。她却忽觉心里面一阵安稳，一时间飞机的颠簸轰鸣和乘客们的嘈杂私语声便纷纷隐去了，只存着腕间被他手指轻按的一股热。

你是精神压力过大，引发肝气不舒。他终于开口了，而肝主宣泄，肝脏的问题影响到了脾胃。其实除了脾胃消化的不适，经常胃口不佳、易呕，你还有长期的睡眠不安，其中关键还是积郁的情绪失调，是肝郁引发的。你可是中医博士呀！研究课题又是《伤寒杂病论》，但对《伤寒杂病论》中的柴胡加龙骨牡蛎汤，只怕还没有真正入心！

齐美琳听他前面的话说得不疾不徐，正中自己的病症，后面一句话则又成了不留情面的冷言冷语，脸就一红，说，柴胡加龙骨牡蛎汤，那不是原治伤寒误下、胸满烦惊为主的少阳证吗？

他没有回答，反而问，你为什么选取民国时期伤寒理论研究这样的课题？

齐美琳觉得这人问话真有些飘忽不定，怕被他笑话，斟酌了下，才说，民国时期的医家们受到西方医学的冲击和影响较大，那时候的社会和文化背景很特殊,有责任感的医家们开始努力吸取西医理论解释外感疾病,涌现出一批具有较高临床水平的伤寒学派医家。我认为民国时期是经方发展史和伤寒医家理论发展上的一个高峰,名医大家辈出,很有研究价值。

庄合超目光灼灼地望着她,又问,那么,你最近一次系统看《伤寒杂病论》,又是什么时候?

齐美琳脸红了下,说,民国时期伤寒论相关理论是多元发展的,最近都在忙着看民国大家们的著作。

他就笑了下,似乎很得意地欣赏着她的心虚,说,你是博士,常看的应该是基因组学、分子医学一类的书吧?但我还是希望你回归经典。伤寒论博大精深,要继续深入地去悟,还要与症情合拍。比如你,性格过于细腻,而长期的压抑导致了你身体的失调,容易失眠,独处时常有惊惕之感,这又加重了你的敏感。你有没有发现,自己和以前相比更加易怒,尽管你现在对我保持温和的语言,但是你私下里却容易因为一些微不足道的小事生闷气。这就是肝郁化火,应设法疏肝利胆,并加用龙骨牡蛎一类的重镇药安神,调节睡眠。

他说着扯了座椅上的便笺和铅笔,写了一份处方。

她接过来细看。他又说,要用辩证的方法去看病机,病机虽然多变,却万变不离其宗。以柴胡加龙骨牡蛎汤加减,原方的人参、大枣养心补血,生姜与半夏和胃降逆,加白术、阿胶和酸枣仁,以温养安神。关键是,方中小柴胡汤去甘草可疏肝气,启生阳,大黄泄肝胃之火热,解郁结之火……当你的睡眠情况改善后,身体得到休息和修复,正气足了,也就是现代医学说的免疫力上升了,人自然就开朗起来了。

听他一条条地说着那些加减的缘由,她的心气也平和了下来。

庄合超还盯着她,目光仿佛要深透肌骨,又说,你的作息习惯不大好,睡得太晚,造成你的心脏也不健康。除了服药,生活起居也要配合,可以培养一些陶冶性情的爱好,调节心情,开心开心,人心一开,阳光就进来,病自然除。服药三服后,肝经不舒的毛病就能解决,你关心的脾胃问题也会好转。

她颇有些惊讶，还从来没见过他这样自信满满的人，不由扫了眼那处方。那是他用座椅上的铅笔信手所写的。

铅笔写就的处方，她这辈子只看到过两份，另一份是她父亲写的。

那是在高三的时候，一段让她刻骨铭心的日子。

二十世纪八九十年代，卫市风筝产业曾红火过一阵子。齐美琳的父亲齐宣在二十世纪九十年代初下了海，自己单干。齐宣谨守着从师父那儿传下来的许多老辈规矩，骨架用料必选三年以上的福建毛竹，风干后只用竹梢部分，甚至竹骨架里的连接，都要用传统家具式的打眼扣榫结构。材料贵，工夫久，却也闯出了精品风筝的名头。那时候齐家的小日子也确实过得不错。大概是在2000年后，卫市风筝面临的市场竞争越来越大，齐宣辛辛苦苦扎糊裱绘的精品风筝卖不出去了，当时很多同行都纷纷另谋出路了，也有不少人劝他趁早改行。齐宣却不甘心，苦苦支撑着。到了2004年，他的小作坊辛苦了大半年，一算利润才2000多块。齐宣本就有高血压，这一急，竟犯了急性脑梗。

齐宣在医院里还惦记着自己的风筝作坊，忧心忡忡之下，高血压就降不下来，病就恢复得很慢，便给庄仲衡打电话。可偏偏这时候庄仲衡在外地出差讲学，电话里面问了病情，就说这个病关键还是心病，千万不能操心忧虑太多，并给他开了中药，约好自己回卫市后就会给他治疗。但没想到，齐宣未能等到老大哥庄仲衡的归来。

齐美琳对那个燠热夏天，记忆清晰，清晰得如同观看日光下手掌心的纹理，只是那掌心已被灼伤了，那纹理也变得惨不忍睹。

那时的齐美琳正上高三。爸妈都不愿意耽误宝贝闺女的高考，而且听说齐宣这种脑梗在病情得到控制后就不会有太大的风险，于是多数是妈妈一个人往医院跑。齐美琳也常在课余赶去医院看望爸爸。她清楚地记得在医院跟爸爸聊天的那些细节，甚至记得爸爸对自己说过的每句话。

其实在她的印象中，那一年的夏天有些分裂。有时候她会觉得那个夏天长得漫无边际,有时又觉得很短暂,短到人生至亲的生离死别就那么一晃眼的工夫。

那天深夜,她清楚地记得是在距离高考还有十七天的时候,她接到了正在医院守护的母亲的电话。手机里母亲的声音抖得仿佛是渔网中艰难挣扎的鱼,每个字都像从喉咙里全力以赴地挤出来似的。

快!快来医院!你爸爸突发心梗了,情况很不好。

齐美琳蒙了,急忙打车到了医院。她看到那些医生正在给父亲急救。除颤仪紧贴在父亲青白色的胸膛上,父亲被电流一次次地弹起,再无力地落下。父亲的全身没一处能动的,只有那灰白的头发在起起伏伏。

心电监护仪上最终仍是冷酷地显示出一条无力的直线。齐美琳想哭想叫,却发现所有的声音都化成了气泡,在舌尖上无力地破碎。随后,她就觉出了一段厚重黏稠的黑暗当头扑了下来,将自己完全吞噬。

她家在卫市没什么亲戚,虽然她只是个少不更事的小女孩,却不得不强打精神,陪着母亲处理了父亲的丧事。只是整个过程中,她都浑浑噩噩,仿佛做着一场永远醒不过来的噩梦。她每天晚上都要告诉自己,这一切都是真的,那个总是生龙活虎的爸爸,那个什么都知道什么都精通的父亲,那个才正当年给她撑起一片天的人,就这么永远地离开了她。她也发现自己的眼泪简直是流不完的,无论做着什么事,都会忽然间想起爸爸来。

庄仲衡在丧事完毕后才匆匆赶回卫市,对老友的去世自是痛心疾首,就对齐母说,有什么难题没有?你们娘儿俩今后不管有什么事都可以来找我。其实齐宣离开得太匆忙,那小作坊遭遇了欠款,也被人追债,正有一团乱账的麻烦等着她们。齐母却没有告诉庄仲衡,只是流着泪点头。

齐美琳就这么硬撑着参加了高考。她早就暗暗下定了决心,将来一定要学医。成绩在那所重点中学里永远数一数二的齐美琳还是稍稍受了挫,她没能考上心仪的几所医科大学,但可以进入中医药大学。她对中医的印象比较复杂,因为爸爸就是个中医迷,但他却治不好自己多年的胃病,后来这个连西医都束手无策的顽疾被老中医庄仲衡治好了，看来中医还是有神奇的一面。只不过齐美琳还是对那些阴阳五行的玩意儿将信将疑。她的成绩进不了七年的本硕连读，却也如愿进了五年制的中医大本。庄仲衡闻知老友的女儿考入了卫市中医药大学，倒是颇为欣慰。

其实促使齐美琳最终决定报考中医的，就是那张中药处方。

她在整理父亲遗物的时候，发现了一张药方。药方用铅笔很潦草地写就，那应是爸爸在脑梗住院时自己开的。爸爸是个脑子闲不住的人，大概是躺在床上闲着无聊，就给自己开了这么个药方，只是没来得及去抓药。齐美琳捧着那药方，手就抖起来，眼泪更是扑簌簌地打下来。

现在回想起来，齐美琳还能清楚地记得一个高三女孩的激动和坚持，哪怕已隔了这么多年，当年陈旧的日光还是会从记忆里钻出来，刺目的亮。

飞机在卫市落地已是第二日上午。

虽是去欧洲开会，两个人的行李却都很简单。庄合超顾不得疲乏，就直接打车奔医院。齐美琳坚持要一起去。庄仲衡老爷子对她很好，特别是在读博后的几个重要时间段给过她很切实的帮助，近年来逢年过节，她也都会去看望老爷子。现在庄老住院了，她当然要一起赶过去探望。

庄仲衡四年前就被查出得了胰腺癌。胰腺癌是生存率极低的恶性肿瘤，不但难以早期发现，而且治疗效果差，对放化疗也不够敏感，术后复发率也高。当时庄仲衡检查后的结果就是肿瘤晚期了，卫市大医院的肿瘤权威很遗憾地告知庄合超，庄老爷子怕活不过半年。庄仲衡却很豁达，说了句，这种病看来只有中医才能有办法。他给自己开药，先调理中焦，大补中气，以救阳为主，一个月后已脉象缓和，胃气来复，饮食基本正常。三个月后CT检查肿物大幅缩小，淋巴转移消失，而且老爷子已和正常人一样上下楼了。这让负责检查的那位肿瘤权威大呼不可思议。

事后庄合超也仔细复盘研究了父亲的病例，认为老爸的方子讲究顾护胃气和温阳散邪,以救阳为主,确实妙手迭出。但他那时就隐隐觉得,老爸未必就真正战胜了病魔,只能说是病情得到了有效控制。癌症是否治愈,看重的是五年生存率,五年内都要小心翼翼。庄仲衡对此倒不以为意,总把"治得了病治不了命"挂在嘴边。庄合超听得多了也就习惯了,毕竟老爷子生性洒脱,这种看淡生死的大气魄,也许就是最终能克制病魔的关键。

虽说这次住院主要是老爷子的心脏有些不舒服,但庄合超最嘀咕的,其实还是那个难以根除的胰腺癌,所以很希望就着这次住院,让老爸彻底检查一下。晚期胰腺癌患者的生存时间一般是六个月左右,年过八旬的老爷子经得自己中医治疗,已经安然无恙地度过了四年,可以说是创造了奇迹,但越是临近五年关口,越是不能掉以轻心。

卫市是个大晴天,想是昨天刚刮过风,天穹都是透透亮亮的,蓝汪汪的颜色从人的眼里直往心里面灌。庄合超在出租车上才看到了庄妙妙的微信,点开后看了那图,脸色立时变得凝重起来。

SARS 冠状病毒,怎么可能? 庄合超慢慢吁了口气。

一瞬间他脑中闪过了一些影像,似是尘封已久的青年时期的梦,铁马冰河般呼啸着撞来。那些影像都带着宿命的意味,就像是蛰伏着永远等待苏醒的老伤,原以为早就岁月静好,但若碰到了,就会泛起丝丝缕缕的旧痛。

你对当年的 SARS,熟悉吗? 他闷闷地问坐在后排的齐美琳。

她说,当然了,您在德国的发言就是围绕这种高致病性冠状病毒展开的。我特意回想了下,十七年前,SARS 突然出现的那种感觉也挺吓人的。从 2002 年 11 月 16 日广东顺德出现第一位患者算起,SARS 前后流行的时间大致是一年零八个月,但真正严重的期间大约是八个月。

他晃了晃手机,把那条微信转给了她,说,当年的 SARS,从观望到恐惧降临,感觉真像是一转眼的工夫,就在一天内,街上的人忽然全都无影无踪了。但后来,SARS 又很迅速地消失了。它的出现让人措手不及,它的消失也同样突然,甚至比当初的出现还要突然。

齐美琳盯着微信的附图，说，现在，它又突然回来了？

这都是非官方的消息，未必准确。他摇了摇头，说，但我总觉得，对病毒，我们永远不能掉以轻心。

她看见庄合超的神情忽然间变得肃穆起来，嵌在明亮的日光里，说不出的冷峻。她也就叹了口气，没有说话。

他又拨通了老爸的电话，没说几句，就郁郁地挂了电话。

紧锣密鼓地赶到了医院，齐美琳才知道又有了新变故。庄仲衡只简单地查了查心脏，觉得没什么大问题，便命孙子庄永昆给自己办理了出院。老爷子在家里面说话向来一言九鼎，连他的宝贝孙子也不敢违抗。就这样，连来带去，老爷子住院不到两天，就要打道回府。

庄合超赶到病房时，看到儿子庄永昆正在收拾衣物，老爸庄仲衡则悠然坐在病床上和肖芸聊着天。忽然间看到前妻，庄合超不由怔了下，两个人离婚快两年了，联系很少，没想到她居然还赶过来看望老爷子。

除了工作和中医，庄合超并不是个擅长言辞的人，有时候甚至讨厌跟人客套敷衍。离婚后，偶尔撞见肖芸，他都不知道说什么好，这次照旧是点一点头，便扭头对老爸说话，爸，既然已经来了，怎么不彻底查一查？

号称"卫市一宝"的中医老权威庄仲衡已经年过八旬了，满头银发在阳光下闪着光，精神头还不错，只是脸孔又瘦削了些。他瞟了儿子一眼，哼了声，查什么，我自己的事自己还不清楚？

还是那样的目光，温和洒脱中却又透着些无奈，像尚有余温的老茶。

庄合超只得叹一口气，说不出话来，又看见儿子庄永昆已收拾好了病房里的物件，正背着手站在爷爷身侧。

庄合超和儿子对视了一眼，都没说话。

庄永昆从小性格就比较叛逆，上高中时就不大听他老爸庄合超的话。作为中医世家的独苗，爹妈分别是中西医的权威，但庄永昆对中医西医通通不感兴趣，高考后填志愿，庄家上演了一出"三国杀"。庄合超自然认为儿子应该上中医大学，庄永昆却想报考南京大学去学天文学。肖芸先后奚落了儿子的理想主义和丈夫的墨守成规，认为儿子的分数挺高，去中医大学是屈才，就应该直接去学西医。三人一番大吵，最后还是庄合超愤愤地拍了桌子，说庄家的孩子怎么能不学中医呢？庄永昆拗不过老爸，却偏不选七年本硕连读的，虽然他的分数足够，只是填了五年大本，去了北京中医药大学。

庄永昆的脑子足够活络，却并不喜欢中医。他从小就看腻了家里书柜中那一套套码放整齐的中医典籍，古旧渊深而又壁垒森严，这于旁人可能是耳濡目染，于他庄永昆却是心倦神厌。在中医名校硬着头皮啃了五年中医，终于承认自己确实无法喜欢这个行当。在临近毕业那一年，他闷声不语地报考了公务员，直到差不多了，才偷偷地跟母亲摊了牌。肖芸也很无奈，但当妈的毕竟对儿子都心软，就默默地支持了儿子。庄永昆就这样进了卫市的一所市直机关，成了一名公务员，算是彻底离开了父母所在的医疗行业。

这件事果然在家里掀起了轩然大波，肖芸和庄合超的婚姻本就岌岌可危、名存实亡，这件事成了压垮他们的最后一根稻草。两人离婚后，庄永昆大部分时间是跟妈妈在一起，偶尔也过来看望爷爷，却极少跟爸爸庄合超走动。

甚至父子俩见了面，儿子也只是用一种很漠然的眼光看看老爸，就像现在这样。庄永昆的眼神木木的，漠然中却透着锐利。

齐美琳发现了庄合超的尴尬，这是一个夹在叛逆儿子、强势前妻和古板老爸之间的中年男人。她直接上前跟庄仲衡问候请安。

美琳来啦，还让你也跑过来，本来也没什么大不了的事。庄仲衡那张古板的苍老脸孔上终于挤出了笑。他对这个老友的独女还是非常喜欢的，他几乎是看着齐美琳长大，非常欣赏这丫头的外柔内刚。

齐美琳知道庄合超的想法，便旁敲侧击地劝着，想让老爷子就住下来，既来之则安之，彻底检查一遍，岂不安心。

庄仲衡摇摇头，说，丫头你不懂，心安了，身才能安，住在医院里，我心不安。

齐美琳叹了口气，又客气地跟肖芸问好。她细瞧这位著名的卫市天弘医院呼吸科主任，虽然眼角皱纹已经很明显，但看着比同龄人要年轻几岁，那脸上化了极淡的妆后透着风韵，却也深隐着一抹说不出的威严。

肖芸确实不大舒服。她当然知道齐美琳和庄家的关系，但看到这样一个高挑的长发美女陪着庄合超风尘仆仆地踏入病房，就不由微微挑起了眉。对面的齐美琳应该三十多了，身材却苗条得像个少女，不是很漂亮的脸庞，却有种内敛的沉静娟秀。而且，清瘦儒雅的庄合超跟齐美琳站在一起，居然也并不显老，肖芸的心里隐隐地就有些翻腾。

她并不搭理齐美琳，只向庄合超冷笑，说，看来国际中医界少不了你呀，爸身体不舒服，你照样带着美女出国去，走得倒安稳！

庄合超和齐美琳都听出了弦外之音。庄合超的脸色立时有些僵冷，他动了动嘴唇，却没说话。经得二十多年婚姻里无数次争吵的历练，他已经习惯了，知道不吵的效果可能会更好。何况现在的情形，人家也没说错，自己去了德国，远在天边，老爷子这边确是人家更近一些。

倒是庄仲衡哈哈地笑起来，说，肖芸这你就不知道了，是我让他去的，美琳这一趟也是我的安排。

老人有些恨铁不成钢地瞥了眼儿子。其实肖芸是他特意叫来的，原是想借这机会撮合下两个人，没想到儿子都这时候了就是不肯服一句软，便只得打个哈哈说，这次德国会议，是第一次在国际性会议上研讨民国古本伤寒论。民国古本伤寒论，跟我们老庄家的一桩旧事有关。合超算是替我去的，就如同个仪式，算是了却老庄家几代人的未了之愿吧。

说到后来，老人的脸色竟肃穆起来。齐美琳也想到了庄合超在法兰克福说的话，也不知到底是什么家族旧愿，心里好奇，却也没敢问。

庄合超果然低叹了声，说，爸，我遇见了德国的流行病学权威哈曼，七十多岁了。他说，他的父亲约普在年轻时曾来过中国，那应该是二十世纪三十年代的事了，他在卫市感染了霍乱，却被一位卫市中医治好了，那个中医似乎姓徐,或者姓许?

姓 xu 的中医,叫约普的欧洲人?庄仲衡品着儿子口中的名字发音,眼神一下子悠远了起来。

1927 年,小暑

许多年以后,庄秀薇还记得最初看到那个年轻人的情景,他梗着脖子站在庄家大宅门外的老街口,像雕像般纹丝不动。

那是民国十六年(1927),正是小暑的节气。民间素有"小暑大暑,上蒸下煮"之说,小暑标志着伏天将至,很快就要进入三伏天的头伏,卫市从来都是小暑一过,天气便由干热转为闷热。这日又是个大晴天,太阳照得地上的砖石沙土都闪着热腾腾的光。

庄秀薇有些奇怪,这人别是个呆子。想过去问问,身边的老妈子刘妈就说,小姐别过去,那人是来找老爷拜师学医的,被老爷拒了,就赖在宅门外不走,已经站了大半天了,一动不动。耍赖皮了呢!

庄秀薇多看了那人两眼,微黑的脸孔,一双眼睛低头看着脚下,布鞋半新不旧,却很干净。虽已近黄昏,日头却还挺毒,那人全身早已湿透了。有不少看热闹的孩子在边上闹,向他扔石子、扮鬼脸。那人却视若不见,就那么直挺挺地立着,任凭夕阳在脸上涂了层苍红的颜色,似是尊淌着汗的木雕。

刘妈扯了她一把,说,小姐你个姑娘家的,少过去掺和这事。刘妈念叨着,转身去掩门。大门合拢的一瞬,庄秀薇看到那青年抬了下头,正看过来,黑白分明的眸子中仿佛有笑意。

咣当一声,大门掩上了,关上了街角那如血的霞色,也关上了那道带着笑意的目光。

民国十六年,庄秀薇已经二十二岁了。那时候,二十二岁的女子还未出阁,便已是个老闺女了。她父亲庄凤梧是华夏医药研究总会的会长,祖上曾经三代为御医,爷爷更是慈禧最倚重的太医院四大名医之一。在整个卫市,甚至算上北平,庄凤梧都是数一数二的名医。庄凤梧之前有个幼子夭折了,后来四十岁时才得女,这么多年就庄秀薇一个独女,自然视作掌上明珠。想到辉煌数代的中医世家就要在自己身后断了,庄凤梧就很遗憾,便想了个老法子——招赘。华夏医药研究总会的会长要招赘,自然条件很高,特别是希望未来的上门女婿还要有中医造诣。这一来便让许多人望而却步,高不成低不就,就将秀薇的终身大事耽搁了下来。秀薇是个极孝顺的人,虽也常常惆怅感怀,却没说过一句埋怨的话。这倒更让庄凤梧觉得对不起女儿。

今天看到的那个后生太怪了。秀薇老觉得那道若有深意的笑容在眼前晃,便赶过去问父亲。

庄凤梧正在满是药气的书斋内翻着医书,闻言头也不抬地甩了声笑,说,他昨日登门想拜师,被我回了,今天就来搞这么一出。年轻后生,有些愣劲很正常,天黑了就走了。

但天黑了,那人却没走,而且一晚上都没走。

天亮了,刘妈打开了大门,见那人还如木桩般杵在那儿。

小暑一过,太阳迅速地灼热了起来。到了晌午时分,那后生还这么站着,不吃也不喝,微低着头,也看不见神色。

刘妈见了有些害怕,说,这人别是个混混儿?

混混儿是卫市的特产,混江湖的流氓,只是跟人比狠斗凶时的方式比较独特,比的是个扛打的本事,讲究挨打不能喊疼,乃至被打断了双腿也不吭一声,那才是爷们儿货。后生的这股架势很有些像。

应该不是。他身上有文气,不像混混儿。庄秀薇叹了口气,就捧着一碗绿豆汤出了门,径直走到那青年身前,说,我家老爷子最拧了,他说不收就是不收。天太热了,你喝碗绿豆汤就回去吧。

那人笑笑,忽然软倒在地。庄秀薇吓了一跳,手一哆嗦,微凉的绿豆汤洒在了那人脸上。那后生一激灵，笑了下，任由那碗汤从脸上淌下来，却并不喝，又挣扎着站了起来。

刘妈急匆匆地跑进后院报信，老爷，大事不好了，那后生昏过去了，小姐多事，给他送了碗绿豆汤，被这家伙唬了下，大半碗都泼在他脸上了。这家伙一口也不喝，慢慢又爬起来了，还在那儿杵着。

庄凤梧凝神望着窗外，眼神中终于有了些认真，沉吟说，那就让他进来，先在医馆做个伙计吧。

庄凤梧和那后生的第一次正式对话发生在一个月之后。

这人叫徐良英，踏实肯干，不但将医馆的许多杂活都包了下来，做事也颇周到细心，就是有个怪癖，爱琢磨药方，甚至有两次患者走了后，他还就药方跟开药的医师起了争执。

庄凤梧就把他叫来问话，徐良英，你那天在我门口杵了一天，是想学朱震亨拜师太无先生的典故吗？

朱震亨是金元四大家之一，当年想向医学权威太无先生罗知悌求学，吃了闭门羹。于是朱震亨每日在门口拱立求见，"大风雨不易"，苦候了三个月，终究感动了性子孤傲的罗知悌，收其为徒，将一生所学倾囊相授。

那青年愣了下，说，我知道丹溪先生朱震亨，却不知道他拜师的典故。我只知程门立雪，现在虽是三伏天，也只得硬着头皮试试。

庄凤梧倒笑了，觉得他是个直性子人，问，你是哪里人氏，为什么想来拜师？

我是北平人，学医十年了，因十年前见老母身染痢疾病故，发愤学医，也治过不少人，但去年……仍是亲眼看着妻子儿子得急症病死。说到这里，徐良英肃然的脸孔涌起沉沉的悔痛之色，说，我才知道这些年苦学的都是错的。听得会长您是专研伤寒论的大家，想寻条明路，死也得做个明白鬼。

庄凤梧不由感叹，说，目睹至亲离别，往往能让人生出一股凛然决绝之气，留着你的这股气吧，学医行医时能有大助力。

考察了一段时间后，庄凤梧对徐良英比较满意。这人在医道上确实很有悟性。庄凤梧对悟性非常看重，中医入门不难，但有的人学了几年还分不清阴阳虚实，这就是缺了悟性。在医道上没悟性的人，学一辈子也成不了大器。

庄凤梧便让徐良英跟在自己身边，虽不正式传授，但也让他耳濡目染，见识些真东西。

庄秀薇再次遇见徐良英已经是他进得庄家医馆两个月后了。快中秋节了，徐良英提着一盒月饼来看她。他的身份比较怪，不算正式的庄门弟子，但手脚麻利，干了许多杂活，又经常陪侍在庄凤梧身边，所以能入得庄家内院。

庄秀薇看到那盒月饼竟是老字号金桂斋的，就笑了，说，送我这个干吗？你怎么知道我喜欢这家的月饼？

事先问了刘妈的。他憨厚地笑。那笑容让她想起初见他时那惊鸿一瞥般的笑，然后那笑被刘妈掩上的门夹住了，一半留在门外，一半却夹在了她心里。

他健康了些，脸色黑红黑红的，老实的笑容让她看着很安心。他又说，主要是谢谢小姐，大恩不言谢，但小姐的滴水之恩，我会永远记着，记着小姐一辈子。

她自然听懂了他话里的意思，红了脸色，心怦怦地跳，啐了声，你瞎说什么！却抠住了他手中月饼盒子上的纸绳。

书房内的庄凤梧忽然咳嗽了声，徐良英急挤出些笑，却似月亮才一露头又被夜云掩住了般，转过身受惊兔子般跑了。

倒是庄秀薇很大方，拿出卫市姑奶奶的那股泼辣劲，问，爹，你干什么神出鬼没的，吓着人家了。

庄会长哭笑不得，说，这是后院吧，这是我家吧，怎么我还神出鬼没？

庄凤梧名气太大，平时不去医馆里坐诊，那里有他的两位弟子打理。而且他也太忙，华夏医药研究总会成立有些年头了，影响力非常大，庄会长需要应付的事务太多了，有社会上各方名流人物的应酬，还有报纸上关于中医是否不科学不进步的嘴仗，更多的还是些经济事务。庄家还经营着两家大药铺，借着华夏医药研究总会这块大招牌，发展得顺风顺水，虽然真正打理药铺的另有其人，但很多事情庄会长还是得出面。

只是庄凤梧还是经常抽空去坐诊。这其实是他对医道痴迷的一种表现。也因为他名气大，常会有些推不开的患者需要他亲自出诊。

中秋节后的一天，庄凤梧带着徐良英去了一个比较重要的客户家出诊。那家住在法租界一栋很漂亮的小洋楼里。徐良英从来没进过这么美轮美奂的建筑。在他眼中，小楼那淡红色的墙体上仿佛缀着异域情调的精美流苏，却又天然带着股壁垒森严的高冷气息。

患者是这家主人李大人的第三房姨太太，当年是沪上的名伶青衣，虽已年近四旬，且病恹恹的，却仍是极有风韵的一个女子。

这已是庄凤梧第三次来这里出诊了。女名伶最初是外出赴晚宴后外感风寒，转天起来便周身疼痛，胸腹不舒。当时急请来庄凤梧，庄会长便投以小青龙汤，加了麻黄、附子化裁。没想到患者服药后并没有发汗，仍是浑身痛，并开始发热恶寒。第二次应诊的庄凤梧开了大青龙汤。不想昨晚其女仆急匆匆地跑来说，三太太身上疼痛已解，仅是上半身发汗，还是发热。

在来时的路上，庄凤梧就问徐良英，怎么看这个病例。徐良英沉吟许久，才说，大青龙汤专攻外感发热恶寒、无汗身痛，其辛温解表，有势如破竹之效，但现在患者还发热，且只上半身汗出，那就说明患者体内有伏邪，且病位较深，这应是伏邪被新感所引发的。当时庄凤梧眯了眼听着，没有说话。

庄凤梧开始给病美人诊脉了，徐良英注意到他是双手把脉。这是庄会长的绝活，他虽不是第一次见到，但还是觉得震撼。

庄凤梧低声念叨着，似乎在对徐良英说，脉象浮、滑而数，舌淡苔白。庄会长这次开了小青龙汤的变方，重在固本安内，开方子时是他口述，徐良英在旁笔走龙蛇地记录。

庄会长说完了方子，却看着徐良英，眼睛仿佛在问话。徐良英看懂了那眼神,在另一张纸上又写了理中汤,一起递了过去。庄凤梧瞟了眼徐良英写的理中汤,点点头,一起交给了在旁侍奉的管家,叮嘱说,先服理中汤,晚间再服这个小青龙汤。

出来后,坐在人力车上,庄凤梧问,怎么加了理中汤?

徐良英答,最近钻研会长的方子,于理中汤,有了一点点心得,所谓痼疾难症,要先救胃气,胃气强则五脏俱盛。他顿了顿,又补充,用理中汤来培土生金,调理脾胃,同时温中祛寒。会长已认可了这思路,所以嘱咐他们要先服理中汤,晚上用小青龙汤。

庄凤梧的眼中耀出了些光来,却又拉下脸,说,明天你要独自去应诊。

徐良英想到那小洋楼里面的金碧辉煌,有些惶恐,说,宁医十男子,不治一妇人。这家人那么大的气派,我怎么成?

庄凤梧说,你一定要成,而且限你三天把她治好。成了,你就是我的关门弟子。

本是秋凉时节,但徐良英望着庄凤梧眼里面厚重的光,脑门上却冒出了热汗。转过天,他早早地去了。所幸那位三太太果然退了烧,只是还不大稳定。徐良英用小柴胡汤调其气阴两虚,又抱定了理中汤,以护其里。

出诊三日后,三太太终于久病初愈,彻底退了烧,人也恢复了精神。徐良英兴冲冲地赶回来给庄凤梧报喜。庄凤梧脸上却没什么欢喜,只是问他最后又给患者开了什么方子。徐良英有些惶恐,说,她热退脉静,我给开的助胃气温养的附了理中汤变方,让她再连服五日。庄凤梧干巴巴的脸上终于破出了一丝笑,说,这份细心很难得。

徐良英这时才如释重负,一抬头,看见院子里装作漫不经心散步的庄秀薇。两个人的目光隔着玻璃窗相撞,她急忙避开了。他却看到了她眼里面闪闪的亮光。

当天晚上,庄凤梧命人将徐良英叫到了自己的书房内。庄会长已经下定决心收他为徒了。入门前,庄凤梧显然有些话要说,扯了些闲天,就说,良英,我是铁定要收你入门的，但入门跟入门不一样，你是想学我的十成本事，还是七成本事？

徐良英有些奇怪，说，当然想学您的十成本事了。

庄凤梧缓缓说，寻常的入门，算我门内弟子，我只能传你七成。想学到十成，就要入赘，难得秀薇这丫头看上了你，可是我家的规矩你要想好了，你可能要随我姓庄。

徐良英愣住。屋里的空气仿佛凝固了，只有自鸣钟小心而犹豫的响动。沉了许久，徐良英才慢慢站起身，说，庄会长您大错特错了，其实我不怕入赘的。我娶过妻，但妻儿都病逝了，是个不祥之人，我若能迎娶小姐，定算高攀了。但您以入赘为名，来让我娶小姐、学医道，那反是看轻了小姐，也看轻了您的医道。

他忽然站起身，恭恭敬敬地跪倒在地，说，徐良英恳请拜入先生师门，求习医道。良英不才，愿以三年为期，先求您的七成医道。三年之后，良英若得恩师准许，愿自立门户，那时候，我要堂堂正正地将小姐娶过门。

他的话说得很慢，几乎是字斟句酌，一句句地从喉咙里稳步而出，重重砸在地上。

待他说完，庄凤梧竟恍惚了下，才吸了口气，目光变得比窗外的夜云还要深，定了一会儿，才说，你大老远地找我求学医道，那你说说看，中医的根子，是什么？

徐良英说，弟子不敢妄言，请先生赐教。

庄凤梧说，中医学术的根骨都在道家，医道与易道渊源很深，但医者的精神却在儒家，要有兼济天下的大胸怀，才可成为苍生大医。

他递给了徐良英一本书，说，你先拿回去看，三天后，我正式给你讲。

徐良英郑重接过那书，发现是手写的，纸张却有些旧，显是经历了些时日，封面上用端庄沉凝的欧体写着几个大字：

徐良英又惊又喜,说,原来是老师的心血之作,弟子一定认真研读。

庄凤梧说,这书确是耗了多年的心血,写得简练直接,很适合你。仲景医圣的《伤寒杂病论》,是一辈子都钻研不够的大学问。这几年间,我又有了些新的体会,正好也得了套秘传的白云堂孤本《伤寒杂病论》,那是从未面世的珍稀孤本,我正要全力写一套集注。

说到那白云堂孤本《伤寒杂病论》时,庄凤梧的眼中,又跃出了些得意而激动的精光。

1 月,武汉

贾天明攒了局,给庄妙妙热热闹闹地接了风。这已经是庄妙妙在武汉的第三次同学会了,前两次都是闺密聚会,这次多了不少男同学。

让庄妙妙感慨的是,一个班上学中医的人这么多,但真正当医生的,只有贾天明等四五位。做了大夫的贾天明确实警惕性比较高,攒局邀请时特意注明了,来赴宴的同学不能是在呼吸科工作的,也不能在近期去过那家有传染病例的海鲜市场,条条框框,尽显小嘀咕本色。

席间贾天明喝得有点高了,听庄妙妙问起那张肺炎检测报告的图片,就拉着她的手说,我说妙妙大记者,你是没干这一行,不知道我们医生的苦哇!我们是中医医院,还好些,但听西医同行说,他们那边呼吸内科三层楼,两三百张床位都快满了,那里每天都是消毒液熏蒸的味道。所以,我们攒局聚会,一定要小心再小心,但你要问我这个肺炎到底是不是 SARS,我是真不知道,而且我们可是有制度的,这种事不能乱说。

庄妙妙不耐烦起来,说,你又犯了小嘀咕的毛病了哈。我这次虽然主要工作是采访汉剧名家,但 SARS 重出江湖,这可是个大事,我还想写个专题新闻呢。

还写新闻?贾天明将小眼睛瞪得溜圆,仿佛黑眼球随时会变成子弹攒射过来,说,医疗上的事最好是等官方说法,因为这种检测谁也没法给出定论,那你这新闻怎么写,捅出娄子来你兜得起?反正啊,庄大记者,我是第一个不接受你采访的。

小嘀咕做了一个她不大懂的手势,胖乎乎的圆脸故作高深,显得很滑稽,更有几分无奈。

庄妙妙第二天起来,头还晕晕乎乎的,就又给蔡青莲打了个电话问候。

不知道是否是被病痛折磨的,汉剧名家的声音听起来越发婉转,叹气和客套的时候更是像游丝般细软。

那声音仿佛尖细的小锤,凿出了庄妙妙记忆深处的一些东西。庄妙妙不由想起了母亲鞠晚瑶的声音,不是母亲的说话声,也不是笑声,而是哭声。

当年她爸爸庄合兴苦追她妈妈鞠晚瑶的时候,鞠晚瑶还没什么名气,就是个有些冷傲的京剧青衣演员,在卫市这个京剧名家如云的地方完全看不到什么冒头的希望。因为竞争激烈,年纪轻轻的鞠晚瑶很长时间都找不到什么机会,正在苦闷的时候,就被中医世家出身的庄合兴追到了手。

庄合兴在针灸一道上天赋极高,也正是凭着针灸,治好了鞠晚瑶的神经衰弱,赢得了美女垂青。后来鞠晚瑶能熬到几次露脸的好机会,也是仰仗庄合兴的针灸。有一阵子庄合兴经常给鞠晚瑶的团长登门针灸,老团长的一些慢性病被调理得大见起色,终于给了鞠晚瑶机会。鞠晚瑶就是在那时候抓住了几次机会,博出了一些小名气,但不久就怀上了庄妙妙。鞠晚瑶那时的想法是为了事业先将孩子的事再推两年,庄合兴不同意,觉得年轻漂亮的妻子四处演出,也不是个事儿,还不如先把孩子生下来。

于是,庄妙妙才在 1991 年很侥幸地来到了这个世界。但进入二十世纪九十年代后,中国的戏剧市场整体进入了冰河期,鞠晚瑶不甘心自己永远停留在小荷才露尖尖角的状态,孩子还没怎么断奶,便经常外出演出了。可惜什么事都是时势造英雄,失去了总体大势,鞠晚瑶拼了许多年,还只勉强算是个小有名气。

在庄妙妙的印象里,妈妈是个挺缥缈的概念。妈妈永远像一只在天上飞来飞去的蝴蝶,只是偶尔在自己这个当女儿的小花上停留,然后又会继续飞翔。虽然妈妈也教给她唱戏,有时候要求也很严格,但庄妙妙觉得妈妈的眼神不对。那眼神告诉她,妈妈的心思并不在自己身上,妈妈心里面藏着事,也许是不甘,也许是憧憬。庄妙妙知道她妈妈很漂亮,漂亮的妈妈很快还会再次飞走。

爷爷庄仲衡那时候是家里面最忙的人,而奶奶的身体又一直不好,爷爷就对庄妙妙她妈不大满意。小学四年级时,在中医研究院工作的爸爸庄合兴名气渐大,也要常去外地讲学,而妈妈又总在外面飘着,庄妙妙就经常住在叔叔庄合超家。

庄妙妙早熟,知道那时候自己的父母之间肯定是出了问题,只是不知道到底是为什么。印象中父母聚少离多,见面时却老吵架。有一次庄妙妙哭着问妈妈,能不能别总往外飞了。鞠晚瑶就流泪了,然后抱紧了她,说,这是最后一次了。庄合兴听到了,就冷笑,说,最后一次?骗骗我就算了,请不要骗女儿。鞠晚瑶就冷起脸,声音也摔成了碎片:我骗你?那个总联系你的沈阳女医生是怎么回事?一句话就把庄合兴冻住了,冻得眼镜片上都爬上了凉飕飕的雾。然后庄妙妙就默默地望着妈妈离开了。庄妙妙没有再哭,只是心里面知道,这绝不是妈妈的最后一次。

最后一次发生在她小学六年级时。跟庄合兴冷战两天后的鞠晚瑶再次打点行装,她把几套衣裳在拉杆箱里拿拿放放地艰难抉择着。庄合兴忽然把她的拉杆箱合上了,说,这次你想好了,有能耐你走了就再也别回来。

鞠晚瑶仰起脸,目光冷锐如冰锥。庄妙妙甚至听到了他们的目光对撞后发出的碎裂声。

庄合兴放慢了声音，像在哀求又像在追问，这样有意义吗，这样值得吗？我们是一家人，为什么不能在一起？鞠晚瑶望向了庄妙妙，那双会说话的眼睛慢慢暖起来，仿佛凝满水的棉絮漫出了许多温水来。她猛地将拉杆箱推开了，然后闷着头，像个小女孩一样大哭了起来。

不服气，不认输，庄妙妙继承了她妈妈的这些性格。而在父母多年冷战中泡大的童年，又在她心底埋了个念头，要尽早翅膀硬起来，然后尽早高飞，逃离这个家。

她成功了，大学毕业后她选择了在北京工作，虽然卫市和北京很近，但她也极少回家。每次坐上远离家的动车或是飞机时，她总有种莫名的兴奋。包括这次来武汉，她早就做好了盘算，采访的事只能排在第二位，第一是要在武汉跟同学们闺密们玩个痛快，反正老妈已经陪着老爸去了美国，她在春节前回家就得了。

可能是蔡青莲撂下电话后又对儿子关照了几句，马上何锋的电话就打了进来。庄妙妙才想起来，已经跟何锋定好了今天见面，又想到下午会去黄鹤楼、户部巷那边转转，就说，咱们就在户部巷附近的猫笑咖啡厅见面吧。何锋就在电话里笑起来，说，连猫笑咖啡厅你都知道，看来庄老师果然是咱们武汉自己人。

庄妙妙第一次看见何锋就想笑。

事先虽然也通过电话，那声音很客套温和，一见面没想到这家伙长得还挺带喜感，微胖的白脸，极现代的厚框近视镜也没将那双小眼睛衬得大些，但那双笑吟吟的小眼反而给她一种很亲切的样子。见面一聊，庄妙妙才听出来，何锋电话里的那种声音不是温和，而是随意，对什么都无所谓的随意。

坐在咖啡厅里，庄妙妙点了杯美式咖啡。何锋就跟服务生说，我跟她一样。

何锋还是个自来熟的性子，聊了几句后，就半自嘲地笑起来，说，采访我老妈要是来不及的话,就采访我吧。什么,我不是汉剧活化石?鬼款(武汉方言:瞎说)!别看我眼睛小点,我其实就是个实实在在的行走的化石。

他自称也当过两年北漂,听得庄妙妙也来自北京,说话时便不时甩出几句似是而非的京片子,当然还会夹杂着"鬼款"这样的纯武汉腔,听起来很有意思。

庄妙妙笑了,说,看你这神情,伯母的病应该没啥事吧?可能过两天,我就能采访她了。

何锋摇摇头说,她那个肺炎,看起来问题不大,但就是挺麻烦的。因为住院后也没怎么见好。眸子里的忧色一闪即逝,他又恢复了那副笑嘻嘻的神色,说,来到了咱们大武汉,一会儿就让我这个武汉活化石带着你转转吧。

庄妙妙笑着说,不用啦。

何锋已经捧着咖啡,滔滔不绝地聊起来,我喜欢喝咖啡,咖啡能让我想起年轻时的味道。在我二十五岁以后,有一段时光里最重要的工作就是被安排相亲,地点一般就在咖啡厅。其实我不爱喝这玩意儿,每次我过来,都随着女生点。她们点美式咖啡我就美式咖啡,她们点拿铁我就拿铁,有一次一个很胖的女孩装深沉,点了埃塞俄比亚咖啡豆现磨,味道那个窜呀。

庄妙妙急忙说,我现在可不是和你相亲。何锋一脸无辜地望着她,说,当然不是呀,我愿意你也不愿意不是?我只是怅惘缅怀逝去的青葱岁月。这两三年我妈对我死心了,不逼着我出来相亲了,咖啡的味道很久没闻到了。所以我很感谢你让我回想起那段充满乐趣的相亲时光。

她忍不住问,相亲了那么多年,没遇上对眼的?

他仍旧一脸无所谓的随意的笑,说,当然遇上过,我这样子又不是多困难。但人就是那么个矛盾体,你看对眼人家,人家未必会看对眼你,偶尔有两个都对上了眼,我这条件又没法满足人家。嗯,其实就是那一个字,钱!

他嘿嘿地笑起来,说,你知道,我这个行业,汉剧,是个很古老的剧种,甚至对京剧的发展都起过很大的作用。可外面的世界变化太快了,我们已经没有市场了,快彻底被这个世界遗忘了。

他不说了,又无所谓地笑。不知怎的,她被他那一脸无所谓的笑,钩得心里有些钝痛,就说,没遗忘啊,你瞧,我们杂志这不定了一期非遗专栏来采访你们吗?

庄妙妙知道,他说得八九不离十。汉剧确实风光过,这个历史悠久的剧种当年曾在武汉火爆得不得了,在二十世纪二三十年代,逛园子听汉剧,就是武汉老百姓最流行的娱乐方式。当然,时代在变迁,几十年过去了,汉剧也从当年的盛极一时,慢慢熬到了需要扶持甚至需要"抢救"的地步。想起来也确实让人感慨,那股传统的古典风韵,似乎一下子就风轻云淡了。

何锋说,得了吧,什么行业混到了非遗上,那就是离着被遗忘不远了。可能是为了不被遗忘,所以命名为非遗,是不是这道理?

她只得说,说说令堂蔡大师吧。从小跟这么一位顶尖汉剧大师学习汉剧,其实滋味挺不好受吧?

他一笑,说,庄老师这话肯定是有感而发。干我们这一行都是要拜师的,我偶尔能让我师父满意,但从来没让我老妈满意过。这是我从她的眼光和话语里感觉出来的。我妈有时候跟我说的话我也不大懂。比如她说,一个哲人说过,中国戏剧追求的不是真实,而是游戏三昧,就是要从真实中抽出来,但又要在神意上化出自己的东西来。

想到她刚才说自己在武汉上的中医药大学,他就说,其实我挺佩服你的。你学的是中医,最终却没干这个,这可得要勇气。

她愣了下,说,我喜欢自由些的职业。其实,中医呀京剧呀汉剧呀,都有些相似。它们都是传统的东西,都要面对飞速变化的现实的冲击。

何锋睁大眼睛看着她,说,五年的中医大本,那专业说扔就扔了,就没有那么一点点的遗憾吗?见她沉吟着点头,他又笑了,说,有遗憾就好,说明你这人心肠软。

庄妙妙白他一眼,说,错,我这人,才不心软。哎,让你这么一问,心里还真有些那个……那些年费了很大的气力,光背那些经典就得耗多大精神!而且你不知道,对于我们这样的中医世家来说,我这么做,意味着什么。

她的目光中有些烟气缭绕起来,烟气中还笼着许多年前的旧梦。

两个人难得地沉默了一阵子,他才问,那你现在还能给人看病吗?

庄妙妙说,你是不是有点假天真?我给人看病开方子,别人可得敢用呀!

何锋嘿嘿地笑,说,我敢用。

庄妙妙也笑了,说,你敢用我也不敢开呀! 对了,什么时候你给我唱一曲? 现在采访不到令堂,让我先听听汉剧新锐的唱功也是好的。

他眯了下眼,小眼睛里难得地透出些锐利的黑,又笑笑,说,回头我给你唱一段,请庄老师指教。

庄妙妙发现何锋的眼睛很奇特,那里面的光一直很随意,甚至带着自嘲的平和散淡。只有在提起让他唱一段汉剧时,目光才透出些层次,竟有了山峰和幽谷的起伏来。

跟何锋一通神侃海聊,庄妙妙倒是挺痛快,时间不知不觉过得挺快。何锋很绅士地送她回了明珠丽苑,这时已经晚上 10 点多了。一个人按开了宽敞卧室的床灯,庄妙妙竟首次生出些寂寞的感觉来。

按着庄合超那张铅笔处方照方抓药,老老实实地吃了三天药后,齐美琳不由得有些吃惊,困扰自己多年的胃病居然好了大半。

她是个喜欢置疑的人。也许是因为自身的经历,她习惯用置疑的眼光看待一切,甚至包括自己多年来苦学的中医。对庄合超的话和他的处方,她开始也是不以为然。没想到,现实根本就不容她置疑,不但脾胃好了许多,困扰她多年的失眠也消失了。这两天她的睡眠居然很不错。

她翻来倒去地琢磨庄合超的处方,就是《伤寒杂病论》中的柴胡加龙骨牡蛎汤呀,很常见,但人家的神奇就在于,确认了自己是肝气郁结,从调肝入手,疏肝通络的搭配如同一记妙手自天外飞来,那是自己以前完全没有留意过的方向,巧妙却又高效。她不由想起庄合超在飞机上说过的话,三天如果不见效,就不要用这个方子了。

一上班,齐美琳就兴冲冲地来到庄合超的办公室,想跟他当面道个谢。她在医院还是实习生的身份,这次确实是开了眼界,道谢之余,最好再详细请教请教。

院长的办公室外一直挺安静。刚到门外,就听见屋里传来了一道低沉的声音说,合超呀,你要正视自己的问题,组织上是相信你的,但这次可是实名举报,还附了照片的……

齐美琳吓得忙顿住步子,一颗心乱跳起来,忙轻轻退后,悄没声儿地踅了回去,又夯着胆子转头觑了眼。庄合超的门没有关严。她瞥见了庄合超的脸。他脸上又笼上了那抹熟悉的霜色,却又有几分憔悴,如塑像般凝在那儿。她没来由地觉得他挺可怜。

那低沉的声音还在不紧不慢地响着,一切都要按程序来,这几件事必须跟组织交代清楚,比如你去德国参加会议,具体的行程我们都要再核查一下。还是那句话,组织上是相信你的,你也要相信组织。

她在医院待的时间并不长,但也见过了几位院领导,这声音不像他们中的任何一人,莫非是上级部门下来的纪检领导?

终于,她听到庄合超说了一句话,组织上相信我,我也相信组织。

齐美琳的心不由得突突突地跳得更厉害。她悄悄地退了回来,走廊里这时候安静得厉害,她每走一步,都能听到自己的鞋子啃噬地面的声音。

庄合超被实名举报的消息就像一道龙卷风,很快就传遍了全院,于是就有许多真真假假的消息蹿了出来,齐美琳也知道了一些细节。

实名举报庄合超的,居然是肝胆内科的副主任廖晨。

这真让许多人都惊掉了下巴,因为廖晨可是庄仲衡的得意门生,号称庄门四金刚之一,算起来是庄合超的师兄。

其实这两年廖晨和庄合超处得很僵。特别是去年肝胆内科的老主任退休后，院里面对继任者进行了公开竞聘上岗，原以为稳操胜券的廖晨居然竞聘主任失败。廖晨认为这是庄合超的问题，肯定是这个一直看不上自己的院长在打分的时候给自己动了手脚。这个扣子一结下就不好解，庄合超并不擅长跟人沟通，而廖晨更是个内向的人，外表看上去挺和气，内里却是个睚眦必报的性子。但谁也没想到，这一回廖晨竟会鱼死网破，直接给总医院的上级管理部门——卫生局写了检举信。

然后就有人传廖晨举报的内容，林林总总汇了许多条，但大多都很虚。就是有一张被下属请客大吃大喝的照片，据说最后还是公款报销，那照片虽然模糊，但还是能看清在场的人有几位是总医院的中层；还有就是举报庄合超这次去德国，中途又去了别地游玩。这两条都很麻烦，于是卫生局立即派出了纪检人员来现场调查。齐美琳听到的那个低沉的声音，应该是卫生局的纪检领导。

各种消息汇过来，让齐美琳心乱如麻。别的她不知道，这次去法兰克福开会，庄合超确实是直来直去，直接飞过去开会，又匆匆飞回来看望老爹，哪有什么时间去别处游玩。

她觉得自己该去安慰安慰庄合超。只是这种事，实在不好过多开口，她就耗到了下午，快下班的时候又去了他的办公室。

齐美琳没怎么斟酌措辞，很直接地说，庄院长，你要顶住，我虽然不是院里面的正式职工，但我打听了，大家都是挺你的。

他嗯了声，那谢谢你们。

他脸上仍是那副若有所思的样子，似是沉浸在什么里面。

别担心啊。她又补了句。

他才仿佛警醒过来，正望见她清澈的眸子。其实两个人去德国开会，同去同归的几日里他并没有太留意她，除了归途中给她诊了诊病，平时连话都说不上几句。但这时候，忽然遭到了莫须有的流言和举报，正心里空落落暗沉沉的当口,他忽然撞见了她的目光,竟觉那目光中有一种柔软而真切的关心,清水般注入了自己心里。他才发现齐美琳与自己站得很近,甚至能嗅到她身上那种淡淡的女人味道,他的心神竟恍了下。

他笑了笑,说,其实我倒不太在意这个,相信组织就是了,子虚乌有的事,没多久就会水落石出的。我担心的是妙妙。武汉那个不明原因的肺炎,已经被国家卫生健康委认定病原体是一种新型的冠状病毒。

她松了口气,暗笑这个人似乎从来不把自己的事放在心上,就说,我也看了新闻,这个病毒跟 SARS 虽然同属于冠状病毒,但据说远没有 SARS 那么严重吧?

难说。他的面色又肃穆起来,说,妙妙应该尽早回来才好。

过了二十八岁,庄妙妙最头疼的事就是被家里催婚,更头疼的是到了年节时,碰上七大姑八大姨,那些催婚的殷切眼神简直能把人给煮沸了。

好在今年情况特殊,爹妈已经出国了,北京杂志方面的工作也早早忙完了,眼下这个人物专访也不是特别急的工作,她甚至盘算着,再四处转转,等过了春节再回卫市。反正朱丽临走前说了,这房子亲爱的你就随便住吧,也许这次度假归来,我们就要结婚了,婚后很可能就去美国定居了。

说到恋爱和结婚,其实庄妙妙对自己的容貌还是挺自信的,虽然不是母亲那样的大美人,但也遗传了她的精致,配上细腰大长腿的身材,走到哪儿都一路吸睛。她不像闺密齐美琳那样长发飘飘,而总是干净利落的短发,从不穿裙子,永远是包身牛仔裤,衬出犀利的线条感。只是她的性格比较像个女汉子,对人对事从不服软,在情感之路上就差了那么点缘分。

慢慢地,庄妙妙已经有点习惯寂寞了。寂寞就是一座城,不是色彩斑斓层次丰富的油画里的城,而是木刻版画里的城,线条冷硬,黑白分明。她喜欢将自己嵌入那版画内,独自品那城里的简单和深邃。

其实庄妙妙心里的那座城,不是故乡卫市,故乡的亲戚太多,对于她来说有点闹了。她的城是漂泊的北京，是车票或机票上指向的下一个城市。当然，也很可能是武汉。

她在这里上的大学，这座城永久锁住了她的青春，那些咖啡馆、书店和小手工坊里，游走着她青春时代的波伏娃、昆汀和福克纳。所以开始时，庄妙妙在武汉优哉游哉地玩了一段时间。

她仍旧没有采访到蔡青莲。蔡老师的病似乎还没什么好转，倒是她和何锋越来越熟络了起来。庄妙妙算了算，在武汉逍遥的这段日子，陪自己最多的，居然是何锋。当年秉烛熬夜的闺密们，有人已经当了妈，每天围着孩子和老公忙碌，其他大多数是如朱丽那样的，正在向着婚姻围城疾驰，也都被男友捧着，没时间来陪自己。蔡青莲的病情不见好转，但似乎也没太大问题，而且因为主要是何锋的老爸何革新照顾老伴儿，所以何锋便总过来陪着她四处转悠。

庄妙妙在公司的新闻部跑过一阵新闻，听了贾天明说的那个疑似 SARS 的冠状病毒的事，出于职业习惯，就给杂志新闻部的老主任打电话，问自己正好身在武汉，是否写一个专题报道。

老主任想了想，说，报道传染病疫情的事必须要有根有据，现在你那里掌握的情况都还没有定性，这个专题报道怎么写呢？况且咱们这种综合型周刊在新闻上有滞后性，很可能印出来之后，疫情早就没影了。

庄妙妙有些无奈。正好下午何锋又约她出来去汉正街转悠。

快过年了，腊月里的年味就如同豆蔻年华的少女，蓬勃而舒展，商家的橱窗内、店檐的灯笼下、逛街人的脸上，都是喜庆。庄妙妙留意了下，街上的人们都在优哉游哉地逛着、买着，并没有什么惊慌。

坐在咖啡厅里，她就跟何锋吐槽，说老主任现在怎么变得这么嘀嘀咕咕。何锋眯着迷人的小眼睛冲她苦笑着说，还没定论的事你操那个闲心干什么，许多事情得学会放弃，你还年轻，不大懂，我是很早就懂了。

庄妙妙说，你才多大啊，说话老气横秋的。

何锋摊着手，一副无所谓的样子。他说，其实都无所谓的。我这个人生活起来蛮简单。就比如玩游戏吧，一款游戏我能打上六年，懒得换其他的，绝不见异思迁，绝不朝三暮四，这么专一的人现在是不是很少见了？

庄妙妙笑了，说，一款游戏打几年，我觉得这不叫专一，应该叫一根筋。当然，也可能是对什么都不大上心，得过且过。她说着就恍然大悟，哦，你瞧你这人脾气不错，模样也凑合，为什么这么久还没女朋友，是不是就因为这性格，万事不往心里去？

何锋说，是是，我诚心诚意地接受您的批评，同时也欢天喜地地接受您的表扬。

庄妙妙说，我哪儿表扬你了？

你说我脾气不错，模样也凑合，你瞧，说明我在你心里面过关了呢，这么赤裸裸的表白我还能不明白吗？他笑着眯起眼看她，忽然瞥见她的眼睛正直直逼视过来，心就一跳。

他觉得她今晚格外好看，虽然他在剧团里待久了，美女见过不少，但庄妙妙是那种第二眼美女，初看不惊艳，但那素面朝天的脸配上利落的短发，白的雪白，黑的漆黑，特别是现在瞪起大眼睛的时候，那冷艳就如同加满冰块的冷饮，看一眼就直透全身。

他急忙低下头，又掩饰地笑起来，说，逗你的逗你的。今天跟你报告个喜讯哈。

庄妙妙对他这种小打小闹的胡扯已经习以为常了，关键是这家伙每次都很快把话收回来，但今天她不知怎的就觉得这种半真半假的很没劲，就哼了声，你还能有什么喜讯？

他说，我肯定要上一家地方台的戏曲春晚，过两天就要彩排了。你不是总说要听听我的汉剧吗，一定要赏光呀。

她说，哎哟！这可确实是个喜讯，先恭喜你了。

他却苦笑，说，其实也未必全是。这也许是我最后一次以汉剧演员的身份登台了。

她有些惊讶，问，为什么？

他说，前两年闲着的时候被几位朋友拉扯着进了影视圈，混得还行，去年拍的一部大剧，最近听说要上星了，嗯，上星就是在卫视播出。我是那部剧的男三号，导演说我的戏挺出彩。可能这部大剧播出后，我就会专职在影视圈里打拼。所以真的，这次地方台戏曲春晚，就成了我的汉剧告别演出了。

庄妙妙望着他，见他提起自己的最后一次汉剧登台时，小眼睛里就有光在一点点地缩了回去，脸上竟难得有了种肃穆。她点点头，说，好，我一定去。

何锋的手机突然响起一段汉剧老生唱腔。接完电话，他苦笑道，是老团长，非让我上一个汉剧大戏。我告诉他不行，别惦记我了。他叹了口气，罕见地没有笑。她蓦地记起，第一次跟他见面聊天，他就问起自己放弃五年苦读的中医专业是否遗憾，现在回想，这个看起来总是嬉皮笑脸的家伙，其实心底也有自己的坚持，而且相比自己，他的坚持已经足够长了。

两天后，何锋早早地开车过来接她。上了车，她发现他的表情有些僵硬，一问才知道，晚会彩排出了点小变化。

原来何锋入选这台戏曲春晚的是汉剧《状元媒》选段。《状元媒》是汉剧经典剧目，有文有武，情节引人入胜，说的是柴郡主在边关遇劫，被杨六郎所救，以珍珠衫相赠定情，但回京师后，皇帝却要将柴郡主许婚他人，幸得状元吕蒙正巧妙周旋，让杨六郎与柴郡主终成眷属。

何锋扮的正是状元吕蒙正。不过，这出戏的名字虽叫《状元媒》，其实真正的角还是柴郡主和杨六郎，状元吕蒙正出场较晚，戏份并不多，很多都是里子活。这种大圆满的吉庆剧，确是适合上戏曲春晚。

原定上晚会的，便是最后金殿辨明真假乃至赐婚的一段。何锋要登台表演的，便只是最后那几段唱。

可昨晚忽然来了通知，计划有变，晚会方倾向于上《状元媒》开头"遇险"和"赠衫"那一段，因为文武兼备，更加热闹。但这样一变，便没有何锋的戏份了。经过团里骨干的一番据理力争,晚会方答应让这两段都上彩排,看看实际效果,当场竞赛,来个二选一。

庄妙妙自幼也是唱过戏看过戏的,知道《状元媒》开头的情节是柴郡主潼台射猎遭遇辽军伏兵,被途经的杨延昭救下,柴郡主赠其珍珠衫,暗示托付终身。如果单论舞台效果,那肯定遇险赠衫这一段有武戏有文戏,更能出彩。

她只得安慰他说,二选一嘛,既然是当场比赛,总之是有机会。

何锋挤出一丝笑,说,确实还有十分之一的机会吧。扮柴郡主的小丫头叫许雪清,是我妈的学生,手把手教出来的四小名花之首。唉!其实,要上最后的金殿赐婚,柴郡主的戏份也不少的。当然了,遇险和赠衫,她的戏更出彩。所以……管它呢!

那笑容就又变成了无所谓的样子。

庄妙妙平生第一次进了汉剧后台化妆间。想不到何锋这个懒散的家伙化起妆来居然称得上细致入微,甚至到了最后定妆敷粉的时候,也是慢悠悠地,仿佛在跟什么看不见的老友告别。

她不知说什么好,拍了许多照片后,便出去在观众席坐定了,静静看戏。没多久,锣鼓声响,"遇险"那段武戏开始了。许雪清不愧是蔡大师手把手教出来的四小名花之首,把个英姿飒爽而又情窦初开的柴郡主演得活灵活现,武戏利落娴熟,又刚中带媚,文戏则深情款款,悠扬的唱腔中唱足了那份一见钟情和柔肠百转。现场的喝彩声和掌声几乎没有断过。

庄妙妙就很有些感慨,蔡大师的儿子和蔡大师最喜欢的女弟子,要来争一个晚会登台的名额,这不但残酷,而且有点造化弄人的味道了。

又穿插了许多个节目,何锋他们的"金殿赐婚"才登场。眼见何锋扮的吕蒙正登场了,庄妙妙没来由地竟有几分紧张。好在何锋演得收放自如,念白和唱段中都透出一股潇洒和儒雅。

庄妙妙听过1960年版张君秋、马连良大师的京剧《状元媒》,里面的吕蒙正是马连良先生所扮。这时候她隐约听了出来，何锋这段表演很可能是向马大师隔行取了经，这个吕蒙正演得大智若愚，有几分诙谐，有几分洒脱，但还有几分说不清的东西。

待听他唱到"八千岁无计较，害得我媒人两头跑"时，她的心才忽地一动，那几分说不清的东西应该是一份古道热肠吧。这个家伙成天看似对什么都无所谓，其实心里面却很热。

演出结束后，庄妙妙又坐上了何锋的车，两个人都不再说话。车窗上闪烁的霓虹光影就像柴郡主飘摇的水袖，又似戏里那悠悠的胡琴声，哀怨地在两人的脸上跳动着。

他顺手拧开了收音机。里面正放着一首老歌。

　　　　一个人住在这城市
　　　　为了填饱肚子就已精疲力尽
　　　　还谈什么理想
　　　　那是我们的美梦
　　　　…………

　　　　理想，今年你几岁
　　　　你总是诱惑着年轻的朋友
　　　　你总是谢了又开 给我惊喜
　　　　又让我沉入失望的生活里
　　　　…………

庄妙妙在歌声里向他望过去，隐约看到他的眼睛里有些闪闪的东西，像是那天看到的那蓬热光，又像是泪花。

他忽然说，去吃一顿，庆祝一下吧。不待她问，就呵呵地笑了，说，雪清找了导演,一定要上"金殿"这场,说这么多人凑齐了,不容易。刚刚已经定下来了,我们一起上。

她终于松了口气,想说恭喜,反而觉得这句话太轻飘了。

到了酒吧,找了个僻静的角落,他倒上啤酒就喝,很快就干了一大扎。庄妙妙忍不住叹口气,说,总之是好事,看你怎么弄得跟借酒浇愁似的?

他终于放下杯子,说,我妈很早就得了戏剧梅花奖,她是整个武汉汉剧的台柱子,所以从来对我要求得挺严格。我小时候是小胖墩儿一个,初中了才瘦下来点,我这身材这身手,是学不了小生的。我妈从小希望我学三生,因为三生是铁扁担行,凭嗓子吃饭,是汉剧里面最红的行当。可我就这命,十八岁的时候,一夜之间,声音就不行了,就只得去学六外了。

她也不由得叹了口气。她知道汉剧里面有所谓十大行当,三生和六外都是汉剧里面黑髯口的中年男子,但三生是老生,以唱功为主,六外是外角,重做工。而汉剧里面最重视的还是老生的唱,所以三生号称"铁扁担"行当。

他郁郁地抬起头,说,外人眼里面,我一直是个在老娘羽翼下的小白胖子,没出息的小胖子。但我妈挺好,从没逼过我,倒一直鼓励我。他说着又低下了头,又嘿嘿了两声,说,反正我不是铁扁担了,当不了台柱子。

庄妙妙看到他说最后一句话时,眼里面又有一抹热光流出,再消散。他在台上扮吕蒙正时,眼里也曾流出这样的热光。她明白过来,拥有那抹热光的何锋也许才是真实的何锋,只是被他一直小心地藏着,这时候才露了出来。

她问,是不是要离开了,才觉得沉重?

他点点头,又大口灌酒,说,别劝我,我离开是注定的了,汉剧界要失去一位著名的大师了。

她说,不劝你,影视圈有很多演员是学戏曲出身的,他们有戏曲功底,转型影视往往都很成功。不过呢,今晚你挺优秀的,唱得蛮扎实,能想到从马连良大师那儿取经,很用心,也很成功。我都能品得出来,想来导演们也都看出来了。

他愣了下，眼眶忽然湿了，喃喃地说，其实，我挺喜欢汉剧的，真的。

她看到他眼里面有了血丝，也许是这几天没睡好觉，也许是酒喝得猛了，忽然觉得他很可怜，却不知道说什么好。

他奋力睁大了眼睛，不想让眼泪流下来，说，所以，谢谢你妙妙，要是别人说这话我会觉得无所谓，但你说出来，我就觉得蛮感动，觉得没白忙乎。妙妙，真的谢谢你。

也许是感动，也许是酒力，他说着转身抱住了她。

她吃了一惊，心里却被他火热的眼睛灼烧了下。他低下头就吻她，有些疯狂的吻。她想推开他，却发现他在哭，便不再挣扎，慢慢地也觉得身体里有些热热的东西在苏醒，仿佛春天的野藤般一缕一缕地蓬开了。

庄妙妙整个人飘飘忽忽的，过了会儿，才推开了他。她端着气问，你不会跟我演苦情戏吧？

他盯着她，也在喘气，很认真地说，说实话啊，应该叫酒壮尿人胆。不管你接受不接受，反正我是爱了。

她急忙低下头，说，你喝多了，不算。她感觉身子还在发抖，一时间竟想赶紧逃离。

他贴着她耳朵说，都喝多了，我送你回去吧。

她突然意识到了什么，就推开了他，可是推的时候反而瘫在他的怀里。何锋搀扶着妙妙走出了酒吧。

夜色深了下来，风打在两个人的脸上有些硬，像是小刀子在割。等了很久，代驾才来。两人钻进了车里，感觉那车像是一艘船起起伏伏地，在武汉的街道上穿梭。一路上妙妙似醒非醒，嘟囔着说出了丽苑的地址。何锋搂着庄妙妙，突然觉得自己很幸福，进酒吧前的那点消沉情绪被心里面蓬勃钻出的情感消除了许多。

车拐过了几个弯，驶向了长江大桥。长江的江面被两边五颜六色的大楼灯光映射得很辉煌。开到了丽苑的地库，妙妙似乎还没有醒来，喃喃地说着什么，何锋也听不清楚。他索性扶着她上了电梯。

卧室里面的灯一直亮着。那是盏床头灯，橘黄色的，很暧昧。他刚把她卸在那张柔软的大床上，她就醒了过来。妙妙睁大眼睛望着头顶的卧室吊灯，神色还有些迷糊。何锋望着瘫在床上的美女，说，醒了？太遗憾了。

妙妙说，要不然呢，你还敢起贼心？

何锋急忙说，贼心一直有，就是没贼胆。

庄妙妙觉得有些口干，说，冰箱还有罐啤酒，去拿过来。

何锋忙说，是，是，刚才确实没喝尽兴。

两个人又两罐啤酒下肚，她忽然说，你教教我汉剧，我知道很难，但我想学。

她摇摇晃晃地站起身，眉毛很妩媚地一挑，咿咿呀呀地唱了起来：

> 忽然间救星从空降，他就是天波府延昭六郎。三赶车辇把贼挡，搭救你儿出祸殃。你儿才得安然无恙，傅丁奎此时间才到疆场。论功劳不过是将马让，步送你儿回营房。你有功来该领赏，怎能够痴心妄想招东床……

没有伴奏，庄妙妙的心底却响着铿锵的鼓乐声。其实今晚陪着何锋彩排，那古老戏曲里的锣鼓胡琴声响起时，一种久违的感觉就反复在她心里冲荡。她想起了小学时跟着母亲学戏的时光。那段时光并不快乐，甚至色调很有些灰暗。母亲那时总去外面演出，经常不着家，回来的日子里也常跟爸爸吵架。还是个小学生的庄妙妙苦学京剧，其实有个深藏在心里的秘密，就是想让母亲高兴，想让母亲对自己多些疼爱。小学学戏时，大多是伴着抑扬顿挫的胡琴声。胡琴声太古老了，还带着上辈子残留下来的苍凉气息。小妙妙就在那沉郁的胡琴声里，努力地扮着自己还不大明白的那些红粉佳人。她觉得母亲应该是懂了自己的心思,但母亲并没有多给自己一点点爱。

所以今晚庄妙妙心里面就有种要宣泄的冲动,她拼命地喝酒是一种宣泄,这时候拼命地高唱也是种宣泄。她唱的正是《状元媒》里"金殿完婚"中柴郡主的唱段。只是她到底没怎么学过汉剧,又喝了酒,这几句唱就带着很浓郁的京剧腔。

何锋觉出了她的异常,却不明白这异常是为了什么,只是觉得眼前纵情而唱的妙妙更增添了许多妩媚。她唱得很投入,忽又觉得热,索性甩脱了羊绒衫,拽下来床上一个薄毯裹在身上当作斗篷。唱完了这一段,她意犹未尽,又唱彩排里许雪清表演的柴郡主"赠衫"那段。

她觉得心里憋闷了许多年的情绪都随着唱腔喷发了出来,像烈酒入腹,带着热腾腾的劲道。这段"赠衫"需要二人对唱,何锋早被她的情绪感染了,也跳起来陪着她唱起了杨六郎。她唱到了兴头上,薄毯不时滑脱下来,半遮半掩地露出雪润的肩和胸。

何锋被那忽隐忽现的莹白晃得头晕,心内牢固的堤坝一次次被冲击着。两个人不知怎么就搂在了一起。他脑子里有无数个问号在拷打着自己,他知道妙妙喝多了,很可能是借着酒意在宣泄什么,却又想,妙妙只身来到武汉,于千万人之中遇到了自己,又因汉剧牵动了情感,这也许就是一种奇妙的缘。他还在琢磨着,她已迷迷糊糊地顶住了他的胸,他的手便也触到她光滑的脊背。

那股温热和柔软让何锋觉得所有的血都在往上涌。他立即就迷乱了,不顾一切地寻到了她的唇。二人立时便被一股灼热的感觉包裹了。天与地接触,月和星碰撞,两个人都在那炽烈的激情中挣扎着,疯狂着,也享受着。

夜很深了,庄妙妙却起了身,坐在飘窗上远眺着泛着灯光的长江。长江离这里不算远,却也只能依稀看到平阔而浩渺的半角江面,江岸灯光映照下的夜空现出很夸张的厚重,黑沉沉地垂下来,仿佛要坠到江里似的。

她不是个保守的女孩，但也绝不随便，这时候清醒了些，心里面就有些没着没落的感觉，隐隐地觉得，是不是太快了？

她却并不想说什么，只是紧抿着嘴，望着那一线江天发呆。她从没见过水与天挨得这么近，心中竟有些混沌。

何锋只觉灯影里的妙妙很模糊，也多出了几分不可捉摸的美感，就挨着她坐下了，说，刚才，你可喊了一声我爱你。

妙妙说，幻觉。

他说，我可记着呢。当然，我也喊了十七声我爱你。

妙妙抿起嘴，说，没听见。

他觉得她似笑非笑的样子越发动人，就拥住她的腰，轻轻地唱起来：

海岛冰轮初转腾，见玉兔，玉兔又早东升。那冰轮离海岛，乾坤分外明。皓月当空，恰便似嫦娥离月宫，奴似嫦娥离月宫。

他的唱腔里有一种很温暖的力量。她觉得自己整个人都沉浸在那股温暖里，变得松松软软，也许自己最需要的，就是这种暖暖的感觉吧。

她轻轻地问，今晚你彩排过了，什么时候真正现场录制？

何锋说，22 日才现场录制，听说是要等两个很重要的大腕，人家档期拆兑不开，所以才拖到那么晚。你能来现场看吧？

她笑了笑，说，那可不好说。

一低头，庄妙妙才发现手机竟在那儿一闪一闪的，很焦灼的样子。她急忙抓起来，看到了两个未接电话，都是彩排现场设置静音时叔叔庄合超打进来的。太晚了，她没有给叔叔打回去，就去翻了微信。

果然看到叔叔的留言：抓紧回家，越快越好！

她知道叔叔的性子，留言时从不用标点。现在，那个叹号有点触目惊心。

第二章

分水岭

1月20日这天就像是疫情防控的分水岭。

中央领导人在这一天对疫情防控工作作出了重要批示,也在这天晚上,在央视新闻里钟南山院士宣布了新冠肺炎肯定存在人传人的现象。

从这一天开始,似乎被一只无形的巨手飞快而娴熟地推动着,许多机构都迅速地运转了起来。

庄合超就是在这天晚上接到了副市长刘学仁的电话。

刘学仁是他大学时的学长,年长他几岁。他上大一的时候,刘学仁是本硕连读即将毕业的研究生,虽然在学院交集很少,但刘学仁曾多次登门向庄仲衡求教,便跟庄合超成了好友。现在刘学仁正是卫市分管卫生的副市长。

刘副市长打电话从来不跟庄合超客套,劈头就问,你怎么看待这次新冠肺炎疫情?

庄合超说,这得看你是从私人关系来问,还是从公家关系来问。

刘学仁说,当然是先公后私,先听你从公家关系的回答。

那轮不到我来回答。庄合超说,我现在的处境,你不可能不了解。

他忽然觉得无比的萧索和无奈,上面的调查越来越细密,各种风声也越传越离谱,而在没有形成最终结果之前,自己的工作已经是半停滞状态。

顿了一顿,刘学仁才说,合超,你现在的情况我很了解,也向纪委那边了解了最新情况。那边马上就要最终定性了,三个字,没问题。你没有任何问题。就跟我第一时间的感觉一样,你这家伙,最多是书生意气,不可能出问题。

其实无论是从老同学的交情,还是从庄仲衡弟子那儿论起来,刘学仁都跟庄合超的关系很好。但庄合超遇上了事,却并没有告诉这位学长老大哥,一来不想麻烦人,二来这个事本也是子虚乌有,但想到这个事在系统里面闹得挺大,刘学仁作为直管市领导和老大哥,居然也始终不发一句话,庄合超心里面难免有些失落怅然。

直到这时候,听到他爽直利落的这番话,庄合超顿觉心里一暖,满腔憋闷抑郁顷刻烟消云散。他在心底深深叹了口气,没问题,这三个字就足够了,老大哥的充分信任也让他心底热烘烘的,就说了声,谢谢。

别跟我虚情假意地客套。刘学仁在电话那边说话依旧硬邦邦,我们要真动作,而且要快。你当年可是陪着庄老驰援过广州一线抗击 SARS 的,虽然是中医,但这方面的经验在市里面独一无二。我已经推选你做了咱们卫市医疗救治专家组的中医专业部主任。

庄合超倒有些犹豫了,说,我的问题到底还没有给出最终定论,你这么大包大揽,不大好吧?

那边回答他的只是一句话,马上过来开会,今晚 8 点,市委紧急召开防疫专题会!

市里面的动作确实非常快,卫市在当晚就启动了应急响应机制。

连夜召开的专题会议上,卫市市委、市政府主要负责同志担任了卫市防控领导小组组长,卫市防控指挥部下设了多个工作组,还成立了市级医疗救治专家组和疫情防控专家组。

卫市医疗救治专家组的组长由卫市天弘医院院长于湛担任。这个医疗救治专家组下又细分为六个专业部，庄合超担任六个专业部之一的中医专业部主任。

专题会议开得雷厉风行，散会时已经是晚上10点了。

刘学仁又留下了疫情防控和医疗救治体系的相关负责人，换了个小会议室，继续开专业部门的具体落实会议。

会议开始前，庄合超看到了跟在于湛身边一个熟悉的身影，他的前妻肖芸。

肖芸是天弘医院的呼吸科主任，作为卫市呼吸科的权威之一，这种会议当然不会缺席。他们同时接到紧急通知来参会，相互间却没有联系，直到这时候才知道对方也来赴会。

肖芸以往看庄合超的目光都是冷冰冰的，这时候却难得地有了些关切，不知是不是也听到了庄合超被举报的事。她晃了晃手机，低声说，妙妙怎么搞的，还在武汉没回来？

手机屏幕上显示的，正是前几天庄合超给她转过去的那份SASR冠状病毒检出高置信度阳性指标的检测报告截图。当时庄合超心里面有些拿不准，就转给了担任呼吸科主任的前妻。

他摇了摇头，说，真没办法，我一直在催，她说订的返程票是23日的。

肖芸也叹了口气，说，现在的孩子啊，固执又叛逆，永昆还不是一样。

提起了儿子，两个人的脸上都闪过一丝深切的无奈。当初二人离婚，虽然主要是因为性格因素，但受伤最大的无疑就是庄永昆了。肖芸飞快地扫了眼陆续进入会场的各位专家，便把话咽了回去，转身入座。

很多人都没想到，开会前市委主要领导居然也走进小会议室来旁听。会议的焦点就聚集到卫市疫情发展趋势和抗疫医疗主战场的建设上。

庄合超的座位被安排得很靠前。他不是一个喜欢在会议上侃侃而谈的人，所以很不适应这样的位置，不由四下看了看，发现肖芸高昂着头坐在了比较靠后的位置。

会议的气氛也有些紧张。有两个部委的领导可能是来得匆忙，在汇报时被刘学仁问及了一些具体数字，支支吾吾地说不清楚。庄合超记得这两个领导在会上喜欢念稿子，而且稿子都挺长，每次念起来都没完没了。但这次会议大家不是来听他们念稿子的，刘学仁问的都是实实在在的数字。庄合超没来由地替这两个不算太熟的朋友难堪。

刘学仁当即就对这两人进行了批评，又看到参会的两位市委主要领导都蹙紧了眉峰，便叹口气，说，我有责任。

市委书记摇了摇头，说，现在我们要用战时思维，作风虚浮的、不能沉下去的、不掌握具体数字的，就要火线换将。都这时候了，必须庸者下，能者上！

两个刚挨批的参会领导立即满脸通红，额头上冒出了汗。会议室内的气氛也越发紧了起来，不少人都出了汗。

接下来是卫市疾病预防控制中心的王昕汇报，虽是疾病预防控制中心的主任助理，但思路清晰，作风扎实。这个留着一头干练短发的女子按开了身前的话筒就是一通很干脆利落的汇报，防控重难点分析从已经开始的春运说起，再到卫市所处的港口地位，分析得非常详尽。刘学仁等市领导的眉头才有些舒展。

最后，王昕汇报了一个重要事情。十天前，有6位来卫市做商务的武汉朋友，其中有一对夫妻就在武汉那个海鲜市场有摊位，他们来卫市后就住在圣索兰大酒店，主要是想在年底前完成催款等工作，没想到他们6人先后发病了。他们一直在串亲访友，那对夫妻还常去一家大商场采购和游玩，活动范围很广。

会场上又有些压抑，所有人的目光都变得沉甸甸的。不知是谁咳嗽了两声，很静的会议室内，立即让所有人都吃了一惊。

刘学仁最先反应过来，开始询问相关细节。一连串的追问、解释和探讨后，会场又陷入了短暂的沉默。

疫情防控专家组的组长华亭，是卫市疾病预防控制中心的负责人。他显然已经做好了精细的准备，这时仰起头开始做具体安排。他要求搭建一个框架，尽快将各方面合力发挥到最大，现在就要把防控重点放在圣索兰大酒店上，而在全市总体防疫上，也一定要首先着力于"防"，发现、溯源、隔离、阻断，一定要快。

卫市医疗救治专家组组长于湛是全国著名的呼吸内科专家、卫市天弘医院院长。天弘医院是卫市最大的以治疗呼吸系统疾病为主的现代化综合医院，这次必然会成为抗击新冠肺炎疫情的医疗主战场。身为天弘医院院长的于湛自然觉得肩头担子很重。

于湛虽然才五十多岁，却已经满头白发，还有些微微驼背，看上去要比实际年龄老上十岁，但目光坚定有力，又透着十二分的精神头。

他在会上提出了一系列建议，包括要在全市医疗机构多建发热门诊，将之作为抗疫的第一道堤坝，全市至少改造增建 70 家以上的发热门诊，把抗疫的防线拉长加固。同时，打造线上健康咨询平台，重点人群随访，避免发热人群在医院大规模聚集，那样会造成一系列的被动局面。

他的建议是站在卫市医疗救治专家组组长的高度提出来的，而且这些建议显然都已经过深思熟虑，因此会上立即拍板要求落实。

一番很细致的建议提出后，于湛又挥了挥手，说，我这些想法都很仓促，肯定还有不少纰漏，没关系，我们会随时补充，尽快完善。总之，疫情就是军情，所有医务人员都是战士。现在，该是我们担当的时候了，我们必须冲上去，坚守到底。

肖芸很熟悉自己这位院长的脾气。他是个真正的学者型人物，这时候讲话也全是硬邦邦的技术性安排，不加一句请领导指示之类的官话套话。但她看了几眼会议圆桌前排的几位市领导，居然也在频频点头。

刘学仁说，庄合超院长有当年在广州一线抗击 SARS 的经验，说说你的看法。

所有人的目光都集中在庄合超的脸上。不少人知道了他被举报的事,那些目光就有些异样。

庄合超仰起了被贴上各种目光的脸,说,我很赞成华组长和于组长说的首先要着力于防,而我还想补充一点,那就是强化对轻型患者的治疗,医护力量要主动出击,坚决阻止轻型患者转重型,否则一转为重型,医护就会非常被动。现在看来,圣索兰大酒店事件将会让我们面临很大的困局,所以我们最好将困难想在前面,希望在全市最大的呼吸系统疾病诊治医院天弘医院之外,再建立一个备用专业抗疫医院,重点收治轻型患者,这个抗疫医院最好以中医为主。

于湛仰起白发苍苍的头,说,建立一个备用专业抗疫医院收治轻型患者,这个建议不错,但为什么以中医为主?

庄合超说,因为结合当年抗击 SARS 的经验来看,中医在扶正祛邪、阻断轻型转重方面有显效。这样可以极大地发挥中医抗疫的长处。

于湛摇了摇头,说,不管从传播能力,还是从致病性来说,这种新型冠状病毒跟 SARS 冠状病毒的差异都很大,尽管二者有同源性,但应该是不同的病毒。即便中医在治疗 SARS 上有些表现,那也是十七年前的事了。

庄合超也摇头,说,其实西医在治疗 SARS 上,一直也没有什么特效药,只能用抗生素和激素类药物去硬攻,那对人体的伤害非常大,现在对抗新型冠状病毒也一样。这样看来,其实中医整体辨证论治的优势更大更明显。

两个学者型的人物当着市领导的面唇枪舌剑,会场上的参会人员都有些呆愣。肖芸紧张地搓着手,她熟悉院长于湛直来直去的性格,也知道庄合超的执拗,更是八头牛也拉不回来。

好在刘学仁发话了,二位专家的发言都很好,我认为,备用医院还是尽快先建起来,凡事预则立嘛。我倒同意发挥中医的长处,但在具体医疗方案上,可以咨询患者的想法,如果患者要求是西医治疗,那我们就尽量用西医。不过,一切都要看最终的治疗效果。

主管副市长的话看似在调和,但隐隐地又偏向了庄合超。

于湛望着刘学仁,高度近视镜片后的眼睛闪闪发光,说,刘市长,我同意您的安排。不过,据我所知,对于当今的新型冠状病毒,中医还完全没有具体的治疗方案。

会场上又静了一下,许多人抬起了头,许多双眼睛在闪着光。

庄合超说,我保证,会根据具体病例,抓紧研究确定中医的新冠肺炎治疗方案。

出乎许多人的意料,最终是市委主要领导拍了板,备用医院要抓紧建设,可以采取中西医结合治疗的方案,而庄合超则负责备用医院的筹建工作。当然,庄合超还有个重要任务,那就是抓紧确定中医治疗新冠肺炎的方案。

散会后,走出大楼已经是凌晨 1 点多了,天上只有几颗星还在努力地睁着惺忪的睡眼。

刚出了大楼,两个老友便过来拍着庄合超的肩膀跟他低声聊天。庄合超听到了一个真假难辨的传闻。

原来刘学仁本来是推荐庄合超担任卫市医疗救治专家组副组长的,但这个建议被搁置了。因为虽然庄合超曾有过在广州一线抗击 SARS 的经历,但中医在这次抗疫中能起多大的作用,市领导们心里面都没有底。当然,还有个原因就是庄合超被举报的事,虽已被查明基本都是捕风捉影,但到底还没有完全定性,所以市主要领导的意思还是要谨慎些。

庄合超觉得这消息有点虚,就笑着摇头。刘学仁恰在这时走了过来,说,你们倒是消息灵通啊,传言嘛,反正别到我这里来求证。他转过头又叮嘱他的小学弟,不许有埋怨,只管认真干活,现在是展现我们担当的时候。

庄合超苦笑了下,说,你知道,我是不在意什么头衔的。不过,提议一个中医人做卫市医疗救治专家组的副组长,这在全国也是独一无二的了,不管成不成,市里面对中医的重视,对我都是最大的激励,永远都是!

刘学仁不再多说什么,只跟他握了握手。

两个人都很用力。

一大早,齐美琳就接到了庄老发来的信息,让她晚上来家里继续聊聊民国医史。齐美琳挺高兴,她已经跟老爷子聊过几次了,每次都觉得受益匪浅,这次庄老主动让过去,说明老爷子的身体还不错。

吃了晚饭,她就带着女儿萱萱来到了庄老家。这还是她头一次带着女儿过来。

在楼门口,她碰见了风尘仆仆赶回来的庄合超。离婚后,庄合超虽是自己单独过,但大部分时间要过来照看老爷子。自从他大哥庄合兴去美国做了针灸指导师,他几乎就住在了老爸这儿。

昨晚的会议开到了凌晨,今天庄合超几乎没怎么休息就进入了工作状态,一直忙碌到老晚。这时看到齐美琳,庄合超不由得有些惊喜,听得她说按方服药后果然身体好多了,他满是倦色的脸上就露出了些笑意。

她看出他的笑是真心的。这个男人其实并不大会隐藏内心。

他却低声说,谢谢你,常来看望老爷子。这阵子只怕我很忙,你要是得空,就多过来。说实话,我挺头疼老爷子跟我的唠叨,但他呀,倒是很喜欢和你聊天。

我会的,她的眼睛闪闪发光,说,本来我就是要跟老爷子学点真东西的。

庄合超注意到萱萱一直偷偷打量自己,他却不大知道怎么逗小朋友,就轻轻摸了摸小女孩的头。

庄仲衡看到了齐美琳母女果然很高兴。萱萱快六岁了,本来正是活泼的年岁,却并不爱说话,叫了声爷爷后,就静静地立着,眼里面有种伴着忧伤的宁静。

庄仲衡说了声好孩子都这么大了,就静静地看她,然后说,这孩子,先天的禀赋不足呀,不爱吃饭?

齐美琳连说,您一眼就看出来啦。这孩子身子骨弱,总是爱得病,每次流行感冒她都逃不掉。最大的毛病就是不爱吃饭,很可能是遗传了我的脾胃,似乎天生的胃口只有同龄人的一小半。

庄仲衡看了眼儿子,说,回头让合超给好好调理调理。

齐美琳的眼睛亮了下,飞快地看了眼庄合超,说,这倒是好呢。庄二哥在飞机上给我开了处方,没想到好得真快。

庄老爷子也在看自己的儿子,说,他呀,我总是对他说,中医的那点玩意儿,可别让你这个中医院长给折腾没了。

老人的目光中却有些说不清道不明的东西,像是无奈,又像是很深的期待。

庄合超只得笑笑,说,爸,中西医结合啊,这是个趋势。我们力争的是让中西医优势互补,而不是简单地平庸地去强行结合。

庄仲衡摇了摇头,对齐美琳说,你二哥呀,嘴里面说得挺好,或者说,理想层面构思得挺好,但实际上呢,他掌管的那个中医药大学总医院里面,真正靠望闻问切去治病的大夫还有几个?谁来了不是先验血验尿做 CT 然后才确诊,有的大夫还喜欢开一堆中成药,那里面大多含着西药成分。这样下去,只怕会让中医断了根。

齐美琳觉得自己得为庄合超说点什么,就说,现在都一样,中医科室都在用现代医学检验技术,中医内科要是遇到腹痛患者,也得先考虑是不是阑尾炎啊等急症,然后才敢开药。

庄合超得到了些喘息之机,苦笑着说,是呀,所以我们还是得吸收当代医学的现代化手段。当然了,理论层面的中西医结合确实是一个公认的大难点,因为那是两个系统,但只要不停地努力,总会有咱们中医破壁创新的那一天。

庄仲衡笑了笑,笑容中有些不以为然,又有些历经沧桑后的超脱。

齐美琳看出庄合超挺尴尬，就岔开话题，说，在法兰克福会议上，庄二哥的发言挺受欢迎，他选择的这个课题确实挺独特，当时引起的争鸣和提问也最多。对了，比如现在这个肺炎，开始时就被有些人错误地认为也是SARS病毒引起的，现在已经被认定是来自一种新型冠状病毒。

十七年前，我们跟同是冠状病毒的SARS有过一次遭遇战。庄老眯起了双眼，再慢慢睁开，说，最后胜利者是我们。现在，胜利者还会是我们。

齐美琳看到庄仲衡的眼中射出了年轻的光来，心内也有些振奋，想到庄合超在法兰克福说过的话，就问，庄二哥说，SARS并不是特别难治的病，是这样吗？

庄仲衡说，这句话，也不算错。可不管怎么样，十七年前的SARS，可是中医的一次大考。他跟你提过没有，当年我带着他到了广州一线不久，他居然感染了SARS。

齐美琳不由得哎哟了一声，摇了摇头，心想，他基本从来不跟我说起他的事，这种事当然更不会说。

庄仲衡接着说，十七年前，合超还只是三十出头，正是意气风发的时候。不过，中医虽然神奇，却也绝不是万能的。他的防护措施没做到位，到了广州后没两天，竟然染上了SARS……

那时候，合超在急救科随同抢救一位患了SARS的七十多岁老人，患者当时已经出现呼吸衰竭，上了呼吸机。虽然辛苦抢救了过来，但有两名医生和一名护士全都确诊感染了SARS。合超就是那两名医生之一，得了这个病，就是高烧、腹泻，然后就是呼吸困难，第二天就被送去了ICU（重症加强护理病房），而且很快，进入了呼吸衰竭状态。

齐美琳听得不由张大了嘴。老人摇头叹息，说，我们本来是去援助的，出现这种情况，可真算是出师未捷了。当时我在另外一个院区，马上赶了过去。合超的情况已经很紧急，上了呼吸机。

她忍不住问，就是说，SARS这种病一上来就很快，就已经进了ICU了？

她心里面没来由地有些发紧,暗想,怪不得,他提起当年支援抗击 SARS 一线时,目光会那么复杂,他在风华正茂的年岁,找到了用武之地,踌躇满志地前去,却偏偏还没有大展身手,就倒在了一线。

庄合超终于开了口,说,当时的感觉是呼吸都很吃力,翻一个身也费劲,心跳得厉害,就像是脖子被掐住了,胸口上压了大石头一样。这个病,就是这么急。

庄老说,我过去后,要求他们坚决不要用抗生素,甚至中药不能仅仅是辅助治疗,而是必须以中药为主。说到这里,老爷子洒脱地笑了,我用的是大补中气之法,先要用北芪、党参来补中气,再清热去湿;用大黄来清理热毒,用石膏和藿香来清肺热、除湿气,还加入了活血的药物,改善肺部循环。

齐美琳在心里面迅速地消化和推演着,轻轻地问,然后,几天情况才见好呢?

三天。他到底是年轻,虽然前三天还挺痛苦,但从第四天开始,忽然就好转了起来。庄老看着儿子,眼神中依稀还是十七年前煎熬过后的释然和欣然。

庄合超说,是,就好像胸口上的大石头忽然被推开了,掐着脖子的手也不见了,就这样,靠中医我闯过了那道生死关。

齐美琳虽然知道庄合超肯定没问题,这时却仍是长出了一口气,问,所以你才在法兰克福说那样的话,对中医来说,SARS 并不算什么难治的病。因为你是切身体会,从生死关上闯过来的。

庄老说,确实,那一次虽然庄合超大意失了荆州,但我们所在的中医医院却立了大功,中医第一次真正的扬名天下。SARS 过后,从全球疫情统计来看,没有中医药介入的地区和国家,比我们中医介入的,SARS 患者的死亡率要高许多。

齐美琳听了也有些振奋,甚至发现自己一直以来还是过于狭隘了,喜欢怀疑一切的性格让自己一直都在看轻中医,现在才知道,那其实是源自对中医理解得不透彻,就问,后来呢,庄二哥病好了后,又投入一线了吧?

庄老叹息,说,他还年轻,在鬼门关打了个转,回来后没什么大碍,但也休养了一段时间,待痊愈时,广州疫情也已经基本得到了控制。合超啊,那次只赶上了个尾巴。

她又看了眼他,明亮的灯光直打下来,勾勒得他那张脸的轮廓颇为坚硬,他的眼中有些怅惘,更跃动着不甘的神色。

这时候,一直静静看画报的萱萱忽然抬起了头,走到书案前,站定了,仰头望着墙上的物件。

风筝,姥爷的风筝。萱萱喊起来,稚嫩的童音中带着某种渴求。

齐美琳不知说什么好,只在心底深深地叹了口气。萱萱从没见过自己的姥爷,但知道姥爷会做风筝。家里面,姥姥为了免去睹物思人的苦楚,把许多风筝都收起来了。萱萱曾央求妈妈给她买风筝,但齐美琳心里面也痛,便一直不允。

庄老的客厅墙上挂着只很大的风筝,那造型很独特,是两只仙鹤并肩起舞的样子,仙鹤身上还精绘着艳丽的牡丹、翠绿的松树和缭绕的祥云间满面微笑的福禄寿三星。齐美琳早知道那是老爸独创的作品《福寿延年》,这工艺里既有风筝魏的传统绝活,又有父亲自己的创新。

那风筝其实很醒目,萱萱应该早就看到了,但开始还是忍住了,没有吱声。这时候,孩子的目光竟是那样的执着,甚至带着几分不属于她这个年纪的肃穆。

庄老爷子看着萱萱,眼神也温和了许多,叹息说,好孩子,这个确实是你姥爷的手艺。爷爷这就送给你。

萱萱看了眼母亲,却摇头说不要。

合超,这孩子先天不足,你先给她看看。庄老望着儿子的目光中有几分考验的意味。庄合超应了声,摸了摸萱萱的头,伸手给她诊脉。齐美琳今天带萱萱过来,本意就是想让这父子两名医给孩子看看病,这时候倒有些紧张起来。

庄合超诊脉了许久，才说，这孩子可能是先天性的心脏不大好，要慢慢调理。

齐美琳越发紧张起来，说，她几个月大的时候被查出有室间隔缺损的先天性心脏病，四岁的时候手术成功了，之前还得过败血症，反正那时候我真是累得都怀疑人生了。她长大后也是抵抗力差，爱感冒，关键是胃口太差劲，吃东西太少了，每次都得求着她吓着她，才能吃一点。

庄合超望见齐美琳满脸的忧色，忙说，放心吧，我一定会治好萱萱。

他提起笔唰唰地写了处方，先交给了老爸，忽又收回来，在上面改了两味药的剂量。庄老摇了摇头，说了句，一口方！

一口方，是当年庄仲衡的绰号，据说庄老开方子从来都是一气呵成，一口定音，而且从不修改，这是一种自信，更是一种功力。庄合超过了四十岁后，庄仲衡也曾这么要求他，但庄合超对这个一口方的说法并不以为然，就如同庄仲衡对中西医结合的改革也不以为然一样。

这时候听得老爸略带不满地说出这三个字，他也只是笑笑。

处方最后到了齐美琳的手上。她及时捕捉到了庄合超那抹歉疚的笑意，暗笑庄院长在老爸跟前竟也难得有孩子般的一面。她说，萱萱真是有福气了，难得有两大名医给她诊病。二哥你这么说，我心里面就更有底啦。

庄老很喜欢萱萱的沉静乖巧，便将风筝摘了下来，递到齐美琳手中。

齐美琳哪里肯要，这风筝是老爸亲手做的，当年也必是亲手交给了庄老，这是庄齐两家深情厚谊的象征，自然不能再收回去。她便一个劲地推辞，说，我爸走得太突然，我妈就对风筝有个心结，家里面不敢有风筝。但这丫头看了姥爷的那些照片，总央求我给她弄只风筝。家里面还有不少她姥爷的风筝呢，回头都给她找出来吧。

庄仲衡知道齐美琳的心意，自然不能再将风筝送出去，就拍了拍萱萱的头，说，萱萱，你可不知道，你姥爷的本事大得很呢！

然后老人开始翻转拆卸，那只展开达一米五的大风筝施了魔法般迅速缩小，最终就缩入了尺长的小盒子内。

萱萱看得目瞪口呆，定定神才拍手叫好，然后扭头看着妈妈说，妈妈，我要下楼去放风筝。

齐美琳苦笑了下，放风筝是个技术活和力气活，她一个女子并不在行，特别是父亲因为风筝事业而早亡，让她也跟母亲一样，对风筝有种又怜又痛的感觉，不敢触碰，只想远远避开。

她飞快地瞟了眼庄合超。两个人的目光碰在一起，不知怎的挺有些默契地又分开。庄合超摸了摸孩子的头，说，改日啊，大大带你去放风筝。

她心内有些空荡荡的。她知道他那种性格，特别是这时候的心态，未必会带着萱萱去放风筝的。这个改日，也不知会改到天荒地老的什么时候了，便笑着岔开话题，说，庄伯伯，今天您这番教诲，让我挺有感触。这几天，特别是在法兰克福听哈曼说起他的父亲约普民国时期在卫市染病，又被中医治好的事，让我有了个新想法。我很想把那个民国时期伤寒医家的研究再拓展开来，写一本系统普及中医的书，重点就写近现代名医的艰辛开拓和抉择。

庄合超说，这个想法不错，中医的普及书现在不少了，但写近现代中医的，确实很少，也很有必要。因为这几代人面临的冲击更大。

齐美琳说，名字我都想好了，就叫《国医天命》。三千年的中医走到现在，似乎已经到了天命之年，是进是退，关系重大，这时候不妨回首过去，看看过去的路，才能知敬畏，才能真正拾起传承。

《国医天命》？庄仲衡念叨着这个书名，眼睛又亮了起来，说，眼下确是又到了中医进退维谷的天命之年，而国医的第一次天命之战，是在 1929 年……

庄老爷子今晚讲得很尽兴。齐美琳听得也是意犹未尽。眼见夜深了，齐美琳便起身告辞。

庄合超亲自送了齐美琳母女下楼。

走到楼下，他想起了什么，就又对齐美琳说了句谢谢你。

齐美琳笑着说,庄院长你要是这么客气,我就不知道说什么好了。

她的分寸把握得挺好,当着老爷子的面就叫他二哥,老爷子不在场,就公对公地叫他庄院长,切换自如。他不由看了眼她。她正在笑,眼波盈盈地闪,风把她长长的鬓发撩到了唇边,路灯的稀薄光影下,生出别有情致的美感。

其实这些日子,庄合超几乎跟齐美琳天天在工作时见面,他当然知道她的美,只是他每日里被各种各样的事务缠住,从来也不在意。这时候突然瞥见,才觉出她像是从水墨画里走出的女子,有种气韵天成的美。那种美是小提琴上流出的琴声,极舒缓极柔和,却倏地打入了他心里最深的地方。

她不知他的心事,见他还拧着眉峰,就小心翼翼地问,院长,看来你那件事还没过去?

他不由哦了声,才从心里的小提琴曲子里挣了出来,说,过去了,今天上午小范围宣布的,本来也都是捕风捉影的事。

她替他舒了口气,说,果然是这样,那就好啊。

他却又蹙起了眉,说,我还有些担心我家老爷子的身体,你觉得他今天精神还好吧?

齐美琳说,我看着挺好呀。

他嘿了声,说,也许我只是在杞人忧天地瞎担心。但我看得出来,他在硬撑着。

她急忙劝解,说,我看老爷子的状态挺不错呀。庄老说的民国故事真精彩,回去我要好好梳理一下。对了,十七年前的SARS,那是中医的一次大考,现在的新冠肺炎,应该又是一次大考吧?

这次的新冠肺炎,可能远比SARS要复杂。他说。

齐美琳心里面沉了沉,不好再说什么,便跟他道别,领着孩子走了。远远地走到车前,她隐隐觉得背后有一根细线仿佛放风筝般拽着自己,就扭回头,才看见他还立在那儿,一动不动。

她的心怦地一跳，可能是刚才听老爷子说的 1929 年那次国医天命之战的故事太惊心动魄，让她一回头，竟觉得这个当代中医人的身影有了些古旧的感觉，仿佛已经立在那里快一百年了。

1929 年，秋分

秋分，其实是个相当特殊的节气。在这一天，阴阳相半，昼夜均而寒暑平。过了秋分，白昼就越来越短，黑夜便越来越长了。

卫市的老百姓没几个懂什么阴阳平衡，却都喜欢秋分，因为这时节，常常碧空万里，卫市也终于迎来了秋高气爽的时节。徐良英特意选了秋分这日子，带着刚娶进门的媳妇庄秀薇去给老娘上坟。

十几天前，徐良英正式迎娶了庄秀薇。

民国十八年（1929），对于徐良英和庄凤梧来说，是个让他们意想不到的年头。

入了庄门苦学了一年半之后，徐良英就开始自立门户。他当日在小洋楼大展身手，治好了李大人的三太太，已经打响了头炮，又得恩师在背后力挺，顶着庄会长关门弟子这块金字招牌，徐良英行医居然顺风顺水，诊所干得颇有声色。

只不过近年来，中医面临的局面一直不大好，甚至可以说是每况愈下。

随着这些年西学东渐，近代的西方医学开始被介绍到了中国，国人也慢慢熟悉和接受了西医，许多人也知道了世界上还有"细菌"这么个东西，也见识了西医治病的直接和精细。渐渐地，质疑中医的声音便开始多了起来。这股风潮愈演愈烈，中医甚至成了不科学的代表，加上当时中医入职的门槛很低，许多临时抱佛脚的庸医也拉低了中医的整体形象。

于是,质疑中医就变成了批评中医。这几年来,攻击中医和捍卫中医的论战在各大报刊上几乎从未间断。批评中医的不仅有各位西医界的翘楚,甚至文化界名流也都挥笔为文,怒批中医。

身为华夏医药研究总会的会长,庄凤梧自然要提笔应战,并拉了几位名医,为中医力辩。只不过批中医的政客们和文人们都打着科学维新的旗号,当时风气所及,批判中医反成了一件很时髦的事。骂中医的,便是代表了科学和进步,为中医辩解的,就是愚昧无知,阻遏进步。庄会长和几位名医人单力孤,颇有四面楚歌、山穷水尽之势。

民国十八年二月,更是闹出了一件轰动全国的大事件。

在南京国民政府的第一次大规模中央卫生委员会议上,通过了一项名为"废止旧医以扫除医事卫生之障碍案"的重要议案,其主旨便是废除中医。一些把持卫生部的政客们竟是希望通过政府的强制行为,彻底消灭中医,而且最好是立即消灭。

流传了几千年的中医,突然间遭受到了前所未有的巨大危机,可说是生死存亡,系于一线。

这一议案如巨峰坠海,立即在全国的医药界掀起了滔天巨浪,举国上下的中医药人士群起抗议。这一次中医精英们的反应非常迅速。上海中医协会立即致电南京国民政府表示坚决反对。当时的上海不但是全国经济中心,也是舆论中心,上海中医协会的动作很快,召集了各地中医精英团体代表,定了3月17日在上海举办全国中医师抗争大会。

庄会长身为举足轻重的卫市医道第一人,在华北一带影响极大,自然被推举为卫市代表。庄凤梧便带着爱徒徐良英一同赴沪参会。

徐良英是第一次来上海,抵沪后发现上海竟是在各方面都领风气之先,颇为惊叹这座城市的魅力。沪上的大小报纸也全面关注此次的中医盛会,每天都会报道又有某地中医代表抵沪参会的消息,一时间声势极盛。到开会前两日,竟已有280多名来自全国各地的中医代表云集沪上。

来到上海的中医药代表中,除了药业人士,更多的便是各地名医。庄会长名气极大,一到上海,便被几位老友拉到著名的徽菜馆丹凤楼接风洗尘。这日正是 3 月 15 日,距离开会的正日子还有两天,庄凤梧便比较放松。在座的又都是相交多年的名医老友,谈及国民政府卫生部的这个昏庸议案,聊起这些年来中医的艰辛,众人心底均是百味杂陈。

酒逢知己,这顿酒宴便从中午一直喝到了日头西斜,庄会长是席上的核心,被新老朋友们一轮轮地敬酒下来,便多喝了不少。上海的老友要尽地主之谊,便商量着午宴连上晚宴,不如接着去鸿运楼尝尝驰誉上海的白汁鱼翅。正这时候,雅间外急匆匆地来了两个人,先进来的是上海中医协会副会长韩韵,跟在他身后的是个戴着金丝眼镜的西装中年。

韩韵也是庄凤梧的老友,见面却顾不得寒暄,便直说来意,原来他是陪着身后的这位薛秘书,来请庄凤梧去出诊的。

庄凤梧今天已喝了不少酒,醺醺然的,本不想出诊,但一见那薛秘书西服笔挺,满脸官气,便只得硬着头皮向对方问问情况。一打听,这薛秘书竟是国民党高级政要于院长的秘书。

薛秘书沉着脸说,实在不好意思,于院长病重,自诊为"下利"之症,特意点名来请精通伤寒论的名医过去诊病,问了上海中医协会的韩会长,得知最精擅伤寒诊治的庄会长正在这里,便急匆匆地赶了过来。来得实在冒昧,只是病情等不得人,请吧。

听得于院长的大名,庄凤梧不由惊出了满身的汗。这位于院长算是国民党元老级人物,至今仍是手握重权。更重要的是,这位于院长是国民政府内难得的坚定拥护中医的人士,曾坚称,余一生只吃中医药。现在于院长病了,看情形,很可能还是个急症,自然也要请中医名家诊治。

这对急于提振士气声望的中医来说,当然是一件好事。但麻烦在于,今晚庄会长喝了不少的酒,此刻醉醺醺的,实在难以出诊。特别是在这个紧要关头,如果稍有闪失,很可能会砸了整个中医的招牌。

庄会长很想推辞一下，至少推到明天再出诊。薛秘书却板着脸说，车已在门外候着呢。于院长几天前由南京来沪上办事，不料忽染疾疫，他七天后还要回南京参加一次重要会议。现在时间实在是很紧迫呀。于院长的脾气，整个上海滩都知道的，您还是去吧。

庄凤梧很无奈，只得带着徐良英坐上了等候在饭店外的小汽车。

坐上了车，薛秘书才说了些实情。于院长应该是得了痢疾，这次恶痢来势太急，他虽然素来服膺中医，但他在沪上的姨太太和两位公子却都信西医，又觉得西医治疗痢疾起效更速，便请了西医治疗，没想到连请了两位英国医生和一位德国大夫，连着消炎治疗，却始终不见好，于院长还在发着烧。薛秘书便又请了一位名医来，却仍旧无功。于院长不由恼了起来，今晚大发雷霆，一定要薛秘书请一位精通伤寒论的名医前来。

庄凤梧听了，心便越发紧了，闷闷地再不言语。

不多时，车便驶入一座西式宅院。薛秘书带着他们直入于院长的卧室。

于院长已年过花甲，虽然被疾病折磨得略带些憔悴，眉宇间仍透着股雍容的文气，神色虽略有不振，倒并非惨白之貌，只是很怕冷似的披着个毯子，不时寒战，却还挺执拗地追问薛秘书，请来的是中医吧？

听得这句话，庄凤梧师徒心里面都是一暖。薛秘书急忙介绍庄凤梧，说这是伤寒大家庄会长。于院长喘着气一笑，说，伤寒大家，正好对路，便颤巍巍地伸出了手。

庄凤梧这时酒劲正呼呼地涌上来，想坐定了给于院长诊脉，却一个侧歪，险些栽倒。

徐良英上前扶住了老师，低声说，于老见谅，薛秘书来请时，老师已醉酒了，但忧心于老病情，强撑着赶来，此时已不胜酒力，请容我代师诊脉，再由老师定夺。

于院长嗯了一声，声音挑上去，拖得很长，疑虑的眼神仿佛挂满了冰凌，直射向薛秘书。薛秘书则尴尬地嗯了声。

轩敞温暖的阁楼卧室内忽然就安静了下来，一时竟只听到窗外的法国梧桐在夜风里披头散发地摇晃着，发出阴森森的冷笑。

庄凤梧额角涌出了热汗，偏是酒劲上了头，眼前只是阵阵地天旋地转。徐良英已坐在了于院长榻前的红木太师椅上，稳稳地伸出了双手。这双手同时把脉的手法在中医界还是比较罕见的，于院长看他的姿势不由得有些奇怪，但瞥见他冷静而深邃的目光，便也很自然地伸出了双手。

徐良英的双手搭在了于院长的双腕上。薛秘书撇着嘴，正想呵斥，忽然瞥见徐良英眸子里的光，倒是一凛。那双眼睛看似很平常，却泛着炽热的光，让人碰上了便觉心里被烫得嘶地一响。

庄凤梧出了一身大汗，酒劲过去不少，看清了徐良英的目光，也有些吃惊。

老先生舌淡红，苔腻微黄。徐良英慢慢地开了口，现在的情况，除了发热不止，恶寒，应该嘴里面不苦，只是不思饮食，是吧？

于院长点点头，眼睛终于亮了下。薛秘书忙说，不错，最严重的时候，一天就腹泻十余次，最麻烦的就是发热不退。

徐良英又要了前面那中医所开的方剂，扫了几眼，才摇摇头，说，这位同行用了清热解毒治痢之法，这就不妥了。老先生其实平素身体较健朗，虽腹泻数日，但面色未衰，综合来看是表虚而里热未成。他舌苔有微黄，又曾重用寒凉药消炎，体温高热，但却恶寒怕冷，内无热邪又怎么能用苦寒清热的葛根黄芩黄连汤？

薛秘书不由皱起了眉头，前面那位中医也是他请来的，见年纪轻轻的徐良英摇头指摘，不由哼了声，说，那位可是沪上名医。

徐良英不再言语，垂首写好了药方，先递给了庄凤梧。庄凤梧冷汗连出，酒劲过去了些，接过了方子，不由眼睛一亮，说，桂枝加葛根汤！辛温解表，温阳止疟，用的是逆流挽舟法，好，精彩！

薛秘书觉得这对师徒显然是在相互吹捧，接过药方来看了看，问，我们马上就去抓药,你们觉得老院长这病,要吃几服药?

徐良英却说,于老对中医鼎力支持,家师和晚辈明日定会来复诊。不过,明日此时,于老的病应该已能初愈。

他的话说得很慢,却带着十足的自信。薛秘书不由又哼了声,已经在怀疑这师徒俩是否都喝高了。

于院长倒笑起来,说,后生,难得有这气魄。

回去的路上,酒醒了大半的庄凤梧先是夸赞了徒弟,说,治痢疾多以苦寒清热解毒,你能真正地对症下药,用逆流挽舟法,大胆用辛温之剂开表达邪,仲景的伤寒论,你算是学通了。

不过,庄会长话锋一转,你小子最后的话,这么大包大揽,是不是想将咱爷儿俩的招牌都砸个粉碎呀?

徐良英不语,只是眼睛里的光在夜色里熠熠地闪。庄凤梧忍不住又问,刚才诊病时,你那眼神有些吓人,别是喝多了吧?

徐良英才吁了口气,说,我娘就是这个病走的。诊脉的时候,我就想起了先慈。所以,于老这个病,我心里面有底。

庄凤梧便不再说话。第二日,他午后便带着徐良英赶了过来。没想到一探病情,果然于院长已经热去而痢停,缠绵数天的痢疾已止住了,只是稍微有些恶寒。

庄凤梧有意成全弟子,仍让徐良英诊脉开了药。徐良英更是大胆,诊脉之后,仍坚持用了原方。这回于院长更是用人不疑了,大胆吃药,竟然是二剂而愈。

一举治好了于院长的重痢,徐良英在沪上中医界露足了脸。

要知道于院长的恶痢本是由其公子先请的西医诊治,没想到拖延不愈,而徐良英竟然两剂而愈,经得大小报纸的渲染,徐良英立时成了上海滩的风云人物,连带庄门双手把脉的技术都被渲染成了近乎失传的绝学。庄凤梧也随之风光了一把。

徐良英给于院长诊病的时间,恰是在全国中医师抗争大会之前。3月17日,全国中医师抗争大会在上海总商会召开的当天,于院长正好病体初愈,仿佛是给中医做了个活广告。

大会连开了三天,最后又推举出了五位代表,进南京请愿。

近三百名各地中医药代表云集,大小报刊连篇累牍的报道,早已给了国民政府极大的压力。而在国民政府内部,除了汪精卫为首的废除中医派,也还有林森、戴季陶等元老形成的拥护中医派。这些拥护中医的中枢政要也纷纷表态,再经得请愿团艰苦地多方运作,终于迫使国民政府撤销了废除中医的议案。

庄凤梧师徒并没有进入去南京的五人请愿代表团。庄凤梧的性子并不太热衷这些,既然抗争大事已经形势好转,他就想抽身而出。

徐良英则更像个闲云野鹤,这几日间多是拜访各路中医代表,特别是对上海本地有过疫情防治经验的中医更是全心学习。他还在两位中医代表的介绍下,结识了几位西医传染病专家,认真问询探讨。

离沪前一晚的辞别宴上,庄会长又喝得高了,忽然问徐良英,你跟秀薇的婚事,你想好了没有?

徐良英忙说,早就盼着呢,正日子还得您老来定。

回到卫市不久,他就开始准备婚事。婚礼正日便是庄凤梧亲定的农历八月初八。

虽然徐良英跟庄秀薇早已是情投意合,但在正式婚事上,他仍是严格按照三书六礼的规矩,一板一眼,丝毫不马虎。

庄凤梧当然不会亏待女儿,嫁妆挺丰厚,在婚礼头天就抬进了徐良英租住的李家宅子胡同,盛满绸缎珍玩的大箱就有十几箱,从中式的红木衣柜到西式的梳妆台、自鸣钟应有尽有。

而徐良英也是个狠人,把这些年来的积蓄都投进了婚事中,还借了一大笔钱,丰厚的聘礼凑齐了三十六个漆金大抬盒,由穿着吉服的轿夫浩浩荡荡地抬到庄家门口,塞满了半个胡同。

正式的婚礼在法租界的一家大饭店举办。当时国民政府刚颁布了《婚礼草案》,提倡新式文明婚礼,男子除了穿中式礼服,还可以穿西式燕尾服,女子则可以披白纱,穿白软缎礼服长裙。那天的新娘子庄秀薇果然就是一身西式白色拖地婚纱,还戴了白手套,徐良英则是中式长袍马褂,算是个中西合璧的新式婚礼。

庄会长交游广阔,来的宾客有许多卫市名流,看了这场婚礼都觉得新鲜,说这风头气势直追去年外交官陆先生出嫁千金在国民饭店办的那场热闹婚礼了。

庄秀薇是被饰满鲜花的马车接入大饭店的。马车前西洋乐队演奏的《结婚进行曲》就如同五月天的蝴蝶,一路上热闹地飞舞着。新娘庄秀薇的车厢里也有大捧的鲜花,那香气甜滋滋的,像飘动的软缎子,不时荡过来缠住她,从鼻端一路欢欢喜喜地拂遍全身。

婚礼后的那几天里,庄秀薇一直觉得自己被这股喜庆而又洋气的香气萦绕着。直到半月后,才知道自己那场让人羡慕眼热的婚礼居然花了那么多钱,甚至还借了笔外债,她才第一次跟徐良英发了脾气。她说,我也不是什么大小姐,干什么跟那些名媛公子比,花这么多钱办场婚事,你这是跟自己过不去呢?

徐良英嘿嘿地笑着说,你是说,花这么多钱娶你,不值?其实啊,再多花十倍的钱,我也认为值。

她心里面涌上一阵甜蜜的热流,当时就软倒在他的怀中。

但没过三天,庄秀薇又得到了一个让她震惊无比的消息,徐良英之所以砸锅卖铁地办了这场奢华程度远超他财力的婚礼,竟全是受她爹庄会长所逼。

原来就在离开上海的前一晚,庄凤梧主动说起了二小的婚事,虽然知道女儿跟徐良英两相情愿,却仍是希望徐良英来庄家入赘;若不然,便得大办一场热闹婚礼,风光规格要照着去年国民饭店陆家千金出嫁的那场婚礼。

庄会长原本是想将徒弟一军,将这个自己其实挺中意的女婿彻底收入庄家,却没想到这小子是个十足的狠人,娶个老婆竟使出了破釜沉舟的气魄。徐良英这样豁出血本来迎娶庄秀薇,倒是大出庄凤梧的意料,却也让老丈人对女婿越发另眼相看。

得知真相的庄秀薇又羞又气,卫市姑奶奶的脾气犯上来,怒气冲冲地便要找老爹要个说法。徐良英却将她拦住了,说,也不能怪你爹。这件事,其实是我心甘情愿。

庄秀薇说,你别在这替他遮了,欠这么多债,还不是我爹逼你的?

也不全是。我就是要把你风风光光地娶进门。这是我徐良英对老天爷许的愿。他仰起头,眼中又有了很热的光。

她心里的嗔怪也被那股热滚滚的光烫得灰飞烟灭。她搂住他说,反正我爹陪送的东西也不少,我也不好那些东西,过几天,用不着的都卖了。

这一天是秋分,也正是徐良英先母的祭日。徐良英便带着庄秀薇给去世多年的老母上坟。

天正高远起来,湛蓝的晴空上看不到一丝云,远处的杂木林子上正舒展出浓淡参差的绿色和斑驳艳丽的金黄,有鸦群在乱坟和野林间盘旋嘈鸣着,呜呀呜呀的声音满蕴着悲凉。

林梢上的天际,有一只五彩斑斓的沙燕风筝在飘飘荡荡地飞着。徐良英竟望着那风筝出了会儿神,才带着妻子走入坟茔间。

庄秀薇看到他亡妻和孩子的坟也在他老母坟茔的不远处。

她跟着他跪下磕头。他默默地烧纸,又低声念叨着什么。她侧头看着他的脸,那脸上的神情让她觉得有些熟悉。

她忽然想起来,婚后第三天的晚上,她睡到深夜忽然醒过来,发现身边没了人,卧室外的书房却亮着灯,他正在灯下看医书。她不由问他,大半夜的看什么书?他叹口气说,在上海访了些名医,有沪上的,也有河南的。四年前上海暴发了霍乱,大疫前后跨了三个年头,染病的据说有五六千人。河南则是十年前,也是霍乱,传遍了河南四十七个县,死的人有四万多。上海这次中医师抗争大会是个很好的机会,我访到了几位经历过那些大阵仗的名医,这些都是我记下来的心血之谈。

这时候她回想,当时他在灯下翻着笔记,脸上隐隐地就是这么一副神情,端肃中透着股罕见的执着。

低头望着白惨惨的石碑,她的心又是一阵阵的紧,这里埋葬着他过去的整个世界。他的过去,完全被两场疾疫毁掉了。她才有些明白,为什么这个人的眼里会有那么热的光。

行　动

20日晚的紧急专业会上,庄合超那个建立以中医为主的备用专业抗疫医院的建议获得了通过,这让他感受到极大的鼓舞,也感觉到极大的压力。

想不到两天后,刘学仁就给他打来了电话,告诉他备用医院的地址已经确认,就是天湖医院的旧院区。

庄合超有些惊喜,就问,这么快,什么时候能去现场看看?

刘学仁说了声,现在。

这是个晴天,只是被疫情闹的,还算明朗的日光下,人们的心情还是觉得压抑。庄合超陪着刘学仁一行人赶到了天湖医院的旧院区。

天湖医院原本规模不是很大,后来扩建迁址去了新院区,陆续搬迁撤离后,留下的旧院区已经关闭半年了。在旧院区里面转了一阵子,庄合超的脸色就慢慢沉了下来。

推开一扇病房的门,当头就是一片墙皮灰扑簌簌地落下。庄合超掸了掸头上的灰，没掸干净，便顶着些细碎斑白的墙灰走向窗子。这面窗户已经大半没了玻璃，灰头土脸地沐浴在冬日苍白的阳光里。

刘大市长！庄合超终于爆发了，说，这完全就是在敷衍！我们需要建立一所设施齐全的备用医院，关键时刻要用它来拯救大批患者的生命。

他拍着孤零零的病床，大喊，连床板都拆没了，什么设备都没留下，我们怎么在这里治病救人？

他的声音在有些空旷的病房里回荡着，在每个人的耳膜里嗡嗡地响。陪在刘学仁身后的几个干部都目瞪口呆。他们都认识庄合超，却想不到这位往日里闷声不语的中医药大学总医院院长发起脾气来这么可怕，而且他居然是向自己的顶头上司大发雷霆。

刘学仁却熟悉庄合超的性格，让他大喊了一通，才说，合超啊，这只是备用医院的选址，并不是我要交给你的备用医院。敢不敢跟我打个赌，我只要三天，就能还给你一个规范整洁的天湖医院！

三天？庄合超以为自己听错了，见刘学仁认真地点头，忍不住说，马上就要过年了，你要真能三天还我个规范的医院，我以后喊你师叔！

刘学仁歪着头看着他，说，我可不想收你这么个暴脾气的师侄。好，既然是打赌，咱就认真点，要是做不到啊，我去给你当秘书！

屋里面响起了一阵笑声。但大多数人笑笑也就罢了，并没有人当真。这破医院各处都在掉灰，很多地方连门都没了，所以根本没有人相信刘学仁的三天豪言。

倒是庄合超没有笑。他知道这位老学长不说没谱的话，此刻刘学仁的目光很认真，又很沉稳，是那种成竹在胸的目光。他不由有了些成为刘学仁师侄的担忧。

回到自己的办公室，已经是下午了，庄合超接到了肖芸的电话。

那晚的紧急专业会上，庄合超领下了很多任务，俨然就是卫市医疗救治专家组的副组长。但这个副组长的头衔，却并没有被当场宣布。这就颇有些意味深长。

好在专业会后的这两天里，市里从上到下都紧锣密鼓地投入这场疫情防控，疫情如军情，参会的各部门人员都把神经绷得紧紧的，似乎没有人注意到这么一个小小的细节。肖芸却注意到了。身为天弘医院的呼吸科主任，肖芸对这方面还是非常敏感的。

打过电话后不久，她就来到了庄合超的办公室。

两个人已经离婚快两年了，虽然也见过面，但像现在这样单独坐在一起的机会却屈指可数。

窗外的日光已经西斜，混浊的光如同随意抛撒进屋的散乱烟丝，肖芸就在那片苍黄的夕照中看到了他鬓角的白发，忍不住叹口气，问，这段时间挺累的？

庄合超笑了下，说，主要是被一些无中生有的事牵扯住了，累心。没想到廖晨师兄会对我这样，果然啊，插刀子最狠的还是自己人。

她觉出他笑容后面的无力和无奈，就觉得有些心疼。论起来廖晨还是她的远房表哥，只是多年来联系得并不紧密，没想到这位远房亲戚竟是十足的小肚鸡肠。

其实相伴多年的夫妻在中年时闹到离婚这一步，当然是冰冻三尺非一日之寒，但细究起来，也没什么直接的大矛盾，甚至没有第三者、婚外情，二人最主要的问题还是性格。肖芸是个很强势的女人，偏偏庄合超的性子也比较拗，认准了的事，九头牛也拉不回。

两个人在青年时期就经常针尖对麦芒。只不过他们之间极少吵架，因为庄合超懒得跟肖芸吵。很多时候都是肖芸一个人在喋喋不休，庄合超则默不作声。但默不作声并不代表他服软，他是拧起来绝不低头的人，于是两个人便经常冷战，而且每次冷战的时间还不短。

也许婚姻里面不能同时容纳两个强人。庄合超很早就是中医药大学总医院的业务尖子，很早就晋升为院里最年轻的专业主任，然后又是当时最年轻的国家中医科研院特聘研究员。这段时间，其实是两人婚姻最平稳的阶段，男主外女主内，儿子出生，儿子成长，甚至侄女庄妙妙也常在他家连吃带住。

肖芸本身的能力也很强，随着年龄渐长，经验渐增，慢慢地也成了天弘医院呼吸科的专业骨干，然后又晋升成为呼吸科主任。她的工作渐忙，两个人都没有多少时间和耐心操心家里的事情，每天鸡毛蒜皮的烦心事就多了起来，于是无声的冷战也就多了起来。两个人在单位里面都忙得要死，回到家又经常冷战，弄得到了床上也毫无心情。最先对那事没兴趣的反而是肖芸。都说三十如狼四十如虎，但其实女人还是比较在乎情感的。正冷战着呢，肖芸满肚子的气，深夜里庄合超想过来亲热亲热，她那头就是一点兴致没有，要不就是干巴巴地应付，要不就是干脆拒绝。这就形成了个恶性循环，促成了更多的冷战。

从性格上说，庄合超是属于比较拧又比较闷的那种，而肖芸的性格则是强势，行事直来直去，挨了白眼一定要最快速度地直接飞还回去。这种不服输的性格让她在单位里面成了技术上独当一面的女强人，但在家庭里肖芸同样是眼里面揉不进沙子，于是就跟庄家这边的人都处得比较僵。她认为公公庄仲衡是个老顽固，婆婆一天到晚地"太事儿"，大哥庄合兴一门心思只认钱，大嫂鞠晚瑶太虚假成天就知道"装"，可以说她轮番地怼过庄家的每一个人。

肖芸和庄合超第一次彻底的大吵，是在儿子高考选专业的时候，肖芸很气愤为什么不让孩子去读西医。虽然她的丈夫就是中医药大学总医院的院长，虽然这么多年她也在这个中医世家见识过不少中医的神奇，但深入骨子里的认识就是不好更改。在肖芸的心底，始终不大相信中医。儿子选大学的时候，两个人真正地吵得天翻地覆。肖芸甚至对丈夫大喊，有本事你们中医也在《柳叶刀》上发一篇论文呀，你发了，我就服你！喊完了，她自己也吓一跳，想不到自己会那么暴躁。

儿子终究还是读了中医。但夫妻俩随后开始了长达大半年的冷战。冷战是全方位的，冷漠造就了疏离，随后就促成了怀疑，特别是肖芸，开始顽固地认定，庄合超肯定在外面"有人"了。他身边的任何女人都让她警觉。这种冷战对婚姻的危害其实比热吵还大，就如同裂纹在冰底下悄然蔓延，待发现时，平滑如镜的冰面下早已残破不堪了。

压垮他们婚姻的最后一根稻草，就是儿子即将大学毕业时偷偷地报考了公务员。妈妈终究是疼儿子的，耐不住庄永昆的央求，肖芸就悄悄地帮了孩子一把。庄合超被蒙在了鼓里，而且一直被蒙到了最后，他原以为儿子要继续考研读博的。得知真相后，这个永远看上去很闷的人暴跳如雷，发了大火。

那层看上去还算完好的冰面终于碎成了千片万片。

两人离婚后，过了半年，老爷子庄仲衡私下找过肖芸，说，你得帮帮合超，他一个书呆子，其实没什么生活能力，家里面乱得像猪窝。

这其实是老爷子为挽救儿子婚姻的一次努力。而半年时光过去了，肖芸也冷静了下来，并彻底确认，这个书呆子在外面其实并没有人。她的气也就消了不少，而且也生出不少歉意。如果当年儿子的工作能跟他认真商量下呢，虽然他那个人拗不过来，但到底不会让他那样崩溃。于是肖芸就按照庄仲衡出的主意，有几次拿着老爷子给她的钥匙，主动来到庄合超的家，给他收拾屋子。

庄合超知道是肖芸来过，却并没有什么表示，也许是觉得这些都无所谓。乱糟糟的窝忽然间变得一尘不染，他看了也是眼前一亮，但并没有太过欢喜。他甚至觉得当初乱糟糟的样子也没什么不好，至少，回到家不用看别人的脸色。

肖芸很气闷，最后一次回来，干脆就把钥匙锁在了屋里面。庄合超看见了，照旧没什么表示。她最烦他的，就是这种漠然的态度，仿佛自己只是个机器人，仿佛自己天生的使命就是伺候他。从那以后，她干脆再不联系他了。

现在,两个人安安静静地坐在办公室内,她从他的眼睛里,很难得地看到了些热度。

庄合超看到肖芸的时候,确实眼睛亮了亮。她化了淡妆,脸上就有了层次感和柔和的韵味。上次在市里开专题会的时候看到她,她脸上也是化了淡妆。

他想起来,其实她是极少化妆的,包括第一次他看到她。那是大学时期的一次舞会上,她就是那样一张素面朝天的脸,在无数张浓妆艳抹的粉面间,显得那样皎洁。

庄合超上大学时还是二十世纪九十年代,那时候周末舞会是大学里极重要的休闲大事。卫市中医药大学和卫市医学院离得很近,他的室友迷上了一位医学院的师妹,便扯着庄合超同去医学院跳舞。

那位医学院的师妹也带来了一位女伴——肖芸。室友就催着庄合超去邀请那女伴,他才好对那位有几分高傲的美丽师妹下手。

庄合超只能硬着头皮上场去邀请肖芸,就这样第一次搂住了一个女生的腰。他抑制住有些急促的呼吸,拼力表现得很随意很有经验。暗红的灯光下那双好看的凤眼,黑白分明,清澈而冷艳,他看一眼,便忍不住心里怦怦地跳。

他们那晚一共跳了四支曲子。第一曲,他太紧张,踩了她三次脚。两个人弄得都是满脸通红。庄合超一个劲地说着不好意思,肖芸倒很爽朗,为了化解尴尬,就主动跟他聊起了天。一曲跳罢,他送她回去落座,忽然很认真地说,你的声音很好听。肖芸的脸就更红了。

没多久,他又很绅士地来邀请她。肖芸笑笑摇摇头。她的脚还在疼。但过了一会儿,他再次执着地邀请她。她本来懒得动,但看他就那么很尴尬又很执着地在一边站着,便也只得起身。

他又踩了她两次,终于很歉疚地说了实话,对不起,其实我是第一次跟女生跳舞。

她忍不住笑了,说,我看出来了。她这一笑,就有种妩媚从那有些英气的眸子里飞出来。

那一晚,庄合超至少踩了肖芸六次脚。晚上回到宿舍,他感觉自己还在旋转着,眼前都是那双亮亮的眸子在闪。

那时候,那双眼睛真是光彩照人呀!

现在,他看着她。那双很熟悉的凤眼,虽已经有了明显的鱼尾纹,但笑起来仍不失妩媚,只不过那种妩媚里多了一份岁月凝成的锐利。

肖芸叹了口气,说,你是院长,宁得罪十个君子,不得罪一个小人,廖晨就那个德行,何必要惹他呢。

听肖芸说起了这事,庄合超的脸上不由冻了层萧索的光,就说,那天已经小范围宣布了,本来就都是捕风捉影的。却又摇了摇头,说,不过,你明白的,对我来说,这件事说是没有影响,但终究还是有的。

她心里涌上许多话,却说不出来。两个人默然了片晌,她才说,学仁市长推荐你做医疗救治专家组的副组长,这个传言他没有否认,看来八成是真的。不管怎么样,看来市里面对你非常重视,要把握住这次机会,这对你将来的前途很重要。

庄合超说,我对前途什么的,其实不大上心。不过,士为知己者死,我一定会全力以赴的。

她吃了一惊,抬起头说,你胡说什么!哪里谈得上个"死"字,学仁不是说了嘛,就是让你认真干,展现担当!等备用医院一投入使用,就够你忙的了。

庄合超揉揉头,说,我还挺担心妙妙的,这丫头,怎么这么沉得住气,武汉那边的情况,只怕很糟了吧……

肖芸说,这件事你可做不了主,赶紧让你哥来催她吧。

庄合超下意识地抓起了手机,又放下了。他想到肖芸强势惯了,跟大哥大嫂的关系都不大好,还是回头私下里给大哥打电话的好,就问,昨天你没说完,永昆是怎么回事?

她也叹了口气，说，我正想跟你说呢。这孩子眼高手低，刚在机关待了不到两年，就想着拿钱出去创业。他找我要 20 万创业资金。

这小子！庄合超觉得一股气又顶上了嗓子眼，忍了忍，说，都是被你惯出来的，现在你还要惯着他？

肖芸挑起眉，说，我惯着他？那还不是因为他有一个不负责任的父亲！

跟当年一样，涉及具体问题，特别是说到儿子，两人很快就按不住火气，立即变得剑拔弩张。

庄合超说，小昆从来都一帆风顺，就他还创业？他哪知道市场是什么样子！

儿子的问题其实是两个人离婚的主因之一，肖芸仰起头，锐利的目光一寸不让地迎上来，又说，这笔钱我本来也不打算给，但你这个人呀，总是这么武断，两年了，你还是老样子。

庄合超呆愣住了。肖芸却还觉得有些委屈，说，你的世界里只有你自己，过去是这样，现在还是这样。你自己想想吧，儿子十二岁生日那天是个周六吧，我们早就约好了，一起带孩子去一次极地海洋馆。你呢，忘了！周五你就在医院加班，一直加班到周六晚上 10 点，回来你告诉我们忘了。

庄合超立即就软了下来，说，跟你说了多少次了，那天……你为什么不给我打个电话？

我就不给你打！肖芸说，我就是想看看你到底会不会记得孩子和我。

庄合超觉得她的声音里仿佛带着蜂鸣，嗡嗡地撞过来，刺得他浑身都出了汗。他最头疼的就是肖芸的"记性"，过去只要一吵架，她就能准确地罗列出他的或是他老爸老妈往昔的"罪状"，罗列的时间段可能会长达二十年，而且会精确到哪月哪天。

庄合超对她这种电脑记忆式的控诉毫无招架之力，每次被驳得哑口无言的时候就会无力地想，刚结婚的时候她是多么爽朗的一个人呀，是从什么时候变成这样的呢？

我确实不好,不是个称职的父亲。庄合超这时竟先低下了头,慢慢地吁了口气,说,想创业就自己去拼,家里也不是不会支持,但前提是他得先拼出个样子来。从没见过什么风浪,他哪知道这个世界的冷酷……

肖芸这时候还觉得满腹委屈和郁闷,忽然问,你最近怎么样了,我看你和齐美琳挺般配的啊?

庄合超听她忽然提起齐美琳,顿觉心里翻腾了一下,说,说什么呢你?顿了顿,又说,我这个人懒散惯了,一个人挺好。

可能他后一句话说得太匆忙太刻意,肖芸听在耳内,反而觉得他是在极力掩饰着什么,心里就更有些针扎的感觉,忍不住哼了声,一个人怎么能有两个人好?你也一样,我也一样,都该寻找自己的生活。最近我正在认真考虑这件事呢。

他立时挑起眉毛,盯着她问,是吗?

看到他那种被刺痛的目光,肖芸心里终于舒服了些,就叹了口气,说,一位老同学,现在是一家药企的老总。嗯,我们以前可没什么联系呀。

她撩了下鬓边的短发,又笑,他是去年知道我的状况的,然后就没完没了,跟个初中生似的。说实话前一段时间我还没怎么考虑过他,但最近,看到你跟齐美琳那样,我觉得我也该动动心思了。

他忍不住问,我跟齐美琳哪样了?

她一笑,却慢慢站起了身,有些慵懒地说,怎么样我是不知道的。我只看见,你们俩相互间的眼神,都不正常了。

她不再看他,这是她一贯的强势套路,大占上风后就以胜利者的姿态离开硝烟密布的战场。

推门而出的一瞬,眼角扫到庄合超还像个受伤的孩子般呆坐在办公桌前,肖芸又倏地觉得有些不忍。

甬道里开着窗子,一股冷风灌了进来,卷起了不知谁塞在某间办公室门口的名片。雪白的名片蹦蹦跳跳地滚过了肖芸的脚面,很无辜地在甬道间翻滚着,像是逃避什么,又像是很留恋的样子。

那一刹那,她甚至有些后悔,自己为了什么来到他办公室?本来是想借着聊聊这次市里防疫专题会议的事,再跟他聊聊过往,如果可能的话,再叙叙前情,但为什么结局又成了这样?

其实,不仅是庄老爷子私下里找过她,跟她说过两人复婚的事,在肖芸的心底,对两人的未来也还是有些期盼的。但每次见到他那张熟悉的脸,她就迅速涌起些复杂难名的情绪,为什么要自己先向他低头,凭什么他庄合超不跟自己服软,过去的那些年,明明都是他错了呀!

过道里风挺大,吹得身后的房门砰一声撞上了,声音冷硬得像是在宣示着什么。

叔叔的话,庄妙妙确实没怎么太放在心上。

何锋晚会现场录制的日子是 1 月 22 日,那就是腊月二十八了,离除夕已经很近。其实春运早已经开始了,各地在外打拼的人都开始往家奔了。庄妙妙暗自盘算着,不如等看完了何锋的晚会现场录制后,再回家过春节。

其实在她心底,根本就懒得回家过年。那晚让她有些出乎意料的亲热后,何锋就变着法地对她展开了温柔攻势。她虽然常讥笑他那样子像是老房子着火,暗地里却又有些享受。

她只是没想到,形势会突然间急转直下。

大概从 18 日开始,传言忽然间就多了起来,大致就是那海鲜市场发现了传染病,让人少出门,据说染上了就会要命,让人听了不免心惊胆战。因为庄妙妙很早就看过小嘀咕发来的病例检测报告截图,对这种过分邪乎的传言反而没怎么放在心上。

不过现在催她及早回卫市的,除了叔叔庄合超,又多了闺密齐美琳。以往她和齐美琳聊的都是些女性的轻松话题,这两天居然破天荒地讨论起了传染病和公共卫生安全。同学群里,几个从医的同学包括小嘀咕贾天明,也越来越频繁地相互发消息提醒：

> 要戴口罩！
> 莫出门，出门必得戴口罩！
> 口罩口罩，重要的事情重复三遍！

学医出身的庄妙妙不敢怠慢了，就跑出去买口罩，转了三家药店才买到，顺手给何锋也买了几个。

给何锋打了几个电话，他都没接，她盯着手机，有些发呆，难道这家伙一直在练功，准备晚会？

正犹豫着，她蓦地打了个喷嚏，又咳嗽了几声。这咳嗽声在一个人的空旷房间里挺刺耳。她忽觉全身都不舒服，心里面就有些害怕。她马上又想到，自己正在生理期，不知道这个不舒服是不是生理期的原因。

手机铃声响了起来，悠扬的萨克斯曲《回家》在她疑神疑鬼的当口就显得有些突兀。

这次来武汉疯玩，她并没有跟爹妈说实话，只说要留在北京加班。甚至为免麻烦，也叮嘱叔叔替自己保密。然后便只是隔三岔五地跟远在大洋彼岸的老妈微信聊天报个平安。

这时候听到老妈破天荒地给自己打来了电话，她不由得变了脸色，猜想是叔叔把自己出卖了。

电话那边的，不仅是老妈鞠晚瑶，还有对家里事从来都不大操心的老爸庄合兴。这回老爸老妈罕见地携手同心起来，在手机的免提声里轮番上阵，急命女儿尽快离开武汉，马上回卫市。

庄妙妙的性格却有些像叔叔庄合超，认准了的事不容易拉回来。来自大洋彼岸的电话终究没有让庄妙妙改变主意，哪怕是她老爸老妈一起对她软硬兼施。

到了晚上,何锋才回电话,声音有些嘶哑。原来前几天病势还挺平稳的蔡青莲忽然情况加重了,弄得何锋的老爸何革新忙乎了一天,好在目前终于有所缓解了。

庄妙妙说,现在医院是个什么情况?

何锋说,医院现在是千千万万地不能来了。我爸和我妈都不让我去医院。听我老爸说,医院里的患者太多了,简直有点不科学了。顿了顿,才问,妙妙,你准备什么时候回卫市?

她很干脆地说,等你现场录制完。

他在电话那头沉默了,忽然说,妙妙,我爱你。

她只觉脸腾地一热,说,少来。太不正规了。

他说,你还是先离开武汉吧。因为现在这个形势,我爸让我先别来麻烦你。嗯,等过了这风头,我去卫市找你。

她下意识地看了下手表上的日期,想,也就是这两天了,市里面公布的病例也就 100 多例,这可是 1400 多万人口的大城市呀!她就说,我的车票已经订好了,是 23 日下午,你以为动车是你们家开的,春运期间,想改日子得多麻烦?

她说着不由得在心底深深叹了口气,车票只是个借口吧,爸妈都不在国内,家里就我一个人,回去有什么劲?这时候她才隐约明白,刚才会那样冷冰冰地拒绝爸妈的建议,也许就是跟爸妈赌一口气。

电话那边的何锋也深深地叹口气,说,好吧,亲爱的,那我们等。

他的声音难得的沉稳而坚定。她觉得那股热已由脸上呼呼地蹿入了心里。她和他在打电话,短短不过几分钟的时间,她却觉得已经过了很久很久,仿佛两个人已扛过了许多风雨。

庄妙妙咬着牙等到了 22 日,却没等来何锋的现场演出录制。

22 日一大早,何锋的节目组就接到了上面的通知,晚会暂缓录制。但这在武汉来说,实在是个不足为道的小事件,因为钟南山院士已经在央视新闻里说了新冠肺炎肯定存在人传人,武汉大街上所有的人都戴上了口罩。

人传人,现在才是武汉真正的头等大事。

何锋看了电视新闻,显然也有些慌了神,郁郁地给她拨通了视频通话,问她,妙妙,现在看,我妈很可能就是那个病,嗯,就是那个……新冠肺炎。已经做了病毒核酸检测,正等结果。我也去过两次医院看过她。对不起,妙妙……

他似乎是怕她误解,又解释说,开始的时候,我们虽然也曾经怀疑老妈得的是那个新冠肺炎,但医院给我们的确诊结果一直是"呼吸道感染和病毒性肺炎"。我想,新冠肺炎这种新冒出来的玩意儿,很可能连大夫都不知道怎么判断,那些日子医院里还没有核酸检测盒。

庄妙妙也有些钝痛的感觉,在脑子里迅速搜寻着看过的疫情资讯,说,情况也未必就那么坏,即便这种新冠肺炎是SARS,那SARS还得在患者发烧后才有传染性呢。你不是一直体温正常吗?

何锋仿佛捞着根救命稻草,忙说,对,我一直没发烧,啊不,我在看到你的时候才浑身发烧。

庄妙妙哭笑不得,说,都什么时候了,你就不能正经点。现在的情况是,钟南山院士已经明确说了新冠肺炎是人传人,那你就要千万注意,你们还能去医院探望伯母吗?

何锋郁郁地说,近期肯定是没办法去了,我家老爷子一直不让我去。现在医院管得严格了,连他都不让去探视了。

下午,何锋就来到了庄妙妙的明珠丽苑,手里面提着罐啤和一个大保温袋,说,亲爱的,明天你就要回卫市了,现在这情形,没办法给你去大饭店饯行,咱们就在这儿喝吧。正好让你看看我的手艺。

庄妙妙低头看他打开的玻璃饭盒,忍不住惊叫,这真都是你自己炒的?

何锋有些得意,说,还行吧?我这人多才多艺,干什么像什么,瞧瞧这黄焖圆子,圆滚滚,黄澄澄,看着比我还可爱吧?还有这金灿灿的炸藕夹,都是我精选的藕梢子，口感那叫甜脆呀。关键还是这道干烧大白刁，真正的不加一滴水，瞧这两条刁子鱼的鱼皮，都是完整无缺。怎么样，有什么佩服的话就直说，别控制。

庄妙妙虽然还是将信将疑，却给他逗笑了，跟这么个活宝在一起，确实让人能暂时忘记忧伤。细瞧那三道菜，确实不是饭店那种大油锅炒出来的油腻菜，特别是何锋最为得意的那个干烧大白刁上撒了红彤彤的干辣椒和葱花，红的红，黄的黄，绿的绿，看着就勾人馋虫。

玻璃饭盒是从保温袋里抽出来的，热腾腾的菜，飘出浓浓的香气，带着她久违的家的烟火气息。庄妙妙不由得有些感慨，自己已经很久没有闻到过家的味道了。

耳边又响起他的唠叨，说实话，要不是赶上这次疫情，一定就不让你走了。来，先尝尝这个黄焖圆子，我们武汉又叫升官渡黄焖圆子，据说清代有个举人吃了这圆子，过了那渡口后进京赶考，成了进士。你这就要走了，吃这道菜，讨个好口彩，而且还寓意我们最终团团圆圆。

何锋说，以后我们在一起，我能天天让你吃到我做的佳肴，哪怕是炒鸡蛋和炒辣椒，也和你平常吃的不一样。我听老人说过，嘴馋的人都会有出息。因为嘴馋才能想起赚钱，没钱是吃不到佳肴的，所以嘴馋是要付出的，这个付出就是闯事业。越想吃好东西，你的事业就越上进。

他开了罐啤酒，满满地注入两个杯子。

举起泡沫四溢的酒杯，她不由得抬起头，清澈的大眼睛瞪着他，说，你是不是别有用心，又想把我灌醉吧？

他急忙摇头，说，绝不，我不是那种人，特别是对你，我是铁了心一定要放长线钓大鱼。不过我劝你要多喝点啊，传说喝酒专克病毒。

伪科学！妙妙笑起来，说，刚才你说的那套嘴馋理论，逻辑上不通。我觉得男人不能太嘴馋，否则志向都跑吃饭上去了。何锋给妙妙夹了一筷子菜，说，你们女的嘴馋，就是理所当然吗？

妙妙说,我吃什么都无所谓,我可以吃一个礼拜面包,也能吃一个月方便面,依然吃得津津有味。

何锋说,我不行,我闻到方便面那股特殊味就想吐。你太缺乏食欲了,小心啊,没有食欲的女人就没有性欲。

妙妙说,我就没性欲。

何锋笑起来,一把就抱住了她。两个人笑闹着软在了床上。

妙妙忽然笑着推开他,说,说出来你可能不信,有时候我还真的不想走了。

转眼瞥见何锋那满是震惊和陶醉的目光,她又狠狠掐了他一把,说,别傻得意呀,我想留在武汉可不光是为了你。有时候我就会想,疫情发生了,我们也许应该能记录些什么,特别是记录下那些真实的瞬间,还有那些感动我的片段。

何锋说,怎么风格忽然变这么深沉了?

妙妙说,我在想,人不能光想着自己,也要想着别人。想自己多了,总觉得委屈和不如意。想别人多了,可能就有一种快乐和幸福。

何锋叹口气,说,听起来很美,我得为妙妙老师的崇高想法干杯。不过啊,你还是走吧。我可不想让我还没见面的岳父岳母大人为你心惊肉跳。

妙妙白他一眼,也叹了口气,说,是呀,我要是不回去,我家里人还不得疯了!而且我也确实没那么崇高,这些念头,也就是有时候想想。

她又想起什么,说,这次来,没有采访到蔡老师,还是存着遗憾的。你不是自称最开始学的是三生嘛,给我唱一段三生。

何锋把小眼睛一转,说,那时候学三生,记得师傅教的第一出戏是《哭祖庙》,几句道白就得学一星期。这出戏学得最扎实,但不应景啊。哎,听说过这句武汉话吗,一末带十杂,烧火带引伢?

见她摇摇头,他就老气横秋地笑起来,说,这可是老话了,现在武汉的年轻人知道的不多了。汉剧分为十大行当,从一末、二净、三生……直到武功花脸的十杂。一末带十杂,就是说这个人脑袋灵光人能干,十大行都能办,后面的烧火带引伢,是一个意思,什么活都能干,还不怕苦。其实啊,我就是这么个人,一末带十杂的全能高手。别又瞪着我,现在我就给你唱一出《霸王别姬》,这出戏好歹是个爱情戏,是吧?

庄妙妙问,霸王别姬,你演谁?

当然是虞姬了!何锋在目瞪口呆的庄妙妙身前款款起身,袅袅地开了腔。

1931年,寒露

徐良英第一次遇见日本人中村英正,正是去天仙戏园看《霸王别姬》的时候,那是民国二十年(1931)梅老板来卫市演出的最后一场。可惜徐良英兴冲冲地赶了过去,却没看成这出大戏。

中医人对节令都特别敏感,那天恰是那一年的寒露。寒露是深秋的节令,正是万物肃杀时节,所谓"白露身不露,寒露脚不露"。庄凤梧特意穿了件长衫,带着女婿徐良英和闺女庄秀薇,赶往号称"东天仙"的天仙戏园。

梅老板这次来卫市主要是表演最新编出的京剧《抗金兵》。这几年来,从三一八惨案到济南惨案,再到皇姑屯炸死张作霖,日本人的野心已经昭然若揭。梅老板就谋划编演了这出抗敌新戏以鼓舞人心,说的是北宋末年的靖康之难后,梁红玉擂鼓战金山,黄天荡大破金兵。梅老板饰演巾帼英雄梁红玉。

而就在二十多天前的9月18日,日本关东军又发动了九一八事变,悍然侵占了中国东北。国难当头,巾帼助威破敌的剧情更是振奋人心,梅老板在卫市连演了五天,不但场场爆满,而且散场时也常有人喊出"抗金兵、打日寇"的激昂口号。

原定就是只演五天,只因太受欢迎,梅老板决定今天加演一场。因为要酬谢各路捧场的老朋友,剧目就变成了梅老板的拿手名剧《霸王别姬》。梅老板离开卫市前的最后一场,又是梅派经典的《霸王别姬》,就连庄秀薇都想看看梅老板的虞姬。

晚上 8 点的演出,一家人 7 点刚过就到了。因为戏票还在辛东博的手上。辛东博是华夏医药研究总会的副会长,又是庄凤梧的结义兄弟,交游广阔。这几天抢戏票的人把票房的玻璃窗都给挤碎了,实在是一票难求,辛东博却拍胸脯打包票说能搞到票。庄凤梧每天忙忙碌碌,也没怎么放在心上,就跟二弟约好了在戏园子门口见面。

果然,迎面就见辛东博迎了上来。他身后还跟着个青年,腰板笔直,目光中透出一种鹰隼般的犀利。

辛东博赔着笑上来介绍说,大哥,这位是日本商人中村英正先生,早就想见您,这不您一直有事吗。正好,今天这场大戏,是中村先生请客,早定好了包间,咱们一边听戏,一边聊聊。

庄凤梧皱起了眉头,问,聊什么?

就是想收购您那套白云堂孤本《伤寒杂病论》。辛东博压低声音说,大哥您忘了,跟您提过,您那时候没应声。这位东洋哥们儿,道行挺大的,似乎在日本军方那儿说话都有分量。人家说了,您只管开价。

庄凤梧沉下了脸。这件事辛东博确实跟他说过。眼前这位中村英正,据说是位很有背景的日本商人,想在卫市成立药业公司,就这么搭上了辛东博。而且这中村还对中医的珍本古籍感兴趣,正在市面上大批量收集古代医书。庄凤梧家里藏有一套白云堂孤本《伤寒杂病论》的事,在卫市中医界并不算是什么秘密,庄会长更不打算敝帚自珍,只是正在全力校对集注,想在三四年后石印公世。

可这个中村英正的胃口却挺大,上来就要收购那个白云堂《伤寒杂病论》的手抄孤本。庄凤梧自然是不答应,而且在这国难当头的时节,他压根儿就懒得搭理日本人。

对这事最热心的人就是辛东博。现在卫市的经济极其不景气，辛东博的草药买卖岌岌可危，很希望日本人来投上一大笔钱。见大哥对这日本人都懒得见面和回话，辛东博就使了这么个阴招儿，更没想到这位中村英正也真忍得住，竟在大唱抗战戏的梅老板戏园前露面了。

中村英正上前一步，点头微笑说，京剧是真正的艺术，梅先生是真正的大艺术家，而艺术是不分国界，没有政治界限的，就跟我们今天要谈的话题一样，药业和医术，同样不分中外。

那什么，庄凤梧忽然拍了拍头，说，良英啊，怎么忘了，今天是寒露，燥邪当令，不宜抛头露面。咱们回吧。

徐良英明白师父的意思，立即高声喊过来两辆人力车。

庄秀薇瞪了中村英正一眼，心想就因为这个小日本，姑奶奶今晚看不成梅老板的绝活了。

辛东博大是尴尬，只能眼睁睁看着三人各自上了车。

徐良英回头瞥了眼中村英正，这个人冷冰冰地站着，脸上还噙着笑，仿佛一切都跟他不相干，又仿佛这一切都在他的意料之中。

徐良英在车上一抬头，秋空寂寥，道旁绛红暗黄的叶子已经发了黑，果然已经是寒露了。这世道也已经冷如寒霜。

卫市确是越来越乱了。日本人在九一八事变后，又开始打起了卫市的主意。

就在这年入了冬，日本驻屯军特务机关收买了一批汉奸土匪，制造了震惊中外的便衣队暴乱事件。在日军炮火掩护下，武装汉奸便衣队闯入卫市华界四处烧杀，甚至袭击了卫市行政机关和警察机构。

这一天，在卫市一处大宅邸内静观天下局势变化的清废帝溥仪，忽然派人给庄凤梧带来了消息，让他前去觐见。据说年轻的溥仪有点慢性病，想让这位名医去给他诊诊病。

庄凤梧的爷爷是慈禧最为倚重的四大御医之首，庄凤梧的老爹也曾当过一段时间御医，有了这份前情，似乎让溥仪对这位三代御医的后人，生出了些兴趣。

这倒让庄会长犯了难。从祖辈的情分上说，这位退了位的末代皇帝小羔，他也该去见见，还应出力诊治，但现在谁都知道，废帝溥仪跟日本人走得太近，传说他那所大宅邸里颇有些日本军方人物进进出出，报纸上甚至报道他曾去"视察"过驻扎在卫市的日本兵营。

这时候庄会长可不愿跟日本人沾上一点干系。想来想去，庄会长干脆对传话人说自己病了，命徐良英代自己前去。

陪同徐良英前去的，正是华夏医药研究总会的副会长辛东博。因为上次梅老板的《霸王别姬》没看成，徐良英对这位辛二叔有些看法，一路上冷着脸也不搭理他。

进了那所大宅院，徐良英不由有些惊讶，这位清废帝的住所居然是座很西化的建筑。

辛东博说，这确实是西班牙建筑。有什么好奇怪的，皇上只是来这儿暂住的，本就是一条龙，总有龙兴而起的那一天，到时他还是会回他的皇宫。

徐良英说，这个世界已经不需要皇帝了。

小子，你懂什么，现在虽然叫大总统了，其实意思是一个，底子里还是皇帝。大总统是要选的，到时候人家溥仪要是参选，这身份得天独厚呀！辛东博说着又遗憾地摇摇头，极不甘心地说，不过还是皇帝好呀，人家日本就是有天皇的，咱们为啥就不能有皇帝呢？

才是 11 月上旬，园子里显得极为萧冷。二人先在小楼东边的一间平房里坐下，等候"召见"，似乎这个退位的小皇帝还很忙碌。

辛东博就嘱咐徐良英，记住了啊，现在不是 1931 年，更不是民国二十年，在这个园子里，现在还是宣统二十三年。现在见皇上不用三拜九叩了，但还是要守规矩，比如皇帝召见旧臣，一般都是在上午，现在却是晚上，这就是天恩眷顾。所以我们要恭谨，一定要恭谨！

徐良英仰起脸,冷冷地说,你说的这些礼数,我都不大懂,我是来给他看病的。要不然我就回去吧,别惊了圣驾。

辛东博被他一句话噎得说不出话。这时一个尖声尖气的太监过来喊起二人,将他们带入了小楼的客厅。

徐良英看到的皇帝是个身材瘦长的青年,微微有点驼背,竟穿着英国高级毛料西装,领带上还有钻石别针,鼻梁上架着副黑色眼镜,一身极洋气的装扮。

年轻的中医大夫当然不知道,在这位末代皇帝的眼中,西洋的一切都是好的,国外的科技、武器、服饰、生活方式等等都是好东西,除了一部分西洋人念念不忘地要废除帝制。

徐良英忽然生出很奇怪的感觉,在这个瘦弱的西装青年的背后,是没落的大清王朝的沉黯背影,甚至是中国两千年封建帝制的蹒跚暗影。他甚至是一种古旧传统的代表,遭到了西方工业化的强大冲击后,那些传统都崩碎了,只剩下这么个残渣般瘦削而虚弱的身影。

年轻的皇帝并没有看徐良英,他正和一位欧洲青年和一个日本军官笑吟吟地聊着天。

徐良英看清了那位日本军官的容貌,顿时吃了一惊,那人正是中村英正,想不到这位满脸阴沉笑容的日本商人这时已经换上了一身簇新的日本军官服。

一股厌恶之情顿时涌上来,徐良英只想尽快看完病,尽快离开这里,便只微微一躬,就想上去给退位的皇帝诊脉。

溥仪倒挺和善,并没有在乎徐良英的礼数,只向他微微点头。中村英正却摇头,冷笑起来,说,皇帝陛下,我跟您说过,你们这些支那旧医就跟我们日本汉医一样,是没有任何用处的。

他说话大剌剌的,似乎对溥仪并没有多少尊重。

辛东博很有些紧张,忙介绍说,这位中村先生,其实是日本军方的高级顾问,哦,其实他是京都医科大学的高才生,本身呢,又精通日本汉医,算是极罕见的通晓东西方医学的大专家。

徐良英却并不搭理中村,向溥仪走近两步,伸出了双手,说,有没有用处,让我先给您诊过脉,便知道了。

欧洲青年却笑了,说,皇帝陛下,我看这个医生很有意思,把脉,居然要双手。我看过许多中国医生都是单手把脉的。医生,能让我见识见识这个奇特的双手把脉吗?

他的汉语略显生硬,却还算通顺。徐良英抬头看清了欧洲青年的脸,一派自信昂扬套在那张满是朝气的白皙脸孔上,但他的目光却很温和,让徐良英看着并不觉得讨厌。

你是庄凤梧的关门弟子,姓徐,是吧?溥仪向徐良英微笑着点点头,说,好,那就让我的欧洲历史老师约普先生,先尝个新鲜吧。

约普忙将手摆在徐良英身前,说,我的病,嗯,毛病就是,肚脐两边经常发胀,有时候晚上会胀起来。我在巴黎和上海的大医院都看过了,他们都说这不是什么疾病。我的上帝,这玩意儿说起来确实不像什么大病,却很讨厌,很讨厌!

徐良英把双手坚定地伸出来,搭在了约普的双腕间。溥仪厚重镜片后的眼睛亮了起来。这位年轻的清废帝自幼身体不好,所以一直喜欢钻研医术,算是久病成医,他能看出这门诊脉法的讲究和独特。

过了片刻,徐良英又看了约普的舌象,才说,你的腹胀其实比较顽固,你应该还有口苦、咽干、大便不成形的小毛病。这是肝胆与脾胃失调。

约普一脸惊讶,说,很神奇,非常准确。可是我却不想喝你们中国那种又苦又涩的药汤,有什么好办法吗?

徐良英说,你主要是肝气旺而脾气虚,可以用乌梅丸的方子。若是你不愿服中药,也可以用针灸治疗,效果其实不如乌梅丸。明天请来我的诊所吧。

一定,我一定去。约普爽朗地笑起来,对中村英正说,你瞧中村,我觉得这是一门艺术,神奇的艺术。

中村阴着脸哼了声,约普,你似乎一直长不大!

约普显然跟中村也很熟,只是不以为然地耸了耸肩。

徐良英忽然看向中村,说,听家师说,中医在一千五百年前传入你们日本,在你们日本叫汉方医,而现在,汉方医在日本已经被你们政府禁绝了?

中村英正高傲地摇摇头,说,不是现在,那是六十四年前的事情了。那几乎是明治维新的第一件改革措施。明治元年,根据天皇陛下的旨意,政府出台了《太政官布告》,宣布全面改革医疗制度,后来,开业医师资格考试全部是西医内容,只有持执照者才能开汉方药,而汉方药馆则被废止了,禁止汉方药自由买卖。说起来,当时政府并不是禁绝了汉医,只是封杀了它的生存空间。

这一刻,日本军官脸上的神色变得非常复杂,似叹似喟,看不出是赞赏还是感伤。

徐良英喃喃地说,这就是釜底抽薪了,没了水的鱼怎么能活呢? 汉医在你们日本,怎么说也流传了一千五百年啦,就这么根绝了,不遗憾吗?

中村又摇了摇头,说,其实汉医一直活着,虽然越来越衰弱,却一直没有放弃抗争。四十多年前的明治二十三年,汉方医家结成了帝国和汉医总会,展开了争取汉方医学复兴的议会斗争。可惜在明治二十八年的第八次议会上,汉方医改正法案还是以 27 票之差被否决,长达五年艰苦抗争的结果,仍然是一败涂地。单只我们中村家族,就有两位先辈人物,悲痛之下,选择了愤而自杀。

约普又耸了耸肩,说,不成功,就去死? 贵国人民,真奇怪。

中村哼了声,说,因为那是他们距离成功最近的一次。你们欧洲人,又怎么会理解伟大帝国的死亡哲学? 嗯,还有帝国和汉医总会,当时都说它就此解散了,但其实它只是改了名字,易名为日本汉医研究总会后,依旧在慢慢积聚力量。就在第一次世界大战前后,汉医研究总会暗中掀起了重新评价汉方医学的新浪潮,汉医似乎又看到了一线新的生机。

溥仪曾下力气研究过日本明治维新的历史,对中医又极感兴趣,听得最为入神,忍不住说,怎么,日本汉医终于要复兴了吗?

中村又叹了口气,说,皇帝陛下,离复兴还很遥远,甚至那一天永远也不会到来。只是在汉医研究总会的推动下,有一小部分学者开始对过去的"汉方低级无用论"开始反思,但也仅仅是反思而已,一直到现在,整个帝国还没有一所传授汉方医的合法的专业学校。

约普忍不住问,中村先生,我觉得你很奇怪,也很分裂。你对汉医和中医完全是鄙夷的,看不起的,甚至是诅咒的。但说起汉医在贵国的衰落,你的样子又很难受,很难受。你到底站在哪边?

中村却笑起来,说,为我的家族而遗憾,为我的帝国而骄傲。我从八岁起,就跟着大伯学习汉医。我当然知道汉医真正的价值,汉医一直被低估,甚至是远远低估。但站在帝国的角度,汉医又必须被根绝。因为汉医背靠着的是中国落后的学术体系,它代表着弱者,大日本帝国必须向代表强大的西方靠拢。

他还在笑,但脸上却又有泪水流下来,说,十年前,我大伯中村宏成为汉医研究总会新一任的副会长。我知道他这些年一次次的努力和一次次的失落,我甚至清楚地记得他有三次想要自杀殉道的悲痛样子。我们家族,确实失去了很多很多。

徐良英忽然问,既然你认为汉医必须被根绝,那你为什么还要挖空心思地在中国搜罗中医珍本古籍?

中村又冷哼,说,我刚才说过,我知道汉医真正的价值。汉医,包括中医,只是因为来自一个弱者的哲学体系,很多地方与科学格格不入,才被帝国根绝的,但终有一天,它还是会大放光彩。不过,这一点只有伟大的大日本帝国才能做到。

约普哈地叫了声,笑起来,说,我明白了,亲爱的中村。这就好比,你爱上了邻居的美女，无比地热爱，但你为了事业，却要娶德国上司的女儿。而你的真爱，还是邻居的美女，只可惜她家太穷，她的衣服太寒酸，你只能偷偷地爱她。

徐良英愣了下，不由得笑出声来。年轻的溥仪更是哈哈大笑。

中村居然也笑了，只是笑声有些阴森森，说，约普，我早说过，有时候你是个疯子，但有时候又是个天才。

溥仪忽然摇了摇头，说，贵国对汉医，其实完全没有必要这样决绝，为什么不采取折中的办法？小小地抑制一下就行了，比如建立个八分西医、二分汉医的体系？

皇帝陛下，折中就是妥协，妥协必然失败。中村盯着溥仪，目光中有些异样的光芒，一字字说，有时候，要达到宏远的目标，必须忍受阵痛的代价。用中国的话说，长痛不如短痛。

溥仪的目光瞬间也变得有些阴郁。他咬了咬牙，没有吭声。

大厅里安静了下来，徐良英也不再说什么，开始给溥仪诊脉。这次他明显要细致了许多，验看了舌苔，又细问溥仪的病情。

溥仪才二十多岁，其实也没什么大病，只是一直有些耳鸣头昏，总爱出汗，近来又多了便秘。身边随侍多年的一位老中医按里热内郁之证，给他开了辛散药物。溥仪自认懂医道，看了后认为辛散风热、降火解毒的方子开得很对路，哪知依方服药后，耳鸣的情况是略微见好了，但便秘却还照旧。

徐良英诊了片晌，说，我想看看最后一次专治您便秘的服药方子。

溥仪点点头。就有小太监跑过去取了一张药方来。

庄凤梧事先跟徐良英说过，太医的诊治对象是皇帝，所以用药务求稳妥，与民间名医力求显效的路子完全不同，毕竟患者的身份天差地别。因为要稳妥，有时候就会低效。这在徐良英看到的这张药方中得到了印证，老中医给溥仪开的是大承气汤，比较对路，其中大黄只小心翼翼地用了五钱。

徐良英思忖片刻，拟了方子呈上。溥仪接过来细看，见仍是大承气汤加味,加了猪牙皂和芒硝,最后却是一味远志,就有些疑惑,问,猪牙皂可利九窍,芒硝泻下通便,远志呢?

徐良英说,远志,取其解郁之效,从脉象上看,您还需要安神宁心。

溥仪若有所思地哼了一声,目光竟有些游移。

他忽见方子上那大黄却用到了二两,忍不住问,大黄,用这么大的量?

徐良英说,盘根错节之症,必须大刀阔斧。当断不断,反受其制。

厅里面又静了下,显然无论是溥仪,还是中村英正,都被徐良英的这句话触动了心事。溥仪抿紧了双唇,中村紧盯着徐良英的目光中又闪出了一抹锐利的光。

溥仪终于叹了口气,说,看得出你是个有主见的好医生,我也许近日会去一次北平,有没有想过来我身边随侍?

旁边的辛东博听得两眼放光,急着向徐良英点头示意。

徐良英却微微皱眉,说,请您见谅,内子身体不好,近来我正在给她加紧调理。老岳丈正催着要抱外孙,我三十已过,也盼着赶紧中年得子,所以近期不能离开卫市。

溥仪一直没有子息,听得他说起想早日得子的事,目光倏地暗了下来,只呵呵地强笑了下,说,回去再想想吧。对了,吃你这药,什么时候见效?

徐良英说,今晚就可以吧,最迟明日就能见显效。

中村听得他大包大揽的话,忍不住又呵地一笑。

徐良英施礼后转身出了大厅。辛东博跟在他身边低声埋怨着,我说小爷,皇帝第一御医,一辈子的闪亮招牌,这可是天大的好事呀,你怎么就不应下来?

徐良英只笑笑,并不答话。这时一个老太监快步赶了出来,说,徐良英,你小子祖坟八代冒青烟,皇上的吩咐,回去还是仔细想想吧。

徐良英又是只哼了声。老太监叫住了辛东博,在暗影子里推给他一块白花花的玉器,低声说,这是当年乾隆爷最喜欢的玩意儿,皇上叮嘱了,这次要给推个高价。

辛东博咧嘴苦笑，说，您可别要我亲命，这年景不好，好东西不好出呀。这些天您这可是紧着塞给我不少好东西，这不是让我犯难吗？

老太监尖声冷笑，说，这可是主子的吩咐，记住咯，您吐了血也要给走个高价，还得尽快。

两个人的声音都不高，但徐良英离得并不远，隐隐约约地还是听到了些影子，他的心咚地一跳，退位的小皇帝和这个太监在倒卖宫里面的宝贝。

刚要出院子，身后又传来一声喊，徐，徐医生！

约普大步奔了过来，说，怎么样，咱们要约定好，我去你那儿，你会给我治病，对不对？这叫……一次约定？

徐良英说，叫一言为定。

约普笑起来，说，对，一言为定，徐。

徐良英回来后马上把所见所闻跟庄凤梧说了。

庄凤梧在书房里绕着圈，叹息说，辛老二这小子，这些事也没敢瞒着我，前几天就跟我透过消息。看来小皇帝现在需要一大笔钱，而且他知道自己身子一直比较虚，又想身边有个靠谱的御医。前些天报纸上甚至风传，他早坐着日本人的小火轮去了东北。现在看，溥仪也许真要走了……

徐良英深深地叹了口气，爷儿俩对视一眼，都有些心照不宣的黯然。

庄凤梧又说，良英啊，你这两年没少看书。远志这个典故用得好。大承气汤加味远志，溥仪应该看懂了。

徐良英的嘴角咧开一个无奈的苦笑。他其实对这个末代小皇帝没什么感情，只是希望中国最后的一位皇帝不要总跟在日本人的屁股后面，想起曾看过中药远志的典故，便大胆地拿来用了。

那典故是东晋时代的，当时政局混乱，许多清高的文人选择隐居。其中名望最高的谢安一直隐居东山，数次谢绝朝廷征召。但最后因时局所迫，谢安不得不出山，任权臣桓温的司马。桓温极为得意，特意取一根远志问谢安："为何这草药远志，又有个名字叫小草？"席间的参军郝隆却回答"处则为远志，出则为小草"，暗讽谢安，你这隐居多年的"远志"，终于也出来做小草了。元初时，宋代皇族赵孟頫做了元朝官员，也曾无奈写下"在山为远志，出山为小草"之诗自嘲自叹。

徐良英其实读过的书不多，这些年才在老丈人的督促下苦读了些书，兴趣使然，对许多中药典故早就了然于胸。他在大承气汤方子的最后，加了一味远志，用意已很明显。溥仪自然也能看懂，但会不会有所触动，那就不得而知了。

徐良英又问，爹，辛东博到底是怎么回事？

庄凤梧说，咱们这个华夏医药研究总会，虽然是打着我的大旗，但干什么都需要钱呀。辛东博是家传经营药庄的，他也是个经商奇才，前几年折腾出来个健康中药皂，销路很不错。但是他呀，太贪心，听说在股票上亏得一塌糊涂，又赶上这些年金融大萧条，这就是跑得太快难免会摔跤。

徐良英摇摇头，说，商业上的事，我确实不大懂，但总觉得辛东博跟日本人走得太近。

庄凤梧说，我寻思着，可能就是因为钱紧，辛老二就想从日本人那儿拉些资金来。他这么做，其实真是火中取栗，弄不好就会把自己赔进去。

师徒二人的这次推断果然很快就得到了印证。过了个把月，终于有消息传了过来，末代皇帝溥仪已经在日本人的操持下，偷偷地渡海潜到了东北的奉天。

因为日本军方一直在拼命封锁消息，庄凤梧知道这消息时已经是12月份了。他把徐良英叫来说起这事。两个人推算了下时间，很可能是11月上旬，就在徐良英"觐见"溥仪之后没几天，这位一心复辟的前清小皇帝就潜逃了。

庄家终究有三代人做过清廷大内御医，庄凤梧对这个没骨气的小皇帝到底还有几分念旧,这时候心里满不是滋味,长叹一声,说,良英,亏得你主意拿得正,要是去溥仪的身边侍奉着,一辈子就毁了。

徐良英也觉一阵萧然,却没有说话。庄凤梧在书房的斜晖中伫立了良久,才说,良英,你说,咱们当年辛辛苦苦地搞中医师抗争大会,那时候真是卖了全力拼了老命,当时觉得咱们是赢了。可现在看,我们赢了吗?我们赢不了的,因为我们的国,都这个熊样了!

徐良英说,是呀,东三省丢了,卫市又这样,连个退了位的小皇帝都跟着小日本跑了。虽然我们只是诊病疗疾的中医,可还是觉得没盼头。

庄凤梧望着窗外有气无力的夕阳,说,所以这样下去,我们迟早会输的,会输得底儿掉!

封　城

1 月 23 日,武汉封城了。

在温暖大床上沉睡的庄妙妙是被手机铃声吵醒的。她睁开惺忪的睡眼,看了眼身边同样迷迷糊糊的何锋,才想起昨晚那场有酒有菜有戏曲有激情的饯行宴。

手机还在不屈不挠地响着。她急忙接通了。

素来沉稳的老爸这一次在电话里跟她大发雷霆。

庄妙妙才知道武汉在今天封城的消息,上午 10 点开始封城,武汉所有公共交通以及对外交通全部停止,而且所有人都不再去单位上班了,所有人都要居家隔离。

上午 10 点钟,所有人,全部对外交通停止。

她急忙看了下表,已经上午 10 点 10 分了,手表指针呈现出一个欢快拥抱的姿势。她记起自己订的车票是下午,那是就说,车次取消了,自己被封在了武汉。

剩下的时间里,庄妙妙的大脑一直处于空白状态,只是听着老爸老妈在电话那边倒着个儿地训自己。

何锋也一骨碌爬起来,翻看手机。

也不知过了多久,庄妙妙才挂了电话,眼神越发空洞。

何锋说,对不起!妙妙,对不起妙妙。我刚发现,昨天晚上,几个群里,还有朋友圈里,已经有人在说封城的事了,可是那时候,咱俩都喝多了……

庄妙妙也翻了翻手机,木然说,我的武汉同学群里面,昨晚也有人在喊要封城,不过那时我已经飘了。她奋力地摇摇头,又开导起自己来,说,不就是封城嘛!其实你想过没有,假如我昨天出发了,在动车上就安全了吗?全封闭空间,里面就一定没有患者了吗?要是那人就坐在旁边,怎么躲怎么逃?至少现在,我们还可以自己注意些。

她说着,忽然又咳嗽了几声。听得那咳嗽声,两个人都有些心惊肉跳。

何锋叫起来,走,我们马上去超市,去药店,看看能买什么,赶紧!

两个人如梦初醒。

先是直奔超市。

一路上,庄妙妙发现街上的人很少,整条大街都空荡荡的,偶尔会在遥远的拐角处现出一两道身影,还大多是老年人。庄妙妙苦笑着说,大家是不是都已经屯完了货,就剩下咱俩这样没心没肺的,现在才跑出来?

附近的超市里,人却不少,很多人都在排队等着结账。

何锋抢先拎了些米面油等大件,扔到了购物车上,然后又开始扫荡蔬菜、方便面、香肠、速冻饺子和肉。庄妙妙则巡了一圈货架,发现里面的食品大多所剩不多了,便抓了几袋食盐和酱油等调料,后来自己也心慌了,甚至连酸奶、蜂蜜、瓜子等东西也往车里塞。

庄妙妙注意到,蔬菜的价格在这一天还比较平稳,网上哄传着的一棵大白菜40元的价格,至少在这个超市里没见到,大白菜的价签还是3元多。

排队结账的时候,她看到很多人都戴着双层口罩,忽然心里一动,摸出手机退后几步,开始照相。这真是个历史时刻。史无前例的封城,封城第一天武汉的一家超市,应该多留下点影像。

她拍得尽量隐秘,厚实的口罩上面是一双双焦灼的眼睛,人们大多心事重重,也没人留意到她。

一个二十多岁的女郎背影闪进了她的镜头,高瘦的身材,长发散乱,站在快空了的货架前拼命地抓着。庄妙妙发现她抓的都是些食盐、糖和味精,稀里哗啦地塞了大半个购物车。她忍不住问,你拿这么多调料回去干什么?长发女扫一眼她,说,你没看都快没东西了吗,封城,谁知道封多久!

庄妙妙说不出话来,因为长发女的眼神有些吓人。她又看了眼货架,也就这么会儿工夫,方便面、米和面等许多货架都空了。

药店里面倒是人不多,因为药店正严格地实行进入人员控制。二人排队进去了,才发现想买的药品基本都售罄了,口罩和酒精自然是没有,甚至连防治流感的药都没了。

手机铃声突然又响起来。庄妙妙急忙抓起来,是叔叔庄合超。

原以为要遭到叔叔一顿暴风雨般的训责,不想庄合超说了句,你这孩子呀! 接着对她说,现在去有中草药的药店吧,应该还有中草药。

庄合超告诉了她一个方子, 是著名的玉屏风散加味而得, 让她多买黄芪、白术、防风、金银花等几味药,补肺益气,提升肌体抵抗力,也许关键时刻会救命。

庄妙妙带着何锋匆匆地出了这家药店,找了很久,寻得一家药店,里面的中草药还挺全,终于把那些草药都买了回来。

路上她的微信就开始闪烁,各种留言纷至沓来:

朱丽:亲爱的,你还在丽苑? 好吧,冰箱里面的储备够吗? 要挺住呀! 我近期是不敢回去了。

贾天明：武汉会挺住的，妙妙你更会挺住的！酒精口罩，我这里还有，马上给你快递过去。现在还有同城快递！

某武汉同学：妙妙你是第一个驰援武汉的人！

某武汉同学：妙妙胆子贼大……妙妙蛮扎实咧！

庄妙妙不由得苦笑了出来，电影里才有的情节，竟发生在了自己身上。想了想，她给朱丽回复了一句话：亲爱的，一切都怨你的香巢。要是我住在300元一天的酒店，可能早就闪了。

身边的何锋忽然说了声，真静呀，完了，再也吃不上热干面了。

顺着他的目光望过去，庄妙妙看到一家专卖热干面的小店铺，就想起两人还在这家小有名气的店铺吃过热干面配鸡蛋米酒。她知道热干面对于武汉人意味着什么，而现在这家正宗的热干面小店已经大门紧闭了。

她停下了步子，继续转头四望，确实觉出了何锋刚说的那种感觉。

是的，寂静。

路上甚至看不到车辆，没有了车辆喇叭声，也没有了工地打桩声，没有了商贩叫卖声和嬉笑喊闹声，号称九省通衢的大武汉，一下子变得冷寂无声了。

虽然何锋就站在身边，庄妙妙还是感到强烈的孤寂感。她不由得抓住了何锋的手，两个人在冷清的街头走着。妙妙有些发冷，就对何锋说，刚才接了我叔叔的电话，我说回不去了。叔叔说，你那里也没个亲人，可怎么办。我说有亲人了，临时认的。

这么强自说笑着，两个人都觉出了些暖意。戴着手套的两只手，都紧紧地攥住了对方。

妙妙抬起头，见头顶灰蒙蒙的天空已凝成了一张满是愁容的脸。整个城市如同一个巨大的婴孩，她步履蹒跚，她即将沉沉睡去，不知何时醒来。

第三章

2020 年, 除夕

巨大的挤压感忽然传来, 黑暗中有一个声音在喊, 声音很大。

合超, 别贴太近, 注意防护! 注意防护!

四周裂开了些缝隙, 有光透进来, 可以看到周围都是各种仪器, 可以看到血氧饱和度继续在掉, 患者剧烈的咳嗽声如同锤子般不停地凿击过来。

合超, 注意防护啊!

那声音还在不屈不挠地喊着, 但庄合超却愕然站在那儿, 全身僵了般一丝也动不了。

这是梦, 肯定又是那个噩梦。

他的又一重意识顽强地提醒着他。他希望尽快醒过来。

他感觉自己已经醒来了, 却发现下一瞬, 他躺在了病榻上, 呼吸不得。他成了患者, 脖子不知被什么东西揪住了, 如山般的窒息感沉实地压了过来。

随着啊的一声惊叫, 庄合超终于一下子挣出了梦境。

窗外还是无边的黑夜。

太累了, 这已经是这些天第三次做这个梦了。

这两天他闭上眼就会想起十七年前驰援广州的日日夜夜, 自己那时候真的是满腔豪情呀,本以为会干出一番事业来,但没想到,当一个人太想奔跑的时候,很可能会摔倒。自己其实没有做出什么贡献,除了真正体验到那种死亡降临的滋味。自己的身体非常好,但没想到,那病毒会发展得这么快。

十七年前,回到卫市后,虽然庄仲衡作为带队人,并没有多说这个细节,但很多领导和同事都向庄合超表示慰问。在大家的眼中,庄合超是勇敢的抗疫英雄。他奋不顾身地倒在了一线,他成了真正的抗疫英雄,他的事迹影响力远远超过了他的老爸。乃至后来,庄合超的破格晋升,成为最年轻的中医药大学总医院院长,都与这件光荣事件有关。

只有在庄合超心中,知道这件事让他颇有些壮志未酬的感觉。他并没有大展身手,冲锋号响起的时候,自己被冷枪撂倒,其实没什么值得光荣的。

闭上眼,那种窒息感还在缭绕不去,他下意识地大喘了几口气。

十七年了,它又回来了,正在向他狞笑,你准备好了没有?

十七年过去了,再次面对病毒之战,难道我庄合超仍旧要在阵前倒下?

其实庄合超这两天真的有些疲倦。市里面开完了会,许多事都雷厉风行地布置了下来,他必须亲力亲为去落实。而中医药大学总医院那边的常规性事务仍旧是一大堆。

现在的情况就是,组长于湛已经全力投入了抗疫一线战场,正在率队东挡西杀,而他现在还没有用武之地。中医药大学总医院开设了发热门诊,但终究不是抗疫主战场,患者不会上来就用中医治疗。

甚至,他这个卫市的中医权威还没有自己的兵刃——他现在更紧要的工作就是确定中医治疗方案,但因为掌握的资料和医案不多,推进同样不理想。

这几日唯一的好消息是宣布了调查的结果。卫生局的纪检领导已经在小范围内对那次举报的调查情况进行了宣布,庄合超一身清白,举报内容全是捕风捉影。

这两天庄合超很想找廖晨深入地谈一谈。这位当年老爸很看重的师兄,曾经常来登门拜访踩破庄家门槛子的人,为什么会给他来这一套?

他有两次想给廖晨打电话,却都在最后一刻放弃了。对于廖晨,解释已经完全没有意义了,质问更是火上浇油。他选择默然和漠然。他知道这不是个好办法,但这就是他庄合超一贯的处事方式。

都在一家医院里工作,廖晨仍会碰见他。在流言传得最疯的时候,廖晨的眼里面都是胜利的神色。后来调查结果证实了那一切全都是子虚乌有,廖晨的目光又愤懑和凌厉起来。

从廖晨的眼神里,庄合超知道,这件事没个完,至少在廖晨的心里面没有完。

虽然调查结果已经宣布了,庄合超还是听到了一些流言的升级版本。比如,总医院的经费使用混乱,都是院长一手遮天。甚至,流言还扯到了齐美琳,院长要潜规则实习女博士的版本也在不断丰富。因为自己的缘故,齐美琳也被卷到了流言里,这让庄合超既愤怒又无奈,更有些心疼无辜的齐美琳。

夜深人静的时候,他常会想起齐美琳温柔的眼波,那里面有对自己这个年长兄长的亲切和关心,似乎还有些别的东西,暖暖的、软软的,像漫出河面的水草,柔柔地拂着他的心。他会沉浸在其中片刻,但随后又会嗤笑自己无聊的妄想。

他看了下手机,已经早晨5点了,今天是大年三十。等过了这个春节,自己就是真正的天命之年了,可自己却远没有古人那种五十知天命的豪气和豁达,反倒活成了个被生活挤压得快要窒息的中年男人。

庄合超前几天看过一个帖子,击溃一个中年人需要多久。那里面有个动图,一个男人冲进了狂风里,那一刻,他的大货车就要被狂风掀翻了。男人拼命撑住了货车,想避免车翻货损。狂风骤雨下,男人只撑了几秒钟,随后车还是翻了。他当场被压身亡。帖子说,这是个五十四岁的大货车司机,要供两个上学的儿子,虽然这趟活儿大概只能挣到150块钱,但这辆车和车上的货物,是他全家生活的支柱。

画面里的中年男人像个可怜的蚂蚁般被货车巨大的黑影吞没,这个画面在他脑海里一遍遍地重播。他很痛惜和怜悯那个司机。虽然他的地位、境况和那个大货车司机完全不同,但他经常会想,自己其实跟那个司机一样,也面临着四面八方涌来的巨大压力,同样在艰难地硬撑着,只希望自己最终能撑下来。

已经睡不着了,他索性起身,孤零零地站到了阳台上。远远近近的高楼大厦如同一个个钢筋水泥筑造的生命体,正在晨曦来临前的暗夜里艰难地呼吸着。

上午,医疗救治专家组那边又开了两个紧锣密鼓的专题会。

虽然今天不是庄合超值班,但他还是回了趟中医药大学总医院,吃午饭的时候,给妙妙打了两个电话始终占线,他忽然觉得有些孤独,鬼使神差地竟拨通了齐美琳的电话。刚响了一声铃,她就接了。他又不知道说什么,就笑了声,说,给你拜年啦。

谢谢,这句台词应该我先说。齐美琳也轻轻地笑起来,刚才我正跟妙妙聊天呢,刚聊完,就接到你的电话。

他恍然,说,怪不得我刚给妙妙打,一直占线。你们都聊了什么,她那里怎么样?

听了这句直男式的问话,齐美琳不由得笑了下,说,我们聊的当然都是我们女人的事情。她现在呀,还可以啊。

他立即就没话了。还是齐美琳说,我知道的,你压力很大。

他不由得想到了那些关于他和她的谣言,心里就泛起丝丝的痛,又不好说什么,只得慢慢吐出一句,我没事,就是委屈你了。

这句话有些没头没脑,但她也听到过那些风言风语,立即明白了他的意思。她还是笑了下,说,没事,我能扛过来的。她又提高了声音,今天可是大年三十呀,不说那些无聊的事了。下午你应该在老爷子那儿吧,我想先过去给老爷子拜个早年。

他听出她在努力地装作云淡风轻,一股难言的情愫不由涌了上来,但想到马上就能看到她,又觉得心里亮了些,就说,好,下午见。

下午,等处理完了手头上的事务,他才匆匆地往家里赶。

现在的大年三十都不放鞭炮了,好处是环保和安静了,但年味也就少了许多。

这本就是个在家里团聚的日子,路上的行人就特别少。现在的人都想得开,年夜饭大多选在饭店,只不过今年的情况特殊,各大饭店面临的是年夜饭退订潮。庄合超本来也在附近那家挺有名的老字号饭店预订了年夜饭。他跟那家饭店的孙经理挺熟,虽然今晚肯定不能去饭店吃了,但他还是不想退订,毕竟饭店也都不容易,便将订的桌往后延期,再选了几个热菜,想打包带走。等晚上吃的时候再热一下吧,反正年三十饭桌上的主角永远是饺子。

这条街上的饭店有三四家,店前有不少饭店服务员披着羽绒服在卖菜。一问才知道,饭店为了备战春节,大多在年前花了几万乃至几十万买菜备货,不料赶上了疫情,自然就极少有顾客上门了,除了肉类可以冷冻储藏,蔬菜和海鲜都放不住,就只得在店门口摆摊卖菜,只求少赔点。

庄合超看到长桌上摆的蔬菜都包装得很精细,大蒜甚至都剥好了装进袋子,相较于疫情下某些超市里的蔬菜价格上涨,饭店卖的蔬菜却还都是平常的市场价。

饭店服务员裹着羽绒服,在寒风里仰着被口罩覆盖的脸努力地吆喝着。见庄合超过来了,就奋力推销,说,我们这儿的货,安全性您只管放心,看看,一捆小白菜6块钱,剥好的蒜瓣7块一斤,那边的都是做好的热菜半成品,回家过一道手就能上桌了……

庄合超先买了几包蔬菜,然后进了饭店。饭店的前台放了酒精和免洗洗手液,大堂里还是空荡荡的。前台和服务员都是手套口罩的全副武装,把热菜装入盒内,递给庄合超时,口罩上方的眼睛里都闪着感激的光芒。

孙经理忙迎了出来，口罩上方露出来的眼珠子都是红彤彤的。庄合超说，不容易吧？

孙经理摇摇头，声音里带了嘶哑，太难了！这个年过来，估计赔个七八万吧。我有两天没怎么睡好觉了。庄院长，您是专家，您说这疫情什么时候能过去呢？

庄合超很想说疫情其实才刚刚开始，但望见孙经理满是血丝的眼睛，就叹了口气，说，我也很想知道。

走出饭店，他耳边还响着孙经理沉沉的叹息，太难了，太难了……

是呀，现在谁不难呀，全国人民都很难。这个庚子年的除夕夜，注定是最特殊的一个除夕。

庄合超盘算着，从目前的疫情大形势来看，自己随时会进入连轴转的忙碌状态，趁着今天还有点时间，一定要给老父过一个温馨的除夕夜。他提前就让儿子约了肖芸，一起过来吃年夜饭。庄永昆也难得地听话起来。

庄合超能感觉得到，老父的身体状况每况愈下了。他已经苦劝过几次，希望老父去住院治疗，每次老爷子都是淡漠地摆摆手。

出乎他的意料，他一进屋就看到，肖芸竟然早就到了，正坐在沙发上温和地陪着庄仲衡说着话。她特意穿了身挺喜庆的红色长款针织打底衫，显得减龄了许多。庄合超发现前妻那干练的齐耳短发虽然前面挑得很高，但只是简单的喷雾定型，没有如往年那样，在过年前进行降重的烫头染发。看得出现在的她和自己一样，都忙得不可开交。今天这个年二十，也许是他们难得的一次小憩。

见庄合超提了几大盒热菜走进来，肖芸便很自然地向他笑了笑。庄合超也向她笑了笑，心里面竟有些恍惚，这么自然随意的感觉，真像许多年前一样，一大家子人聚在一起欢欢喜喜地过大年，只是现在少了大哥那一家三口。

庄永昆瞟了眼老爸，没打招呼，照旧低头刷手机。他显然也发现爷爷的身体在急剧衰弱,这些日子也常常往这边跑。

庄合超倒觉得这些日子儿子确实是长大了些,就问了他几句工作上的事,末了忍不住又板起脸,告诫儿子现在还是要塌下心来工作,努力积累经验,不要好高骛远地去想什么创业。

儿子白了他一眼,说了声知道了,又低下头,慢条斯理地翻起了手机。

肖芸忙说,听说备用医院的院址已经批下来了是吧,就是已经废弃的天湖医院,那边的基础条件不太好吧?

听到这个,庄合超果然就把训儿子的话咽了下去,扭头对肖芸说,确实基础条件不佳,学仁跟我打赌,说他有办法,我可不大信。

虽是个大年三十,三代人却很快就聊起了疫情,而且这个话题居然立即成为他们的共同语言。庄永昆也刷着手机,不时念两段疫情的最新报道。

说起疫情,庄合超和肖芸立即想到了被封在武汉的庄妙妙。不过庄合超已经跟大哥和妙妙等人说好了,这件事还是不要告诉老爷子,就说庄妙妙还在北京赶稿子,没来得及赶回来。

门铃声响起来,果然是齐美琳带着萱萱来给庄老爷子拜年来了。

她穿着挺修身的白色羊绒大衣,乳白色羊毛围巾,整个人白得似一抹让人炫目的光,再配了双酒红色高筒靴,披肩的长发,散发出靓丽而又温柔的气息。萱萱则一身喜庆的红色防寒服,母女俩在一起,恰似白雪红梅。

庄仲衡笑起来,说,美琳呀,今年的情况特殊,流行的是电话拜年。不过话说回来,能亲自登门拜年的,都是自家人。

齐美琳急忙说,我们是开车来的,也没去超市,这几瓶灵芝孢子粉是早就买好的,一切安全可控。又看一眼庄合超,说,二哥,我这可不算送礼吧?

萱萱这回不那么生分了,她才吃了几服药,气色就好了许多。

庄合超特意看了眼齐美琳,见她脱去羊绒大衣后,露出里面的淡蓝色羊毛衫,素雅里透出明亮。他不得不承认齐美琳的这身搭配前卫而又飘逸,很像过去时尚杂志封面上的都市丽人。

她也向他温和地笑着，目光清澈而柔软。其实她提前看了医院的值班表，知道庄合超初一那天要值班，估计他很可能除夕下午会来老爷子这儿，正好下午又通了电话，就赶了过来。

她确实挺高兴，萱萱这两天吃饭挺乖，她自己也觉得睡眠和精神状态都挺好，这次登门，除了拜年，她要当面谢谢两大神医。

庄合超听了，果然看到齐美琳的脸色明亮了许多，就笑着说，你们娘儿俩的气色都不错，嗯，尤其是小萱萱。这就让我放心了一大半。要是小萱萱吃了药效果不明显，我家老爷子肯定又会敲打我。

萱萱听见大人们说起了她，便双手抱拳，拱着小手给大人们拜年，逗得一屋人都笑起来。

不知为什么，肖芸看到齐美琳和庄合超站在一起，就有些不舒服。看到齐美琳也热情地拉着萱萱给自己拜年，肖芸便只淡淡笑着点了点头，夸了声这孩子真懂事。

庄永昆因为庄妙妙的关系，跟齐美琳并不算生分。他是第一次看见萱萱，很喜欢这个文静秀气的小女孩。

最高兴的还是庄仲衡。老爷子连说，过来萱萱，让爷爷看看，嗯，果然很好，再过两年，就能跟爷爷学八段锦了。就是不知道，爷爷啊，还有没有那一天……

他眼中透出些落寞的光。

庄合超和齐美琳都觉得心里面一沉，正是年三十的时候，这种不吉利的话原是不能说的。

萱萱却说，萱萱现在就跟爷爷学八段锦，每年跟爷爷学一遍，学上十年八年，萱萱和爷爷都会越来越健康。

一家人都欢快地笑起来。庄合超连夸萱萱好机灵，他的夸赞里甚至有些感激。都说童言无忌，但愿这无忌的童言会是个好兆头。

听到萱萱的话，庄老爷子笑哈哈地塞给了孩子压岁钱。萱萱又看到了书案上水晶相框里的一张照片，指着说，这是庄爷爷和庄奶奶年轻的时候吧，庄爷爷会永远这样年轻。

齐美琳很欣慰，路上她教过萱萱，过年要说吉利话，特别是对庄爷爷。果然，孩子在很努力地说着吉利话，虽然稚嫩，虽然生硬，但毕竟是乖巧地做到了。

庄合超甚至又生出些感慨，这个家，倒是很久没有这样纯粹的笑声了。

在众人的笑声中，庄仲衡拿起了那个水晶相框，说，对，这是你庄奶奶。照这张相时，我们正要结婚呢，就算是结婚照吧。那可是 1966 年。

齐美琳仔细看那照片。那应该是在照相馆里面照的相，透着那年月的庄重和肃穆。庄仲衡和未婚妻靠得很近。那是个很婉约的女子，她笑得很明媚，眼里面甚至有种超过那个时代的希冀。

庄仲衡说，那时候，我刚把她救过来。她家的成分不好，算是地主。我呢，从小被我姑姑姑父养大，我姑父的事迹，你们也知道，他后来参加了地下党，所以我算是根正苗红。只是在 1966 年，咱家也受到了冲击。但是我和她恋爱的消息还是让很多人觉得不可思议，都觉得我疯了。当初为了在一起，我承受了很大的压力，因为身边的长辈和亲友，大多都不同意我俩的婚事。只有一个同意的，就是我那个一直挺有主意的姑父。可当时自家的日子也正山穷水尽，哪有工夫管我……

提到这个姑父时，庄仲衡的眼神闪烁了下，耀出一抹很亮的光彩，似是触发了又一段很深的回忆，却终究没有说，顿了顿，才继续讲原来的故事。

而她呢，一个弱女子，受到的压力更大。她那时到底是个少女，整天被压力包围，就病了，重度胃病，吃什么吐什么。她身子骨本来就弱，心急心伤，加上心寒，不但体重暴降，还突然患上了心衰，四肢冰冷，在医院里很快就到了奄奄一息的地步。医生也认为她没救了，很严肃地让我抓紧准备后事。那时她流着泪跟我说，你走吧，离开我吧。我要走了，也心安了，再不会拖累你了。

齐美琳心里不由得一阵抽紧，照片上的女子婉约而娇美，是个遇见难事很难挺过来的柔弱外貌。她自己也曾遇到过难处，品味过痛不欲生的滋味，但照片上的女子显然更加艰难，那时的她生死一线，应该是彻底地心如死灰，才会说出那样的话来吧。

庄仲衡又说，我就冲她大喊，放心，我庄仲衡不会离开你，我还一定会治好你！咱们回去吧。我就给她用了附子理中汤。当时她可是重症，两天过去，没怎么好转。她看见我着急，自己更急，心衰突然加重，一阵子都摸不到脉了，只有呼吸心跳未停。她真的要死了，真的要永远离开我了，那时候我真就急红了眼，狠了狠心，用人参四逆汤，把附子的剂量提到了100克，武火急煎，煎够了时候，立即就喂了下去，不到两个小时，她缓过来了。

100克的附子？齐美琳大惊，说，按照新修的中医药典，附子规定用量是15克以内，您这可真是铤而走险啊。

医不治亲，我确实是关心则乱，当时早就该用大剂量的附子。老人说，其实附子的毒性是双刃剑，只要用好了它的纯阳之性，那就是真正的救命仙丹。心衰的人，阳气衰微，只有重用附子才能回阳救逆。后来，我继续用附子理中汤，附子的剂量用到了45克。她的胃病痊愈了。三个月后，我们在结婚前，照了这张相片。永昆你瞧，你奶奶那时候多滋润。

老人的目光一遍遍地抚摸着照片里面的女子，眷恋的眼神仿佛要穿透岁月，去浸润过去那段难忘的时光。

庄永昆来了精神，说，爷爷，您这故事以前讲过，这次我才听得最彻底。这情节跌宕起伏，够拍一部古典主义爱情电影《我的爷爷奶奶》了！

庄仲衡就笑着说，小昆你记住了，夫妻过日子啊，就要跟爷爷奶奶学，认准了就不离不弃。

肖芸脸一红，心内满是怅然。她在庄家已经很久了，已经不是第一次听庄仲衡讲这个故事。但每次听，感觉都不大一样。公公婆婆年轻时的爱情是生死相依，她把自己的一切都交给他，他则拼尽全力去呵护她。肖芸见过他们的晚年，他们之间自然也有争吵，但很快就是一方笑笑，另一方也就怒气全消了。反观自己和庄合超，恋爱的时候还是和和美美的，但到了结婚前，就有许多现实问题的纠葛了，等到了婚后，各种各样的矛盾更葛藤般此起彼伏地缠绕上来，最终竟落得个感情敌不过现实的结局。

庄合超的心里也涌起很多滋味，更多的却是有些黯然神伤。为什么物质匮乏时代的爱情，反而更纯粹？难道人们没有被丰裕的物质裹挟时，反而更趋近了情感的真谛？

庄老若有意若无意的一段话，让一家三口的心里面都有些异样的滋味。

同样心潮起伏的，还有齐美琳。这故事是艰难岁月中的一见钟情，庄老和爱人不顾一切地走到一起，那是真正的不顾一切，不计较那么多，可能原本也不想求取那么多。现在看，那才是真正的爱情吧。

她不由得想到了自己那段短暂而又痛入骨髓的婚史，眼眶竟有些潮湿了。

妈妈，你怎么流眼泪了？萱萱很担心地望着妈妈。

庄永昆忍不住笑起来，说，哎哟美琳姐，你还是那么多愁善感呀。

齐美琳就苦笑说，我就是这个样儿，没办法，有时候追个剧也会哭得稀里哗啦。唉，主要是老爷子这段往事，太感人了。

肖芸也笑，说，美琳，你还年轻，我看呀，你得抓紧找个情投意合的呀。

庄仲衡就说，对呀，肖芸，你要上上心，有合适的，要给我们美琳留意下。

肖芸急忙应承着，那得看美琳呀，她条件太高，得有她看得上眼的呀。

齐美琳不想自己的事成为谈话中心，就说，庄老您刚才说到了重用大剂量的附子，您用的人参四逆汤也是出自《伤寒杂病论》。看来，《伤寒杂病论》果然是个深不可测的宝藏。二哥在飞机上还教育过我，说我没有仔细读这部经典呢！

说到这儿，她不由飞快地看了眼庄合超。

他也知道叮嘱你要多读《伤寒杂病论》？庄老却笑道，嘿嘿，其实我跟他最大的分歧就在这儿！

齐美琳一愣，问，为什么？

庄合超倒笑了，说，因为在我家老爷子眼中，中医必须回归传统，最好回溯到东汉张仲景时代的古中医学。

齐美琳和也学过中医的庄永昆都愣了下，虽然说医圣张仲景及其《伤寒杂病论》在中医界的地位绝高，但中医的发展一直绵延不绝，后来名医大家辈出，如同千峰竞秀，为什么说要完全回归到张仲景时代呢？

庄仲衡说，其实中医一直很难创新或者说融入现代西方医学这个大体系，从民国开始就是个无比艰难的课题。我知道合超在做什么。最近我一直在思考你们说的法兰克福会议的事，合超的发言还不错。但是，为什么要融入呢？ 都说中医创新，其实我们连继承都没做好！汉代中医，才是中医的正统。《伤寒杂病论》奥义微言，才是中医学的灵魂。我们应该直接回到中医的根子上去！

在大年三十这个特殊的日子里，老爷子照旧抛出这么个沉重甚至艰难的巨大话题。众人都接不上腔。

齐美琳不由得吸了口气，直接回到东汉的古中医去，老爷子的说法太大胆了。怪不得听说庄老学术修养极高，却又不被一些权威认可，原来是因为他的主张太过惊世骇俗。

她马上又想到，当日庄合超在法兰克福交流大会上提出的那个理论——中医"不创新、毋宁死"，原来这父子俩的学术观点竟是如此大相径庭。

他们是亲父子，他们都是中医界的绝顶高手，可惜他们对中医发展的见解却又是如此尖锐的对立。

庄合超笑道，美琳你现在了解老爷子了吧？这才是他最独特的理论。《伤寒杂病论》于我老爸，那是有非常大的意义的，所以他才命令我，无论如何也要去参加那次法兰克福的会议。

所以嘛，美琳呀，你的研究课题很有意义，要继续搞下去。庄仲衡也笑起来，说，有了任何问题，随时过来找我。

齐美琳很欢喜,大年三十提前拜个早年,看来确实是来着了,眼见已经下午5点多了,快到晚饭时间了,便微笑着告辞了。

大年三十的年夜饭都是回家团聚,齐母还在家里等着她们母女回去,庄老爷子也就不便留她们。庄合超就亲自送齐美琳下楼。进入电梯时,他轻声说,很可能是明天,大年初一,我就要忙起来了,老爷子这几天精神头还不错,你有时间就多过来陪陪老爷子吧。

看到庄合超陪着齐美琳出了屋,两道颀长的身影渐渐叠近了,肖芸的脸色立时就有些阴沉。

好在这时候庄仲衡端起了茶盏,对她说,肖芸,大年三十,你能来,我很高兴。

肖芸下意识地也举起了身前的热茶,竟一口干了。微烫的茶水滚入了喉咙,仿佛是一杯热酒,浇得她心里面火辣辣的。

这个除夕,在庄妙妙的人生经历中,绝对是最奇特的一次。

其实她根本就没有心思过年。她醒来后的主要工作就是刷微信,刷到的全是各种让人心有余悸的消息,似乎这几天的工夫,武汉各大医院的门口都排起了长队,连走廊里都被塞满了。各种消息有文字有语音还有视频,画面和声音都真实得让人看了心里狂跳。

最恐怖的是一段患者突然倒地不起的视频,也在微信群里面传来传去。好在妙妙的微信同学群里很多都是学医的,马上就有人指出那是脑梗或者心梗突发的症状,不像是新冠肺炎。

几个不在武汉生活的同学昨天还在同学群里指责武汉人不该到处乱跑,这时候也很歉疚地说,看来还是应该出来的好。

庄妙妙就很淡定地回复了下,姐原本不在武汉,但现在,姐在武汉。

下面的回复立即炸营般向她密集地问候。在同学们汹涌的问候和安慰中,庄妙妙还能抽空和何锋聊聊天,还不忘时时刷新翻看着疫情新闻。

许多信息如疾雨般砸来,她感觉自己就像站在暴雨街头的小孩儿,不知道该奔向何处。她感觉无比疲惫,可又害怕漏掉了某个跟自己有关的重要信息,于是就继续疯狂地刷着手机。

黄昏时分,头晕脑涨的庄妙妙终于扔了手机,站在落地窗前伸着懒腰。

外面飘着雨,这几天武汉的天空都是阴沉沉的,像是张悲伤到没有任何表情的脸。冷冷清清的小区里有几个戴着口罩的物业人员在四处喷洒着消毒液,庄妙妙忽然觉得这些普普通通的人挺可敬的。

有一辆车歪歪扭扭地扎进了小区。那居然是一辆救护车。隔着隔音效果很好的玻璃窗望过去,它就这么静悄悄地驶进来,又静悄悄地停住,然后车里面钻出几个穿着白色防护服的人,那些人急匆匆地进了旁边一个楼栋。

庄妙妙蓦地觉出一阵心紧,睁大眼睛盯着救护车那急促闪烁着的车灯,往常很熟悉的救护车这时候横在楼栋前,却有些冷飕飕的感觉。

过了很长时间,那几个穿白色防护服的人出来了,用两副担架抬出了两个患者。

新冠肺炎患者!庄妙妙做出了个简单的推理,如果是其他疾病需要救护车,不管是盲肠炎还是癌症,应该只能抬出一个患者。而这次是抬出了两个患者,那只能是急性传染病,极有可能是新冠肺炎。

那几个穿白色防护服的人移动得挺慢,很吃力地将患者推入车内。庄妙妙却牛出了深切的畏惧感,因为那就在自己这楼栋的隔壁,太近了,垂直距离也就十几米吧,如果楼层接近,那就是几米的距离。

她转身跑去拿酒精,开始拼命地擦拭门把手。

忽然间她的动作慢了下来,那个一直苦苦搜寻的信息如水草般浮了上来。她抓起手机狂翻,终于找到了那条消息,那应该是昨天才在各大网站上被转发的消息:李院士证实,新冠病毒在潜伏期就有传染性。

她再仔细看那条消息发布的时间,应该是前天晚上冒出来的,但那时候自己正喝得酩酊大醉,昨天知道了封城,又出去四处采购。

新闻报道援引李院士的话,潜伏期现在看来也可能有传染性。就是患者自己处于潜伏期,没有发烧,但跟患者有接触的人却被他传染了。

传染,传染,传染!

庄妙妙不由自主地摸了摸自己的额头。何锋的母亲已经被确诊是新冠肺炎,何锋是密切接触者。按照自己以前的逻辑,哪怕是过去的按照烈性传染病管理的 SARS,也只有在发热期才有强烈的传染性,而一切正常的何锋应该就不会发病。

但现在看,既然何锋是密切接触者,那么就不排除他是在潜伏期,那么他是同样具有传染性的。

她不知该做什么好,木然地又拿起了酒精纱布,继续擦着门把手,又机械性地开了门,准备擦拭大门外的把手。

大门刚打开,就看见戴着口罩的何锋正站在门外,显然是刚要敲门,却见大门自动打开了,有些发呆。

庄妙妙看到他,兀自有些呆愣,没搭理他,转身进屋,继续擦拭卧室的门把手。

何锋跟进来,说,今天菜场超市还算正常,没有人在抢菜,但很多容易存放的菜都没了,比如大白菜,我抢了几斤土豆和几根黄瓜,还有包菜,包菜居然 20 块钱了。这些菜,100 多块钱。当然了,往年的春节菜价也特别高。眼看着车厘子便宜,我一口气买了两斤,嗯也不是便宜,就是水果还没来得及涨价。

他一边絮絮叨叨地汇报着,一边娴熟地接过她手上蘸满酒精的纱布在手上狠狠擦着,然后又很乖巧地去洗了手。

她在一边呆坐着,愣愣地看着他做完这一切,不说话。

妙妙,你怎么了? 他有些奇怪。

她盯着他问,你说,我们会不会都被传染上? 这两天我看到很多报道,新冠肺炎的传染性很可怕,我们……会不会死?

别胡说,妙妙。他说着话,脸色也有些白,其实我们都一样,但我想,不管有多难,总有熬过去的那一天。

我没胡说!她瞪着他,说,你进小区时看见那辆救护车了吧?两个患者一起被接走了,离我这儿也就十米吧?

他忽然低下头,捂住嘴,咳嗽起来。

在他一声声的咳嗽声中,她的心剧烈颤抖起来。

对了,你呢?原来我们认为你不发烧就没事,可李院士现在说了,潜伏期就有传染性。你、你的检测结果呢?

她瞪着他,声音越来越大。

何锋止住了咳嗽,冲她摊开手,说,你看,别这样亲爱的。你知道古代行军打仗最怕什么吗,最怕哗变!知道什么叫哗变吗?就是那个军营的人,一直都在高度紧张的状态下,每个人都是汽油桶,只要有个火星子溅上去就会爆炸。现在我们都一样,我们都是被禁锢在一个军营里的人,各种信息都在没完没了地折磨我们的神经。我们都太焦虑,太容易爆发。

你走,马上去检测! 她喊起来,声音大得自己都有些害怕。

别急,好的,亲爱的,别急。我算密切接触者,不过我也没有发烧,就是有点咳嗽。好,好,我去检测。

她喊了几声,觉得好了些,低下头,喘着气说,吓着你了吧。我这个人就这脾气,你先回去吧。

他愣了下,像看个陌生人般看着她,然后转过身,失魂落魄地走了。

庄妙妙木然地看着他走了,大门关上的一瞬,才觉出了怅然若失。

手机视频聊天邀请铃声急匆匆地响了起来。

庄妙妙想,这家伙,刚出门就视频,心里面不知是个什么滋味,抓起手机一看,原来是老爸老妈。

对独自滞留在武汉的女儿,庄合兴夫妻自然无比焦灼。老妈鞠晚瑶最是关心女儿的处境,问清了妙妙还一直住在闺密的豪宅里,才松了口气。庄妙妙也留了个心眼儿,没有说朱丽已经去马尔代夫度假的事,只说两个人还跟上学时一样,合住在一起,彼此很习惯,相互间也有很好的照应。

她打开了冰箱,给老妈看了里面满满当当的存货,但这并没有打消老妈的唠叨。因为爸妈在国外,他们遭到的信息轰炸更多更杂,所以他们也更加忧心忡忡。

庄妙妙只得耐着性子听着,印象中老妈原本最关心她自己的身段和嗓子,想不到对自己这个女儿居然还这么上心。

好歹老妈的训话完毕了,老爸则开了腔。素来淡漠而直接的庄合兴上来就开门见山,妙妙啊,你还是太任性,你不想学中医,爸爸由着你,你想去外面闯闯,我们也由着你。可你还记得老爸跟你说过的话吗,为什么一定要在国内打拼呀? 还是来美国吧,这里才是世界上最安全的地方。这里不但最安全,关键是,这里的一切还是最优秀的。比如,对人才的尊重。爸爸作为针灸专家,在这里是真正的专家待遇,只要再坚持半年,今年按合同就能拿到 80 万美金,明年就是 150 万。对了,你喜欢文化类,那这里也是最优秀的呀! 无论是你从事的报业,或者沾边的时尚类、教育类,这里都是世界顶尖的,还有影视,好莱坞才是世界电影的中心嘛! 妙妙,你在听吗?

我在听,庄妙妙说,你说了那么多,可那都是人家的,跟我们有什么关系? 我觉得以后中国才是最优秀的。

庄合兴叹了口气,视频里的眼神竟有些僵硬,不知说什么是好。鞠晚瑶埋怨他,行了,行了,大过年的,这时候说这些有什么用,妙妙就是现在想来纽约,能飞过来吗?

庄合兴被老婆抢白后立即顿悟,又跟老婆一起嘱咐女儿一定要保护好自己。庄合兴想了想,又叮嘱,这些年,你在中医上也没有太用功,但从小爸爸教过你的穴道和针灸原理,你还没有丢吧! 自己进行下艾灸吧,取穴足三里、风门和曲池,重点是足三里! 这能全面提升你的免疫力。

庄妙妙觉得心里有些暖,说,爸爸,我记住了。叔叔也让我自己配玉屏风散,草药和艾灸这些,倒都是现成的。

庄合兴又叹了口气,说,对了,过一会儿我们全家都要给爷爷视频拜年,就说你现在是在北京忙工作。

庄妙妙应了。庄合兴又望了女儿片晌,想不起来说什么,最后就说,挺住了啊妙妙,加油!

庄妙妙也应了声,加油。

她忽然想,这两天,"加油"成了流行语,加油武汉,加油中国,连带老爸大年三十给自己的祝福都是加油。是啊,加油吧。

不管有多难,也总有熬过去的那一天。这念头一动,她又想,这句话居然是何锋那家伙刚说的。

这是一个前所未有的除夕。

临近晚上年夜饭的时间了,远在美国的大儿子庄合兴和大儿媳鞠晚瑶给老爷子庄仲衡拨通了家庭视频电话。这边由孙子庄永昆忙碌着,让爷爷和老爸、老妈先后都顺利接通了视频,然后又把武汉的庄妙妙也拉了进来。

现代新兴科技的力量,让天各一方的亲人们仍旧可以看到彼此的笑脸,听到彼此的声音。

庄仲衡对庄合兴这个大儿子的要求并不如小儿子庄合超那么高,因为中医这门学术很重视天资,从禀赋上看,庄合超要远远超过他的哥哥。而庄合兴却是个能认头踏实学的人,也自知天赋不如弟弟,便把全副精力都投入针灸一道,苦心钻研多年,成了国内很有名的针灸专家。

这次庄合兴以中医针灸专家身份去纽约,前前后后全是由他在美国的学生来运作的。庄合兴最终动了这心思,也不完全是因为那几十万美金的年薪,还有很多其他的因素。比如,夫人鞠晚瑶近年来没什么演出,也是静极思动,想去美国转转。

听了大儿子大儿媳说了一通拜年话,庄仲衡就问,美国那边,中医是个什么情况？

庄合兴说，其实这几年，中医在美国发展得还不错，比如美国一些大学的医学部里面，中医就被列为补充医学的重要内容。

庄仲衡问，补充医学？

庄合兴解释说，补充医学，Complementary Medicine，又叫替代医学，Alternative Medicine，可以理解为现代医学的有益补充部分。

庄仲衡摇摇头，哼了声。

庄合兴忙说，中医针灸师已经有了正规的执照，美国许多州已经允许拿执照的针灸师开业了。还有，有家在美国规模很大的私人医院，已经在急诊里运用了中医针灸，而且取得了成功。

在急诊里运用针灸？庄仲衡稍稍来了些兴趣，问，他们主要做什么？

庄合超接过话说，这个在国内也有报道，他们主要是用针灸治疗偏头痛、肾结石和一些车祸创伤，用针灸可以减轻疼痛，为的是减少对那些具有成瘾性的阿片类镇痛药的依赖。

庄仲衡摇摇头，眼里的光暗淡下来，却又笑了笑，说，虽然步子很小，虽然很艰难，但终究是很重要的一步。

是呀是呀，庄合兴难得得到老爹的首肯，就说，他们那边针灸师虽然不少，但缺乏真正的权威。说起来，这次国内的疫情，不就是个跟 SARS 病毒同"组"而不同"种"的新冠病毒吗，居然蔓延成这样。

听了大儿子的抱怨，庄老爷子只是笑，却懒得答话。庄合超忍不住说，哥，这次的新冠病毒，其实是个完全陌生的病毒，复杂、多变，甚至诡异，不只是中国，对世界上任何一个国家，都是个无比严峻的考验。

庄合超一直致力于中医创新，所以对大哥出国讲学并不反对，私下里还和大哥聊过很多关于中医在美国发展的事。但这些日子，他倒是很希望大哥能尽早回国看看老爸。这时，觑见老爸有些晦暗的脸色，他便觉心里有些沉重，又不便对大哥说什么，只说，大哥大嫂，你们这次讲学，有没有假期呀？如果有的话，就尽早回来看看。我和老爸，都挺想你们的。

庄合兴说，假期倒是有，但往返折腾很麻烦，而且，照现在中国的疫情发展，可能我们回去就不好再回来了。老爸，要不然，您也来美国得了，疫情还在蔓延，现在只有美国这样顶尖的医学体系才足够安全。

庄仲衡很干脆地说，不去！我不用你操心。

庄妙妙到底是个女孩，看出来同样是书呆子的老爸并不讨爷爷的欢心，就说，行了爸，你就待在你那足够安全的美利坚自己舒坦吧，爷爷这边有我和叔叔照料着呢。

庄合兴有些郁闷，只能叮嘱弟弟，合超啊，你一定要照顾好老爸。

庄仲衡又笑了，说，我哪用他们来照料。

肖芸也看出来老爷子不大高兴，忙过来解围。虽然当年在一起时，她和鞠晚瑶两个优秀女人都很强势，也没少闹矛盾，但时过境迁，肖芸想起来那些鸡毛蒜皮的矛盾，竟觉得很有些可笑，就说，晚瑶呀，拜年不许来虚的，给我们唱段《四郎探母》吧，你这身本事，跑去美国，那才是屈才呢。

视频里的庄妙妙和屋里的庄永昆都齐声叫好，连庄仲衡都微笑起来。鞠晚瑶就说，好呀，这几年我把我们家合兴也给练出来了，他专练《四郎探母·坐宫》里的杨四郎，也算是一招鲜了，今天咱们就给老爸开开心。

庄家这次天南海北的除夕视频，就在鞠晚瑶和庄合兴合唱的《坐宫》那段著名的西皮快板唱段中结束了。

可能是被大儿了大儿媳慷慨激昂的唱腔勾起了兴致，吃年夜饭时，庄老爷子执意要喝上两杯。庄合超也劝不住，便只得陪着。可他是个沾酒就脸红的体质，庄仲衡就笑着说，你那点量就别勉强了，明天还得值班呢，肖芸，你来陪我。

肖芸便笑盈盈地给老爷子满了一小盅，三口人一起向老爷子举杯敬酒。庄仲衡端起酒杯，却旧话重提，说，肖芸今天能来，我很高兴。今天不给你们讲故事了，讲得太多，你们也未必爱听。其实啊，今天是大年三十，大家吃的都是团圆饭,可我们庄家真是天南海北呀,有在美国的,有在北京的……

庄合超忙说,爸,不就是大哥他们家忙点嘛。

嗯,就是在一起的,也未必是一条心。庄仲衡扫视着儿子和他的前儿媳,说,你们俩,也老大不小了,两个人都强势,但终究不是血气方刚的小年轻啦!

庄合超跟肖芸不由得对视了一眼,不知说什么好。

我这岁数,就是没有那个病,也是风烛残年了。庄仲衡沉沉叹了口气,说,佛经上说,生命只在呼吸之间,人要旷达,不要那么怕死。但我们终究是有牵挂的。我最大的牵挂,其实就是想在离开这个世界前,看到全家真正的团圆。

这话说得异常缓慢,仿佛在跟什么告别。特别是在大年三十年夜饭这样的一个时段,庄合超的眼圈倏地有些红了。

我不想强求你们,抉择的权利都在你们身上,一切都随缘吧。只是我想,人呀,干吗总放不下自己的过去呢?

肖芸知道老爷子的心意了,一时间心里面泛起了许多滋味,酸的苦的辣的都有,当年她犯脾气的时候,也曾拿硬话撅过老爷子,没想到老人始终是一副旷达随和的襟怀,只不过这时候,她心里面更多的还是委屈。

您说的,我们都明白。肖芸慢慢呵了口气,脸上竟隐隐地又挂上了当年的冷硬,淡淡地说,一切都随缘吧。

庄合超只觉心里咯噔了一下。他太熟悉肖芸了,知道这时候的她是绝对不会应承下来的,可想不到她性子还是那么硬,甚至连逢场作戏都懒得做。

虽然没有明着回绝老爷子的建议,但她的神色,她的语气,明明就是回绝。不知是因为她还是看不惯自己的性情,还是因为她说的那位药业老总,他怅然地想,她回绝的,也许就是老人与孩子的希望,还有跟自己那些过往的时光。

看着老爸那苍老的脸上藏不住的失落和忧伤,庄合超心内隐隐作痛,却强笑着举起了酒杯,说,爸,您放心吧,没什么,一切都会越来越好的。

庄永昆看看爸爸,又看看妈妈,脸色由期待而失落,终究又硬了起来,拿起手机,给庄妙妙发了条微信:人生如戏,我发现我爸我妈,连演戏都不会。

在武汉的庄妙妙看到了这句话,忍不住笑了,回了句,人生如戏,但这戏也不好演呀!

她这时正躺在卧室刷着手机。电视的声音被调得挺大,春晚的歌声将整个屋子都轰得热热闹闹,但庄妙妙仍觉得孤单,那种感觉像是张巨大的网,越挣扎,捆得越紧。

再次刷了下微信,何锋的头像还是安安静静的,庄妙妙有些难受。正想扔掉手机,那个头像忽然动了下。

她有些恍惚,仔细看,那个头像果然顶着个未读信息的红点。她忙点开。

饭在你门外。

看到这句话,她愣了下,忙跳起来,向阳台的落地窗跑过去,从那儿能看到楼下的小径。

路灯被物业挂了红灯笼,漫出片红彤彤的光,何锋就裹着件红得挺夸张的冲锋衣站在灯下,正仰着脸往她这边望过来。

她站在阳台很醒目,他显然是看见了,就冲她拼命地挥手。

她也挥了挥手,忍不住拨通了电话,说,那你上来吧。

他很惊喜地说,谢谢,你不生气就好。等我检测完了再找你吧。饭菜在你门外呢,别忘了拿。别怕,加热就可以。高温能杀菌杀病毒。

他抬着头,太远太模糊,但是她能感觉到他的笑脸。他冲着她拼力地挥挥手,然后转过身,在忽明忽暗的灯光下渐渐远去。

她开了门,果然看见那个熟悉的保温饭盒袋,打开来,里面是满满的三盒菜。她知道今天是大年三十,却一直没什么食欲。那顶头的饭盒里是一道武汉名菜珍珠圆子,她知道武汉人逢年过节必少不了吃圆子,这道菜正应了团团圆圆的好口彩,看那珍珠圆子外面的糯米粒粒挺拔,油亮亮、白莹莹,又带着热腾腾扑鼻而来的香气,一下子就唤醒了她的饥饿感。

她想起来,最近武汉市要求市中心区域禁止私家车通行,这家伙应该是骑车来的吧,那他得骑上半个多小时。

她哭了,转眼间就泪流满面。本来她早过了被什么爱情感动的年纪,但这时候孤寂、焦虑、失落,四下里扑过来,才会觉得这种又被温暖突然包裹的感动很不容易。

何锋的头像又闪出了新信息:大年三十的,看看让人高兴的消息。亲爱的,也是有好消息的哈,今年除夕咱们就看看医院建设的挖土大赛直播吧。

庄妙妙打开了直播,画面有点卡,场面很热闹。原来是在武汉市蔡甸区知音湖畔的建筑工地,上百台的挖掘机、压路机、推土机在紧张工作着,那里要按照小汤山医院模式紧急建造一座专门用于收治新冠肺炎患者的医院,名字很响亮,叫火神山。

她发现有很多很多人都在网上看施工的直播。据说七天之内就要完工,建设团队正在二十四小时"三班倒"地冲刺着,春节期间也一刻不休息,玩命地往前赶。

看着那热火朝天的景象,还有流星般闪过的一条条弹幕留言,庄妙妙觉得心里踏实了些,孤独感竟也淡了许多。

1932 年,除夕

民国二十一年(1932)的除夕,对于徐良英来说,是非常特殊的一个日子。这一天,他又当爹了。庄秀薇给他生了个八斤多的大胖小子。

除夕得子,双喜临门。卫市民间有大年三十生的孩子是财神命的说法,做了外公的庄凤梧笑得合不拢嘴。

更让庄会长惊奇的是,这个外孙竟是在西式的妇产医院降生的。所以徐良英和庄秀薇的这个除夕,也是在西式妇产医院里度过的。

当初秀薇怀孕时反应很大,第一次当娘,自然有些紧张,就跟徐良英商量,请哪位接生婆比较有把握。倒是徐良英很沉稳,提前把她送进了水阁附近的一家西式医院。这是当时北方最早建立的西式妇产医院。

中医世家的女儿要去西式妇产医院,这件事本身就挺稀奇。庄会长开始还是不大乐意的,但架不住徐良英的劝说。徐良英说,哪怕是皇后生孩子,都是用接生婆,最多身边跟位太医。但这种女人的活儿,哪怕是太医,也是搭不上手的。那些接生婆懂什么呀!倒是西式医院那边的女医生都经过正式的训练,术业有专攻,交给她们吧。

他这么说是有过痛苦教训的。徐良英曾经有过两个儿子,每生一个,媳妇便是要死要活地如同扒下一层皮。所请的接生婆用的那些古怪招数,连他都看不过去,什么让媳妇嚼自己的头发,让奶奶去外面叫魂般地喊孩子快来。特别是小儿子难产时,产婆在用尽了各种招数后,竟横起了一根擀面杖推压媳妇的肚子,媳妇当时差点就痛死过去。所以秀薇一怀孕,徐良英便打定主意,送她进西式妇产医院。庄会长到底见多识广,知道女人生孩子的艰辛,更知道产婆的各种不靠谱,也就由着徐良英去安排了。

快临产时,徐良英提前两天便将秀薇送到了水阁附近的那家西式妇产医院。医院里没有产婆,都是比较年轻的助产士,穿一身白色医护服,戴着白帽了,手上也戴着手套,携带的医疗器械也都是专用的,很是精致。

徐良英又听到了那个词,消毒。

女助产士戴的手套是消过毒的,拿出的专用医疗器械也是消过毒的,甚至,盛放那些医疗器械的专用包,也叫作消毒包。

"消毒"这个词对于徐良英来说,其实并不算是十分陌生。消毒,所对应的就是细菌或是病菌。早在二十年前,已有开明的中医名家吸收了西医之说而来介绍细菌,许多中医人士已经知道了细菌可用显微镜观之,认为凡肺病、肺痨、虎烈拉[1]、破伤风等病都是细菌作乱。徐良英当年在上海时,曾访过许多名医,见过上海国医学院的中医教材,那里面已在尝试着将细菌学的理论介绍给中医学生。

也是从那本最新潮的中医教材中,徐良英首次接触到了传染病和消毒之说。

大年三十这一天,在徐良英的一再坚持下,妇产医院终于同意他陪着媳妇,一起进入整洁的产房。他亲眼看到了媳妇秀薇产子的全程。在西式妇产医生的细心照顾下,秀薇顺利地生下了他们的大儿子。

孩子过满月时,庄家着实热闹了一番。

庄会长和徐良英都喝得挺高。庄会长给外孙起好了名字,徐仲阳。秀薇知道,若按照庄家的大排行,这一代人就该是仲字辈,名字中间正好是这个"仲"字。

贺客们都知道庄会长的心思,女儿嫁了个好女婿,称心如意只一半,因为这个女婿没有入赘,现如今生了又白又胖的小外孙,自然也只圆满一半,要是这孩子能姓庄,那该多好。

满月宴在中午摆开,一直喝到下午日头西斜,众宾客才络绎离去。徐良英乘着酒意上了街,回来时竟提了只硕大的风筝。

秀薇看了就忍不住笑着说,你这倒心急,阳阳才这么大,你就给买了风筝。

徐良英在灯下翻来覆去地看着那风筝。那是只老鹰风筝,做得极精致,活灵活现,颇有气势。

许久,他才沉沉叹了口气,说,昨晚,我梦见我家的海子了。才想起来,他

---

[1] 虎烈拉,即霍乱,因其英文发音为"虎烈拉(Cholera)",是由霍乱弧菌引起的一种肠道传染病,主要通过食用被病菌污染的水或食物而感染致病。其实"霍乱"这个词在中国是古已有之的疾病名称,原本是指一种急性肠胃炎,并没什么传染性。这种情况一直持续到清朝嘉庆年间。嘉庆二十五年(1820),发生了中国有记载的第一次"虎烈拉"疫情,是自国外由海路传入而引发的。此后霍乱病菌沿着水路逐渐扩散到了内陆。到了本书中徐良英所处的二十世纪三十年代,医界开始普遍称这种可怖的瘟疫为"霍乱"。——作者注

的生日就在今天,对,跟咱们阳阳就差一个月,在梦里面,老大海子找我要风筝。

她的心不由得一颤。她知道,他已经去世的两个儿子,老大叫海子,老二叫小江,却不想海子的生日竟跟自己的儿子整差一个月。

他说,那时海子已经九岁了,看别家的大孩子在放风筝,就眼馋,缠着找我要。我那阵子忙,没来得及给他买。

他把那老鹰风筝摆在了案头,然后提起了笔,蘸了案上的朱砂,慢慢地点在老鹰的头顶。他的声音也慢了下来,说,后来就赶上了大疫。他染了病,我没救得了他。海子很快就不行了,我问他,儿子你想要什么,他声音细细地说了最后一句话,爹,你一直也没有带我去放风筝呀……

空气中,他哽咽的声音颤抖着,仿佛那只风筝在风里面挣扎着飞起来,又落下去。

秀薇也湿了眼眶,又细看风筝,跳进眼的那老鹰扎制描画都极精美,甚至翎毛都一笔一笔地细细描了出来,黑翎如铁,褐羽如钢,那羽毛的质感仿佛触手可及,鹰眼更是聚足了光般地凛凛逼人。

秀薇感觉这鹰真像要张牙舞爪飞腾起来的样子,不由打了个激灵,说,瞧这细功夫,这是老魏家的风筝吧?

徐良英笑了,说,确实是他家的。老魏人很实诚,做风筝跟入了魔怔一般,我给他夫人诊过病,我们成了朋友。这老鹰风筝是他家的绝活,做得跟真鹰差不多。老魏那儿还有个绝活,是一种"锣鼓燕"风筝,那燕子背后有竹制的小机关,飞上天后,能在风里面敲锣打鼓。

秀薇不由得笑了,说,说别人魔怔,难道你不是做事很魔怔的?不过我爹说得好,要做大事业,必先痴迷入魔,才能出类拔萃。

徐良英哦了声,说,咱爹这话说得有气魄,其实他何尝不是在医道上痴迷入魔的!

他还在极认真地描画着风筝。老鹰的头部竟被他用朱砂点染得多了几分锐利。

他在灯下幽幽叹着气,说,回头选个日子,我们把这风筝给海子和小江烧过去吧。

秀薇想了想,说,这老鹰风筝太威猛,又是单独的一只,你那边可是两个孩子,怎么玩儿呢?既然你说老魏家另一个绝活是锣鼓燕,那咱就买两只顶好的锣鼓燕,给两个孩子送过去呗。难得这老鹰风筝是你用朱砂点出了大气势,不如就留着。

徐良英不由愣了下,又一笑,说,是呀,给那俩孩子送两只更好玩儿的。古人有鸿雁传书一说,雁燕同音,咱这锣鼓燕风筝,不但是鸿雁传书,还加上了敲锣打鼓。这只大老鹰,咱们留着镇宅。

他虽然在笑,却想起了两个故去的孩子,神色颇有些悠远。

秀薇知道,他曾经受过大苦,总体上是个有些忧郁的人。得了个白白胖胖的大儿子,徐良英也很欢喜,但也就欢喜了那么几天,过了些日子,他又回到那种忧心忡忡的状态。他似乎总在寻找着什么。就如同新婚宴尔那几天,他照旧会在深更半夜里爬起来,到书案前挑灯看他的寻医笔记。

现在灯影里的他,跟那时候的他一样,目光和神气都有些清冷和深邃。

果然就在这一年,霍乱疫情忽然横行起来,很快就席卷了全国,成为这种恶性传染病登陆中国以来泛滥最严重的一次。

霍乱,在当时也叫虎疫,据文献记载,在 1932 年 4 月 26 日,第一例霍乱病例出现在上海。那时候的上海,刚刚经历了一·二八淞沪抗战。大战之后必有大疫,淞沪抗战后,上海旋即暴发了霍乱,且发展迅猛。5 月 23 日,武汉成为第二个发现霍乱的城市,随即开始了全国性的蔓延。

进入了 6 月份,天气一日日地热了起来,卫市也有些不好的苗头显现出来,周边地区已经有了霍乱的零星疫情。

这一日,辛东博带着个干瘦的老者来到了庄宅。老者穿着一袭长衫,满脸谦和中又透着股学究之气。

庄凤梧觉得这老者有些面熟，一时却想不起是谁。辛东博急忙介绍道，大哥，这位就是日本汉医研究总会的副会长中村宏先生，啊，就在咱家阳阳的满月大宴上，中村宏先生曾经亲自登门来过，送了贺礼的。那时候咱家里面人多，中村会长用的是他的中国名字华景。

庄凤梧想起来了，当日外孙阳阳的满月大宴，来的各路贺客中确实有这么一位华先生。那时他跟在辛东博身后，对谁都彬彬有礼，看不出丝毫日本人的痕迹。

虽然俗话说远来是客，而且对面这位客人还曾亲自登门，但庄会长还是拉起了脸，说，二弟，又带个日本人过来，你要是再这么跟我先斩后奏，咱哥儿俩的交情，可就要断了啊！

他这话说得异乎寻常的狠。谁都知道，日本人已经侵占了东北，而屯驻在华北的日本人还在蠢蠢欲动。这个节骨眼上，他实在不愿跟日本人扯上什么关系。

辛东博满脸尴尬，中村宏却踏上一步，深深地鞠躬，然后捧出一只锦盒，恭恭敬敬地递了上来，说，庄会长不要误会，冒昧登门，其实只是想跟会长探讨下医道。这是贵国流传的珍本《伤寒百问经络图》第一卷，请您给掌掌眼。

庄凤梧有些吃惊，对面这位七十多岁的老头子虽然瘦削而衰老，却说得极流利的一口北平话，除了鞠躬的姿势有些东洋化，几乎就是个中国北方的老文人。

再接过那锦盒，打开来，见里面是本残旧的古书，只翻了几页，庄会长便又吃了一惊，忍不住说，太罕见了，这是元燕山活济堂刊本《伤寒百问经络图》，稀世珍本，很可能还是孤本，你从哪里得来的？

中村宏说，我这里有全本，一共九卷，只是拿不准是否善本。毕竟贵国这行的水太深了，但有您这位大行家给掌眼，心里就有了谱。

庄凤梧听了，着实有些心疼。这《伤寒百问经络图》的作者朱肱是北宋伤寒学大家,认为钻研伤寒论必要重视经络,见解颇为独到,只是其书极为罕见,眼前的这本古书应该是元代燕山活济堂刊本,如果是九卷全本,那很可能就是传世孤本了。

他脸上不露声色,把玩着那卷古书,说,你们日本人留着这些,也没有用,不如卖给我吧。多少钱拿到的,我给你加三成。

辛东博却笑了,说,大哥,中村先生不要钱,您要是喜欢,白送您。

庄凤梧一愣,问,为什么?

中村宏微笑着说,主要想跟您交个朋友,我想跟您探讨的是医道。对了,请不要将我和我的侄子中村英正等同,他确是日本军方的人,而我则完全不同,我是个日本汉医,汉医与中医一脉相承,我只是个老医生,或者,是个老学者。很想亲眼看看您那套白云堂孤本《伤寒杂病论》。

似乎怕庄凤梧误会,日本老头儿又把腰弯下了几分,说,只要看几眼,我就满足了。

庄凤梧舒了口气,动了心思,说,既然如此,远来是客,先进屋叙叙吧。

进了屋,庄凤梧也不多客套,便将装着白云堂孤本《伤寒杂病论》的锦盒从书房内亲自取了出来,再连盒带书一并推到了中村宏的面前。那意思很明显,就是请中村宏当场敬阅。中村宏眼中放出了光来,再次站起深鞠一躬,才坐下来翻看阅读。

庄凤梧则命仆妇给辛东博和日本同道上了茶,自己也坐下来翻阅那卷《伤寒百问经络图》。两个人看得很仔细,一页一页地翻着,并不说话。

辛东博品着茶,有些焦躁,却也不敢贸然开口打扰这两位学究。

庄凤梧还在翻着书,却轻叹道,我多年前读过和田启十郎的《医界之铁椎》。民国十九年(1930)夏天,也就是我们中医师抗争大会的转年,我又看了汤本求真写的《皇汉医学》,都是非常有见地的学说。可是听说你们日本政府,在五十多年前就完全禁绝了汉方医学,汉医再没有资格独立行医了,这很痛苦吧?

中村宏也低头翻着书,说,首先,恭祝你们中医当年奋力抗争的胜利,这不仅是贵国中医界的胜利,甚至对我们日本汉医界也是一种鼓舞。当年,帝国政府与西洋医学对汉医的压制太残酷了,汉医最终一败涂地,奄奄一息。先父曾经为复兴汉医奋斗了一辈子,终因希望渺茫,而在先祖墓前告罪剖腹。直到现在,我们仍在为汉方医学复兴而努力,只是这一天,仍旧很遥远,很遥远。

哦?庄凤梧也没有抬头,说,所以,你们在中国搜罗中国古代医书,也是为了复兴汉医而在努力?

中村宏说,贵国现今国势艰难,许多人家破人亡,几本旧书填不饱肚子,我们给他们钱,他们卖了书活命。这也是两全其美。

两个人都在低头翻书,对话却都是从容不迫。

庄凤梧默然,半晌才说,中村先生,咱们有言在先,我不能无功受禄,这书多少钱收的,还请明言。

中村宏说,这还真不知道。这本书是我侄子中村英正收的,他们有搜罗中医古书的经费,每年大概的预算是 20 万日元。

庄凤梧听到这个价码,脑袋不由得嗡地一响,原来东洋人每年就拿着几十万的巨款在中国搜罗宝贝呀,他眼前仿佛看到许多古书在飘忽晃动,心间隐隐抽痛。

中村宏又问,敢问庄会长,您这套白云堂孤本《伤寒杂病论》是怎么得的?

庄凤梧凝定了下心神,才说,说来也是缘分。这是几年前,庄某无意间自一位病危的坐堂老医师尤先生那里得到的……

原来这位尤医师早就年过六旬,一直在一家小药铺里面坐堂给人诊病,医术时灵时不灵,脾气却挺古怪,药铺里面的伙计都不愿搭理他。这位尤医师有一次忽然患了中风,半身不遂,请了几位老中医诊治后全然无效,眼瞅着就一天天地气息奄奄了。尤医师没儿没女,只这小药铺的掌柜算是他的远亲。念在他多年在药铺坐堂的分儿上，药铺掌柜便又请了庄凤梧来进行最后的努力。庄凤梧也看尤医师可怜，狠下了一番功夫施治，最后用"地黄饮子"加减，用心治了两个多月后，尤医师居然神奇地痊愈，且行动大致如常了。

尤医师颇为感动，就翻箱倒柜找出这压箱子底的传家之宝，郑重交给了庄凤梧。这尤医师的医术是得自其先父，只可惜他老爹四十多岁才得子，对他自幼太过宠溺了。尤医师少年顽劣，岁数不小了才被家里人逼着跟老爹学医，不想刚刚入门，老爹就染病去世了，家道由此中落。其家中就只传下这么一套白云堂孤本《伤寒杂病论》十六卷。白云堂是尤医师先父的书斋名。据尤医师说，这是其先人在道光年间抄录自张仲景四十七代后人珍藏的秘本，历来视若秘宝，未肯示人。现在自己献出此书，不是为了报答救命之恩，更多的是想给这自家代代珍藏的宝贝找到一个真正能读懂它的名医。

庄凤梧推辞不得，便只得收了。《伤寒杂病论》传世千年，版本众多，世间对《伤寒杂病论》的学习，大多推崇明代赵开美出资行刻的《翻刻宋版伤寒论》。庄凤梧对那张仲景四十七代后人珍藏秘本的传说，开始并不太在意，但回去后展卷细读，不由得越看越惊。从纸质上看，该书确实应是道光年间手抄秘本，细究其内容，发现该抄本是合《伤寒杂病论》《金匮要略》为一体的十六卷本，书名和卷数与张仲景原序相合，全书结构严谨、首尾呼应，且有世面流传的《伤寒杂病论》《金匮要略》原书所无的几十个方子，对六淫病邪论述颇为详尽。

诸多优点显示，这个抄本来历确实颇不简单。庄凤梧钻研《伤寒杂病论》数十载，当然欣喜若狂，就延请了数位名医挚友来观摩钻研，一时轰动了卫市中医界，众人都盼着他尽早印行。不过庄会长身为伤寒论研究大家，在学术上历来颇为谨慎，觉得此书终究是个抄本，还是要尽量地注解和校正一下，同时又想博采众多注家的注解，编著成白云堂孤本《伤寒杂病论庄氏集注》，最后一并石印公世。

听得庄凤梧细说了这段佳话，中村宏不由得也颇感慨，便犹豫着说，这套元燕山活济堂刊本《伤寒百问经络图》就无偿赠予庄会长吧。想恳请会长将这套白云堂孤本《伤寒杂病论》先借我钻研几载，可否？请会长放心，我会尽快安排将此书印行面世的。到时候，先赠送华夏医药研究总会一百套。

庄凤梧愣住，抬起头。中村也合上了书，望着他。

庄凤梧说，如果你等几年，待我的白云堂孤本《伤寒杂病论庄氏集注》石印公世，我也会赠给你十套。

中村宏叹息说，老朽老矣，只怕时日无多了，很想在临终前，能彻底钻研这套孤本绝学，朝闻道，夕死可矣。

庄凤梧坚定地摇摇头，说，不成。我不会和日本人做买卖，哪怕是以书易书。你的书从中国买的，我再买回来，这不是一回事。

中村宏站起身，又深深鞠躬，说，不敢劝说您改变主意，但还是有些奢望。那么，不再打扰了。

庄凤梧对他倒有些好感，觉得这个日本老头儿很实诚，也很温和，比他那个阴鸷而又倨傲的侄子中村英正强多了，只是仍狠了心，将《伤寒百问经络图》第一卷推了过去，淡淡道，我的医书，你就不用动那个心思了。

中村宏收了那书，却笑了笑，说，看来我还是过分了。这个心思绝对不会动了。那么，无比真诚地期待庄会长能尽快将白云堂孤本《伤寒杂病论庄氏集注》石印公世，请尽快。

庄凤梧叹口气，说，如果不是你们日本军队这么坏，我倒可以和你做个朋友。东博，替我送送吧。记住，这可是最后一次了。

辛东博不敢说什么，只得满脸遗憾地陪着中村宏走了。

庄凤梧不由得轻轻摩挲着锦盒里面的那套白云堂孤本《伤寒杂病论》，低声道，老伙计，看来是真有人惦记你呀，咱得想想办法了，防患于未然。

秀薇这时候捧着一碗银耳莲子糯米燕窝粥走进来，看到老爹正在书房里面翻箱倒柜地折腾着，忍不住问，爹，您忙乎什么哪？

庄凤梧瞅了瞅窗外，又低头在书柜间捣鼓着，说，咱家这套白云堂孤本

《伤寒杂病论》，让小日本给惦记上了。他们通过辛老二还有别的朋友过来说合，前前后后至少找了我五次……我寻思着，不怕贼偷就怕贼惦记，万一他们明的不成，再玩个阴招，派个飞贼来我这儿，把全套书给卷包偷走，那我就连哭都找不到地方了。

庄会长的书房挺大，老榆木的书柜子就好几套。他边说边翻腾，很快就在书柜极不显眼的一处角落里腾好了位置，嘿嘿笑着说，这下子好了，只要不看的时候，把书塞这里面，你说谁能找得到？

秀薇忍不住笑起来，说，爹，您这一肚子小算计的名声在外，谁敢来偷您这命根子呀？

庄凤梧将整套书匣放进书柜里，又拉过来几本古书挡上，很满意地点着头，说，丫头，你这是损你老爹了是吧？

门忽然开了，午后的阳光下，徐良英站在门外，脸色异常苍白。庄凤梧惊问，良英，你怎么了？

徐良英哆嗦着嘴唇说，爹，卫市，也发现了霍乱。

在哪里，你肯定吗？患者来医馆了吗？庄凤梧腾地站起了身。

霍乱的病例我怎么会看错？徐良英惨笑了下，说，我是被一位同行请去的，天仁医馆接收了四个人。其中两个已经皮肤变黑了，我没救过来。但另外两人，我已经控制住了病情。

原来感染霍乱后最明显的症状，先是全身虚弱盗汗，接着就是可怕的腹泻加呕吐，重者会便血和吐黄水，然后就会脱水、四肢剧痛、皮肤松弛起皱，甚至肤色会变得发蓝发黑，几个小时内如果没有得到救治，患者马上就会死亡。

庄凤梧怔了怔，脸色也黑了下来，说，记住，别带到咱们医馆来。

徐良英说，爹，现在情况紧急，要赶紧跟市里面说一下，由上面抓紧布置防疫，也许就不至于闹大了。

庄凤梧叹口气说，市里面又能有什么好办法吗？瞧这几年的卫市，先是曹锟、吴佩孚,然后是张作霖,前两年又换成了阎锡山和傅作义,眼巴前的卫市,又成了东北军的天下。后来溥仪又从这儿出逃,日本人天天在磨刀子,世道乱成了这个德行,你说东北军会有心思管这个疫情吗?也许没几个月,他们也得丢下卫市自己滚蛋了。

徐良英不说话,硬硬地杵在那儿。庄凤梧在屋里面转了两圈,看看太阳才西斜,便跺了跺脚,说了声,走吧。

掌管卫市的张市长这两天在北平有事公干,庄会长就带着徐良英找到了副市长孙其亮,细说霍乱疫情的事。

徐良英说,那两个患者是坐船从南方过来的,船上的水手和客人怕都有感染,应该对那艘客船采取紧急行动,否则后果不堪设想。

孙副市长听得疫情,脸色就拉得很难看,说,现在市面上的事情,你们不知道吗?日本人在各处跟我们找碴儿,去年日本人组织了便衣队暴动,张市长调动了军队跟他们硬碰硬,才将他们击垮。但日本人不会这么就完事,他们还在找机会。我想,疫情的事,还是先压一压,如果他们借口防疫,四处出动,那就会让我们更加被动。

孙副市长确实很担忧。现在日本人步步紧逼,而南京国民政府对日本还没有完整统一的对策,所以对卫市也就没有任何有效的支援,张市长已将全部精力都放在了市面治安和军队上,卫生医疗这种事便全扔给了孙副市长。而他孙其亮本就不是东北军的人,在这里得不到重用,也捞不到什么实惠,还不如尽早回南京。他那些金条没白砸,老同学那边已来了消息,这两个月就会有动作。所以在这个节骨眼上,孙副市长就希望这俩月平平安安,别出乱子,到时候他就可以顺顺当当地离开卫市这个是非之地。

庄会长跟孙副市长还算比较熟,知道他谨小慎微的性子,便只得耐着性子解释。孙其亮皱着眉连连摇头,说,凤梧呀,一定要记住,不能给日军借口!我估计,这很可能就是日本人细菌战的诡计,他们正等着这个借口,然后大张旗鼓来卫市四处消毒防疫呢。

孙副市长站起身，义正词严地准备结束对话，他将手用力向下一压，说，所以，霍乱疫情这等事必须要压一压，必要的时候死他几十个小老百姓算什么。

徐良英忽然大喊了起来，孙副市长，这里是中国的地方，我们中国人有人得了霍乱，我们在中国人的地方治病防疫，为什么还要看日本人的脸色？

他的嗓门本来就很大，蓦然间瞋目大喝，连庄风梧都觉得耳朵嗡嗡作响。孙副市长更犹如被一道闷雷劈中，整个人都僵在了那儿。

徐良英这声大吼似乎有了点效验，孙副市长呆愣半晌后，终于换了副笑脸，答允会认真对待，并详细向上峰汇报。

可是一连几天，答应认真对待的孙副市长也没有推出任何措施，甚至干脆不见庄风梧了。

报纸上关于霍乱在中国肆虐的消息已经越来越多了，卫市很快发现了新的患者，疫情也迅速蔓延开来。

卫市开始变得人心惶惶，报纸上也开始连篇累牍地报道起霍乱疫情来。报人水平良莠不齐，渲染的疫情便也越发让人惶恐。什么某道士正在某巨富人家作法超度病疫亡者时，忽然伏地不起，原来道士不知何时也已染疾，竟当场发病而死；什么某医生正在病家出诊，归途中便也倒地身亡……

从平头百姓到达官贵人都心惊肉跳，不管你多大的官，多有钱的主，很可能转天就会成为疫魔的爪下亡魂。这玩意儿简直就是恶鬼作祟，传染起来无声无息，却又快速而强悍，让人防不胜防。

市里面也不得不采取措施了。当时卫市政府都归东北军把持，大部分税收都被军队收走了，政府机构里面虽有个卫生局，却没什么经费。

出身东北军的张市长掌管军队和警察局，前段时间他的主要精力都去对付日本人，发现疫情已蔓延开来后，张市长立即把孙副市长叫来大骂了一通，严令他要全力做好防疫。

卫市紧急成立了临时防疫医院，军警也一起出动，各种防疫传单急匆匆地贴满了大街小巷。张市长亲自出面,从南方请来了一位著名的西医博士宋挺,担任这次防疫的具体总负责人。宋挺留过洋,喝过洋墨水,特别是曾在上海的霍乱疫情防控中出过大力,很有些防疫经验。

宋博士立即采取了切断传染途径、加强交通管制和隔离病患等措施,卫市的疫情防控很快见了起色。

不过在宋博士的防疫措施里,最紧要的那条疫苗注射,却出现了困难。卫市费了很大劲,才采购了一批防疫注射疫苗。但这次霍乱已经席卷全国,正是疫情紧张的时候,疫苗非常紧俏,只能先给政府要员和贵胄们注射。后来在多方采购下,疫苗虽然多了些,但还是够不上卫市百十万民众的巨大缺口。

还有个大麻烦,以西医为主的防疫力量根本不够用,宣传和防护的力量都跟不上。大量市民并不知道疫苗为何物,对注射疫苗并不上心。他们更愿意相信这是瘟神作祟,要不然就是东洋小鬼子在投毒。

许多老百姓便只是无助地深度惶恐着。他们甚至对那所经常抬出死人的临时防疫医院有着深深的恐惧。这种情况下,很多老百姓一旦染了霍乱,仍会习惯性地去中医医馆。

让徐良英郁闷的是,他的老丈人庄凤梧严令他要少接霍乱患者。

翁婿两人已经争论过两次了。庄会长的态度非常坚决,他的大医馆坚决不许接霍乱患者。市里面已经布置了,疫情防控以西医为主导,就让那位喝洋墨水的宋博士去折腾吧。况且这种恶疾传染起来神速恐怖,何必去胡乱伸手,搞不好还砸了自己的金字招牌。

徐良英苦闷无比。宋博士的那些措施开始时确实起了很大的作用,但卫市到底下手还是晚了,一边是患者们不断增多,一边则是广大市民并不热衷于去注射疫苗。

7月份的时候,卫市的疫情越发恶化了。

这日傍晚,徐良英苦着脸站在了庄凤梧的书房门外,说了个无比悲切的消息，当日请他过去帮忙的天仁医馆已经被恶疾灭门了。余老医师父子俩，还有两个小徒弟，全都染疾而亡。

他说，爹，我得出手了，救活一个是一个，要是救不活一个，那可能就会死一家子。

庄凤梧也黑了脸，不住地摇头低叹，良英啊，明白我的苦心了吧！这玩意儿太过凶险，你就不要乱动那个心思了。

徐良英不再说话，又如当年一样，站在庄凤梧的书房门外不吃不喝，故技重施，希望老丈人回心转意。苦立了一整天后，庄凤梧终于推开门大骂着走出来，喊，徐良英，你个浑小子要跟瘟神爷爷作对，你就自己去，别扯上我的医馆。还有，把秀薇和阳阳给我送回来。

徐良英默然走了，当晚就让庄秀薇抱着儿子住回了庄家大宅。秀薇哭得两眼红肿，说不想跟他分开，徐良英却毅然决然。这一次他绝不会再让家人涉险了。

他独自在他的小医馆开始收治霍乱患者。

他医治霍乱却并不拘泥于中医。当年他在上海时访了许多名医，也掌握了一些西医的法子，比如在霍乱患者病发剧烈时，向其静脉中注射生理盐水，往往能使其吐泻立止，神识恢复清楚。当日他在天仁医馆曾治好的那两个患者，便是先用这法子止住了险恶的病势。可惜余老医师是纯粹的中医，对静脉注射并不大理解，也就没有接受徐良英的这个方法。

这次独挑医治霍乱患者的重任，徐良英仍是辨证施治，虽以中医药为主，但遇到发病剧烈的患者，仍会用静脉注射的西医之法。半个月苦战下来，居然效验不错。

这日傍晚，徐良英特意先用西医的法子消了毒，再回到了庄家。他忍住了没有去秀薇的屋里去看老婆孩子，而是径直去了庄凤梧的书房。庄会长在饭后这段时间，会独自在书斋读报。

徐良英的手里面也捏着一份报纸。

师徒二人对望一眼，都有些感慨。

徐良英先说，我消了毒。

庄凤梧叹道，傻小子，怎么样了？

徐良英说，收治了18人，痊愈12个，6个人太晚了。这几天出诊4次，治愈4人。

庄凤梧看到他拿的《大公报》，苦笑起来，说，你也看到了这个？

徐良英抖开了报纸。原来，消停了一阵子的中西医争论在报上又爆发了。

西医精英们以霍乱防疫为引子，再次将炮口对准了中医，报上接连数篇文章都怒斥中医在此次卫市霍乱疫情中或装聋作哑，或愚昧守旧，全无尺寸之功。进而提醒民众，人命关天，大疫当前，切勿相信草根树皮能治此疫症。更有人在报上慷慨陈词："此旧医一日不废，则新医事业一日不得向上；新医一日不向上，则卫生行政一日不能进展；行政一日不进展，则民众思想一日不得进取。"

徐良英指着那几个社论说，您瞧这话说的，中医竟成了阻碍中国进步的罪恶根源。

庄会长气得满脸通红，说，打起笔战来就这么无所不用其极，这不是睁眼说瞎话嘛！谁说我们中医在这疫情里装聋作哑了？你瞧这一版，这不是刊登了几个中医的抗疫药方了吗？上海那边的时疫医院里也用过四逆汤治疗霍乱，疗效颇佳。当然了，我们卫市的中医界，也确实沉闷了些

在女婿灼灼目光的逼视下，老丈人的声音慢慢软了下来。庄凤梧自己都奇怪，徐良英这小子医术是跟自己学的，地位大半也是自己给的，但有时候拗起来，为什么自己总会拗不过他呢？

徐良英才沉沉一叹，爹，我们中医，不再那么团结了！

庄凤梧沉默了下来。他知道徐良英说的是实情，也许这就是每次徒弟能拗过师父的原因，这个直性子人说实话、认正道。

1929 年全国中医抗争救亡运动成功之后,悬在中医头顶上的那把利剑挪开了,但只是暂时挪开了。而巨大的危机过去后,中医们又慢慢恢复到了原先的老样子。

中医界的流派很多,不同流派各自秉持的理论颇不相同,甚至势同水火,年头久了,就积累了很多宿怨。有了积怨,便不能一起共事,更不能在一个协会里打头碰脸,那就干脆自己再成立个新协会。当然协会一多,又难免生出来更多的矛盾。这两年庄凤梧精力渐衰,见惯了派系纷争,也难免有些心灰意冷。

徐良英说,这才两三年的光景,从北平到卫市,就有七八家中医协会冒了出来。平时大家各自为战,还会相互瞧着不顺眼。现在大疫一到,谁也不敢吭声了。为什么?大家都在看着历史最久地位最尊的那家,都在等着您这华夏医药研究总会说话呀。

庄凤梧低下头,脸色微红。治病救人是一回事,但要搭上自己的命去救人又是一回事,而有可能搭上全家老小的性命去治病救人,他庄凤梧是万万不会去的。

徐良英说,您老除了看《伤寒杂病论》,就是看儒家,儒家讲究为天地立心为生民立命,入门第一天您就跟我说,医者的精神在儒家,要有兼济天下的大胸怀。这句话,我一辈子不会忘。

庄凤梧哼了声,没言语。

上次小皇帝逃跑的时候,您跟我聊天说,我们这样下去赢不了。那时候我也觉得没有盼头。可后来我寻思着,国已经这样了,但我们自己不能不争气。

徐良英望见老丈人的神色有了些松动,不由提高了声音,中国人其实不怎么信鬼神,也不信耶稣,他们信自己的道,这个道就是,兼济天下。一个匹夫也会想着兼济天下,所以中国人才能抱团,才能遇到多大的坎儿都能迈过去。爹您想过没有,现在这情形,您只要振臂一呼,不但能兼济天下,还能化开咱们中医界这么多年的宿怨旧账，改良改良咱们中医的组织，甚至会给咱中医挣出十二分的光彩来。

庄会长的眼睛亮了下，又暗淡下来，说，现在的情形，还真不是站出来那么简单。最主要的是能拿出来见效快、易推广的中医抗疫专方。你看现在报上力推的那些中医抗疫方剂，理中汤乌梅丸加减、章太炎四逆汤，虽然都是温经散寒、破阴回阳的好方子，但熬制不易，成本不低，难以推广。所以我若想站出来，得先要有真东西，要有经得起检验又能推而广之的好专方。

徐良英说，这个专方，我弄出来了！

第四章

雷　霆

要拟定方剂,抓紧拟定治疗新冠肺炎的中医方剂,越快越好!庄合超你怎么样?

大年初一,正在医院值班的庄合超就接到了国家中医科技攻关组副组长王冠永的电话。

王冠永曾经在卫市当过庄合超的老领导,彼此知根知底,电话里面只匆匆说了声过年好,便直奔主题,合超,现在我们正在多方组织专家,攻关应对疫情的中医方剂,已经有三位专家投入研究了,你最好也加入进来!

庄合超说,是召集专家集中研究攻关吗?现在我们卫市的疫情防控很紧张,我是抽不出身的。

王冠永说,专家不集中,现在的大形势如此,都是各自攻关。他似乎听出庄合超那边还在沉吟,就补了句,合超,还犹豫什么,你一定要接下来呀!有没有信心?

庄合超立时想到,其实自己在卫市医疗救治专家组中领的一个重要任务就是尽快确定中医治疗方案,这里面的关键就是拟定中医治疗新冠肺炎方剂,只是这项工作难度很大,因为自己掌握的病情信息太少了,但这时候,已经容不得犹豫了，他便挺起胸，用当年回答老领导的语气答，好，有信心！

王冠永松了口气，说，其实这些人里面，我最看重的就是你。我会把我们掌握的各方病情信息和中医应对疫情的情况，都反馈给你。记住，一定要抓紧攻关成功！

撂下老领导的电话，庄合超就觉得肩头的担子无形中又沉了许多，想了想，又给于湛打了电话。

卫市新发现的新冠肺炎患者，特别是圣索兰大酒店爆出的那批患者，都集中在天弘医院"红区"隔离诊治。两天前，庄合超已经跟于湛交流了想法，虽然他已经掌握了不少医案，但还是想更直接地接触一下病例。他明白现在一线定点医院红区的各项严格措施，知道自己目前肯定无法直接进入天弘医院红区，所以当时就跟于湛提出了远程会诊的建议申请。

两人这次在电话里很快就确定了远程会诊的具体环节。一个小时后，庄合超赶到了卫市新冠肺炎疫情防控指挥部，这里有最先进的医疗远程会诊系统，可以将包括天弘医院在内的多家定点医院情况进行视频接入，实时对患者进行专家远程会诊。

远程会诊系统终端显示器上，现出了于湛的影像。

哪怕是戴着天蓝色的医用口罩，庄合超仍能看出于湛的脸色颇有些憔悴，不由叹了声，你要注意身体。

显示器里的于湛笑了笑，说，大年三十就是在红区过的，也许是有些老了，还不到二十四小时就这么累。

庄合超不由得感叹，这套远程会诊系统使用的是最新的 5G 技术，果然现场音频视频都非常流畅，效果非常好。

于湛告诉庄合超，天弘医院现在已经实行了分区管理，红区就是真正给新冠肺炎患者治疗的病区，里面是负压病区，空气不能流出，只能流入，医务人员的进出通道是专门的，防护器具也都是最先进的。

这里是你需要的患者资料，马上就会发给你。于湛晃了晃手里的一个 U

盘,说,U盘里面的资料很丰富,其中有三个重型患者的详细医案诊治情况。别谢我,这是肖芸让我给你准备的。

他身边的肖芸也向庄合超挥着手。虽然同样穿着肥大的防护服,但看那神态,庄合超一眼就认出了她。

庄合超仔细看着肖芸,虽然是在显示器里,还隔着护目镜,她的目光依旧显得有些复杂。昨晚是除夕夜,两人还陪着老人和孩子在一起小酌,今天上午她就进入了红区。

肖芸给庄合超介绍患者的情况。首先是一位普通型的女孩,正是二十多岁的花样年华,目光闪闪的,一副忧心忡忡的样子。

庄合超却向女孩笑笑,开始详细询问患者寒热、出汗、饮食、睡眠和身体状况,又细细看了她的舌苔,都在纸上认真做了记录。

那女孩最后忽然向他喊,大夫,我,会不会好不了?

庄合超忙说,你其实恢复得很不错。相信大夫,很快就能走出去。

临走前,女孩的眼里终于有了些欣喜。

连续看了六位患者,其中还有两位是重型患者,庄合超终于有了些感觉。

屏幕那边的于湛早已经回去忙碌了,庄合超也收好了笔记,对肖芸说,一定要注意防护,别太劳累了。

肖芸说,你也是。

她也在向他挥手。两个人的目光通过显示器又触到了一处,非常的时期,非常的形式,很熟悉的两个人竟都觉得对方闪闪发光起来。

刚收拾好笔记,庄合超就接到了副市长刘学仁的电话。老学长跟他更没什么寒暄,直接就说,庄大院长,走吧,去视察视察你的领地。

庄合超又惊又喜,问,怎么,天湖医院真的改造完了?他暗自算了算日子,果然刚好是第三天。

刘学仁说,难道你小子还真想让我给你当秘书去?

一行人又赶到了天湖医院。

庄合超不觉双眼一亮，看到的是一派窗明几净，床榻整洁，新刷好的四壁洁白如雪，氧气瓶等大多数设备都已整装待命，眼前的天湖医院竟已焕然一新。

这两天经常熬夜钻研经方，庄合超严重缺觉，这时候竟有些呆愣，这还是三天前看到的那座满是灰尘一穷二白的废弃医院吗？他甚至怀疑三天前刘学仁是跟自己开了个玩笑，现在一定是带自己去了另外一个院区。

时间还是短，其实不满三天，还有一天是大年三十。刘学仁拍着他的肩膀，说，不过，总算及时把它交给你了。

庄合超才从惊喜中缓过神来，终于笑了，说，多谢，师叔。

刘学仁说，别这么叫啊，从你老爹庄老爷子那儿，我这辈分就论不过去。哼，你小子那天就跟我要心眼儿，当我不知道！

众人都笑起来。庄合超也笑，说，难道我还真能让你给我当秘书，我也雇不起你呀。不过啊，刘市长，你这确实是挺神奇的。

刘学仁说，不是我神奇，这是整个政府的机制在起作用。比如你刚刚和于湛使用的那套疫情防控指挥部5G远程会诊系统，也是在短短两天时间内安装完成的。疫情如军情，现在我们的一切工作，都是战时思维，要用雷霆手段！

庄合超听得心神一振，应对鬼魅般的新冠病毒，就得需要这样高效的政府，就得有这样雷动九天的霹雳手段。

以后这里的新名字就叫天湖中医备用医院，记住，咱们可是对口承包制。刘学仁望着庄合超，说，这里的对口承包医院就是你们中医药大学总医院，要抓紧安排人手入驻。

外面的天色已经黑了下来，刘学仁转头对大家说，给大家拜个年，大年初一了，你们都早些回去歇歇，明天大家还都有一大摊子活儿要忙。

众人就都在沉暗的暮色里相互说着过年好，纷纷向院门外走去。刘学仁却叫住了庄合超,说,庄院长,这是你的地盘了,去你的办公室吧,说说事。

庄合超说,你这是想让我试试新呀。

他看出刘学仁很可能有事要说,就跟着上了楼。

宽敞的办公室内,灯光雪亮。庄合超看到刘学仁眼睛里布满了血丝,就问,你昨晚没睡好?

刘学仁说,圣索兰大酒店的疫情开始发酵了,已经有33例确诊病例了。那对夫妇去的商场已经关闭了,正在严格消毒。

庄合超知道,33,这个数字,确实有些高了。虽然是突发事件,但仍旧顶上了很大的压力。这33例的背后,就是33个人的接触面,再考虑到春节前的流动性,形势就有些严峻了。

刘学仁说,现在的所有阻隔工作做得都很好,当前重要的问题就是,救治患者。于湛已经两天没有回家了。他那边的压力很大。

他拍了拍庄合超的肩,睁大通红的双眼,说,合超,其实我希望你是我们卫市医疗的秘密武器。

庄合超没有说话,于湛压力大,其实他的压力更大。

刘学仁忽然沉沉地叹了口气,说,合超,还有个不大好的消息,我查出了个肿瘤。

庄合超一惊,问,在哪里,什么时候查的?

刘学仁说,就在12月份体检的时候,肾脏那儿发现了个肿瘤,做了增强CT,医生怀疑是恶性的,他们建议我最好抓紧去做肾穿刺,进行最终确认。但谁想到,疫情来得这么急,这段时间太忙了。

庄合超有些急,说,乱来,这是你自己的身体,拖延下去,就是对自己的身体不负责!

现在确实还不能对我的身体负责,我得先对工作负责。刘学仁又笑了笑,说,别这么看着我,我不是焦裕禄,没那么伟大。主要感觉是,这个病基本上没啥感觉,我照样能干到凌晨1点,中午休息的时候,也能打上两局乒乓球,所以我觉得啊,问题不大。

他说着慢慢伸出了双手,这段时间,我想先用中药控制一下,你给我开药。等疫情缓和了,再去做肾穿刺。这件事一定要保密。

庄合超说,我建议你还是尽快去做肾穿刺,尽早明确性质。

刘学仁摇摇头,目光变得坚硬起来,说,要是肾穿刺的结果出来,不乐观,那就得手术了吧?术后又是一大堆禁忌,总得要休息些日子吧?可这个节骨眼上,我们怎么能退?

他又拍拍庄合超的肩,说,放心吧,我觉得问题不大。这时候啊,我们是气可鼓不可泄!

庄合超的心陡地一沉,也不由叹了口气,说,是呀,我们都不能退。

刘学仁却又笑了,说,行了行了,弄得跟写英烈事迹似的,哪有那么悲情。虽然我有点豪言壮语,但我也想长命百岁,合超呀,我这条老命都在你手上呢,得好好给我开药。

庄合超也只得努力笑笑,慢慢伸出双手,搭在了老学长的腕上。

两个人走出医院,霓虹灯已经亮了起来,灯光挺亮,衬得空荡荡的整条街越发冷清。刘学仁郁郁地长叹一声,这可是春节的街头呀!

二人分别时,心里面都阴沉沉的。

庄合超又去给老爸拜了年,赶回家时,夜色已经很深了。

他打开电脑,发现王冠永也把他那边掌握的病情信息和一些中医应对疫情的资料发了过来。这些资料,再加上肖芸转过来的卫市天弘医院具体资料和自己远程会诊的心得,信息已经足够丰富了。

再次站起身,已经是凌晨1点了,他慢慢地踱到了阳台上。

夜深人静,头顶上的天穹是深远的藏蓝色,月亮被厚重的云掩着,透出的光有些凄迷朦胧。风吹在脑门上冷飕飕的,庄合超深深透了口气,努力驱赶着那浑浑噩噩的混沌感觉。

也许是刚才看资料太投入了,有那么一阵子,他觉得胸口仿佛压上了什么,那是一种熟悉而又可怕的窒息感。这其实是当年在广州抗击 SARS 一线时留下的永恒伤疤,这窒息感觉在时刻提醒着他,当年,你庄合超,其实并没有立下多少战功。

甚至在中医药大学总医院流传的那些风言风语里,也有类似的声音:那个被新闻包装得光彩夺目的抗击 SARS 英雄庄合超,其实根本没做什么,他只是坐了趟飞机,飞到了广州一线,没干两天就染病了,等他病好了,SARS 也过去了。这个人在广州就是真正的躺赢,什么成绩也没做出来,一切都是沾了他老爸的光。

这条流言铁定出自廖晨之口了。庄合超想起了一句话:宁肯得罪十个君子,不能得罪一个小人。当廖晨这样的人恨起一个人来的时候,他会采取一切手段。

除了这段旧事新提的传言,庄合超被举报的其他事也挺让他头痛。虽然调查结果已经在小范围内宣布了,上级纪委也及时证实了庄合超的清白,但已经发酵的各种传言却无法这么快就完全消除。许多同事看他的目光跟以前不一样了,甚至在卫市专家组的会议上,庄合超同样能感受到一道道不同寻常的目光。

这让庄合超常常生出些无力的感觉来。举报就是这样,来的时候悄无声息,却能很快就传得沸沸扬扬,但它去的时候,也是悄无声息,而你却无法大张旗鼓地跟所有人去解释。

从高层阳台上纵目远眺,他忽然惊奇地发现,已经这么晚了,居然还有许多人家亮着灯。那应该是许许多多难眠的人,他们都在大年初一的静夜里急切地刷着手机,他们都盼着能刷到一个关于抗疫的好消息。

他眼前又闪过饭店孙经理那双无助的通红的眼睛。黑沉沉寂静的子夜里,那些灯火就是一双双眼睛,满是渴求地盯着他。

他打开了窗户,让冰冷的夜风直接吹在脑袋上,他浑身打个激灵,立即就有了些精神。他想，没有退路了，不要去想那些乱七八糟的事情了，只能全力一搏，哪怕是为了这些不眠的眼睛。

大年初二的清晨，庄合超早早赶到了中医药大学总医院。

现在他的首要任务，就是研究出新冠肺炎中医治疗方剂，要尽快，尽快，再尽快。

其实在卫市第一次紧急会议后，他就已经开始了研制工作，然而，并不是很顺利。他白天还要处理中医药大学总医院的各项工作，总是无法集中精力，便只能在晚上点灯熬油。他是个细致的人，啃那些资料就要花很多时间，而思绪和灵感被打断后，便总是缥缥缈缈，并不是很听指挥。

所以他已经打定了主意，今天一定要把各项事务性工作集中处理完毕。

目前天湖中医备用医院已经万事俱备了，中医药大学总医院就是对口承包医院，确定第一批进驻的人选和落实前期工作就成了当务之急。

庄合超现在同样启动了雷霆手段，一大早就召开了班子会，布置对口承包天湖医院的具体事宜。其实前面已经开过几次会了，这一次只不过是把以前的方案最后敲定和落实。而且现在是非常时期，从院领导到中层的心弦都绷得很紧，人选很快就都确定了下来。

会议开得大体上挺顺利，但也有些小争执。天湖中医备用医院虽然以战时速度建成了，但还有一些必要设备严重不足。庄合超想暂时从中医药大学总医院调配几台CT机和吸氧机过去，这个计划遇到了些阻力，他罕见地大发雷霆。

他拍着桌子大喊，大家都知道市里面给中医立一所防疫备用医院意味着什么，这是对我们最大的信任，也是对我们最大的考验，这时候怎么还能有小家子气，我们的胸怀去了哪里？

一通大喊后，会议室里鸦雀无声。庄合超也意识到最近自己的情绪过分焦虑，就勉力笑了笑，说，现在市里面要求的是战时思维，什么是战时思维呢,就是刘学仁市长三天交给了我们一所医院。嗯,我跟他打赌的事,还没跟大家说过吧……

庄合超便说了自己打赌输了喊人师叔的事,大家都笑了起来,气氛立时就缓和了不少,众人的心思也就跟着转了过来,各项议程推进得便顺利多了。

散了会,有些疲惫的庄合超刚坐回办公室,没想到廖晨竟敲了敲门,悠然地走了进来。

廖晨小心翼翼地在庄合超的办公桌对面坐好,脸上没什么神色,一副很平和的样子,微笑着打着招呼,庄院,你可有点瘦了啊,身体撑不住啦?

庄合超望着他,也尽量让自己平静下来,说,还好。你有什么事吗?

没事就不能跟你聊聊?不说庄老爷子的关系,就说现在,我是职工群众,跟你这个大领导聊聊,不行吗?

庄合超忽然问,那张照片,应该是我家老爷子的八十大寿吧,当时我记得很清楚,一分钱都不让收,酒宴是我摆的。原本是家宴,但几个老学生一定要来,其中就有你。你那张照片,角度选得很有特点。

廖晨笑了笑,说,见笑了,我这不也是一种监督嘛,有则改之无则加勉。

庄合超说,假的到底真不了。重要的是,一个医生如果选择了虚假,他就永远失去了精诚,他就不再真,假会像病毒一样,侵蚀他一生。

别说得这么严重。廖晨仍是一副无所谓的神色,说,谁还没有个冲动的时候,不能一棒子把人打死是不是?何况我现在是浪子回头金不换,别误会,我可不是跟你道歉来的,因为我也没错。我是请战来的。

请什么战?

听说市里面建了个中医备用医院。面对新冠肺炎患者,那地方最危险最艰苦吧,我现在来请战,愿意到最艰苦的地方去战斗。

庄合超的脸色缓和了下,说,老廖,你有这个想法,还是非常好的。我们会考虑。不过……

不要提不过啊但是的,廖晨嘿嘿地笑着打断他,我还没说完呢,你看师兄我这岁数,这是奋力一搏的状态了,我的经验我的资历,这次在一线抗疫完了事,最次也得是个大主任了吧?

庄合超倒笑了,说,老廖,你的精神可嘉,但我们医院报名参战的干将不少,这方面我很欣慰,而你呢,在肝胆科多年,也干过儿科,在以呼吸科为主的抗疫中,怕是无法担任主将。所以,你报名请战的精神可嘉,但不能拿这个来谈条件。

我就知道是这个结果。廖晨咧嘴笑了笑,站起身,说,庄合超,你就是跳不出自己的那个小圈子。

庄合超猛然拍了桌子,大吼起来,这是疫情,是军情,不能拿你的小人之心,去博什么功名富贵!我也没有时间没有理由,去给你这样的人创造那样的机会。

他喊声很大,几乎是在咆哮,嗡嗡的吼声在办公室内回荡。本来已经站起身的廖晨脸色苍白,竟打了个晃,随即咬牙说了两声好,跺了一下脚,转身愤愤地走了。

其实在刚刚的班子会上,在庄合超的建议下,急诊科主任出身的关政副院长已经成为第一批率队进驻天湖中医备用医院的"突击队"队长。庄合超还决定,要为关政副院长这批人搞个正式的授旗仪式。

此刻,望着廖晨有些阴沉的背影,庄合超下定了决心,授旗仪式下午就要抓紧搞。

办公室里面骤然安静了下来,庄合超却觉得难耐的憋闷。他还沉浸在刚才和廖晨纠缠的情绪之中,浑身的肌肉都在微微颤抖,犹豫了下,就给刘学仁拨通了电话。

刘学仁这时候倒没在开会,就很随和地跟他聊起了天。刘学仁很快就听出了他情绪上的不稳定,就问,怎么了,合超,还是为举报你的事烦恼?

庄合超说,举报我不怕,可我不能被那些小人缠住手脚。疫情像是座大山压过来了,我还得跟这些小人缠斗,真觉得快受不住了。我现在要集中精力,全力以赴地去对付疫情……

他的胸脯还在一个劲儿地拉着风箱,说的话也有些语无伦次。

刘学仁说,都什么时候了,你还有这种情绪。

庄合超黑着脸,长叹一声,说,没有办法,有时候我真的想,看来我是没有那个金刚钻,所以也不该揽那个瓷器活儿的。

刘学仁提高了声音,说,你说什么呢!发发牢骚可以,但你可不能临阵退缩,那你庄合超就是不敢担当。就说我吧,当年我在基层干的时候,因为管理太狠,遇到的举报,听到的谣言,比你只多不少!他们说我霸道,粗暴管理,说我在外边养了三个女人,说我儿子在英国不回来,还说我贪污了几千万。我怎么办,我不就得扛着?那时候我在厂里面加班加点地抓管理,回到家还得挨老婆孩子的白眼,去市里开会还得顶着四面八方的压力。我怎么办,我也是一步一步地往前顶,我就相信假的真不了,相信组织最终会给我个清白。我不能撂挑子,更不能轻易败下阵来!你瞧瞧现在,我不是扛过来了吗,组织不但信任了我,还提拔了我。

他越说声音越大,庄合超甚至听到了手机里传来嘶嘶的啸叫声。庄合超有些吃惊,印象中刘学仁是个难得的好脾气,哪怕自己跟他在天湖医院拍桌子,他也呵呵地笑着听着,记忆里还从来没有见过刘副市长这么激动过。

庄合超长吁了口气,说,别说了学仁,我知道的。我也只是跟你发发牢骚。放心吧,我不会退!

刘学仁说,这就对了,合超,我们不担当,国家就会损失。在疫情面前,我们必须得站出来,都朝后退那就完了!

庄合超说,在我们院刚刚的班子会上,我已经建议急诊科主任出身的关政副院长担任第一批率队进驻天湖中医备用医院的"突击队"队长。医院党委还决定,要为关政副院长这批同事搞个正式的授旗仪式。

撂下了电话,不知怎的,庄合超竟觉得心里面涌上来许多暖意。

当天下午，授旗仪式就在总医院的大厅内举行了。

以往的各种仪式，大家都以为不过是走个形式，这次的授旗仪式其实也很简单，但大家的心里面却都很自然地升起一种庄严的感觉。

医院大厅里，关政从院长庄合超手中接过了突击队的旗子，还用力挥了挥。红旗随着挥动，扑簌簌地响着，展开一大片鲜艳的红。

不知怎的，很多人都觉得有种慨然的豪气在胸间弥漫起来，不知是谁先鼓了掌，然后许多人都用力鼓起掌来。

全部安排好了医院的事，庄合超下了班，便赶到了老爸那儿。

这几天就要闭关钻研处方，怕是连老爸这里都来不了啦。庄合超知道老爸非常关心疫情，便带来了一些最新的新冠肺炎材料，包括从肖芸那里传过来的卫市病情资料和王冠永那儿发来的武汉病情资料，他都精选了重要内容，打印了下来。

庄老爷子只是静静地翻着资料，若有所思地听着儿子念叨，一直没有说话。

庄合超像个小孩子似的全面而又精简地跟老爸汇报了一番，才说，爸，这两天，我会让永昆多过来看看您。

庄仲衡还在翻看着资料，说，我们中医的原则就是，以证为本，辨证施治。你视频里看过那些患者的舌苔，还有这么多的舌苔照片，有什么感觉？

庄合超说，患者基本上都是舌上有薄黄苔，或者是薄黄腻苔。

庄仲衡嘿了声，说，这就是痰湿阻肺，所以痰湿是个关键呀。

庄合超眼前一亮，姜还是老的辣，老爸的眼光还是那么独到。

合超，你有五十了吧？庄老望着儿子，目光变得很沉，说，一定要攻克这个难关，这也许是你的天命！大疫如大战，其实这场突如其来的新冠肺炎疫情，也是我们所有中医人的天命之战。

庄合超觉得自己整个人都被父亲的目光烫了一下，不由神色一肃，说，这个天命之战，我们一定会赢。

庄仲衡说,永昆很乖,他常来的,你不用操心我。

庄合超背着老父沉甸甸的目光离开了。

闭 关

匆匆赶回家,庄合超才想起来看手机,齐美琳居然发了很多信息,最后一条是,庄院长,我能去你那儿吗?

他猛然记起自己应该是忘了件很重要的事,忙回复了句,来吧。

那边很快又回,庄二哥,来哪儿呀? 已经晚上 7 点半了,难道你还在单位?

庄合超苦笑了下,原来齐美琳那条信息是下午 3 点发过来的,她当时估计是想来自己的办公室。想了想,就说,带着萱萱来我家吧,我马上就要闭关了,先给你们娘儿俩把这些日子的药都开好。

齐美琳回了个笑脸,说,大师要闭关了,那怎么着也得过来学习下。

半小时后,齐美琳带着萱萱进了门。

她穿了身雪白的高领毛衫,更衬出种素面朝天的美,让他觉得眼前一亮。

你吃的是方便面? 齐美琳一进屋就闻到了他屋里面的玄机。

庄合超说,从苦行的角度看,饥饿也是一种病,只要能医好那个饥饿感就行了,所以方便面足够了。

齐美琳说,这理论可有点偏门,难道你还真要去苦行呀?

他却忽然想起什么,急忙从茶几下取出一个小盒子,说,萱萱呀,这是德国巧克力。你瞧我,来了客人,还没给客人奉茶呢。

萱萱小大人似的坐在那儿,很安静地看着他,手里面捧着两本厚厚的漫画书,说,妈妈不让我吃太多巧克力。

庄合超忍不住笑了,每次小萱萱的乖巧听话都让人喜欢。但他又隐隐觉得,这孩子这么安静听话,也许还跟她的活力不足有关,小身子骨还是弱了些。

齐美琳看他端出一副茶具,忙说,我来吧,找大名医看病,人家又不收费,我就只得准备些好茶了。

她取出斜挎皮包里精心挑选好的岩茶肉桂,又说,医道是你在行,茶道还是我在行,我可是专门学习过的。

庄合超就说,那我正好开开眼界。

其实按照他的性格,喝茶最多就是拿紫砂壶泡一壶就喝。那个红木茶案和这个颜色暗红的大红袍紫砂壶,都是当年脑袋一热跟着朋友们一起买的。至于茶则茶夹等一大套茶具,他也大多分不清。这些茶具买来后就在他家里很委屈地待着,他完全没时间享用。肖芸更不会用,还经常笑他买这些老古董的玩意儿,纯粹是吃土占地方。

现在,齐美琳一边很娴熟地摆弄着那些他根本叫不出名字的茶具,一边说,放一曲音乐吧,这样更有意境。

庄合超嗯了声,低头想去打开同样是几年没用过的音响。她却笑了,说,还是用手机方便,来一曲古筝吧,《梁祝》怎么样?

他又哦了声,说,挺好呀。她的手指已飞快地在手机上划过。古筝声便如淙淙的山泉击石般响了起来,本是小提琴协奏曲的代表作品《梁祝》,却用极古老的乐器演奏了出来,声音更清更柔,更加云淡风轻,就有种很轻易便能穿透人心的韵味。

他的心神立时便觉得一静,细看她泡茶的动作,同样是行云流水。他忍不住说,看你泡茶的感觉真好。

感觉好,可能跟心境有关,你的心境,我的心境。她脸上的笑容有些寂寞,说,这些茶艺都是跟我母亲学的,学会茶艺只需要两三天,但要真正登堂入室,得需要两三年,也许还要更久。那时候正是我心境最低潮的时候,我就拼命练习茶艺,全神贯注地沉浸在茶道里,这也确实帮我渡过了难关。就像当年我母亲一样,她也是靠着茶道走出了父亲离开后那段最阴暗的日子。

庄合超在心底叹了口气,看一眼萱萱,才知道这孩子安静的性格,大概很多是来自她的姥姥。

然后齐美琳不再说话,只是专心摆弄茶具,整个人又变得很专注,便隐隐有种力量从她身上散发了出来。

他接过她递来的茶盏,嗅了嗅,觉得挺香,就一大口喝了下去。

她就笑,说,饮茶时最好不要简单地喝,而是要啜。就是嘴巴要张成个圆形,小口吸入一口茶汤,先别急着咽下,吸气两三次,再咽下去。这才是啜茶。

她给他示范了下,红唇弯成了"O"形,轻轻地吸气,很享受的样子。他觉得挺新鲜,接过她递来的又一盏茶,也照着她的样子啜了口茶。

她认真地看着他,说,啜茶这个动作让嘴里有了气流,会让你的每一个味蕾都能感受到茶汤中集中释放的香气。

他果然感觉那香气已经蔓延了开来,张扬奔放得像是脱缰的野马,醇厚、清鲜、甘甜、馥郁,各种味道撒着欢似的撞向了脑门。

庄合超感觉那香气像是小时候玩过的万花筒,在充满新鲜感地迅疾变化着,忍不住说,原来这才是品茶,长见识了。这也确实是好茶。还有你刚才泡茶的样子,真的给我一种很艺术的感觉。是不是因为那一刻,你专心致志、全身心地投入了进去?

她摇摇头,说,没那么厉害。不过这里面确实讲究挺多,妈妈就曾告诉我,茶艺最高的境界是无思无虑。

无思无虑? 他笑了,说,这简直就是禅宗了,你能做到吗?

太难了,我可不行。她也笑了,说,但真正泡茶的那一刻,我也就能做到不去思考什么,但整个过程却又做得像机器一样精确。我妈有很多特玄的理论,比如什么茶道需要六根投入,什么无分别心地去品,太深了。

她吐了下舌头,很可爱的样子。他也笑了,暗叹,这都是禅宗品茶的理论,她母亲可能是在中年突然失去了老伴儿后,需要一个心灵上的寄托。

她又说,其实我倒觉得,简单些就好,喝茶跟人生很像,都是有浓有淡的滋味,有热闹,有清淡,但是多浓的茶,最后都归于了平淡。

一抹落寞就从她眼角流过。他若有所思,不由低头看了眼手中的茶盏,黄金段泥主人杯里还剩下半盏茶,微红的茶汤打着旋儿,还很浓。

他勉力笑笑,说,这话听着有些悲观呀。其实我喝茶呢,就是解渴,也没时间折腾什么茶道,属于文人眼里面最下等的喝茶者。不过,我喜欢看你们这些懂茶道的人摆弄茶艺。因为这样沏茶和品茶时,我就觉得,生活慢了下来,又变成了生活原有的味道,就像是少年的时光。

她看到他左手的拇指寂寞地曲张着,虎口就很雄壮地隆了起来,没来由地脱口说了句,你虎口的肌肉这么厚重,当年练针灸指力,一定很下功夫吧?

他一笑,说是呀,刚说到少年时光呢,我初中时针法指力练得最凶。那时候老爸开始指点我们哥儿俩练针灸,先得练指力,从苹果和西瓜开始扎,后来扎杂志,扎旧书,直到后来一针下去,针透大半本书。少年时候淘气呀,我们哥儿俩见什么扎什么,把家里面的沙发都扎坏了。

真的吗?齐美琳仰起头,脸上闪出明亮的光彩,说,看来我们的下手目标都挺一致。我在大三的暑假为了练习针法指力,也对我家的沙发下了毒手,半个月就把牛皮沙发扎得千疮百孔,被我妈这一通埋怨。

针灸需要医生有一定的指力,指力弱的人会出现滑针折针等现象,让患者叫苦不迭。所以初学针灸者必须努力练习针法和指力,只有将指力锻炼得力道沉稳均匀,进针果断,入肉时患者才不会觉得痛苦。

尤其是齐美琳这样的文静女生,手上确实没什么劲道,当年练指力的时候就没少吃苦,这时候发现他也有过类似的"沙发练针"经历,就如忽然撞见了失踪多年的知音一般,有种意外的欣喜。

庄合超苦笑说,你还只是被伯母埋怨,我练指力的时候是初中,那个时代沙发可是家里面的重要物件,老妈后来把我们哥儿俩这一顿好打。

两个人相视而笑，都望见对面人眼里有一束亮光，一瞬间都觉得自己切入了对方过去的时光，心里油然就多了种温暖的默契感。

　　他先低下了头，望见那琥珀色的茶在金色茶盏中荡漾着，用一种从容与平和的光照着自己，不由叹息说，真怀念从前的那种慢，现在的人呀，包括我们，都太快了，快得让人失去了自我。

　　齐美琳说，是呢，有时候我会很唯心地想，是不是因为现在的人类变得繁忙快速了，病毒也就变异得这么复杂多变了？

　　又听到了"病毒"二字，他便觉心里一沉，抬头看了眼外面黑沉沉的夜，叹口气说，我给你诊脉吧。

　　两只手切在了她的双脉上。

　　两个人都安静下来，只有手机还在反复播放着那首《梁祝》。她闭了眼，脸上却还有笑意。

　　他又开始问她的日常情况、服药后的状态改善，又仔细看了她的舌苔，最后蹙眉摇头，说，我记得跟你说过，你睡眠太晚了，这样很不好，睡觉太晚的话，对心脏不好。

　　萱萱忽然插嘴说，妈妈写书啊、写论文啊、查资料啊、听音乐啊，每天都弄到很晚。姥姥总是说她。

　　齐美琳笑着摸了摸女儿的头，说，没办法，习惯晚睡了，总觉得要是提前睡下去，这一天就从生命里消失了，很亏本的感觉。

　　他也笑了，说，其实你每天睡那么晚，总体上你的人生才是亏本的。

　　给母女俩都开好了处方，他又嘱咐说，按时服药，萱萱的情况还可以。你现在的情况是，长期处于疲劳状态，所以要注意休息。

　　她说，你也要注意休息呀，今天你的脾气真大，喊起来半个楼道都听得见，吓得我不敢进你办公室告辞呢。

　　告辞？他挑起了眉。

　　她说，我的这次实习很短的，在春节前就满了，我该回学院了。

庄合超怔了下，不由怅怅地说了声，居然这么快。

他看到她眉眼间似乎也有种遗憾，便更显现出一种忧郁的美。他随即又在心内猛烈地摇起了头，庄合超呀庄合超，那不是属于你的美，又何必这么患得患失？

他郁郁地问，接下来，你要去做什么？

齐美琳说，我的工作也基本落实了，就是回我曾工作过的中医第三医院。不过这些日子我肯定要继续完成对庄老爷子的访谈。无论是我快收尾的民国伤寒医家临证理论研究课题，还是正在做的《国医天命》，老爷子掌握的那些民国医史资料，都太重要了。

她又甩出一道明媚的笑，说，所以，近期我们还会见面的吧？

听她最终还是要回中医三院，他心里面就有些空空荡荡的，但听得她最后那句话，终于有了点宽慰，就说，那好啊，最近研制抗疫专方的任务非常紧，我这两天肯定会闭关钻研。老爷子很喜欢你，你就多去看看他吧。

沉思了下，他又掏出了把钥匙，说，这几天内，我会待在这里不出去，很可能连手机都不看。如果你有什么急事，就直接过来找我。

她接过了钥匙，居然是带着温热的体温，就攥紧了，笑着说，传说过去闭关的人都要有个护法，负责闭关人的安全，你给了我钥匙，是不是我就成了你的安全守护人了？

他呵呵地苦笑了下，说，钥匙给你，我比较放心。除了你，我想不起别人了。

很单纯的一句话，却又让她的心怦然一动。她就说，好吧，不过你也得注意休息，不能真的没完没了地玩命了！

他抬起通红的眸子盯着她，说，做什么事都一样，不疯魔，不成功。

她蹙起眉说，反正你得劳逸结合。

也许是觉得自己说了也是白说，她又补充了一句，小心我随时过来监督你。

他读出了她眼里的担忧，心里就很温暖，笑笑说，平时打个电话问候问候就行，如果我不接电话了，你再过来监督。

手机里的古筝曲声音忽然低了下来，原来是电量要耗尽了。她关了手机音乐，叹口气说，天晚了，萱萱也困了，我们该回去了。

庄合超仍是送她们母女下了楼。小区里看不见别人，只有三个人走在鹅卵石小径上，这个冬夜真是格外的幽寂。

齐美琳忽然说，我妈跟我说过的那些特别玄的茶道理论中，只有一个我觉得挺有意思，就是一期一会！据说每次品茶都是一生中的唯一，哪怕下一次，还是我们两个人一起喝茶，也是跟这一次完全不同了，是不是呀？

她很认真地望着他，青白色的灯光下，那双眸子炯炯的很有神采。

他却觉得自己的心咯噔了一下，就说，这理论听上去过于凄美了。嗯，等我的抗疫方剂全部攻下来，我们还要坐在一起喝茶。

她伸出了白皙的手掌，向他晃了晃，说，一言为定，我相信你。

他也伸出手，跟她轻轻一击。声音很清脆，直穿透到两人的心里。

看着齐美琳启动汽车，慢慢驶出了小区大门，庄合超的目光就落在了大门外高挑着的灯笼上。本来是增加春节喜庆色彩的大红灯笼，这时候却显出一种别样的冷清来。

庄合超盯着那红灯笼发了会儿呆，慢慢地，两串灯笼在他眼中变成了两排闪烁的红色仪器显示灯，在夜色里吃力地跳动着。他不由打了个冷战，转身向自己的楼栋踱回去。

从门锁碰响的一瞬起，他就下了狠心，再不会走出屋门一步了，就是不吃不喝，也要在三到五天的时间内拿出成熟方剂，而且一定要经得起实战检验。

庄合超在自己的家里面正式闭关了。

其实在卫市紧急会议后，他就已经开始钻研中医抗疫方剂了，虽然思路时断时续，经常被烦琐的事务打断，但还是积累了些心得。

而从现在开始，他就要足不出户地疯狂钻研了。那一大堆厚厚的医案，他也都做好了整理，去掉了那些冗余的，只留下了自己想要的资料。

庄合超知道，在中医里，用药如用兵，而真正的名医用药就如名将用兵，不仅要运筹帷幄，更要有神来之笔，必须神兵天降，才能决胜千里。

依他的水准，开出一服行之有效的抗疫专方其实并不困难，但是他想得到的并非仅仅是有效果，而是大效、速效和广效。

闭关的第二天晚上，他给自己圈定了许多经典处方。从张仲景《伤寒杂病论》中的麻杏石甘汤、射干麻黄汤、小陷胸汤、小柴胡汤，到吴鞠通《温病条辨》的三石汤、宣白承气汤、叶天士的沙参麦冬汤、王孟英的连朴饮，还有藿朴夏苓汤、参附龙牡汤……

他数了下，一共十六个方子。

手机突然响了起来，居然是老爸庄仲衡打来的。

已经是深夜 12 点了，庄合超有些担忧，老爷子为何这么晚还来电话？接通了电话，庄仲衡直接就问，思考得怎么样了？

庄合超松了口气，如同一个背书成功的孩子被老师追问背诵成果一般，报出了麻杏石甘汤等十六个经方的名称。

庄仲衡沉默了下，才说，你是动了脑子的，但动得有点过了，这么多经方……太多了！顿了顿，却又说，既然你喜欢多，那我就再给你加一个，五苓散！

庄合超说，好，这方子是温阳化湿的良方。

庄仲衡却哼了一声，说，不过我还是要提醒你，贪多嚼不烂，你还是要收一收。要思、要辨、要悟，医道三昧，在悟了后一定要化，融会贯通，都化成自己的东西。这就看你的功力了！

老爷子在一道叹息声中挂断了电话。

庄合超的心顿时便有些沉重。这些著名经方，其实他早已烂熟于心了，但他还是用红笔将这些方剂都认真地抄在了纸上。

麻杏石甘汤、射干麻黄汤、小柴胡汤……一张张方剂组合被庄合超贴在了墙上。他静静地盯着那面墙,久久不语。

雪白的墙上,是醒目的红字。盯久了,那些红字竟隐隐地在他眼中生出了变化,一张张方剂仿佛化成了十七个方阵,开合翻卷,挥阵搏杀。

庄合超就这么睡着了。他已经两晚没怎么睡好觉了,这时坐在椅子上,他居然睡得挺香甜,还做了梦。各种梦纷至沓来,有老爸有儿子,有肖芸也有廖晨,还有齐美琳,各色人物穿梭往来。后来,所有的人又都化成了一个个红点。

刺目的红点忽又变成了一群顶盔戴甲的将军,一个个横刀立马,胸前依然标着红色的中药名称和剂量,脸上形貌和神色却各不相同,有剑眉星目,有虬髯如戟,有黑面如铁,有人在愤然咆哮,有人却静如止水……

蓦然间人喊马嘶,所有将军竟都纵马向他冲了过来。

庄合超一个激灵,醒了过来。

屋里的灯还没关,但窗外的日光已很亮,日光照在那面墙上,映得那些纸上的字越发红得耀眼。

庄合超的目光落在了一张药方里红字写就的附子和细辛上。

细辛,辛烈、窜透,有通阳气、散寒结之效,但宋代陈承《本草别说》载有"细辛若单用末,不可过半钱匕,多即气闷塞不通者死"的说法。不过,按照他多年来积累的经验,细辛虽然用到了超额的剂量,却并不会有什么异常。他觉得最麻烦的还是附子。

附子,味辛、甘,性大热,被称为"回阳救逆第一品药"。附子能极大地激发人的阳气,这在扶正祛邪的抗病毒过程中,会起到奇效。但附子有毒,国家药典中规定附子的用量为3—15克。

这两味药在他最初的构想中都很重要,但这两味药都有毒,药典上对它们的用量都有明确的要求。如今作为抗疫的正式方剂,需要大范围应用,他不由得对附子和细辛的毒性反应有些思虑。

他先前已经做好了各种准备，包括相关中草药的准备，于是去屋内分别抓了附子和细辛，对比处方中的剂量，加大倍数地投入了煎药锅里，开始煎药。他要亲自尝药，掌握第一手的资料。

这时候肚子又咕咕地叫了，他才想起来，昨晚就没怎么好好吃饭，于是转身去搜罗吃的。有几块糕点，实在觉得腻，便仍旧拿了袋方便面泡上了。

匆匆吃罢了，肚子里实在了些，就又将那两味药捣鼓了一阵。

然后打开了笔记本电脑，眼睛盯着文档再次陷入沉思，那上面记满了他近日的研究心得。思绪起起伏伏，灵感若隐若现，他还在苦苦搜寻着、期待着、等候着那个灵感。

过了许久，他端起碗来，很随意地喝了一大口细辛药汁。这里的细辛是按照药典上标识上限的三倍剂量投入的。浓浓的药汁入口，确实很苦，庄合超并没有太在意，继续盯着电脑翻看资料，觉得一切正常。

庄合超在最初的预想中，对附子寄予厚望，但也最担忧附子的毒性，它是活人剑，也是杀人刀。以前他听老爸说过，老爷子曾经用药最高到300克，当然那是针对特殊患者的特殊体质。所以这次他把附子直接用到了100克，加入了姜草配伍一起煎煮，最近可能是劳累过度，加上这两天卫市的阴冷天气，让他身体里进了些寒气，气色有点黄，舌体也发白，试喝这种大剂量的附子，倒是可以振奋下阳气。

他特意候到了下午才"品尝"那碗附子药汁。去除附子毒性的关键，就是煎煮时间一定要长。现在已经煎煮了将近二个小时，附子的毒性应该已经散发得差不多了，但到底是剂量挺大，他的心里还是有点没谱。

望着这碗附子汤，他不由苦笑起来，自己这过分谨慎、务求完美的性格，其实也是一把双刃剑。

服药后半小时，有些腰酸和头晕，他并没有太在意。这些都是意料之内的反应，也说明了附子强大的回阳救逆功能在发挥作用。跟着便是烦躁，心跳也有些加速。他心中却有点欣喜，这么大的量，如果只有这么些许的反应，看来附子这味药还是能留下来的。

忽然间,腹部传来一阵扭痛,他用手按了下,急忙奔向了厕所。

水泻,这也是服药后意料中的副作用。但泻了两次之后,从厕所走出来,他的腹痛却越来越严重。

片刻后,他的额头已经凝满了汗珠。他猛然想起来了,是自己的慢性阑尾炎。扭痛感很强烈,却不是要拉肚子的感觉,痛的地方就是阑尾那里。

正在这时候,手机忽然响了起来,他胡乱抓起来,竟是齐美琳的电话。

他有些犹豫,自己这状态接电话是否会吓到她,跟着,电话铃便停了。他又有些遗憾,眼下这情况,其实应该把她喊过来的。

头晕的感觉也上来了,剧烈的眩晕和燥热感当头罩了下来,竟拿不准是单纯的慢性阑尾炎被勾起所致,还是大剂量附子的副作用同时出现了。

好在这时,门锁传来清脆的转动声,随着咔嚓一声轻响,齐美琳推门而入。

看到他捂着肚子满头大汗的样子,她吓了一跳,忙奔过来,急急地问,怎么了,你怎么了?

她的声音很慌乱,甚至有些语无伦次。

没事,他努力让声音平静,说,厨房有一碗甘草绿豆汤,给我端过来。

在张仲景的原方中,炙甘草可克制附子的毒性反应。庄合超已经做好了准备,早就用大把的甘草和绿豆煮好了,只是这时候头晕腹痛,没有气力赶过去。

齐美琳一溜小跑赶去厨房,端了那碗甘草绿豆汤来。庄合超咕咚咕咚地喝了下去。

他放下碗,燥热的感觉缓解多了。仰起头,正碰见她关切的目光,他心里面有些暖,又见她脸色苍白,忍不住问,你怎么了,脸色白成这样?

她才坐下了,兀自端着气,说,我想起了我父亲,当年他也是犯了急病,你这样子,真是吓着我了。她觉得有些不好意思,又说,你看我这心理素质,是不是太不像个医务工作者了?

那双挺好看的眼睛里竟有泪水在打转,她的脸色仍旧白得吓人。

这些都是实实在在的关心,半点伪装不来。庄合超想不到她对自己这样关切,心底不由轰地一热,就说,你现在还是个学生嘛,多练练,就能处变不惊了。

她抬起头,才注意到了那面墙,顿时愣住了。白墙上贴满了纸,有的纸洁白齐整,有的纸已被揉得皱巴了,十几张纸上都密密麻麻地抄着方剂,全是红笔写就,乍看上去,仿佛是一墙血书。

其实他的书桌上就放着打印机,但他依旧用端正的笔法抄录下来。她仿佛看到他低着头用红笔不停地写,然后不停地贴,贴满了一墙的红字。

盯着那面墙,她竟有些恍惚,仿佛听到了呐喊声,那声音应该是从他的心底发出的,投映在了墙上,似乎无声无息,又似乎响若雷震。

你……你刚才在干什么?她终于看到了桌上那碗附子残汁,仿佛明白了些什么。她很认真地瞪着他,仿佛要彻底看透他的心思。

他不知该怎么回答她。两个人对望着发呆。

他知道她是个漂亮女人,而他对漂亮女人其实多少有些戒备。但这时候,他才发现,美丽其实是一种气质,是一种让人安静下来的力量。现在,这双眸子就让他整个人瞬间静了下来。

头晕的感觉还在起起伏伏,蒙蒙眬眬间,他觉得她的眼睛很像自己曾去过的洱海。洱海虽是湖,但看上去却比他见过的海都要幽深宁静。从这双明澈而又宁谧的眸子里,他就看到了梦幻般的深湖,湖里倒映着蓝天白云,倒映着高楼大厦,乃至整座城市。

他恍惚了下,整个人便都陷进了那片清澈而深邃的湖水里。

只一个瞬间,他就醒了过来,觉得自己正被一抹淡雅的幽香包围着。那香气和温暖,让他想起童年时在母亲怀中的感觉。

他猛然睁开眼,才发觉自己正伏在她的肩头,急忙挣起身,不想还是身上无力。

她急忙又扶住了他。她原本很有些害羞,但正好扶住他宽阔的肩,触手之间,觉得这个男人的肩胛竟是这样的瘦硬,便有些心软,就认真地扶住了他。

抬起头,她又看到了那满墙的红字药方,眼眶竟有些湿了,怀里的这个男人,执着得有些痴,有些可爱,也有些可怜。

他再次被那股幽香包围,这一次,他还感觉到了她的温暖、她的柔软和她的紧张。

对不起,他终于费力地挺直了身子,有些不好意思地笑笑,说,看来药物反应还没有完全过去。

她彻底明白过来,心里又是痛惜又是焦急,说,你疯了吧? 都什么年代了,还以身试毒?

她忙去抓手机,说,赶紧去医院,你得去洗胃,全面检查。

不用,真的不用。他急忙摆手制止了她。他这时候已经缓过了些精神来,为了证明自己没必要去医院,就用力站了起来,说,你看,已经解开了。要是到了医院,让他们给我一通瞎折腾,那是帮倒忙,会把我折腾坏的。

她有些无奈,瞪着他说,你以为自己挺伟大是吗,为什么要这么做?

庄合超很无奈地摇头,说,这次的药,不是开给一个人,而且很可能会大批量生产,所以这里面某些中药材的毒性,一定要彻底做到心中有数。特别是附子,这味药很重要,仅靠查资料翻药典,很难满足我的验证需要。

齐美琳不知道说什么好。他见她还有些责怪地瞪着自己,就又苦笑着说,附子的毒性并没有那么可怕,只要煎煮时间到位,就能很好地控制。看来这次不仅是因为我的慢性阑尾炎,更主要的是这两天休息不到位。当然,美琳你来得非常及时,你救了我,但你一定要给我保密,一定呀!

她见他孩子似的对自己哀求,心就更加软了,说,我给你保密,但你要答应我,以后绝对不能这样做了,一定要照顾好自己。

绝对！他双掌合十，却又叹口气，说，我们钻研的处方要有速效性，还要有普适性和安全性，附子这味药，看来只能忍痛割爱了。

他说话时那认真的样子让人动容，此刻他虽然还有些虚弱，但眉眼间透出的那股执着却冒着灼人的热力。她就笑了下，说，是你钻研的处方，可不是我们。

我闭关，你护法，军功章有你的一半。他这时候阑尾还在隐隐作痛，他对自己的老病心中有数，却不想让她担心，就说起了笑话。

她听到"军功章有你的一半"这句话，脸上不由一红，心里泛起些难以形容的感觉，就说，你一定会得军功章的，我相信你。看你多有远见，似乎预见到自己这么疯魔会出事，所以提前给了我钥匙？

他有些遗憾，说，疯魔了，却还没成功。再给我泡一壶茶吧，看你的茶艺，真是种享受。

他不会奉承人，更不会奉承女人，这时说的倒全是真心话。

她瞟了他一眼，说，虽然说茶能解毒，但你这个状态可不能喝浓茶，来一点养胃的红茶吧，还要淡一些。

她说着就起身忙碌。很快，案头干净了，茶案摆上了，银壶里面热水汩汩地翻腾起了热气。自然，那段古筝曲的《梁祝》也幽幽地响了起来。

他顿觉全身放松了下来，感觉自己就像是脱了钩的鱼，一颗绷紧了许久的心也彻底松弛了，慢慢沉浸在幽幽的筝曲声和袅袅升腾的茶香中。

她泡茶的动作娴熟而又优雅。很快，她便举起一盏茶递到他身前。他接过来，只觉金骏眉的浓郁茶香从鼻孔中直沁进来，让他心神一振。

她看到他又是一口就全喝了下去，忍不住笑了笑，说，我昨天翻医史，正好看到金元四大家中李东垣的资料。李东垣生活在大疫流行的金朝末年，金国首都大梁就曾发生过一场大瘟疫，那时候金国都城被蒙古人围困了半个月，解围后，大梁暴发了一场大疫，几十天内造成了百万人死亡的惨剧……

哦，说下去。庄合超来了兴趣，他对金元四大家的事迹还是很熟悉的，这时倒很想换换脑子,听她讲讲医史。

齐美琳舒缓地给他倒着茶,继续说,七百多年前大梁疫情的症状就是"乱于胸中,其气无止息,甚则高喘,热伤元气,令四肢不收",看起来居然跟现在的新冠肺炎疫情很有些相似的地方呀。

庄合超蹙眉沉思着,说,有些道理。不过七百多年前的瘟疫,和这次的新冠肺炎疫情确实还是有很大的不同呀。首先,二者的发病时间就完全不同……

她笑了起来,笑容略显落寞,本来是想小小启发他一下的,没想到刚开了个头就被否定掉了,就说,我只是提提它们的相似点呢。确实,从发病时间上看,那次大疫发生在蒙古兵两次围困大梁之间,第一次围城是从3月到4月上旬,第二次围城是从7月开始,而疫情就发生在第一次解围后,那就应该是5月开始的吧。发病季节不同,气候温度就完全不同了。看看现在武汉的天气,妙妙跟我说了好几次了,阴雨绵绵,又潮又冷。

她自我解嘲地叹口气,说,别笑我班门弄斧呀。没办法,你是实战派,我到现在还完全没有接触到新冠肺炎疫情病例呢,只能钻进故纸堆,做个纯粹的纸上谈兵的理论派。不过,我还是觉得李东垣很伟大,在那样艰难紧急的情况下,想到了用甘味药补中并顾护胃气,据说"伤之重者,不过二服而愈",真是神剂。

庄合超点了点头,说,是的,关键是李东垣抓住了核心病机,这才迅速扭转了病情。

忽然间,他好像想到了什么,眼睛闪闪发光,说,你刚才提到了发病时间和天气温度,还有武汉的气候,这很重要! 想想看,这次新冠肺炎的发病时间,武汉那些天阴雨绵绵,空气潮湿寒冷,这不但特别适合新冠病毒的存活,而且容易造成湿邪伤脾伤肺。对,这就是新冠肺炎的病机!

他站起了身,低叫起来,对呀,近三百年来,中医治疗传染病一直是以温病为主,但这次的新冠肺炎应该是——寒湿疫!

他转过身,扑向那面墙,唰地扯下来一张纸,揉成了团,扔在了地上,喃喃地说,怪不得老爷子说我贪多嚼不烂,怪不得……

她被他状若疯魔的样子吓了一跳,说,怎么了,我说错了吗?你别在意啊,我都说了是纸上谈兵。

不,你这次可是一语点醒梦中人了。他继续撕着纸,说,现在我才明白,老爷子为什么让我一定要收回来。

他说几个字就撕一张纸,顷刻间满墙的"血书"被他撕得七零八落。

最后,地上满是纸团纸屑,墙上却只剩下四张纸。

齐美琳瞪大了眼睛,看清了那分别是麻杏石甘汤、射干麻黄汤、小柴胡汤和五苓散。她也不由有些恍惚,问,这都是汉代张仲景《伤寒杂病论》里的名方?

足够了,这就是答案!我以前的病因分析,一直简单地将新冠肺炎确认为"湿毒疫",现在看,更精确的归属应该是,寒湿疫!而《伤寒杂病论》正是以救治寒湿疫为主的巨著。所以,这就是我们苦战后的最终成果!

他说话时眼睛很亮,盯着那四张纸,仿佛在看从天而降的一束光。

她也有些惊喜,本来自己就想用个医案从侧面启发一下他的,没想到刚说了开头就被否定掉了,更没想到的是,后来的随口闲聊,却又给他带来了真正的灵感。这真是无心插柳柳成荫了。

谢谢你美琳!他还处在那种疯魔的状态中,竟转身一把抱住了她,语无伦次地说,你今天出现得非常及时,你简直就是我的天使。

她忽然间又被他抱住了。这次却是他主动地拥抱她。

她先是觉出了他的瘦削,这个执着的男人最近瘦了不少,随即便觉出了他的力量,他在用力地拥抱自己。她心里面很有些慌乱,还有猝不及防的害羞,以及久违的温暖,许多情愫汇成一股热流,刹那间滚遍了她的全身。

他似乎感觉到了她的变化,也意识到了自己的失态,忙磕磕巴巴地说,对不起美琳,我太激动了,我、我冒犯你了……

一边说着,他一边慌忙地错开了身,却忽然瞥见她正望着自己,那双眼在温馨的灯光下像是漾着一层潋滟的波光。

二人的目光撞在了一处,立时就那么融成了一体。他的呼吸一下子就急促了起来。两个人都是过来人,但不知怎的,这一瞬都变得有些傻有些痴。

庄合超甚至觉得耳朵在嗡嗡地响,外面的许多声音都变得模糊了,只依稀听到手机里的音乐已换成了一首老歌,是李宗盛的《山丘》:也许我们从未成熟,还没能晓得,就快要老了,尽管心里活着的还是那个年轻人……不知疲倦地翻越,每一个山丘……

歌曲似乎很应景,又似乎全然不相干,但他全身的血液确实随着那曲子在振荡着、沸腾着。他看见她垂下了长长的睫毛,那双能让他看到蓝天白云的眼眸害羞地闭上了。

庄合超当然知道自己下一步应该做什么,但却强抑着心底那阵澎湃,大喘着气,慢慢退开了一步。

她愕然睁开了眼,脸上满是娇羞的红,眼里的波光还在闪,却带着疑问。

美琳,你想好了吗?他的声音有些苦涩,我的年龄比你大这么多……我们都要再想想。

她听出了他的压抑和无奈,很默契地没有追问。本来在这方面,她也不是个主动的人,这时候更觉得羞涩,甚至还有些惊讶,自己刚才的被动里竟是又带着主动,怎么就那样大胆。

也许是想接着那稍纵即逝的大胆再说些心里话,她低下头,手里有些机械地晃动着一把钥匙,说,好呀,其实你不知道的,接住这把钥匙的那一刻,我就想好了。

她的声音幽幽的,后一句声音更低,但他却听得很清楚,整个人便如被电了下。他认出那是他给她的钥匙,被她配了个憨态可掬的黄铜小牛挂件。他记起她正是属牛的。她属相的金色挂件和他家的钥匙,此刻在她手中摇出叮叮咚咚的单调脆响。他觉得一股热气涌上了喉咙,一时竟说不出话来。

不过啊,我们都要再想想!她却仰起头,眼里的光正慢慢平静下来。

他望着她的双眼，隐隐觉得，自己似乎错过了什么。她却指着那面墙，说，还剩下这四个方子，你的工作就算全部完成了？

庄合超也将目光移到了墙上。盯着墙上那四个《伤寒杂病论》里的名方，他眼神又灼灼地热了起来。他大步走到书桌前，说，剩下的工作应该会很快了，小柴胡汤、麻杏石甘汤、射干麻黄汤、五苓散，这四个方剂已经定下，然后的工作便是裁切、整合，最终组合成一个新的方剂。以往的方剂多是药与药的组合，类似传统作战模式，现在我们这个抗疫新方剂，则是方剂与方剂的协同配合，如同海陆空立体作战，我希望能在同等药量下发挥几倍的药效。

一句话的工夫，他就从那个手足无措的木讷中年又变回成沉稳睿智的庄合超。

转天下午，庄合超将最终拟定的方剂交到了老父庄仲衡手上。这天正是大年初五，俗称"破五"的日子，庄合超给这个最终的方剂命名为：祛毒清肺汤。

在祛毒清肺汤中，麻杏石甘汤用了全部的四味药——麻黄、炙甘草、杏仁、石膏，解决内热和发烧；五苓散中取猪苓、茯苓、白术、泽泻、桂枝，用来温阳化湿，攻克湿邪；小柴胡汤则取柴胡、黄芩、半夏、甘草、生姜，以和解少阳，降逆止呕，清肝胆、补脾胃；射干麻黄汤则取射干、麻黄、生姜、细辛、紫菀、款冬花和半夏，以求清热化痰，利咽喉，止咳喘；此外，还加入了扶正护脾的山药、下气除胸闷的枳实等几味药，四个千古名方被他化裁组合成了一个新的方剂。

庄仲衡难得地首肯了儿子，说，新冠肺炎确实是寒湿疫，不是湿疫！这个方子让方与方相互协调，创新组合，而且在一个方子里用到了汗法、下法、和法、通法和利小便五种方法，算是真正参透了古方，看得出你在《伤寒杂病论》上的功力又长了。

老爷子只给他提了一点意见，你这方子里的细辛才4克，靠这点量想破除湿邪,那是不行的! 你是顾忌那句"细辛不过钱"的古训吗?

庄合超说,药典里面规定的细辛用量其实是在 3 克以内,古人说过,多即气闷塞不通者死。其实我倒是试过药,用量大些没问题的。您认为是多少更适宜?

6 克吧! 想要温肺散寒,破除湿毒,必须要 6 克。庄老说得很淡然,又很肯定。

果然是宿将用兵,老辣犀利,庄合超暗自慨叹,老爷子的手段还是那么老到大胆。

祛毒清肺汤的处方虽然得到了老父的认可, 但庄合超还是不敢掉以轻心。他还需要检验。

第一个照方抓药的人仍是他自己。仍然是以身试药,他要按照疗程,连服它几服药,随时给自己诊脉,亲自感受下身体的反应。

这天晚上,又一次服下了药后,正对着镜子查看舌苔时,他接到了侄女庄妙妙的电话。

妙妙的声音有些发虚,说,叔叔,我⋯⋯我有个很要好的同学,他爸爸感染新冠肺炎了。

在庄妙妙的认知中,人生永远是那么一副熊样,好运气要很久才能碰上一次,而坏运气,要是摊上了一次,很可能会接二连三地撞上。

武汉封城了,她被封在了里面,她一个人过了个最孤单的除夕,然后又是孤单的春节,而之后不久,她就接到了何锋的电话。他说碰上了大麻烦,他老爸很可能是染上了那个病。

庄妙妙知道,现在武汉的朋友们对新冠肺炎的感觉是又恨又怕,还有几分嫌弃,甚至都不愿意提及这个疾病的名称,如果谁感染了新冠肺炎,就常说成是染了"那个病"。

她记得何锋跟自己在一起时,很少谈起他的爸爸何革新。何革新是地方电视台的一位老领导，刚退下来不久。跟所有强势的爸爸一样，何革新一直觉得儿子何锋不成器，父子俩的关系也不大好。

蔡青莲住院后，跑医院照顾她的事，主要是何革新的工作。这两天何革新一直觉得不大舒服，就自己按照新闻上说的新冠肺炎的症状进行了比对，越比对心里面越没有底，就赶去医院排队做了检查，医生从 CT 结果推断，应该是新冠肺炎，但还需要核酸检测结果来最终确诊。

这一段时间正是武汉医疗系统最困难的时候，所有医院都在超负荷运行，火神山和雷神山医院还没有交付使用，定点医院只收核酸检测阳性的患者。何锋打电话问过社区，得知前面还有几十位患者在排队等病床，便只能领了点药品回家自我隔离。

庄妙妙一下子觉得全身都没了气力。

她是学医的，自然知道人们同住在一个屋檐下，哪里有什么太好的防护措施。如果何革新被感染了，那么他儿子何锋自然也跑不掉。更有一种可能，何革新还在潜伏期时，何锋就已经被感染了。

她还是强打起精神安慰了他，又问了问他老爸的症状和详情。

何锋说，老特（武汉方言，爸爸）这两天一直在发烧，高烧、低烧交替，然后就是人憋闷。刚量的体温，38.5℃。领来的那些药根本没什么用，他现在喘气越来越费劲了，心情就很差，刚才嚷嚷着，再不退烧，就要去跳楼。

何锋显然非常焦急，在手机里的声音虚软而慌乱，全忘了再去秀那些半生不熟的京片了普通话。

庄妙妙心里也腾起了一片乌云。是的，封城之后，人们都变得非常脆弱，自己也是。而那些感染上新冠病毒的人，则更是容易崩溃。何革新这才患病几天，居然要去跳楼。

撂下电话后，她也急忙翻着手机上关于描述新冠肺炎症状的新闻，一条条地对照自己的情况，虽然最终还是有些惊疑不定，但至少现在，自己应该还没有感染新冠病毒。

不过人的生理总是很容易被心理影响的，她当天下午就觉得各种不舒服。虽然量了几次体温都是正常，连低烧都没有，但她还是觉得心里面慌得要命。几乎是下意识地，她拨通了庄合超的手机。

她跟叔叔说，自己好友的爸爸已经感染了，现在已经快心理崩溃了。她的心里话并没有全说出来，其实她自己也在崩溃的边缘。

好在手机里面叔叔的声音还是一如既往的沉稳，这让她慌乱的心有了些底气。庄合超很详细地问了她一些情况，又让她尽快把何革新的舌苔照片传过来，然后说，可以试试自己最新推出的祛毒清肺汤。

庄妙妙仿佛揪住了一根救命稻草，忙指导着何锋，把他老爸的舌苔照片发了过来。

很快，庄妙妙收到了庄合超的祛毒清肺汤方剂。庄合超在微信里告诉她，如果对症了，应该很快就能扭转病情。

庄妙妙其实有点难以置信，这个新冠肺炎目前根本没有特效药，叔叔开出一服中药，竟敢说很快就能扭转病情？

同样觉得难以置信的还有何锋。收到庄妙妙的微信后，他就只回了个鬼脸，没回话。

她打了电话过去，果然听到何锋含含糊糊地说，亲爱的，中医不都是治疗慢性病的吗？

她又隐约听见了何老爹在一边大声嘟囔着，吃什么中药啊，那玩意儿都是骗鬼的，鬼款，西药都屁用不管。

第二天一大早，庄妙妙赶到了最近的一家药店。这是她前两天买玉屏风散时发现的药店，里面还卖中草药，而且这日子，来买中草药的人并不多。

虽然自己没有症状，但是她还是戴了三层口罩和一副手套，以免造成什么感染。好在药店工作人员的防护措施也很细致。更让她感到幸运的是，祛毒清肺汤里的各味中药这里面都有。药店里还卖煎药的工具，庄妙妙又给何锋一股脑地买了一套工具。

这回她不想再跟何锋多废话，而是回到明珠丽苑，开始亲自煎药。煎好了药，她扫了辆共享单车，急匆匆地骑到了他的小区。

打开门，何锋见是她，立即退后了几步。两个人都戴着口罩，都只能看到对方的眼睛。

她瞧见何锋在看到自己的刹那，那双小眼睛竟倏地红了，她的眼眶也不由有些潮湿。

两人的对话被屋里的何革新听到了，何老爹立时大喊大叫起来，何锋你疯了，不能让妙妙进来啊！咱家现在是隔离着的，人家要是进来，那不成了单骑独踹唐营了！

何革新的声音虽然虚弱，却很急迫。

庄妙妙就很有些感动，高喊了声，伯父，您要是真在乎我，就得把我带来的药喝了。

何革新忙说，好，喝，我一定喝。虽然中药没啥作用，但这是你的一片心意啊，我一定喝。

庄妙妙有些无奈。因为何锋说什么也不让她进屋，便只得把药就放在了门口。何锋信誓旦旦地跟她保证，一定会让爸爸好好吃药。

果然，当她回到明珠丽苑的时候，就看到了何锋发过来的照片。是盛药的玻璃饭盒，已经喝得一滴不剩。

庄妙妙松了口气，回了句，老爷子真乖。

然后她就提着心，等待他那边的消息。

同样等待消息的还有庄合超。阴差阳错，庄妙妙好友的爸爸成了第一个使用祛毒清肺汤的患者，庄合超当然也在焦急地等待着。他还记住了那个人的名字，何革新。

下午，庄妙妙给庄合超回馈了何革新的情况。他感觉好多了，应该是有效果，不那么憋闷了，呼吸畅通了许多，但是还没怎么退烧。即便是这样，老头儿的心情也是大为见好,终于不再嚷嚷要跳楼了。

庄合超感觉还差点什么。在屋里面转了几圈,忽然间他眼前一亮,是石膏的用量。祛毒清肺汤原方中石膏的 10 克用量似乎还是有些保守和死板,看来要区别高热和不热患者辨证论治,发烧高热患者就要用大剂量的石膏。

庄合超立即给庄妙妙打了电话过去,告诉她将石膏的用量提升到 30 克。

庄妙妙也通医理,立即就明白了。她手头还有几服药,立即将石膏拆兑成 30 克,重新煎煮了,风风火火地又送了过去。

当天晚上,庄合超就接到了庄妙妙的电话,神了,退烧了!

据说何革新再次喝药后,不久就出了汗,高烧退到了低烧 37.5℃,睡了一大觉,体温居然成了 36.7℃。

庄合超一阵激动,仿佛看到了期末高分成绩单的小学生,一直悬着的心终于放了下来,又跟侄女问清了何革新的一些情况,心里面就越发有了把握。

庄妙妙还沉浸在惊喜中,一个劲儿地问,叔叔,你这药也太神了吧,居然吃了两剂药就退烧了!

庄合超说,别忘了,中医的特点就是谨守病机、辨证施治。这次的新冠肺炎主要是寒湿邪气,属于寒湿疫,这可是"经方之祖"《伤寒杂病论》的治疗强项。

妙妙听得似懂非懂,于是发扬了记者刨根问底的职业精神,继续追问,那为什么西药还没有特效药,而你这个中药汤就这么神速?

庄合超想了想,说,西医的方式是用一种特效药把新冠病毒杀死,可惜现在没有这种特效药。而中医药则更重在调整人的整体状态。打个比方,祛毒清肺汤的运作方式,就是通过宣清导浊、排毒平喘,清除人体内阴冷寒湿的垃圾,让病毒失去适宜生存的环境,自然而然地达到清除病毒的效果。当然,这个专方只是初战小捷,我们还要进一步观察,患者还是要继续按时服药。

庄妙妙笑起来，说，在我这儿已经是初战大捷了，往后叔叔会连战连捷。

庄合超却没笑，只是叮嘱侄女，妙妙你也要注意，上次告诉你的玉屏风散加味方要继续喝，防患于未然呀。

庄妙妙说，太好了，玉屏风散就能预防新冠肺炎吗？

庄合超说，新冠肺炎是无法预防的，特别是那些密切接触者，但是这个能提升身体免疫力，在一定程度上可以抵抗病毒侵袭。

放下手机，庄合超才彻底松了口气，连续几个日夜的苦战，终于赢得了一个漂亮的开门红。

根据何革新这个难得的病例反馈，庄合超将方剂做了最后的修改，石膏改成了 15 到 30 克的浮动量，对发烧高热的患者，石膏的建议用量要达到30 克。

祛毒清肺汤的方剂就在这天晚上交了上去。庄合超认真地记住了这个日子，正月初六，中国人都有六六大顺的情结，希望一切顺利吧。

他同时把处方和说明发给了国家中医科技攻关组副组长王冠永和卫市医疗救治专家组。卫市医疗救治专家组内，他就是中医专业部的主任，对于他的心血之作，其他中医专家并没有提出太多的建议，大家都在等待着"国家队"的最终意见。

很显然，国家中医科技攻关组那边对于要普遍推广的中医抗疫方剂还是非常谨慎的，并没有很快给出结果。庄合超的心里又开始有些忐忑了，千辛万苦攻下来的祛毒清肺汤方剂，到底会是个什么命运呢？

1932 年，大暑

徐良英清楚地记得，自己那份过硬的抗疫方剂得到庄凤梧首肯的日子，正是那一年的大暑。

中医对二十四节气格外敏感。大暑这个节气一般都是"中伏"前后，是酷热最盛之时。大暑前后，天气极为炎热，更易耗损人体气津，于是人的身子总有几分发虚，抵抗力下降。卫市的霍乱疫情就在这节骨眼儿上，传播得更快了。

三天前，徐良英一番话剖析入理，已经基本说动了庄凤梧。但庄凤梧的性子，属于卫市俗语中所谓"不见兔子不撒鹰"的那种，虽然于情于理他都应该出山，但他还是要看到真东西。

徐良英回去后特意认真准备了一番，大暑这天，又赶到了庄凤梧的书房。

其实这些日子徐良英已经陆陆续续地收治了二十多名霍乱患者，多年来收集钻研之功终于派上了用场。其实老丈人看到的那些问题，徐良英在实际诊治中也早就发现了，"理中汤乌梅丸加减"等方剂成本太高了，熬制也不易，而现在这批霍乱患者大多是来自贫民区的穷苦百姓，很多人穷得一文钱也掏不出来。

一番艰辛摸索后，他推出了以苍术、牙皂、细辛、荜拨、公丁香、石菖蒲等药物制成的"防疫祛瘟丹"。这个方剂成本低廉，药材常见，极易推广量产。

除了这个防疫祛瘟丹，徐良还会配合使用生理盐水静脉注射来控制病情。卫市的防疫工作由西医宋挺博士主导，生理盐水也是宋挺那边集中配制后下发的。

庄会长认真地看了徐良英奉上的抗疫方剂，仔仔细细地推敲多次后，终于决定，自己可以出山了。在拍板出山之前，庄凤梧还是跟女婿"约法三章"，强调自己只是负责呼吁和讲话，最多出面帮他搞几次培训，真正治病救人"冲锋陷阵"的事，还是徐良英来吧。徐良英自然一口答应。

卫市是个挺复杂的地方。这里有各国租界，有遗老遗少、退位的军阀、服务于国外财阀的买办，一派洋气，富贵豪奢。这里也有贫民聚集的窝棚区，穷人们披着麻袋片，吃了上顿没下顿，这些人没什么防疫意识，居住地卫生条件极差,也就形成了巨大的防疫死角。而正在东北军掌控下的卫市政府,财力和人力都有限,宋挺博士主持的西医抗疫,也只能分步骤实施,开始阶段的大部分精力只能放在卫市的核心区域,没想到在贫民区的疫情会传得这么快这么广。

就在这时候,庄凤梧终于以华夏医药研究总会会长的身份站了出来,在卫市的几份大报上全力呼吁,希望卫市中医各界人士要抛却门户之见,心怀苍生,扛起卫市防疫的重责。

当时卫市的中医团体很多,这些民间自己结成的中医小团体,平时大多貌合神离,相互瞧不上眼,成立与解散又都非常容易,所以影响力很小。相较于忽聚忽散的中医小团体,华夏医药研究总会到底历史最悠久,在华北一带,庄会长这块金字招牌也确实是最为闪亮的。庄凤梧的登高一呼,也终于让那些被疫情和舆论压得喘不上气来的中医人士心神一振。

最重要的是,庄会长并没有只喊空话,他还拿出了有效的中医抗疫专方。

徐良英献给庄凤梧的,其实是相当于中医抗疫的一整套方案,针对轻症、初症和重症,有不同的处方,还有治疗的具体医案和有效数据,甚至有从西医那里吸收学习过来的生理盐水静脉注射法。

中医里面到底也有很多有血性的有识之士,他们知道此时的中医不仅需要赢得一两场报纸论战的胜利,更需要在这场事关卫市万千百姓安危的疫情之战中赢得关键性的实战胜利,这关系到中医总体事业的生死存亡。

他们动了起来,许多人参加了庄凤梧组织的短期培训。当时西医抗疫因人手短缺,也曾短暂招纳过中医参加培训,但到底体系不同,效果很不好。而华夏医药研究总会则知道这些中医人士的底子,培训起来有的放矢,成效也是立竿见影。

在卫市政府和宋挺博士都腾不出手来关注贫民区疫情的时候,徐良英率领的这些中医起到了奇兵之效。这批中医以三四十岁的中青年为主,经过集中培训后，他们再没什么流派之分，共同组成了中医救护队，深入贫民区去分发医药，宣讲防疫知识，遇到霍乱患者则立即送入几处中医急救站内进行隔离和抢救。

不得不说，徐良英拟定的中医抗疫组合方案效果颇佳。特别是防疫祛瘟丹算得上是价廉效宏，大批量配制后，很快就在中医救护队手中发挥了大效验，救治了大批在生死线上挣扎的穷苦百姓。

疫情终于在中西医的联合抗击下，慢慢地向好发展。

这天深夜，一个人拍响了徐良英小诊所的大门。徐良英刚打开门，那人便软软地倒在了地上。徐良英大吃一惊，看清了灯光下这个人的脸孔，更是一凛，这是一张欧洲青年的脸，是约普。

上次在溥仪那儿，他认识了约普这个有趣的欧洲青年，牛刀小试，准确判断出了约普腹胀病的各种症状。约普是直性子的爽朗青年，转过天来，就如约来到了徐良英的诊所。徐良英也是说到做到，先给他施行了两次针灸，果然效验不错。见了实效后，约普便听了徐良英的话，答应试试那难喝的中药汤。徐良英以千古名方乌梅丸为主，针对他的情况进行了加味，竟然只用了三剂药，便让他的腹胀全消。

他对这个总是一脸快乐笑容的欧洲青年印象还不错，只是他给约普看病的时间很短，之后约普就再没有来过。后来徐良英暗自推算，再往后的日子就是溥仪潜逃的时间了，也不知溥仪的这位欧洲历史老师是否随着他一起跑掉了。

现在的中医救护队内部分工也更加细致了，开始阶段最繁忙的那段日子熬过去后，徐良英已不必天天随队去贫民区探察，而是按照分工，在自己的小诊所内坐镇，专门负责救治送来的疑难重症患者。

虽然他已经习惯了这种紧急情况，但当看清了约普的脸，还是吓了一大跳。约普显然是患了急病，油灯下的脸都泛着层青气。简单快速地检查了一番后，徐良英更加震惊，约普竟是得了霍乱。

这两天疫情有些猛，徐良英一直还是全副武装、防护齐整。看约普有气无力的样子，徐良英推断他是霍乱中期，形势已经有些危急了，急忙用高渗盐水给他进行了静脉注射。

大剂量静脉注射后，约普醒了过来。昏黄的油灯下，他看清了徐良英的脸，无力地笑了笑，说，徐，我就知道，你一定会救活我的。

徐良英喂他服了汤药，才问，怎么回事，你怎么会染上霍乱，得了病为何不去日本人的医院？

日本人……正在抓我！约普苦笑了下，问，徐，你可能还不知道我的真实身份吧……

原来约普是波兰人。波兰是当时欧洲比较特殊的一个国家。它曾在近代被瓜分，1919年重新建国后所面临的最大敌人就是邻国苏联。波兰选择了跟日本做朋友，以便让日本在远东去牵制和对抗苏联。为了全力奉迎日本，波兰特别派了一批电码破译技术专家来帮助日本提升密码谍报技术。约普的老爸便是这批破译专家中的主力干将。

约普本人一直对东方文化感兴趣，曾在法国巴黎东方语言文化学院学习汉语，甚至研究过中国古代社会史。不过，约普的性子非常跳脱，虽然对中国和日本这些东方文化都挺着迷，但他同样喜欢击剑和拳击，根本不愿意死守在书斋里面啃那些旧书古籍。他更喜欢冒险，所以很希望亲自去这些古老的国度看一看。

就这样，两年前约普便随着密码专家老爸一起到了东京。东京并不是约普的目的地，他很快就在东京待腻了，他更想去的地方是上海。约普的家族有鼓励冒险的传统，老爸立即同意了，就从弟子中找了两位日本军官帮忙，安排儿子去上海。

其实这正合了日本军方的意。日本军方做什么都讲究埋好后手，哪怕是对待来教他们密码破译的波兰专家。他们很快用金钱和美色驯服了约普。约普本就精通技击，紧急培训后，就成了一名秘密的日本间谍。随后，他被日本军方带到了上海。好在日本军方本意不过是想用约普来制约他的老爸,对这名半吊子速成间谍要求得并不严格,约普享有很大的自由。

在上海潇洒了一阵子,好热闹的约普又想去北平转转,听说那里有一位神秘的退位皇帝。恰好溥仪那段日子正在卫市隐居,闲极无聊的末代皇帝想研究近现代的欧洲历史,日本人顺水推舟,就把约普安插到了溥仪的身边。约普很年轻,跟同样年轻的溥仪挺合得来,他甚至还教过溥仪几天拳击。

在卫市,约普名义上是溥仪年轻的历史老师,暗地里却要接受中村英正的指挥。中村英正跟约普的老爸并不熟,对约普的要求就近乎严苛。

散漫惯了的约普很快就厌倦了这种生活,他更厌恶的是日本人的冷血和贪婪。所以事到临头,他没有随着溥仪去冰天雪地的"满洲国",那时候他已经决定了要离开。

约普躲入了法租界,本来是想悄然疏远日本军方,再找机会溜走。在法租界,约普遇到了两个法国同学,受到了极好的款待。喜欢享乐的约普很快就忘记了日本军方的威胁,在法租界里又逍遥了几个月。不过很快,他得到了风声,日本军方已经派人来租界追剿他了。约普深知日本人的狠辣,自己掌握了一些日方的秘密,极可能会被灭口。他不敢在法租界里混下去了,立即开始了新一轮的逃亡。

很不幸,逃亡途中的约普染上了霍乱。他不敢去西医的大医院就诊,日本的各路间谍正在满世界地搜他呢。他想到了那位对日本人不卑不亢的徐中医,他认得这个小诊所,就深夜里赶过来求救。

约普喘着气说,徐,其实我过来,就是赌博。赌对了,我能活下去。要是输了,那么,或者你治不好我的病,或者你把我交给日本人。

徐良英冷冷地说,你觉得我会把你交给日本人吗?

当然不会,我对此毫不怀疑。约普有气无力笑着说,徐,你说,我的病……会好吗?

徐良英看过很多这样的眼神,无助、虚弱、濒临死亡,却还有着强烈的求生欲。曾经，他的两个儿子也这么望着他，可惜他没将他们救活。后来，他看到了很多贫苦的卫市百姓用这样的目光看着他。

现在，则是一位脸色惨白如纸的欧洲青年用同样的目光望着他。

一定会好！他轻轻按压着约普的肩头，说，相信我，你赌对了。

约普果然赌对了。

约普的身体素质本来就很好，现在的徐良英又积累了很多经验，只用了几服汤药，就治好了他的霍乱。这种病一般是三到七天就能恢复。约普的体质好，三四天后就已经恢复得差不多了。

这天晚上，徐良英给约普做了遍全面的检查，终于愉快地宣布，他已经痊愈了。

夜色已深，小诊所里没有别人，约普看到徐良英也很懒散地躺在了竹椅上，不由有些好奇。在他的印象中，这个中国医生似乎是铁打的，从来看到他的样子都是闷着头在忙碌，有时是指点助手们，更多的时候则是亲自上阵给患者诊病。

约普便笑起来，说，徐，我似乎还是头一次看到你休息。

徐良英将自己完全瘫在了竹椅上，享受着夜里难得的清风，说，我确实是太累了。

约普有些感动，说，亲爱的徐，你要注意休息。

他惬意地揉着自己的肚子，又说，徐，我就要走了，临走前，能不能告诉我，你的梦想是什么？

梦想？

就是最大的理想，就是凭借你个人的努力，可以实现的梦。

徐良英搓搓手，说，跟我太太生两三个孩子，我看着他们没病没灾地长大，没事的时候，我会带着他们去放风筝。

就这样？约普有些奇怪地望着他。

就这样。徐良英笑笑，说，其实中国人活得都很平实，嗯，你听过那句话吧,平常心即道。就像这夏夜里难得的凉风,这个最平平常常的,就是最高明的道。

果然有清风穿屋而过,约普畅快地敞开了单衣,眼里满是痴迷,说,原来这就是你们中国人的哲学,最高明的哲学其实就在最平凡的生活细节里。

徐良英问,那你的梦想呢?

我的梦想有很多。就说现在的梦想吧,比你的要困难些,就是坐着一艘属于自己的轮船,顺着你们中国的大运河一路开下去,沿途走走停停,用一部摄影机拍摄一部真正关于中国的纪录电影。

约普越说越兴奋,对,这不是我的创意,因为我就看过这样的一部电影,巴黎百代公司拍摄的《在中国大运河上的旅行》,但我认为那还不够好。要知道,大运河从公元前四百多年就开始兴建了,它的真实年龄,绝对是一个让人敬畏的数字。可惜那个纪录电影的导演对东方历史没有太多的研究,缺少了敬畏,让他们带着可笑的傲慢。

他忽然扭头盯着徐良英,说,哦,我还看过《李鸿章和他的随从》,1902年拍摄的纪录电影。李鸿章很高很瘦,非常威严,却很虚弱,一阵风就会吹倒。这是西方世界对中国人的看法,古老、呆板,虽然看上去有威严,却随时会倒下去。

徐良英吃了一惊。在他的印象里,李鸿章是属于那个早就亡了的大清朝的人物,虽然他死在并不太遥远的三十年前,但在许多人的印象里,李鸿章已是一个被埋入浓厚历史烟云里的人物了。却想不到,这样一位属于古旧历史的人物,居然还被拍进了最现代化的纪录电影中。

你知道吗? 在西方人眼中,中国人的形象都是愚昧的、虚弱的、麻木的,或者是狡猾的。开始的时候,我也这么认为,但现在,遇到了你,徐,我觉得中国人不是那样的。遇见你,是我最大的幸运! 可惜,我对医学不大感兴趣,不能跟你学习中国医学。

约普慢慢伸出手来,跟他紧紧握住。

徐良英有些感动，攥住那只大手摇了摇，说，约普，你要走了，我也不留你。你住在这里确实比较危险，因为你的欧洲人面孔太扎眼了。为了你的安全，你要尽快走，你下一步准备去哪儿？

我想回法国。巴黎东方学院的老师很欣赏我。我想写一本书，告诉所有的欧洲人，日本人正在这里干什么！约普前面说得很认真，最后却耸了耸肩，可惜，我现在没有钱。回法国的路费，对于我来说还是个难以想象的数字。不过如果有可能的话，我希望先去上海，那里有我一位可爱的情人，她美丽、温柔，而且很有钱。

徐良英笑了，说，我想想办法吧。我没办法送你回巴黎，但可以把你先送到上海情人那儿。

他转身进了里屋，回来时把一个包裹塞进约普的手里。约普掂了下，觉得有些沉，打开来瞄了眼，里面竟都是最硬通的现大洋。再翻一翻，底下还有件中国人常穿的灰布长袍，一顶半新不旧的黑色礼帽。

徐良英说，在这儿好好睡一觉，明天一大早就走吧。去上海的车票并不难买。穿上这身行头，应该没有人能认出你来。

约普把礼帽戴在了头上，笑嘻嘻地说，徐，你真好，为什么要这么帮我？

徐良英笑了笑，说，平安回去，好好把那本书写出来。要是没时间写，就多告诉告诉你身边的人。

屋里的油灯只剩下最后的一点点光，那点光照不清徐良英的脸，只映出他的眸子熠熠地闪着光。约普深深盯着那双眸子，似乎想把他的样子印在心里，说，徐，一直只知道你姓徐，你到底叫什么名字？

徐良英觉得这位大大咧咧的欧洲青年很有趣，已经在一起这么久了，应该听过不少人叫自己的名字，他居然毫不入心，就摆了摆手，抖开一件大褂披上了，说，你好好休息，我还要出去看两个患者。这段时间真是累呀。

出门前，他又拍了拍约普的肩，郑重地说了声保重。

借着那点昏黄的光，约普看清了他深陷的眼窝和额头深刻的皱纹，这些日子他似乎苍老了许多。

　　望着年轻的中国医师疲倦地转过身,苍黑的身影慢慢没入夜色里,约普忍不住鼻子一酸,冲着他的背影喊了声,徐,你也要保重!

第五章

别　离

春节过后,卫市的患者就多了起来,圣索兰大酒店的事件一直在发酵,整个卫市的防疫形势日益严峻了。

天湖医院作为中医备用医院已经启用,庄合超的专方却还迟迟没有得到"国家队"专家们的认可回复,祛毒清肺汤也就无法开展临床观察。

庄合超的心里面就似着了火,这两天算是真正体会到了度日如年的感觉。

很奇怪,就在这样的日子里,他的心里面总会闪现齐美琳的影子。事后他常常想,恰恰是在他闭关最紧要的时候,她及时赶了过来。她给他泡了一壶好茶,又跟他娓娓地讲起了金朝末年李东垣大梁抗疫的典故,阴差阳错地激发了他的灵感。

她在他最虚弱的时候抱紧了他,他当时浑身都软绵绵的,大脑却非常清醒,她那带着芬芳的温暖便无比清晰地印在了他心里。那是让他迷醉的温度和气息。

他记得更清楚的是,在自己激动地抱紧她时,她反而羞涩地闭上了眼。只要一想起那个瞬间,他的心就会如同小男生般止不住地扑腾。还有她的泪水,她的笑容,都会在不经意间从他心底浮上来,搅得他的心时而酸苦,时而甜蜜。

在那天之后,他没有直接跟她通过电话,只是偶尔发过几次微信。祛毒清肺汤方剂最终确定的那天,已经很晚了,他还是给她发去了信息。

她很快就回复了信息。看得出她很激动,因为她一连发了好几条。除了恭喜祝贺,还叮嘱他,要他一定保重身体。

她要他注意身体的方式也很特别,先是发了句:一定要记住你对我的承诺哟!

他看了后,就觉得心里泛起了带着陶醉的疑惑,就拼命地想,自己对她说过什么承诺的话吗?

好在她马上又发来了下面的话:你可是亲口答应过我,会照顾好自己的。

他忍不住笑了,有些释然,又有些惆怅,就回复说,照顾好我自己,其实是件挺麻烦的事。

她立即回了个笑脸,说,那回头哪天我教教你。

他的心又热了下,不知道说什么好了。

他发现了一个规律,只要自己发微信过去,她立即就会回过来,仿佛是她一直守着手机等他的信息。倒是自己,经常比较迟地回人家微信。

其实他也很喜欢收到她的信息,特别是听到她的语音留言。但是就如同他那天跟她说的,他并没有勇气跨出这一步去,甚至连挑明的勇气都没有。其实两人都是单身,有任何交往都应该没什么问题,而且从上一代人论起来,两人还是平辈的世交。

可庄合超还是非常犹豫。在他心里面,自己已经跨入天命之年了,虽然"心里活着的还是那个年轻人",但终究是,快要老了啊。而齐美琳仍是在风采绽放的年华,虽然她有时候努力装出副老成持重的样子,但依旧有锐利的活力和美丽。也许,能远远地欣赏欣赏她的美,能跟她偶尔聊几句天,他就满足了。

何况疫情紧迫，在这种大形势下，他也真没有过多的心思去认真地全面地考虑个人问题。

只是他没想到，形势的变化确实太快了，有时候会超出他的各种预想。这天下午，快下班的他收到了齐美琳的微信。她在微信里说，自己已经成为第二批驰援武汉的卫市医疗队中的一员，这两天就出发奔赴武汉。

齐美琳将要以医疗人员的身份，去驰援武汉？

庄合超呆愣了一分钟，才拨通她的手机。接通了，他忽然间竟不知道要问什么了，又愣了愣，才问，你怎么要去武汉？

她笑起来，说，我为什么不能去？不要忘了，我可是中医女博士呀。对了，你知道我是什么时候决定去报名的吗？就是那天看到你试药的样子，有点感动。

他怔住了，那天两个人在一起的画面如流水般闪了过来，又慢慢漂走，漂到很远的地方去了，恍惚中竟没有完全听清楚她后面的话。顿了顿，才问出心底的那个疑惑，你现在身份还是学生吧，怎么会被选入医疗队？

她说，你难道忘了，我不是一直在学的，考入博士研究生之前，曾经在卫市中医三院短暂工作过。这次来你们总医院实习前，我已经联系了中医三院，基本确定了会再次回到原来的工作岗位。现在虽然还是寒假，但我已经回过两次中医三院了，知道那边正在紧锣密鼓地组织援鄂医疗队报名，我就在中医三院那儿报了名。然后呢，这两天就通知了，我被选进去了，看来是我的态度感动了院领导吧。

庄合超心里忽然很有些郁闷，前两天她就确定了报名援鄂医疗队这样的大事，怎么现在才告诉他。

更让他郁闷的是，她当初原本是抱着满腔希望到总医院来跟自己学习，可自己整天忙忙碌碌的，竟没时间教给她什么。而她实习结束后，还会回到曾经工作过的中医三院。他蓦地觉得无比失落，她应该也是受了那些流言的影响,所以才从没跟他提过实习结束后会继续留在总医院工作吧?

心里念头起起伏伏,他只得都按住了,问,那萱萱怎么办?

她叹了口气,说,有姥姥呢,你不知道,其实我妈带孩子比我细心多了,萱萱跟她姥姥也比我更亲。

庄合超也叹了口气,说,一定要照顾好自己,我给你开的药,最好都带着。什么时候走?

她说,明天下午 5 点的飞机。

怅然若失的感觉如同冬夜的风一样,突然扑过来,瞬间席卷全身。他很想今晚抽时间跟她单独见见,深深地聊聊,或者,哪怕单独看一看她也好,但沉默了一阵,却只说了句,好,到时候我去机场送你。

撂下手机的齐美琳也有些空空荡荡的难受。

这时候,客厅的地上都是妈妈帮她收拾好的包,连各种她喜欢的零食小吃都鼓鼓囊囊地塞了一包。让她想不到的是,那边刚来了消息,什么也不用带,武汉那边都已经给大家备好了。

最终齐美琳还是选择带上了笔记本电脑,里面记载着这段时日的研究成果,那是她的命根子。

齐母已经开始招呼女儿吃饭。看着客厅上几个大大小小的提包,最终女儿却只拎起了最小的那个,齐母不由深深叹了口气。

做饭前,齐母问女儿,说,今晚你想吃什么,妈给你做。齐美琳说,就想吃妈妈做的炸酱面。

果然,热腾腾的炸酱面端了上来,原本没什么食欲的齐美琳胃口大开,快吃完了还在夸,还是妈妈的炸酱面最好吃,吃了这么多年,都没吃腻。这次也是,没过瘾。

那就等你凯旋,妈再给你做。齐母勉力笑着说,现在妈也想通了,病毒要蔓延全国了,总得有人去支援武汉是不是? 去的哪个人不是她妈妈的闺女,不是她孩子的妈啊？

齐美琳扒拉着碗里面最后一口炸酱面，笑着说，老妈的觉悟就是高。

齐母双眼却有些潮湿，说，琳琳，记住了啊，到了武汉，每天都要给妈发个微信报平安。无论多晚，妈都会等你的消息。

萱萱忽然抬起头，说，妈妈，我也是，你也一定要给我来消息。

齐美琳拍了拍女儿的头，望着母亲，想笑一笑，但最终却低下了头，说，妈，我又让您操心了。

这是她印象中的第二次了，纯粹是因为自己的决定，让老太太这么提心吊胆。

第一次是因为自己结婚。

那还是她研究生在读的时候，齐美琳热恋了。她最终决定，要嫁给那个男人。他是附近一所大学的助教，人很热情，也很健谈，对齐美琳也几乎是一见钟情，把她照顾得无微不至。

可惜，就像是写好的庸俗剧本一样，当齐美琳兴冲冲地把未婚夫介绍给母亲时，齐母却表现得很淡然，接触过几次后，齐母就开始反对两人的婚事。她用过来人的眼光看，直觉地认为，这个男人靠不住。

但那是齐美琳的初恋。高大帅气的助教符合她对理想伴侣的许多畅想，温柔、体贴、善解人意，懂得浪漫和格调。齐美琳义无反顾地嫁给了助教。

她清楚地记得，母亲在自己结婚前夜看着自己的目光，几乎就是这个样了。

果然，婚姻是爱情的坟墓，在齐美琳怀孕时，助教就出轨了。他又搭上了一位已婚的富二代美女。他有足够的经验和足够的温柔，可以轻易地俘获他想要的猎物。不过那时候"猎物"还不稳定，富二代美女还没有处理好自己的婚姻。

当然，这些细节都是齐美琳后来才慢慢发现的。孕期的她，还在满怀憧憬和焦虑地努力呵护着肚子里的小生命。不久，萱萱出生了，齐美琳沉浸在初为人母的喜悦中,连助教表面上也显得挺欣喜。

短暂的喜悦过后,巨大的麻烦出现了。五个月的时候,萱萱突然感染了肺炎,同时被查出了患有室间隔缺损。这是一种先天性心脏病,当时的大医院专家认为,萱萱这种情况对心功能影响比较轻,建议观察到三岁,到时候再考虑手术治疗。

不过小萱萱的这次患病,仿佛是一个可怕的信号:这孩子的身体确实很不好,用中医的话说,就是禀赋不足。七个月大的时候,萱萱又患上了败血症。一般来说,患儿年龄越小,预后就越不好。因为萱萱的吸收不大好,便有些营养不良,再加上患有先天性心脏病,免疫功能不佳,抗感染的治疗效果就不怎么好,又导致了病程迁延。

那段时间,齐美琳为了给萱萱治病,真是累得心力交瘁。没想到这时候,助教竟先退缩了。他实在无法忍受这样一个病恹恹的小女儿,成天往医院跑,生活就是围着个小病孩儿转。萱萱的败血症历经九九八十一难终于好了,但心肝肾都受到了影响,先天性心脏病还在等着做手术。这孩子随时会得病,在助教看来,这样的日子根本看不到头。

偏就在这个时期,富二代美女离婚了。原因令人哭笑不得,竟是她老公在外面也有了人,而且还公然把小三领回了家向她示威。绿了老公又被老公绿的富二代美女发了狠,一定要抢在前夫之前成功再婚,于是就转过来猛催助教。

助教很注重比较分析,此时越发衡量出富二代美女的巨大优势,就干净利落地跟齐美琳摊了牌。

齐美琳正被女儿萱萱的病折磨得身心俱疲,万料不到在这时候丈夫居然向自己捅出了"致命一刀"。本来两个人为了给萱萱治病,平时就没少闹矛盾,齐美琳怨丈夫对女儿关心不够,丈夫则埋怨她竟生下了这么个"小病秧子"。助教极擅把握女性的心理,更熟悉齐美琳的性格。他先是触怒了她,再巧妙而阴冷地撕扯踩踏她的自尊心。果然,齐美琳被激怒了。她本来就已经是一张被拉得满满的弓,为了女儿的病成天紧绷着神经,被羞辱后愤怒得几乎完全崩溃了,没有过多的犹豫,就跟他离了婚。他轻轻松松地达成了目标,而且没有付出什么代价。

开始的时候,她还隐隐地盼着他能回头。但他就这样离开了她和自己的女儿,从此就如同凭空消失了一样,再没有回来找过她们。

齐美琳当时也是憋了一口气,既然萱萱的生父不愿意承担责任,那她这个当妈的就来承担所有责任吧。她一个人扛起了所有风雨,每日里咬着牙带着萱萱四处求医,只有实在熬不过去的时候,才会叫上自己的母亲来帮帮忙。

在那次惨痛经历中,齐美琳努力表现得坚强和平静,但在内心深处,却不啻再一次地天塌地陷。她甚至已经被伤得忘记了痛苦,整个人就在离婚的那几天里燃烧成了灰烬,眼里没有了光,生活没了颜色。

她从此变得不再相信任何情感,甚至不相信任何人。也许这个世界就是这么个样子,永远有新的打击在前面等着自己。她给自己的心套上了一层防护衣,后来防护衣又一层层地越套越多,慢慢凝固成了厚重的茧。她也习惯了缩在厚茧里面,将许多情感隔离在外。

只是她完全没想到,这个厚重的茧被一双手和一道目光刺破了。那双手沉稳地按着她的双腕,带给她从未有过的安静。他的目光很温暖也很有力,能轻易地穿进她内心的最深处。

不知为什么,她觉得庄合超的目光非常单纯。受过那次深深的创伤后,齐美琳曾经反复回忆前夫的点点滴滴,最终想到了一个问题。那个帅气阳光的助教,不管嘴里说着什么温柔体贴的话,他的目光永远是那么复杂多变。她永远也不知道他真正在想什么。而庄合超的目光却很简单,简单到他所有的内心都能从目光中呈现出来。

开始跟他在一起时,她先是有些敬畏和不自在,毕竟这位可是卫市中医界乃至全国中医界的新锐权威。后来,在去法兰克福的旅程中,她又很反感他的冷漠。直到在归途时，他给她诊脉，跟她论道，那沉稳的双手和温暖的目光就开始穿透包裹着她内心的厚重的茧。

她才发现，庄合超的内心就这样简单而直接地呈现在了他的目光中。后来，她甚至能清晰地从那目光中读出许多东西，比如，跟自己在一起时他那种既喜欢又犹豫的紧张。她不由对他的紧张多了些怜惜，觉得这紧张正说明他的心理和情感都很单纯。

当他把钥匙塞到她手心的时候，她才明白，他对自己竟是这样的信任。当时他说，除了你我想不起别人了，那神情单纯得像个只信任自己邻桌的小学生。而他塞过来的那把钥匙，其实是带着很热很热的温度，瞬间就拨开了她的心门。

后来，在那个时刻，他抱紧了她。她真正感受到了他所有的执着。那执着的力量仿佛是一股热浪，而她觉得自己在那一刻化作了大浪中的小舟，让她也有了平生罕见的一次大胆。她闭上了眼，后来又摇动着钥匙，巧妙地暗示了。可惜她再次看到了他的犹豫。只是这种犹豫，反而让她品出了他的认真。

接下来，两个人的交往便尽量地往自然与平和上走，虽然两个人都能感觉得到，彼此的心里都伏着一道巨潮。

其实她很想在出发前能再见他一面。可惜，他虽然很快就打来了电话，却没有要单独见一面，而只说明天会来送送她。

外面夜色深沉，萱萱已经被哄睡了。她只知道妈妈又要出差了，这应该是妈妈许多次平常出差的一次。

齐美琳跟母亲絮絮叨叨地聊着天，娘儿俩之间总有说不完的话。就在这时候，她的手机忽然响了。

睡了吗？对不起，我出来得有些晚了。庄合超的声音有些疲倦，却还是蕴着一种渴望。

她也很激动，却用很平静的声音问，你那儿总是这么忙，才到家吗？

没有。他说，我现在……在你家的楼下。

她竟愣了下，忙去窗户那儿向外张望。外面太黑，看不见他的影子。她急忙说，那你就上来吧？

他犹豫着说，不了，就不打扰伯母了。你能下来吗？

她知道他的脾气，说了声好，就急匆匆地去穿大衣。齐母有些疑惑，但看到女儿雪白的脸上飞起了一线兴奋的红，就善解人意地没多问。

奔下了楼，她很快就在黑暗里看到了他的身影，很瘦，却站得很直。

两个人就在楼前的草坪上缓步走着。

夜很深了，好在风并不冷，疫情将所有的人都赶回了家，小区里根本没有人在外走动，月亮很白很浅地悬在天空上，四周空旷得像是不真实的梦境。

他说，明天下午还有个会，我怕是没法儿过去送你了，本来想今天早些过来的，也是忙到了现在。

她奔得太急，脸上的红还没完全退下去，说，谢谢你能过来，就当提前一天送别了呗。

庄合超无奈地搓搓手，说，想请你吃顿大餐，都没地方了。不过这也说明，我们现在拼命战斗的必要性。

齐美琳笑了，说，为了大餐，我们必须去战斗。

他说，听起来像是开玩笑，但没有人敢出门吃饭，这就已经是最严峻的时刻了。

他忽然侧过头仔细端详着她，说，帽子挺别致啊，不过，你的长发？

她不由腼腆地笑着说，你才看出来啊，长发当然要剪短了，这可是逆行者的要求。现在这形象，是不是挺难看的？

她嘴上说得云淡风轻，其实按要求剪发时，齐美琳心里还挺不是滋味。她从上大学开始就一直是长发，甚至觉得长发飘飘才是自己的标配。这时候心里却是有些没自信，刚才下楼时特意寻了一顶时尚的羊毛呢帽戴上了。

不，你留长发还是短发，都很好看。他一脸认真地望着她，又说，不过，你能报名去武汉，还是让我非常吃惊。

她想了想，说，说真的，那天你试药的样子，挺让我感动的。我读过很多医史，也看过很多名医舍生忘死救治百姓的故事，但看过了也就看过了，到底都是些干巴巴的文字记录，还都是几百年前的事情。那次却是亲眼看见的，真的感觉很热血。正好转过天中医三院那边正在动员，我就报了名。

他终于忍不住问，可萱萱还是太小了……我是说，中医三院的领导难道没有考虑你的家庭情况吗？

确实啊，院领导刚开始不同意我去，但我认为，就像你当初奔向 SARS 一线一样，我们学医的，这时候怎么能往后退？还有原因就是，我想，只有跨过这道最艰难的挑战，我才能成为自己心目中真正的医生。她说着笑起来，露出了雪白的牙齿，嘻嘻，我这么态度坚决地争取，院领导也就答应了。

他心里忽地涌出些歉疚，就说，武汉那里是真正的一线，形势远比我们这边严峻，你的临床经验又太少，所以，一定要小心再小心。我还等着你凯旋，给我泡茶呢。

也不知哪来的一股勇气，她蓦地低下头，努力用一种半开玩笑的口吻说，想给你泡一辈子茶，你喝得腻吗？

他顿觉一口热气涌上了喉咙，转头望着她。她的脸色是半透明的白，清清亮亮的月光晕染下，便多了些朦胧的立体感，而那眸子又是清澈的乌黑，虽闪着羞涩，却又有种叩问人心的纯粹。

他看着，竟有些眩晕，双唇翕动了下，终于说，美琳，我等你回来。

她笑了起来。他这句话不算表白，甚至不算对她那句问话的应允，但是这句话又似很深沉的应允与表白。

他没有笑，又说了句，一定照顾好自己。

她又看到了他眼里的光，很热，虽然隐在镜片后面，但那很热的光却直接浇到了她心里。

硬着头皮上阵，居然迅速控制住了何锋老爸的病情，这让庄妙妙心里面有了些成就感。她把这件事记在了她的《妙妙武汉日记》里。

她写日记，纯粹是出于记者的职业习惯。封城的当天，跟何锋从明珠丽苑里醒来，庄妙妙就知道自己以一种奇异的方式嵌入了这次百年难遇的大事件中。当天她就在去药店和超市时拍了一些照片，晚上又从网上搜来了不少武汉封城前后的照片，认真地保存起来。

照片上忠实记录了历史性的时刻，高速路上车灯串起来的长龙，武汉封城前最后一次堵车时一张张焦急的脸孔，高铁站上无法登车的旅客们那些迷茫的眼神。

庄妙妙在开篇首个日记中写道：

2020 年 1 月 23 日

…………

我和许许多多的武汉人一样，被封在这里了。是全城隔离封闭，我们的身边，可能就充满危险。

焦虑！焦虑！！焦虑！！！

身边所有人都很焦虑。

这场大疫情就是一场大风暴，现在我们就在风暴最猛烈的旋涡里。

确实是这样，无奈、理解、痛苦、埋怨……各种想法交织着、冲突着，撕扯着我和我周围所有人的神经。

作为一个学过医的人，我完全理解这一历史时刻。

早发现，早诊断，早隔离，早治疗。传染病防治的"四早"是必须要做的，因为疫情就是洪水，就是大火，不隔离，它就要吃人的。这是必须的。

而作为一个被封在武汉的人，甚至作为曾在这个城市里生活过几年的人，我又非常无奈。

为什么不能更早一点呢？

她在 1 月 26 日这一天的日记里,放了很多照片。

武汉某医院的照片。

武汉某医院甬道里的照片。

许多还是视频的截图。

比如一个排队的女人托着个白发苍苍的母亲,母亲横卧在她的怀里,软软的。女人在那儿嘶喊,医生救命啊,快救命啊!

庄妙妙就在女人嘶喊的刹那截了图,图片里排队的人群中有人惊愕地回过头,更多的人却是继续仰着头,焦灼地望着前方。

庄妙妙写道:

击穿,击穿,击穿!

发展太快了,新冠病毒绝对是病毒中的战斗机,这么快的传染速度,完全超乎人们的想象力,足以迅速击穿任何一个大型现代化城市的医疗防护体系。

没有病床,真的找不到病床。

再讲一个学霸师姐的求床记。

苏西,我们上三届的师姐,当年是一个女学霸,毕业后被分配到了武汉一家大医院。几天前,她妈妈去世了,正是在武汉最艰难的时刻,没有等上一张病床。

她在同学群里面说,她在医院加班,忙得要崩溃,她爸爸给她打了个电话说,你要是再不弄来一张病床,你妈就要死啦。当时她就哭了,说,我们这甬道里面都是人呀,只能等。然后,她终于等来了那张病床,可她妈妈刚躺上去就突然病情加重,抢救无效,去世了。

庄妙妙写这种日记时,都没有什么文字雕琢,力求保持群里面说话时的原汁原味。她在这里只是个历史的记录者,偶尔记几句自己的感想,也是言简意赅。

日记发到了网上,因为图文并茂,很快引来很大的点击量。很多人又给她提供了新的素材。

一个人住在明珠丽苑的日子不大好受,在网上发布日记也用不了多少时间,庄妙妙觉得自己还应该做点什么。

其实被封在武汉后,她也没怎么闲着。

春节前后,她就和堂弟庄永昆建了个微信群,群名叫"大爱细流",希望以细水长流的形式对武汉进行义捐。几个朋友相互一宣传,便有武汉的、卫市的乃至国外的同学、朋友们加入了进来。这段时期口罩非常紧张,庄妙妙想起了远在国外的老爸老妈,便发起了这个"白色关爱行动",就是群里面的朋友们捐款后,由她和庄永昆负责联系海外的亲友,从国外邮购武汉急需的口罩等医用防护用品。

第一批口罩的海外采购工作挺顺利,现在口罩已经在直邮武汉重点医院的路上了。

不过,庄妙妙还是觉得自己有什么事忘了做,超市里那个长发女人的形象一直在她眼前晃动,长发散乱,目光僵直,一口气买了半个购物车的调料。还有何锋的老爹何革新,刚得了几天病就总是嚷嚷要去跳楼。

是的,焦虑。被封城后,太多的人都陷入了过分的焦虑中。

她想起来自己大学期间曾经选修过一门中医心理治疗学。这门学科是在中医理论的基础上去研究治疗各种心理疾病,里面也有当代西方心理学的相关内容。当时,这门比较偏的选修课,正好投了她好奇求新的性子,她曾经很热情地钻研过一阵子。也正是因为喜欢,毕业后她对这门学科也没有完全放下,甚至去年还曾经计划出一期中医心理治疗的采访文章。

现在的疫情就如同一场巨大的风暴,武汉则是被风暴席卷得最暴烈的地方,可能有数不清的人都被焦灼、抑郁、恐惧等不良情绪裹挟着。这些不良情绪如果不断蔓延,也许会酿成一场更大的风暴。庄妙妙就想到了自己曾经花过不少心思钻研的这门选修课,或许自己可以试试,运用中医心理治疗学,给大家疏导下不良情绪。

庄妙妙很快加入了网上志愿者组织,被拉入了一个微信群,然后就是熟悉流程,又恶补了患者心理分析和心理护理方面的资料。

她准备好了,她等待着,她跃跃欲试。

武汉给齐美琳的第一个印象,就是这个城市似乎是无声的。

抵达武汉的那个晚上,巴士行驶在武汉宽阔的大道上,齐美琳隔着车窗望去,见道边上街灯闪烁,两旁的高楼上也是灯火通明,却没有车,没有行人。她只听到了车内的声音和这辆巴士的胎噪,外面的路上再没有别的车辆和行人的任何声音。

一切都显得静悄悄的,透出一股清冷得让人心痛的美。

到了宾馆,刚安顿好,齐美琳就收到了庄合超的微信,一切还好吧?

他的时间估算得特别好,正好是医疗队飞机落地后,再乘专车进入旅馆,再分派、入住和收拾,最后一切安定下来了,他的微信问候也及时地到了。

她心里满是暖意,很调皮地回了句,你猜猜。

然后他居然中规中矩地回复,我猜你们应该已经入住宾馆了。

看到这么一本正经的回复,她忍不住笑出了声,然后打过去了电话。

这一次两人聊了很久。要挂电话了,他忽然说了句,好好回来,我等着看你长发飘飘的样子。

她的心一动,印象中这是说话做事一板一眼的他首次有点诗意的话,像表白也像关爱。通话结束后,齐美琳觉得心里明媚了许多。

跟妈妈和女儿也聊了会儿天,报了平安,她又很快联系了已经在武汉的闺密庄妙妙,妙妙你在哪儿,姐来武汉救你来了。

虽然两人也时常聊天,但齐美琳并没告诉妙妙自己要驰援武汉的事。看见这个消息,庄妙妙吃了一惊,急忙打了电话过来。

他乡遇闺密,可惜齐美琳的援鄂医疗队是要集体行动,她们暂时还没法见面。两个人的聊天主题很快便转到武汉的疫情上来了。

庄妙妙觉得自己很有义务让齐美琳提高警惕,就说,齐姐姐你可能还没有真正意识到现在的情形严峻到什么样了。我刚写了一篇日记,这篇日记是内部的,现在我还不想发布到网上,正好给你看看。

很快,庄妙妙把日记发送了过来。

妙妙武汉日记·内部篇

这是我当心理辅导志愿者的第二天。

当志愿者很有趣,此前的我虽然身在武汉,虽然就在疫情风暴里,但是总觉得自己是个近距离的旁观者,现在成了志愿者,就真真切切地感觉到,我成了抗疫大军中的一员。

在网络上,我深切感受到弥漫在人们中的那些焦灼、恐惧和抑郁,如果说病毒是上面的洪水,那这些急速蔓延的情绪就是底下的冰河,上面的洪水掀起多大巨浪,下面的冰河就有多么汹涌肆纵。

昨天我接了一个患者。她只是不停地哭。

她叫麦妍,二十一岁,大学生,是一位独自在家隔离的患者。

我知道这种独自隔离的人,孤独感被极大地放大了,如果不能及时跳出来,未知的恐慌就会不断涌上来,像漫上天空的黑夜一样吞没她的整个世界。

我急忙安慰她,让她深呼吸,尽量平复心情,再慢慢说。

她不知是否照我说的做了,终于说了话:“死了! 死了! 死了……”

我吃了一惊,急忙问她怎么回事。

她说:“我妈妈死了! 就死在我家里,但我没来得及见她最后一面,也没来得及多照顾照顾她,我爸怕传染我,一直是他在照顾……"

她抽泣着,念叨着,随时又会一阵大哭,打断那本来就有些颠三倒四的叙述。我耐心地跟她聊了半个多小时,才终于搞明白了是怎么回事。

麦妍的妈妈在春节前感染了新冠肺炎,高烧不退,那时候很难找到病床。她爸爸亲自照顾妈妈,怕传染麦妍,拒绝让麦妍进入妈妈的卧室。2月1日那天深夜,妈妈去世了。妈妈临终前,她听到了爸爸的号哭声,觉得那哭声很不一般。她戴着口罩不管不顾地奔了过去。她看到了妈妈最后的一面。妈妈的死相很凄惨,妈妈最后的目光凝固在了她的脸上。

麦妍说,世界上最疼她爱她的妈妈就在她眼前去世了,永远离开了她,但是她从来没有照顾过妈妈一天。甚至在妈妈临走前,她都没有跟妈妈说上一句话。

"我一句话也没来得及跟妈妈说。"麦妍说着又放声大哭,"然后很快,妈妈就被拉走了,而我每晚都会梦见妈妈。我恨爸爸,他太武断了,就是因为他,我连句道别的话都没跟妈妈说……"

我只得开导她:"麦妍,不能这么认为,爸爸妈妈还不是为了你好。你看,直到现在,你还只是居家隔离,应该连轻型患者都算不上吧,你爸爸呢?"

麦妍说:"爸爸也已经确诊了,通过社区,刚住进了医院。他们也检查了我,说我只需要隔离就好。"

我说:"你看,至少爸爸妈妈对你的良苦用心见效了,你没有去住院,你只是密切接触者,只是疑似。所以现在你应该感谢爸爸。"

麦妍忽然在电话那边喊了起来:"我觉得这个最蹊跷,我前天就发烧了,但他们说我是感冒。怎么可能呢,我爸我妈都是新冠肺炎,我却是感冒,这不可能!不可能!"

她的喊叫声很大,手机听筒里面传来的声音震得我耳膜嗡嗡响。好在我进入心理咨询的群后,经过了一次专业心理医师的培训,知道有些患者的情况并不严重，大多是心里面恐慌，特别是许多密切接触者，身体一旦有点风吹草动就会极度惊悸和悲观，甚至怀疑一切。麦妍很可能就是这种情况。

我没说话，只是让她尽情地宣泄，等她喊够了，才说："妍妍，先说说，你是不是特别想妈妈？"

我把话题转移到她对母亲的思念上，麦妍的心情果然平静了许多，却又开始低声啜泣。我就运用了格式塔心理疗法的倾诉宣泄理论，让麦妍把母亲最大的照片摆在自己的书桌上，想着母亲就坐在面前。麦妍可以将她要说又没来得及对母亲说的话说出来。

"对着母亲的照片，你可以想象着她在慈祥地看着你，微笑着听你说话。"

麦妍果然不哭了，问："这样，我说的话，母亲就能听到吗？"

"她应该可以听到的。"我忽然有了种无力感，只能尽量安慰她，"从心理学的角度上看，这样可以让你的哀伤有个出口。从传统中医的角度上看，这是一种宽容心理疗法。仁者，忠恕之道。你要学会宽恕，宽恕别人，比如你的爸爸，也要宽恕你自己。"

麦妍不哭了。

我又说："你平时喜欢什么，喜欢旅游吗，去过最美的地方是哪里？"

麦妍说："喜欢旅游，有一年我跟同学去过阳朔，那里的风景美得就像是明信片上的图片。"

我说："嗯，那就多想想最美的风光，想象自己坐在阳朔的漓江边上，看着清澈的漓江水载着如血的夕阳，夕阳把水里的倒影也染红了……这也是中医'意疗'的方法，临江观水，移情易性，激发自己高雅的志趣，也能让你快些走出悲伤。"

麦妍终于吐了口气说："好，我试试。"

我觉得她的心情平静了许多后，才帮她联系了医生对她进行线上诊断。这时候她才说，她其实也很想爸爸，可惜最近一直联系不上爸爸。他手机一直关机。我问了她爸爸的姓名和电话号码，答应通过群内的各路朋友们，帮她问问爸爸的情况。

很快，线上诊断的医生再次确认，她的症状不是新冠肺炎。

深夜，我们再次通了电话。经过有效沟通后，我已经取得了麦妍的信任，她对我的话几乎言听计从，也认可了自己不是新冠肺炎患者的现实。

我告诉她："这不是个天大的好消息吗？这不正说明，妈妈和爸爸的努力没有白费吗？以后一定要按照医生的要求按时吃药。现在还那么难过吗？"

麦妍说："好些了，可还是想妈妈，不过，现在我不恨爸爸了。我想爸爸。"

挂了电话，我心里面有了些成就感。

但这份成就感很快就被冷硬的现实粉碎了。一个同学群里面传来了消息，她爸爸已经找到了，昨天刚刚去世，院方正因为联系不上死者的家属而着急呢。

我的心一下子凉了下来，冷透了的那种感觉。

一会儿，麦妍的微信来了，问我，怎么样啊庄老师，有没有我爸爸的消息？

我真的不知道怎么跟麦妍说，只能告诉她，没有这么快，好好睡吧，也许明天会有消息吧。

明天吧。

不管怎么样，明天太阳总会升起来的。

齐美琳一口气读完了，心里仿佛铺上了层铅云，想了想，给庄妙妙回了句：确实艰难，不过，明天太阳总会升起来的，光明总会来的！

初　战

祛毒清肺汤的处方还没有得到国家中医科技攻关组的明确审核结果，因为要审核的抗疫方剂确实很多，他们对此也非常谨慎。

祛毒清肺汤没有审核过关，就无法大范围推广，甚至在庄合超主持的天湖中医备用医院内部也飘荡着一些声音。有人就传，这个方子肯定是有不过关的地方，中医有"细辛不过钱"一说，而此方中细辛的用量为 6 克，已经超出了新版药典的标准，这很可能就是迟迟没有得到国家中医科技攻关组认定的原因。

卫市的防疫工作是根据卫市疫情防控专家组的统一部署来统一行动的，中医抗疫的工作也同样由其指导。中医"国家队"的态度，很快就影响到了卫市这边。

副市长刘学仁主持了专题会，身在天弘医院抗疫一线的医疗救治专家组组长于湛以视频形式参加了会议。本来就对中医抗疫有些疑惑的于湛说话从不拐弯抹角，直接建议庄合超要谨慎从事，人命关天，不能冒进。

庄合超真的有些急了。他知道中医这套理论无法说服于湛，人家是西医专家，所以干脆就跟于湛谈标准。既然祛毒清肺汤不能进行大范围的推广，那么还可以用专人专方的方式对单人进行治疗。

会上很快就分成了两派，支持庄合超的虽然不在少数，但反对者的意见也很强硬。刘学仁左右为难。

庄合超忽然站起了身，斩钉截铁地说，我愿意立下军令状，如果祛毒清肺汤没有效果，甚至出现了较大的副作用，我庄合超立即辞职。

众人都有些愣神，随即才听明白了庄合超的话，他不是要简单地辞去卫市医疗救治专家组里面的虚职，而是要辞去卫市中医药大学总医院院长的职务。

会场上立即响起了一片嗡嗡的议论声。非常时期，大家不能如同过去那样交头接耳，戴着厚重的口罩，说悄悄话也很不方便，但许许多多的蓝色口罩还是在频频转动传递着彼此的震惊。

刘学仁拍了拍桌子，说，庄院长这种担当精神值得肯定，好，你的军令状，我们接了。

庄合超向众人深深鞠了一躬，说，感谢大家给了中医这么个机会。

天湖中医备用医院这几天接收的轻型患者明显多了起来。这倒并不是个坏消息，因为圣索兰大酒店事件已经做到了有效控制，包围圈在慢慢缩小了。这说明卫市的疫情防控工作开展得很得力，流行病学调查做得很细致，隔离和管控也很及时，现在卫市抗疫的大形势已经总体向好了。

庄合超也正式进驻了天湖中医备用医院，跟前期主持工作的关政副院长并肩战斗。天湖中医备用医院虽然名义上是中医医院，但对收治的轻型患者仍是采取以西医为主、中医为辅的治疗方案。

这一次，庄合超选取了四位对中医有好感的患者，他们接下来的治疗方案将完全采用中医疗法，上祛毒清肺汤。四个人都是中年人，发烧的时间也比较长，用中药也会比较有说服力。

庄合超亲自给四个人诊病，又详细规范了每个人祛毒清肺汤的石膏用量。

热腾腾的中药汤端了上来，他又亲眼看着他们慢慢地喝了下去。

四位患者喝了中药后，有三人在当天下午就退了烧，另一人的症状也是明显好转，呼吸功能迅速改善。原本祛毒清肺汤的一个疗程是三天，没想到第一天就收到了良好反馈。

这个消息迅速在天湖中医备用医院里传开了，于是就有更多的患者找到医生，想试试那个"挺神"的中药。

第二天，采用祛毒清肺汤中医疗法的患者队伍扩大到了十五人。这一次庄合超带上了两名医师，现场指导他们开展诊治，讲述祛毒清肺汤的用法细则。

第二批患者的疗效同样非常显著,而且进入这儿第二天后,第一批四个人已经全部退了烧。

这个结果很快就反馈到了市里面。刘学仁当即给庄合超打来了电话,仔细询问了一番,最后笑着说,看来你小子的乌纱帽算是保住了。

于湛那边也终于松了口,说,只要疗效明确,那么不妨在卫市其他定点医院继续推广祛毒清肺汤。

不过,于湛还是比较谨慎,要求看看患者的 CT 资料,希望能看到影像学表现改善显著的明确记录。

市里面的动作更快,当天就做出了部署,正式任命庄合超为卫市医疗救治专家组的副组长,同时要求他在全市推广中西医结合诊疗的机制。

中医药大学总医院的不少同事们看到了这个消息,都纷纷给庄合超发来了微信祝贺,有人直接打了电话过来。肖芸也打来电话,跟庄合超说,看来,那些负面影响终于都尘埃落定了,恭喜你这个副组长。

庄合超只得苦笑,说,我说过,不在乎什么副组长。但这个任命也正说明了,要相信组织。还有朋友们那些电话和微信,也应了那句老话,群众的眼睛是雪亮的。

顿了顿,他又说,我马上就要去你那儿了,去天弘医院,跟你一起并肩战斗!

肖芸又惊又喜,说了声,好啊,欢迎。

原来现在卫市面临的情况是,疫情已经得到了控制,于湛统领的天弘医院以西医治疗步步为营,也取得了实效,但总是难以取得突破性进展。所以市里面做出一个大胆的决定,要庄合超带着祛毒清肺汤立即转战卫市疫情防控的主战场天弘医院。

仿佛是心有灵犀一般,也是在这一天,国家中医科技攻关组和专家们的回复终于下来了,祛毒清肺汤经过专家们的充分论证和部分临床观察,得到了一致认可,并且临床效果良好。

庄合超的动作挺快,马上就按照市里的最新要求,带领一支中医医疗队,赶到了天弘医院。

天弘医院确实是卫市抗疫的主战场。几乎所有的普通型和重型新冠肺炎患者都在这里。因为圣索兰大酒店事件的影响,如今收治的患者已经达到了45人。庄合超现在要率队驻扎在天弘医院的一个病区,他们既要"承包"那个病区,还要负责尽快推广中西医结合诊疗机制。

终于踏入了天弘医院的红区,庄合超很有些感慨。

熹微的晨光下,于湛正在红区最外层走廊门口等候着他,满头白发在晨光下闪着银亮亮的光。

握手的时候,庄合超看到于湛的眼睛布满了血丝,说,你似乎又瘦了一圈。

于湛说,你也是。不过到了这里,你会更瘦。又向站在身后的肖芸招了招手,说,肖主任,你瞧,庄院长给咱们雪中送炭来了,你可不能让庄院长在我们这里累瘦了。

庄合超早看到了肖芸。两个人相互笑了笑,却没有说话。

于湛简单地聊了聊当前新冠肺炎治疗的困难,主要是重型患者因为炎症风暴导致多器官衰竭,只能用呼吸机、ECMO(体外膜肺氧合)来代替肺,但这样的结果只会让患者的身体每况愈下。

庄合超还想详细了解下具体情况,于湛却说,还是让肖主任跟你说吧。

他忧心忡忡地挥了挥手,急匆匆地走向了办公室。庄合超注意到,于湛的背影竟有些佝偻了。

肖芸沉沉地叹了口气,说,情况很不乐观,前两天我都快崩溃了。我们管这个叫上机容易脱机难——因为只要上了ECMO的人,就很难摘掉ECMO活下来。我就抢救过三个危重患者,只有一位二十五岁的运动员活了过来。他的身体素质好,经过200多个小时的抢救,终于挺了过来。但前两个都没抢救回来。

我崩溃的原因就是，患者到了那一步，只能指望 ECMO 了。但实际上，没有任何证据表明，用了 ECMO 会明显降低死亡率。肖芸的目光灰暗下来，她接着说，甚至，他们距离死亡更近了一步。

庄合超说，在救治危重患者的过程中，怎样使患者脏器功能恢复，恰恰是现代医学的巨大难题。甚至可以说，西医在这方面有明显的局限性，几乎是束手无策。但在这方面，中医善于补气扶正，回阳救逆，优势很大。

肖芸瞪了他一眼，冷冷地说，别逗能了。我跟你说这些，不是跟你诉苦求助的。我是在提醒你，虽然你的那什么清肺汤在轻型患者身上有了不错的效果，但是轻型患者跟进入 ICU 的危重型患者，完全是两回事！

庄合超有些哭笑不得，知道前妻那性子又上来了，就说，那我得谢谢你的提醒了？

肖芸说，反正你最好别急着啃什么硬骨头。既然你们来了，我就先给你们分一批普通型患者过去吧。

庄合超就这么留在了天弘医院。他将接手的病区命名为"仲景"。

病区有了，患者拨过来了，但推动中西医结合诊疗机制却并不大顺利。

庄合超一直想跟于湛好好谈谈，找了两次，却都吃了闭门羹。肖芸只得提醒他，你一个中医专家，跑人家西医大医院里来了，你还想让人家跟你谈什么？你也该收收你的书呆子气了。

庄合超挺无奈，但于湛这人挺直接，并不会设置什么阻力。阻力大多来自患者本身。这里的患者们一直在这家最大的西医呼吸专科医院接受治疗，对中医的普遍感觉就是，中医都是慢郎中，只适合调调身体，治治慢性病。对于新冠肺炎这种急性传染病，中医中药最多只能起到心理安慰的作用。

哪怕是住进了中医为主的"仲景"病区，患者们大多仍然要求继续西医治疗。庄合超便只得带着几位中医主任医师跟患者们挨个地宣传中医治疗新冠肺炎的优势，讲解祛毒清肺汤的优良疗效。

好在他手机里面还有天湖中医备用医院患者们服药前后的医案资料，更有几张清晰的CT影像资料，这原本是当时整理好了要发给于湛做研究的，这时候倒正好给患者们看，影像对比非常直观，就有几个患者动了心。

第一批有四名普通型患者和一名重型患者要求服用中药。庄合超到底没有听肖芸的，仍旧坚持着接收了一名重型患者。这个重型患者是位五十八岁的工程师。

庄合超对他的情况相当重视。因为重型新冠肺炎患者的病情发展起来会很迅速，他认为有可能需要随时调整对策。这位工程师已经高烧到了39.8℃，好在当日服用了庄合超专门针对他所做的祛毒清肺汤加味汤剂后，当天下午立即起效，转天下午就退了烧，白细胞也恢复了正常。

其他四名普通型患者也都先后退了烧，咳嗽、乏力等症状明显改善。

好的疗效就是最好的广告，消息传出去，很快便有更多的病友要求喝那个"中药汤子"，祛毒清肺汤的影响力已经慢慢超出了仲景病区。

2月上旬的一天，国家中医科技攻关组正式公布了祛毒清肺汤的处方和用法说明，并公开了临床观察的结果。国家卫生健康委相关部门也跟着发文，推荐中西医结合诊疗中使用祛毒清肺汤这个"奇兵"。

这次，于湛居然主动找到了庄合超。

这两天，看见了实实在在的临床效果后，于湛本来已经有些心动了，收到了国家卫生健康委的文件后，当即就向庄合超拍了板，答应要尽快让祛毒清肺汤进入天弘医院的全部治疗环节。

庄合超马上给关政副院长下了命令，让他亲自督导煎药环节，在中医药大学总医院内统一煎好祛毒清肺汤，再专门派车送到天弘医院、天湖中医备用医院等定点医院。庄合超做了要求，第一个疗程一定要用原方，要合理严谨，所以煎药这个看似不起眼的环节，就显得比较重要了。这项重任又是落在了沉稳踏实的关政肩头。

就这样,被庄合超一个环节一个环节地细抠着,祛毒清肺汤正式进入了天弘医院红区所有新冠肺炎患者的诊治疗程。

　　祛毒清肺汤也确实成了"奇兵",它闷声不语地攻克了一个又一个山头,在天弘医院创造了不小的奇迹。

　　只不过,有奇迹出现,也就会有"硬骨头"冒出来。美籍华人小提琴制作家冯平,就是庄合超遇到的一块极为独特的"硬骨头"。

　　冯平的身份比较特殊,现在的身份是美籍华人。但这位美国合法公民原本是一位土生土长的卫市人,擅长小提琴制作,二十世纪九十年代末去了美国,凭借高超的小提琴制作和维修技术,很快便闯出了名堂,成了华盛顿颇有名气的小提琴制作专家。儿子也早早随着他去了美国,也在华盛顿生活和工作,儿子前两年喜得贵子,年过六旬的冯平也升格成了爷爷。

　　虽然在美国事业有成、儿孙满堂,但冯平却在十年前选择了回国创业,在卫市成立了自己的小提琴制作工作室,其全手工精制的小提琴在国内知名度很高。他本人则是一位非常西化的文艺人,素来不相信中医。冯平有句口头禅,中医几十年前就该打倒了,大多数中药都是心理安慰剂。

　　庄合超也去劝过他两次,发现这位小提琴制作专家看上去虽然儒雅风趣,其实却挺执拗,便也不再去劝他。

　　这天早晨,庄合超按惯例查房,不觉就走到了冯平的病床前。凭着医生的直觉,他感觉到今天冯平的状态不太好。向他问了问情况,果然,冯平一直应用纯西医疗法,疗效却时好时坏,高烧一直没有完全退下来,咋晚竟烧到了39℃,现在是37.8℃,胸口憋闷得难受。

　　庄合超看着他大口大口喘气的样子,有些揪心,就说,我们打个赌怎么样,我能在三分钟内让您感觉到舒畅痛快起来。

　　冯平忍不住苦笑起来,您了似(是)要用一阳指,还似(是)六脉神剑?

　　庄合超被他逗得一乐。这位在美国都卓有名气的小提琴制作家说得一口极地道的卫市话,虽是人固执了些,说话却很风趣。庄合超就笑着说,是针灸。

冯平说,嗯,针灸在美国也有合法营业地位,这个跟中药不一样,我倒很想试试。

庄合超听了这话,不动声色地笑笑,取出了一袋针,拆开了包装,说,躺好,放松就可以了。

冯平的脸上还戴着口罩,露出的双眼中满是疑惑。他下意识地看了眼庄合超,发现根本看不清近在咫尺的中医专家。因为庄合超穿着厚厚的防护服,仿佛一身臃肿的白色铠甲,头上还有护目镜,连眼睛都显得有些蒙眬。

庄合超其实是第一次给红区里的新冠肺炎患者进行针灸。取出针,准备取穴时,他才发现了麻烦,手上戴了三层手套,指头上的灵敏度已经大打折扣,而且护目镜有些起雾,看东西也不大清楚。

庄合超慢慢舒了口气,尽量让自己的动作慢下来,先是轻按着冯平的合谷穴,也让自己慢慢找找感觉。

渐渐地,终于熟悉了手套下的那种手感,他开始沉稳地取穴,沉稳地针刺、捻转。

运针片晌,他瞥了眼冯平,却见冯平的眼神倏地亮了下,随即似乎涌上了更多的疑虑。庄合超心里面微微一沉,忍不住问,感觉怎么样?

冯平瞪大双眼望着他,喃喃地说,很神,确实有点神!就好像,我这胸口原来是条羊肠小道,一辆狗骑兔子就堵上了,被您这几针下去,羊肠小道忽然变成了双向八车道的高速公路,爽了,一下子痛快了许多。

庄合超顿觉松了口气,正想趁热打铁地劝他接受完整的中医治疗,不想冯平很感慨地叹口气说,看来还是美国人有眼力,在中医里面就是认可针灸,果然还是针灸有两把刷子。

庄合超有种哭笑不得的感觉,竟不知说什么是好。

冯平问,庄院长,那您能不能继续给我针灸,完全用针灸帮助我康复?

庄合超摇摇头,说,针灸在很多方面确实有奇效,但我觉得,中药治疗新冠肺炎的效果更全面更迅速一些。

冯平不由叹口气,不再言语。庄合超觉得这个人挺有意思,就问,美国一切都那么好,现在那里也没什么疫情,您为什么不回美国,是放不下在卫市的生意吗?

眼下正是 2 月初,疫情只存在于国内,欧洲乃至美国确实是一片风平浪静。这样看来,冯平的行为确实颇为另类。

冯平望着头上的天花板,说,我这个人呀,好热闹。我大部分的老朋友都在卫市,那都是几十年的老交情。回到美国多寂寞呀,儿子太忙了,我又不用帮忙看孙子。

庄合超说,那您一年到头大部分时间是在卫市?

冯平点点头,说,只在圣诞节前后回美国住上个把月吧,春节前那是一定要回卫市的。只要我在卫市,家里面就天天热热闹闹,各路老朋友都往我那儿聚,文艺圈的,还有生意圈的,呵呵,我这个老家伙简直就是通天教主,三山五岳的朋友都往我这儿奔。

冯平又说,疫情刚开始的时候,儿子本来催我回美国的,但我想,这玩意儿未必会比当年的 SARS 凶猛吧!我是从小在卫市长大的,打心里面是相信咱们卫市的医疗条件的。没想到啊……至今我这个病,还没敢告诉我儿子。

庄合超心里颇有些触动,说,既然您相信我们,肯留下来,那么我们也一定会治好您的病。

冯平又看了眼庄合超,说,庄院长,我对您的针灸医术很尊重。但说实话,我不信那些草根树皮汤汤罐罐的中药能治好新冠肺炎,中国几千年来也没治好肺结核,是不是? 您别在意哈,有个笑话形容这个中西医结合诊疗,说,就好比我在美国参加了 NBA(美国职业篮球联赛),我跟科比联合砍下了 30 分,哈哈哈,虽然整场下来,我只给他传了一次球。

庄合超觉得实在没法再聊下去了,便不说话,只拍了拍冯平的肩头,有些疲倦地站起了身。一转头,他看到了站在病房门口的肖芸。虽然都穿着厚厚的防护服,他还是能一眼认出她,甚至不用看写在胸前那挺显眼的名字。

看到素来少言寡语的庄合超为了宣传中医,居然会跟患者聊得这么起劲,肖芸很有些意外,恍惚间甚至怀疑眼前这个披着白色防护服的家伙,只怕不是那个跟自己冷头冷脸的庄合超吧?

我这里有个大麻烦,你帮我看看。肖芸的声音闷闷的,透着掩不住的焦虑。

原来因为她是呼吸科的主任,上面就把天弘医院最复杂的一位患者交到了她的手上。那是位九十二岁的老奶奶,重型患者,已经高烧两天了。因为患者的年龄太大,肖芸不敢用过多的抗生素,也不敢贸然用祛毒清肺汤,就赶来向庄合超求助。

听得是位九十多岁的老奶奶,庄合超也不由拧紧了眉毛,忙跟着肖芸匆匆地赶了过去。

刚走出仲景病区,迎面就有个小护士急匆匆地跑了过来,看清了肖芸胸前的名字,忙叫,肖主任,快去看看,孙老太太的情况很不好。

肖芸拔腿便往 ICU 跑。庄合超也跟着她跑过去,暗自有些吃惊,想不到看上去挺文弱的肖芸居然能跑这么快。

孙老太太就是那位九十二岁的老奶奶。小护士说,患者已经上了呼吸机,现在是高烧 39.6℃,循环功能不佳……

肖芸默默地攥紧双拳,又更用力地松开。小护士看到肖主任这个动作就闭住了嘴,主任只有在最紧张的时候才这样。她和肖芸都知道,孙老太太已经到了生死一线的危急时刻。

到了病床前,庄合超也有些犹豫。他发现这位九十多岁的老奶奶手背扎着输液针,胳膊上还捆着监测带,这种情况下很难给患者准确的切脉。而且老太太还上着呼吸机,也没办法观察舌象。

庄合超还是伸出了手,将手按在了老太太的踝关节上。现在的情况几乎是分秒必争,他只得先后从踝关节和颈动脉拿脉。

小护士紧张地看看庄合超，又看看肖芸。肖芸同样不大了解庄合超的中医手法，但人是她请来的，只能看着他在那儿忙乎。

庄合超又取出了针灸针，开始给老太太双腿和双腕上的穴位施针。几根纤细的银色细针在他手中轻轻捻动着，七八分钟后，老太太脸上那种憋闷烦躁的感觉减轻了。

庄合超这才对身边的中医助手小周说，老太太发大热，祛毒清肺汤里面生石膏用量要加到30克。

小周今年三十四岁，工作上的悟性很强，是庄合超很看重的中医药大学总医院后起之秀，就把他带在身边，亲自指点。他一边说，小周一边认真记录着。

庄合超又说，还要加入一味鱼腥草，服完药要加服大米汤半碗……嗯，加服到一碗吧。

旁边的小护士忍不住问，一碗大米汤？

庄合超没言语。小周就替院长解释说，大米汤也是药，味甘、性平，有益气养阴的效果。老太太气血不足，需要这个，而且大米汤还能保护胃气，覆盖在胃黏膜上，能减少苦寒药对胃肠的刺激。

小护士将信将疑。反倒是肖芸在庄家看惯了中医这种奇奇怪怪的招数，并不太意外。

中医助手小周已经转身奔出去，准备中药。庄合超又转身给老人施针。半小时后，监护仪等仪器上显示，患者心率降到了92次/分，外周血氧恢复到了85%。

小护士又惊又喜，说，主任，患者生命体征稳定下来啦，中医挺神的呀！

庄合超说，不是中医有多神，这其实是中西医的优势互补。这种重型患者还是要以西医为主，没有西医的呼吸支持、循环支持等生命支持，多神的中医也没有用。

肖芸见庄合超慢慢站起了身，就问，你感觉怎么样？

庄合超活动了下僵硬的脖⋯

大,我就可以保证说没问题了,现⋯

肖芸长出了一口气。一个念头油然而⋯⋯是患者年岁太

的气势,曾经让她很反感,认为这个人总把那种⋯⋯

候她才猛然想到,那应该不是什么大包大揽的专家架子,⋯大包大揽

力挽狂澜后养就的从容气魄。 这时

谢谢你。不管如何,肖芸悬着很久的心终于放了下来,但这三个字一⋯

口,她又不禁心内一颤,自己和他,什么时候这么生分了?

她想到了自己当年跟他恶吵时常甩出来的讥讽中医的那些话,忍不住
又叹了口气,说,你刚才展示的中西医优势互补,也算是给我上了一课。

庄合超说,还是那句话,中医其实没那么神,只是在治疗新冠肺炎上,中
医早介入,在轻型和普通型患者间有很大优势,但到了重型、危重型,必须要
有西医,呼吸机、血滤、ECMO,这都是保命的重器。

肖芸却说,但西医的这些保命手段用上了,其实只是给患者争取了时
间。上完 ECMO,患者的命也只是暂时保住了,但下一步该怎么办?上了呼吸
机,又怎么脱掉呼吸机?

庄合超说,所以说,到了 ICU 里面,更需要中西医有效配合。

两个人并肩向外走,不知不觉这画面就协调了起来,竟像许多年前一
样。

肖芸叹了口气,说,可能是在特殊时期,人都会很快地成长起来。我发现
小昆似乎也不那么叛逆了,他现在已经响应号召,穿着红马甲去下沉服务
了,居然挺踏实的。

庄合超知道现在市政府将下沉社区一线作为一件大事来部署,要求机
关单位人员要尽量下沉到基层去服务,重点就是加强各小区的联防联控,包
括对小区进出居民中的发热、咳嗽等人员进行全面排查。在他的印象中,以
往要是小昆遇见这种事,不知该是何等地推脱和抱怨。忍不住就问,他真的

⋯怕他推脱,事先给他打了预防针,教育过他几次,没⋯⋯挺踏实心。对了,他们年轻人,点子多,听他说正和妙妙联系,从⋯⋯口罩,直接邮到了武汉。

⋯合超不由说,这小子,还不错。

肖芸也说,过去总是担心他们这帮小年轻的长大后不堪重任,想不到遇上了事,特别是这样的大事,他们照旧能顶得上去。

庄合超嗯了声,心里面一下子竟暖了许多。最近这些日子他一直在天弘医院的红区奋战,老爷子那儿其实是全靠着儿子小昆在照料。他才想起来除夕过后,已经很长时间没看到儿子了,不知道他怎样了?

是你有毛病,还是它有毛病?

说话的是个长发飘飘的姑娘,一套红色长款羽绒服很修身,只是这时她那双挺漂亮的大眼睛正怒气冲冲地瞪着庄永昆。

志愿者庄永昆正守在小区门口,拿着电子测温计给她测温,不想这个测温计不知抽了什么风,在姑娘雪白的手腕上点了好几次,就是没数字。

面对红衣姑娘的叱问,庄永昆觉得自己挺无辜。

他认得她。就在昨天晚上10点多,这姑娘没戴口罩,却风风火火地往小区里闯。那时候就是庄永昆当班。庄永昆很可能遗传了他爸的性格,一板一眼,特较真儿,他很认真地告诉那女孩,不戴口罩就不能让她进小区。

这女孩看岁数跟庄永昆差不多,不知有什么急事,只说自己没有口罩,便硬往里面走。两人争执得挺厉害。那女孩一甩长发,愤愤地说,我就是没口罩,但我是小区的业主,凭什么不让我进去?

不得不说,看到女孩一使出泼辣劲来,庄永昆就真有些傻眼。女孩很生硬地一拨他胳膊,迈开长腿就往里面闯。庄永昆真不敢硬拦。他拼命地拿眼扫着,跟自己搭档的孙姐这时候偏偏没在,便只得任由姑娘进了小区。

那女孩已经快步走远了。庄永昆却忽然喊了声等等，又大步向姑娘跑了过去。那女孩回头见他匆匆追了过来，不由一愣。庄永昆却将一个未拆封的口罩递了过去。那女孩不肯收，庄永昆就硬塞了过去，转身匆匆跑回了小区门口。

今天是两人的第二次见面，真算是不打不相识了，但没想到庄永昆的测温计又坏得不是时候。

其实庄永昆有股天生的暴脾气，但对这个秀气高傲的女孩，他还真没法发脾气，便没言语，只是低着头再次努力地将测温计点下去。

数字跳出来了，正常。

他苦笑了下，说，你瞧，都没毛病了。我这不就是为了大家都没毛病嘛！

那女孩刚才硬邦邦的话一出口，也觉得不好意思，从他身边擦肩而过时，匆匆说了声，对不起。

庄永昆说，没事没事。

作为志愿服务者进入社区下沉，他对困难还是有点思想准备的，只是没想到这些最基层的工作真是又琐碎又繁重。庄永昆觉得自己性子里的棱角正被慢慢地磨去，甚至，自己正在慢慢地重新认识这个世界。

那女孩却站住了，盯住他的帽子，又看了看他的大眼睛，忽然说，你是……蝶梦我？

庄永昆听她叫起了自己的微信昵称，不由也愣了下，说，对呀，你是谁呀？

女孩倒笑了，说，我们在一个群，我是苏打紫，你还是"大爱细流"的群主呢，"白色关爱"怎么样啦？

庄永昆不由笑了起来，竟有种"人生原来如此"的快乐感。他和庄妙妙在春节前后建了个微信群，就叫"大爱细流"。这主意其实是庄妙妙出的。他们建了群，发起了"白色关爱"行动，联系海外的亲友，从国外邮购武汉急需的口罩和医用防护服。

为了喜庆点，庄永昆特意选了个戴着深红色滑雪帽的大头照作头像。这款深红色滑雪帽上有 CHINA 的醒目字样，放在微信头像上挺醒目，也挺提神。这几天要下沉社区，顶风冒雪的，他就又戴上了这顶厚厚的滑雪帽。

因为闹了个小别扭，这女孩特意盯了他两眼。庄永昆独特的小红帽很扎眼，竟被她一眼认了出来。

那群里面人不少，但活跃分子就只有那么几位，除了庄妙妙和昵称为"蝶梦我"的群主庄永昆，苏打紫也是数得上号的。只不过苏打紫的头像是个胖嘟嘟的泰迪熊，如果不是她自报名号，庄永昆很难将那只快言快语的小胖熊，跟眼前修长娟秀的女孩联系在一起。

思绪从现实回到网络，两个人立即就毫无隔阂，有说有笑起来。庄永昆跟苏打紫说，"白色关爱"现在弄得还不错，前期由美国的亲友们帮忙，联系的一大批口罩很快就会直接快递到武汉了。然后又托人从美国联系了一批防护服，现在嘛，情况还算可以吧。

苏打紫说，好啊，总算做了点实事。她又很敏锐地看到了他的欲言又止，问，怎么了，这批防护服，有什么麻烦吗？我同学在日本医院工作，也可以让她帮忙问问那边防护服的情况。蝶梦，我们加一下吧。

两个人虽然在群里面经常聊，但确实没有加过好友。庄永昆忙取出手机，跟她加了好友，一边忙乎一边说，苏同学，我网名叫蝶梦我，不是蝶梦，蝶梦这名字也太娘了吧。我姓庄，庄永昆。

哦，庄周梦蝶呀，那不还是蝶梦。苏打紫笑了，你忙吧，回头网上聊。

见她要走，他有些怅然若失，忙说，对了，苏打紫不是你真名吧？

她笑着挥了挥手机，说，猜去吧你。

那袭红衣在庄永昆的视线里蹦蹦跳跳地远去了。

刚到武汉的这几天，齐美琳并没有进入一线医院，而是被安排先进行几天的院感培训。院感，就是医院感染管理，这种培训主要是让他们快速熟悉预防医院感染方面的技能。

到了晚上，还是有一段独处的时间。算起来，在培训的这段时间内，她跟庄合超的联系倒是比以前紧密了些。当然，也只是和他们之前的联系相比。

在那次他大老晚地赶去看她后，两个人都觉得心里面有什么东西忽然间就生长了起来，带着一股莫名的力量，很野蛮地持续壮大着。

齐美琳更觉得自己似是已经踏入了一条河里，河水有时温暖，有时清凉，有时候又会变得清冷，但不管怎样，已经走入了河水中，就一直走下去吧。

其实，现在两个人都跨入了一个以前从未经历过的崭新而繁忙的环境中。甚至，庄合超已经直接挺进了天弘医院的红区。她知道，他真的很忙，而且越来越忙。她也就很乖巧地不再经常性地打扰他。他倒是会在精疲力竭的时候，发来一两句话，或者艰难呀、真累呀、累并鼓舞着之类的短语。

有时候，两个人的联系简直就是心有灵犀。他在最累的时候，她在最渴望得到他消息的时候，他们都会在彼此想到对方的时候得到对方的消息，信息、电话，情况允许时就直接视频通话。

其实她很想跟他聊聊生活，但是他却经常跟她说起工作，很唠叨地叮嘱她要在意、要小心，告诉她戴上两三层手套和护目镜后中医搭脉问诊的困难。当然，他也会跟她讲祛毒清肺汤的各种用法和疗效。

久了，她也渐渐地理解了他，这个人也许就是这样表达他的情感的。就如同他发过来的信息，从来都是认真的文字，不会添加一个表情，不会发一朵玫瑰花，更不会发一个 GIF 动态图。

她则会跟他倾诉些个人的情感。她发现，虽然朋友圈里面那么多人，但许多话只能对那么几个人说，而有的心里话，只能对一个人倾诉。

她会告诉他：

真想女儿呀，真的真的特别想，有时候会想哭了。

到了外地，才知道自己是个长不大的孩子，好想妈妈呀……

大多时候,他会很认真地倾听,他不是一个能说会道的聊天对象。直到有一次,她发了句话:有时候看看自己以前长发的照片,很想念呀。

他却忽然回了句话:美琳,我也很想你。

她的心不由咚地一跳,也回了一行字:等我吧,等我回来为你留起长发。

然后她就望着手机屏幕笑了,她知道他也会对着屏幕微笑。两个人同时有了种心有灵犀的快乐。

她知道他高度关注武汉的情况,便把自己在这边的所见所闻跟他汇报:

> 张伯礼院士也在武汉了,他一直在努力推广中医药,老人家是我们的定心丸。
>
> 今天,看到国家对祛毒清肺汤的推广了。
>
> 明天,我就要进入定点医院了,我也要力争把祛毒清肺汤推出去。

她确实对祛毒清肺汤很在意,那是他的心血之作,而且他说过,祛毒清肺汤里面,有她的功劳。

这一天,齐美琳要正式进入定点医院了。

虽然她对即将面对的困难已经有了心理准备,但真正身临一线,仍是觉得困难确实超乎了她的想象。

2月上旬,武汉还处于疫情最严重的时期,齐美琳体会到了什么叫"打仗"的感觉。

"打仗"其实是从吃早餐时就开始了。援鄂医疗队的留守队友告诉他们这批后来者,吃早餐就有窍门,要吃得尽量的饱,不然你没法从早晨8点撑到下午2点,而且还要吃得尽量的"干",不然你还得中途去厕所,这可是整整六个小时的当班时间啊。防护服只能穿脱一次,稀缺物资总得省着点用吧。

他们一个班需要坚持六个小时，但队友们告诉他们要做好心理准备，实际算上前后准备和等候的时间，那就要七八个小时，而在真正当班的六个小时中，只要一上岗，就是在异常紧绷的情况下度过，要身披层层防护服，不能喝水也不能去厕所。

她需要熟悉的东西太多了，医院楼层的大格局，房间的小布局，院方规定的医疗标准流程，操作系统的界面，每个患者的病史，甚至防护服穿脱、怎样让护目镜尽量不起雾的小细节，通通要尽快熟悉尽快掌握，差一点都会给自己带来大麻烦。

在更衣室，齐美琳小心翼翼地穿上了那套多层防护服。虽然在宾馆培训的时候已经练了多次，但这次是要真正进入红区，她变得格外小心，花了三十多分钟才穿完。

她永远也忘不了第一次推开最后那道隔离门时候的心情。

太复杂了，忐忑、担忧、恐惧、好奇，无数滋味都一起涌了上来，她甚至感觉要走入现实版的生化危机里面去。

这里的情况，确实比最初的想象还要艰难许多。

她感觉对讲机几乎就没停过：

医生，这有个患者体温是 38.5℃，是 2203 的患者……

医生，2105 的患者有荨麻疹。

医生，有个产妇在哭，对，就是昨晚进来的产妇，她又想她孩子了……

医生，医生，我没吃饭就进来了，我要饿死了。

齐美琳感觉，在这里，确实就是在和病毒赛跑，跑慢了一步很可能就会有人倒下。

果然如师兄们所说，防护服完全不透气，里面的衣服很快就会全部湿透，里面的汗水又排不出，衣服就全粘在了身上，凉飕飕的非常难受。而戴上了双层手套后，手指被束缚得发麻。护目镜终于还是慢慢起了雾，到了后来，眼前的世界变得越来越模糊了，模糊得许多物体只剩下了简单的轮廓。齐美琳不得不拼力睁大了眼睛,睁得眼珠子和眼眶都丝丝作痛。

下班时间到了,终于到了。

这也许是目前为止,她生命中最难熬的六小时,算上前面的准备工作,也许应该是七小时。从隔离病房出来的时候,她没忍住,倚在墙边就吐了个一塌糊涂,都吐在了防护服里面。

有两个护士过来,看到了,就问,齐医生,你怎么了?

齐美琳不想让别人看到,就拼力摆了摆手,然后向更衣室走去。她强撑着让自己的步子尽量平稳,不让队友们看出异常来。到了更衣室,脱防护服更加关键,细节稍不到位就会导致感染,必须更加小心翼翼,她已经吐得有些头晕脑涨,竟一层一层缓缓地脱了五十分钟。

晚上,坐在返程的巴士上,齐美琳感觉疲惫的身子仿佛已经不是自己的了。

车窗外的武汉还是那么安静,虽然林立的高楼都已亮起了万家灯火。她忽然想起了庄合超跟她聊过的一句话,子夜时分站在阳台上,看到许多楼许多家依旧亮着灯,就感觉那是无数双眼睛。

现在,那无数双眼睛正在注视着她,又像是天上眨着眼的星星,透着一种凄楚静谧的美。车子拐弯的时候,她看到了远处大楼上缓缓变换出的八个字“武汉必胜,中国加油”,心里面也慢慢有了力量。

到了宾馆里,洗漱完毕,才渐渐地缓过劲来,已经夜里 11 点多了,齐美琳才想起来,今天居然没有给老妈报平安呢。她记得老妈说过,不管多晚,都要跟她吱一声,哪怕就在微信上写几个字。

她又看了下表,这个时间对于自己这个夜猫子来说并不算什么,但老妈肯定是早就睡了。她就拿起手机试着敲了几个字:妈妈,已经睡了吧?今天真是忙晕了,好想念您的炸酱面呀。

很快,老妈的回复就传了回来,好的琳琳,好好休息,等你回来,妈给你做。

齐美琳才知道，老妈竟一直在等自己的微信，居然真的像老妈说的那样，无论多晚，妈妈都会等自己的消息。

她的眼眶一下子就湿润了，也飞快地回复着，好的，亲爱的老妈，等我凯旋吧。早休息呀！

身体上的劳累和紧张，花个两三天就能适应，而齐美琳心里面的最大苦闷却无法马上解决——在这里，她竟然无法推广祛毒清肺汤。

这时还是2月上旬，齐美琳所在的这支卫市援鄂医疗队，驰援的是一家武汉定点医院。跟只治疗轻型患者的方舱医院不同，定点医院虽然也会临时收治一些轻型患者，但主要是治疗重型和普通型患者，所以非常紧张忙碌。

这家医院的援鄂队员大多来自卫市，几乎是集中了卫市多家西医医院的精英，第一批卫市援鄂医疗队员早已奋战了一段时间。目前这家医院的负责人叫温合，是卫市一家大医院的副院长，人们都称呼他"温院"或是"老温"。

温合人如其名，性子挺平和。他第一天看到齐美琳就温和地笑笑，说，小齐医生你好，我知道你，合超跟我说起过你。

齐美琳哦了声，说，原来您二位挺熟呀。

老温说，十多年的交情了。你的情况合超也跟我说了，克服了家庭困难来支援武汉，精神可嘉。你有什么困难随时可以来找我。

齐美琳一愣，想不到合超看上去闷闷地，居然会为自己专门给老友打电话，心里有些暖，脸微微红了下，忙说，我不会麻烦您的温院长，都是来支援武汉的，到了这里，我就不会想家里的事。

两个人说起祛毒清肺汤，老温有些无奈，他告诉齐美琳，他对齐美琳建议的中西医结合诊疗并不排斥，而且根据国家发布的《新型冠状病毒肺炎诊疗方案》和他们近日积累的一些经验，一些中药确实非常有效，甚至已经成为他们当前的治疗主药。只不过他们大多使用的是血必净、痰热清等中药注射液，对于祛毒清肺汤这种煎服汤药，还没有使用经验。

老温很无奈地摇摇头，说，而且患者们只怕也对这种中药汤剂的疗效不太信任，再等等看吧。我知道，其实市里面把你们几个中医精英分派过来，就是想推动推动中西医结合诊疗机制的。没办法，我们再等等看。

齐美琳万万想不到的是，解开推广祛毒清肺汤难题的钥匙，居然是庄妙妙。

庄妙妙竟和何锋一起住进了这家定点医院。

当日何锋的老爸感染新冠病毒，高烧不退，还是庄妙妙力主用祛毒清肺汤，不但让何老爷子退了烧，也在三天内控制住了病情，情况也迅速好转。

不过正如庄合超说的，目前没有预防新冠肺炎的药物，玉屏风散加味等中药确实提升了庄妙妙的抵抗力，但还是不能完全阻挡新冠肺炎的侵袭。何革新发病了，说明他早已是病毒携带者，何锋自然就是跑不掉的密切接触者，庄妙妙当然也免不了被传染。一轮核酸检测下来，何锋与庄妙妙都被确诊感染了新冠病毒。

本来依着庄妙妙的想法，完全可以依样画葫芦，继续自我隔离，喝祛毒清肺汤就得了。可是现在武汉的政策更加严格了，已经确诊的患者就必须进医院，虽然她和何锋都只算是轻型患者。

随着全国各地的援鄂医疗队陆续赶到，随着一座座方舱医院的投入使用和隔离措施的日趋细密，武汉的医疗体系得到了极大修复。何锋不必面对他老爸染病后找不到病床的痛苦，他和庄妙妙很快被就近安置进了这家定点医院。

卫市的一对闺密，居然就这样在武汉的定点医院内见面了，两个人真是感慨万千。

庄妙妙跟何锋目前都已经有了低烧症状。两个人都是祛毒清肺汤的铁杆粉丝,平时聊天时,庄妙妙也没少跟齐美琳聊起祛毒清肺汤的"神迹"。现在两人见了面,庄妙妙真是别有一番惊喜,忙向齐美琳要求喝中药。

齐美琳很无奈,说,这里还没有配备祛毒清肺汤,目前你们只能接受常规西医疗法。

她给庄妙妙出了个主意,现在国家卫生健康委和国家中医药管理局的相关部门已经联合发文,进行了中西医结合诊疗的推广,所以你们可以向医院提出申请。

庄妙妙立即就提出了要进行中医药结合诊疗,而且点名要喝祛毒清肺汤。

定点医院负责人温合已经跟齐美琳聊过两次,他对庄合超的医术很认可,知道祛毒清肺汤是庄合超呕心沥血之作,而且在卫市推广后效果不错,便也动了心。老温这里的难题也是一直找不到愿意使用中医药的患者。

现在听到了庄妙妙的请求和祛毒清肺汤的那些精彩案例,特别是得知了庄妙妙、庄合超和齐美琳三人间的关系,温院长就动了心思,既然如此,又有国家卫生健康委相关部门的推荐,那就不妨试试。

庄妙妙与何锋自然成了第一批服用中药的患者。

齐美琳也自然成了他们的主治医师。齐美琳的第一批患者,只有他们两位。

齐美琳特意提前跟庄合超通了电话,还发去了两人的舌象照片。

身在卫市的庄合超这才得知侄女庄妙妙也被感染了,很详细地问明了情况,才松了口气,说,这个丫头真不让人省心。不过还好,他们都是轻型,而且身体素质都不错。你只要确保原方使用即可。

顿了顿,他又补充,很可能他们已经感染了一段时间了,只是发病较晚,虽然是低烧,石膏用量也可以提高一下。

放下电话前,他又叮嘱了句,有情况随时找我。不过,他们不会有任何情况的。

听得庄合超的最后那句话,齐美琳忍不住笑了下。这完全是他的说话风格,一般人开始时会很不适应,但她却觉得挺有魄力。

果然如庄合超预判的,齐美琳将两人首剂药的石膏加到了 25 克,第一剂药用了后,两个人便都出了汗,感觉胸口舒服多了,当晚便双双退了烧。

很多人都在关注着庄妙妙和何锋的病情,身边的许多病友,病房内的临床医生,远在卫市的庄合超,当然还有定点医院的负责人温合。

第二天,两人继续服药。庄妙妙在上午就情况大幅好转,白细胞恢复了正常。到了下午,何锋同样是临床症状得到了全面改善。

确实疗效显著,一切顺利!齐美琳简直比庄妙妙还高兴,果真一天见效,三天内扭转病情,一切都如她对祛毒清肺汤的最初设想。

庄妙妙与何锋用几服中药汤就治好了病,这成了祛毒清肺汤最好的广告,身边的许多病友就都心动了起来,纷纷向院方申请,也想喝喝那个神奇的中药汤子。

温院长则更加心动了,立即找到齐美琳,商量着让她立即在定点医院内部推动中西医结合诊疗机制。

齐美琳很快就给院长交出了方案。那就是庄合超在天弘医院的原版方案。虽然这个方案只是几天前才刚刚成形,但到底已经通过了实战的检验。

温院长还是决定一步一步来,让患者庄妙妙现身说法,先从庄妙妙身边那些心动的患者开始,再继续观察疗效。

高度关注祛毒清肺汤疗效的,还有赶来武汉的国家中医专家组的几位专家。因为庄合超将药方报上去后,国家中医科技攻关组在进行了临床观察后,立即就进行了多方面推广。祛毒清肺汤目前战绩喜人,他们还在积极汇集各方面的信息。

在这家定点医院里,除了繁忙的医护人员,病情迅速好转的庄妙妙几乎成了最忙碌的人,经常有患者向她打听那个中药汤的具体情况,问她那玩意儿到底有没有这么神。

庄妙妙这时候便发挥了中医药大学毕业生的专业特长，以及多年做记者练就的良好口才，用通俗易懂的语言向那些满眼热切的病友介绍中医药和祛毒清肺汤的长处。一天下来，庄妙妙就要接待几拨病友。

现在的庄妙妙身体状态不错，就开始抽时间继续上线，进行了几次心理辅导工作。而且，《妙妙武汉日记》也重启更新了。

2020 年 2 月

这次打进电话的，是一位医生，是在抗疫一线奋战的呼吸科大夫。

她叫洪娟，三十一岁。她的情况也是极度的焦虑。她在电话里的语速很快，几乎不用我来说什么，就听她一直在那儿滔滔不绝。

"我们这里快弹尽粮绝了，真的。"洪娟的声音里都透着焦急，"真的看不见头了，看不见光明。"

"其实很多患者的病情都超过了我们的能力范围。这个新冠肺炎根本没有特效药，我们只能做一些急救措施，剩下的事，关键还是看患者自己。所以我经常会感到无力。因为我看到这个患者不算好，那个患者的情况也不妙，我心里面就会特别地慌。1 月底是我们最忙的时候，我身边的医护战友们，正在病房里忙碌着，忽然间就倒下去了，累晕了。"

我眼前立即闪过了相应的画面，确实让人痛心，让人震惊。1 月，很多全国医护援兵还在集结、在赶来的路上，那时候只能靠着武汉医护人员硬扛。

"跟你说个很寻常的案例：有一个患者，明明我看他的样子还不错，只是有些喘，有些无力，看上去一切都比较正常，这是上午的事，但到了下午，他忽然就发病了，嘴唇又青又紫，指甲也是青紫的，都是憋的。我们急忙急救。但我心里面非常无力，非常害怕。我怕他很快就要走了，我怕他就要彻底离开我们了，我怕我救不回来他了。

"是的，这样的病例并不罕见，我见过很多，上午还好好的，忽然间下午就转重了。寻常才可怕，是不是？因为你不知道下一个可怕的情况会发生在谁的身上，会在哪一刻发生。"

我说："你们病区的死亡病例是多少，和其他病区比较，情况怎么样？"

她愣了下，说："至今死亡是 2 例了，和另外几个病区比起来，算是很不错的了。不过，这几天医院每天都会转进来几十个患者，我们收治的都是确诊的病例，说明外面受感染的群体还在不断扩大。我刚来的时候，我们病区有 14 个患者，现在已经快 40 个了，太快了，真是看不到头。"

我急忙打断她："不是，你们已经做得很好了，你应该反过来想。"

"反过来想？"

"就是抛弃负面思维，凡事只想阳光的一面。"我尽力开导她，"按照中医心理治疗学的原理，'忧伤肺，喜胜忧'，过多的忧思会让你沉入负面思维中不能自拔，这叫'思则气结'。但如果从阳光的一面看，虽然你们病区已经死亡了 2 例，其实横向比较，你们做得已经很不错了。这样想，你的心情是否平缓了许多？"

她说："是的，缓和了点。"

我说："你看，你们已经竭尽全力了，尽了全力哪怕还达不到完美，但是也问心无愧了。喜则气缓，就是保持阳光心态，《素问》里面说'喜则气和志达，荣卫通利'，这会让你的心力得到提升，身体免疫力增强。"

她终于嗯了声，说："谢谢。"

"我这里掌握的情况是，因为应收尽收，所以现在收治的数字涨得挺快。这其实并不是病毒传染得太快让人看不到头，而是越来越多潜伏的病毒被我们揪了出来，越来越多的传染途径被我们阻断了。你得从这个角度去看问题。"

她又慢慢地嗯了一声："这么说，好受了点。"

我说:"对,你需要的是转变思维方式,不要对自己太苛责,这时候没法做一个完美主义者,尽量自己安抚自己吧。现在的情况是,一切都在慢慢变好。"

她有些疑惑:"真的一切都在变好吗?"

"相信我,我的同学分布在武汉十几家医院,据我所知,你们医生因为全力撑在抗疫一线,对战局的总体情况反而不大掌握。我们这个救助群掌握的数据更加全面,目前来看,确实是正在变好。你和我,都不是一个人在战斗,我们的后面有国家,武汉的后面还有国家派来的四面八方的援军。"

洪娟说:"不管怎么样,听你这么说,心里面真的好受多了。"

庄妙妙发现自己的日记内容也在不知不觉间发生了些变化。

她记日记的初衷是想尽量记录一个个真实的所见所闻,所以开始的几篇日记确实很低沉阴郁,因为 1 月底的时候,整个武汉正是最艰难的时刻,她日记中呈现的那些案例也都是一片凄风苦雨。每篇日记的最后,她都忍不住要质疑,要追问,然后还要呼吁。

进入 2 月份,情况虽然依旧艰难,但大形势开始慢慢变好了,火神山医院交付使用,十余座方舱医院陆续启用,提供了万余张床位,全国各地驰援武汉的医疗队也纷纷赶到。而庄妙妙的日记也就增加了很多思考,她的视野也渐渐开阔了起来。

现在,她更愿意记录身边那些点点滴滴的光明。给读者捧出一束光,就能帮他们推开心里的一扇窗,这个世界还是需要更多的光明。

庄妙妙最新的一篇日记是写中医的。现在她要尽己所能,力推中医了。

这其实是她第二篇关于中医的日记。

第一篇中医日记,讲述的是她用祛毒清肺汤治好何锋父亲何革新的那段真实经历。这篇日记就在《苏西师姐求床记》的后面。当时何锋父子跟苏西师姐一样,确实很难找到一张病床,好在庄妙妙当机立断,给他们送去了祛毒清肺汤。治疗的各种细节和祛毒清肺汤的具体使用方法,都被妙妙很详细地写在了日记中。

那也是《妙妙武汉日记》里被转载得最多的一篇。她相信这篇日记应该已经救了不少人。

进了这家定点医院后,庄妙妙又亲自感受了祛毒清肺汤的疗效。她现在是亲身体验者,还是个义务宣传者,所以这第二篇中医日记写出了自己更多的思索。

她在日记的最后写道:

……这一次,中医又创造了奇迹。

但绝不是第一次,也不是最后一次。

因为几千年来,炎黄子孙已经遭受过无数次病毒瘟疫的侵袭,而薪火相传的中国历代医家们始终迎难赴险,无数次与疫魔斗智斗勇,挽救了万千生命。

说一段大家都熟悉的故事。"医圣"张仲景曾说:"余宗族素多,向余二百,建安纪年以来,犹未十稔,其死亡者三分有二,伤寒十居其七。"

就是说,张仲景出身于名门大族,宗族里面有两百多人,但是在建安年间,不到十年,就死去了三分之二,其中十之七八是死于瘟疫。曹植《说疫气》曾描述瘟疫流行时的惨状,"家家有僵尸之痛,室室有号泣之哀。或阖门而殪,或覆族而丧"。曹丕在《与吴质书》中记述,"昔年疾疫,亲故多离其灾,徐、陈、应、刘,一时俱逝,痛可言邪"。

名震天下的建安七子中,至少有四人是死在建安二十二年(公元217年)的一场大瘟疫中,可以想见,建安年间的瘟疫有多可怕!

正因"感往昔之沦丧,伤横夭之莫救",张仲景更加发愤地钻研医术,治病救人,并著成中医经典《伤寒杂病论》。后世医家评价说,医家之有仲景,犹儒家之有孔子也。医书之有伤寒论,犹儒书之有四书也。

当那些灾民面对疫情肆虐而惶恐无助时,当他们遭受生离死别而哭天抢地时,赶过来救助他们的,正是一位又一位有名字和没名字的中医。

这些中医都是他们那个时代的最美逆行者,因为他们甚至是赤手空拳地走入暴风骤雨中,夙兴夜寐、宵衣旰食,以济世的仁心,以神妙的针灸,以苦涩的中药,化解了一次次重大危机,拯救了千千万万茫然无依的百姓。

无可否认,现在的中医还有许多杂质,还需要我们深入打磨和去伪存真,但中医终究是满蕴光华的璞玉,随着我们不断钻研,她的光彩一定会越发盛大。

其实我觉得,在上一次的SARS和这一次的新冠肺炎疫情中,中医已经大放光彩了。

PS:再闲话两句,关于中医拯救天下疫情的故事,请看我的好闺密美琳同学整理的《国医天命》,里面有民国中医抗疫的故事。可惜她还没有完稿,这个链接里有她放出来的部分内容。点击链接在此。

真的,民国时期战乱频仍,内外交困,几乎平均每两年就有一次重大疫情发生(是的,这是"民国范"的另一面,更真实的一面)。那个时代离现在更近,回望那个时代的中医抗疫,更艰难,更曲折,也更悲壮……

1932年,立秋

立秋本是预示着炎夏即将过去,可实际上,这时节卫市的天还是又闷又热。不过卫市人还是习惯在立秋这天"咬秋",就是买个西瓜回家,全家围着啃。虽然天气还是秋老虎,但立秋了,凉爽的日子终究是有盼头了。

只是在民国二十一年的立秋时节,卫市的疫情还是让人觉得没个盼头。

这些日子,徐良英迅速地消瘦了。

他是真的觉得累。霍乱这种疫病发展起来太快,而且如果病情太严重的话,患者就完全没法子服用汤药,这时候徐良英就得用上针灸。这样工作量便无形中大了起来。

当前卫市疫情控制最好的地方,就是市中心的几大区域,那是宋挺博士和卫生局全力关注的地方,租界和华界联合抗疫成效显著。而贫民区则成了疫情防控的死角,一时风声鹤唳,亏得徐良英率领着中医救护队挺身而出,硬生生地将贫民区的疫情扼住了。

只是没想到,立秋之后,疫情竟悄然向卫生条件和医疗水平更差的郊野乡下地区蔓延了。

在乡下,疫情传播得很快。宋挺率领的卫生局防疫人员完全忙不过来,不得不转而向庄凤梧求助。徐良英只算是卫市中医救护队的先锋官,真正的统兵元帅还得是庄会长。

庄凤梧也比较实际,说,人命关天,防疫之事可不能大包大揽,中医人数其实也并不多,不如就划一小片地界给我们吧。

一番商议之后,距离卫市市区最近的西连庄疫区,划归了中医救护队。

西连庄的疫情是在立秋之后突发而起的。徐良英率领几位救护队精英赶到那里时,正是个闷热的天。整个天地仿佛闷成了一整块的热黏糕,庄子里四处都闪着焚烧死者衣物的火光,田野里的热风中裹挟着阵阵腥臭。

最奇怪的是,庄子里家家户户挑起了大红灯笼,门口还贴着过年才贴的崭新春联,隐约地还能听到阵阵爆竹声响。

问了庄里的老人,才知道是有"高人"指点,说是这瘟神都是按年头行瘟的,只要过了年头,瘟疫自然退却。毫无办法的农民们只得开始"过年"了,他们在大夏天里点爆竹、贴春联,伪装出一派春节已到的假象,只盼着这个瘟疫之年赶紧过去。

徐良英等人哭笑不得,只得继续按着经验来,分头去庄子里宣讲防疫知识,分发应急医药,对霍乱患者进行隔离和急救。徐良英他们看到的是一张张黝黑朴实的脸和一双双无助的眼睛。

在徐良英率人赶来之前,这些庄户人家对付霍乱的唯一药物大概就是那几盒可怜巴巴的万金油,实在不行了,便只能放炮仗、点灯笼地"过大年"。徐良英觉得庄户人家真是太苦了。虽然现在中医救护队内部的分工协作已经井井有条了,可是他还是在这地方一口气闷头苦干了十多天。

西连庄到底不怎么大,救护队的后继人马陆续赶了过来,疫情大致得到了遏制,徐良英才终于有了点喘息之机。

待徐良英赶回自己卫市的小诊所时,已经过了白露时节了。

这天清晨,一辆黑色轿车急匆匆驰到了小诊所前。车上风风火火地钻出来三个人,疾步走在最前面的,竟是庄凤梧。他边走边高声喊,良英,在吗?

徐良英闻声赶了出来,见这架势也吃了一惊,老丈人亲自带着患者过来,这还是破天荒的头一遭。待看清庄凤梧身后那个白面中年的面貌,他不由愕然叫出了声,梅老板?

那人果然是大名鼎鼎的京剧泰斗梅老板,只是满面焦急,握手寒暄时也是一脸的忧色。梅老板身后跟着个娟秀贵妇,应该是梅夫人,怀里还抱着个孩子。

不用客套了,庄凤梧指着那孩子说,这是梅老板的小公子,怕也是染了那病,良英你要抓紧给治好。

原来这次梅老板来卫市演出,是很早就定好的大戏码,无数戏迷翘首以待,实在推不开,便率领戏班赶来了。这时候卫市重点区域的霍乱疫情本已得到了基本控制,只是没想到,不知怎么着,他才两岁的小儿子竟染上了霍乱。

四周射来的目光焦灼而沉重,徐良英顿觉有些压力,来人是大名鼎鼎的梅老板，关键是这种小孩子的霍乱，自己还真没有治过。这是第一次遇上小儿霍乱，没想到竟是梅老板的小公子。

徐良英没说什么。他不是个遇事畏缩的人，多难的事都只知闷头迎上去。孩子吐泻不止，情况确实很危险。徐良英立即给孩子进行静脉注射生理盐水。很快，小公子的吐泻止住了，神志也清醒了些。

见孩子那气势汹汹的病势给阻住了，梅老板满头满脸的忧急才有些舒缓。

庄凤梧却说，小公子的精神还是太差，应该是吐泻了很长一段时间了，不能掉以轻心。

当时，梅老板带着患病幼子慕名找到他，庄会长问明了情况，就知道这种幼儿霍乱肯定很麻烦，就急忙带着他们赶到了徐良英这里。这时他不禁小心翼翼地提醒爱徒，幼儿的身体本就弱，又已上吐下泻一段时间了，病状随时会转重。

徐良英说，可以外用辟疫丹了。

他依旧有条不紊地操作着，脸上除了沉稳，看不出别的什么神色，取了麝香、老山明雄等精炼的辟疫丹药末，分别涂入幼儿的肚脐、两个眼角和舌尖。

涂完了药，徐良英又给孩子诊了脉，便对梅老板说，放心吧，孩子已没大碍了。回去按时服药，三两剂药就能痊愈。护理小公子的时候，你们都要注意卫生。

他低头开了药方，稳稳递了过来。

庄凤梧扫了眼药方，见是理中汤乌梅丸，只是结合小儿的情况进行了加减，知道这方子效验神速，就放下了心。

梅老板接过药方，惊喜中带着疑惑，问，只要三两剂药就行？

徐良英微笑着点点头，递过来一张传单，叮嘱说，除了按时服药，一定还要注意消毒，就是宋挺博士宣传的那些消毒法。我这里有他们官方分发的传单,也给您来一份。餐具、衣服、被单、呕吐物、厕所等等,都要小心应对。

梅老板触到了他沉实有力的目光,不知怎的心里面就是一定,说了声多谢先生了,扫了眼小诊所内简陋的陈设,忍不住对庄凤梧叹息,庄会长高徒真是仁心妙手呀,可敬可钦。

他转手就要送上大笔诊费。庄凤梧和徐良英都是坚辞不收。两人说得也挺真诚,他们全家老少都是梅老板的戏迷,救死扶伤那更是义不容辞了。

梅老板小公子的霍乱果然在服了两剂药后就痊愈了。

梅老板感动不已,不但亲自请庄凤梧一家来看了自己新排的爱国大戏《生死恨》,还在演出之余,专程赶来给徐良英送了一幅扇面,上面有他手书的八个字"仁者爱人,生生不息"。梅老板显是要帮徐良英扬名,登门赠送扇面时,便知会了两家报社,随行来了几名记者。

转过天,徐良英和他那间小诊所,还有梅老板亲书扇面的照片,便一起上了报纸。

本来徐良英在这次卫市霍乱疫情防控中出了大力,渐渐有了些名气,但他只顾闷头治病,并不大在乎什么名声。可两剂药治愈梅老板小公子的霍乱,这件事上了报,立即就让徐良英声名鹊起。

庄凤梧也很欣慰,这次卫市霍乱大疫,报纸上的中西医之争再起,每次论战,中医都很被动。直到徐良英率着中医救护队主动迎击霍乱,且效验不俗,报纸上也见了报道,对中医的质问才少了许多。而这下子,徐良英在小诊所认真诊病的形象和梅老板那张"仁者爱人,生生不息"的扇面照片,被许多家报纸转载,卫市人都知道了有这么一位医术精湛的徐良英,中医终于算是扬眉吐气了一回。

名气也是把双刃剑,庄徐这对师徒都没想到,这次名声大噪却给徐良英惹来一个意想不到的大麻烦。

第六章

传　承

卫市的天弘医院，虽然不少患者服用祛毒清肺汤后效果良好，但是这几天，院长于湛和呼吸科主任肖芸还是觉得压力有增无减。

圣索兰大酒店事件引发的疫情已经进入了攻坚阶段，能找到的疑似病例，都进行了隔离。但是那对染病夫妻曾去过的大商场里，有售货员被感染了，大商场的封闭环境让病毒更易于传播，随即感染者又造成了家庭内部的二代传播。那些日子，卫市疾控中心的人员几乎是在连轴转，马不停蹄地摸排隔离超过了万人。卫市情况最严重的一个区，甚至曾实施了一段时间的全区交通管控。

现在，天弘医院、天湖中医备用医院和另外几家定点医院已经陆续收治了 287 例患者。而新发现的病例中，所有的普通型、重型患者都住进了天弘医院。

于湛带领着一众专家奋战了多日，已经初步摸清了新冠病毒的规律，将医疗方案和护理流程多次调整后，收效越来越好。天弘医院雄厚的技术力量也开始显现了出来，针对高血压、心脏病、器官移植等特殊患者的治疗方案也日趋完善，患者的病情渐渐稳定了。

可以说,在于湛的带领下,天弘医院的抗疫之战已经慢慢扭转了战局。

老病号们捷报连传,连那位九十二岁的老奶奶都眼见着一天天地好起来了,却还有个让于湛非常头痛的人,那就是冯平。

这位小提琴制作家、卫市长大的美国人,是典型的专家型性格,凡事比较爱较真,又比较固执。开始时他坚决不相信中医,后来翻看了许多网上的资料,发现西医疗法的副作用很大,对身体会造成很大的损伤,便又开始排斥西医。

他就这么坚定地留在了庄合超的仲景病区,可是他仍然坚决不肯"喝汤"。"喝汤"是天弘医院病友们发明的"专有名词",就是指服用祛毒清肺汤,因为疗效出色,几乎所有的患者都喜欢"喝汤",只有冯平例外。冯平压根儿不信中药,在中医里面只相信针灸,因为美国人比较认可针灸。就这样,他在中医病区里面不喝中药,用的西医抗病毒疗法又不彻底,病情慢慢便控制不住了。

就在昨天,冯平已经上了呼吸机,高热不退,甚至不能自主吞咽。

于湛身为院长,对冯平的病情高度重视,对庄合超说,如果不行,那就抓紧把他转出仲景病区。

庄合超没同意,只说了声,最后给我两天时间。

其实他也很急,不仅因为冯平的身份,关键还有冯平已经六十五岁了,这么大的年龄已经属于新冠肺炎的高危年龄段了。对于冯平这样独特的"中医黑",庄合超也在心里面暗自较劲,越是这样坚定怀疑中医的人,他就越是要把他治好。

庄合超再次来到了病房。发着高烧的冯平已经难以认出庄合超了,好在他还记得庄合超的针灸。看到庄合超取出针灸针,冯平的眼睛亮了一下。

庄合超告诉他,单纯用针灸,见效还是太慢了,建议他这时候就不要纠结于什么中药和西医了,无论什么方法,只要有效果,就都要抓紧试试。

冯平望着庄合超,目光颇有些复杂,不知在想什么。

庄合超就说，您是很有名的小提琴制作家，应该本身也是小提琴名家吧，可惜我还没有听过您演奏的小提琴曲呢。

他说着，弯腰拿起了床头的那把小提琴，说，我其实不懂琴，但我懂您的心。因为我们都是很执着的人。我走到哪里都会攥着本《伤寒杂病论》，那是我的剑。这把琴应该也是您的剑。说实话，我很想等您病好了，听您亲自给我们拉一段小提琴曲。

冯平望着琴，眼睛慢慢亮起来，终于艰难地点点头，算是答应了。

可惜祛毒清肺汤也不是万能的神药，庄合超特意把石膏提升到了30克，但冯平服药后，效果仍然不怎么显著，上午服了药，到了晚上也没怎么退烧。

庄合超一晚上几次赶过来看冯平，努力地给他切脉，腕部、踝关节，还有颈动脉，其间也行过一次针，但效果同样不明显。

肖芸一直跟着庄合超。两个人几乎没什么交流，只是偶尔对视时，都能看到对方满脸满眼的焦急。

凌晨2点的时候，庄合超刚走出病房，突觉腰间的手机跳动了起来。

看了下，居然是儿子打来的，庄合超手忙脚乱地接通了电话。

庄永昆在电话里的声音有些发抖，说，爷爷的情况有些不大好。

庄合超急忙问，怎么不好，什么情况？

庄永昆说，我是偷着出来给你打电话的。这两天爷爷就是不大好。我感觉，他应该是那个病又来了。他不让我给你打电话。

庄合超忍不住喊起来，那赶紧去医院呀。

爷爷不去。庄永昆的声音忽然带了哭腔，他下午几乎要昏过去了，晚上给自己开了回阳救逆的中药，现在好了点，睡过去了，可我……我还是担心。

庄合超的心咚咚地猛跳起来，感觉就要跳出胸口了。儿子确实太年轻了，而且这种情况，老爷子身边居然只有他一个人，也没法拿主意呀。

肖芸就在他身边，听到了只言片语，也不由颤着声说，都这个时候了，还犹豫什么,赶紧去医院。

庄合超咬了咬牙,说,永昆,你听好,现在你就打120,送你爷爷去医院……

电话那边的庄永昆啊了一声,急匆匆地说,啊,是,爷爷喊我呢。

庄合超喊了两声,手机里的声音忽然变得苍老而虚弱,合超,我没事。

是老爷子的声音。

庄合超急忙说,老爸,您怎么样?

说了没什么大事。庄仲衡喘着气,说,你忙你的。刚才喝了药,回阳救逆的效果不错……我是不去医院的,用不着了。

庄合超觉得自己的手抖起来没完,忙问,我……需要我马上回去吗?永昆还小,他怕是盯不住。

庄仲衡问,你现在还在天弘医院吧?

不知怎的,庄仲衡说起医院来,声音竟平稳了许多,你给我乖乖在那儿守着,不许回来,不许!

庄合超的手抖得更厉害了,眼眶也有些湿,几乎是在哀求,老爸,这时候了,您可不能逞强啊,得跟我说实话。

庄仲衡虚弱地笑了下,说,合超,你想想看,从小到大,爸爸骗过你吗?一次也没有吧?还记得你在广州那次吗?那时候你得了SARS,喘口气都费劲,吃了老爸的中药,一天,两天,都没有见好转。你问我,爸爸,我还能不能好呀?

庄合超再也忍耐不住,鼻子一酸,泪珠子噼里啪啦地就砸了下来,都砸在护目镜和口罩里面,颤着声说,是,我那时候就说,老爸您别骗我,跟我交个底。那时候您就说,老爸跟你保证……我什么时候骗过你?

对了,庄老爷子很释然地笑了,说,结果第四天你就好了吧。爸这辈子都不会骗你的。现在也一样,我心里面有根的。老爸再跟你保证,这几天,没事。

庄合超有些哽咽,还想说什么。庄老却说,我累了,得睡觉了。好了,别婆婆妈妈的了。

手机挂断了。

庄合超忽然间觉得全身无力，就靠着墙，慢慢蹲下了身子。

肖芸看到的，是一个穿着防护服的肥肥白白的身影，慢慢滑下去，蹲在了眼前。

她急忙说，你马上去消毒，赶紧回去吧。

庄合超慢慢地摇头，说，我现在要是回去，老爷子看见我，一股气上来，可能会立即被我气死。

肖芸也不知说什么好。

两道肥肥白白的身影就那么一蹲一立，无声地对望着。

这时候，又一道白影子急匆匆地走了过来。肖芸看到那人驼背的样子，就知道是于湛。这些日子，于湛的背驼得更明显了。

看到两个人的样子，于湛愣了下，问，冯平现在怎么样了？

肖芸叹了口气，说，还是不见好转，但很稳定。

庄院长很累了吧，于湛见庄合超吃力地站起了身，就说，太晚了，你去歇歇吧。

庄合超摇了摇头。

于湛扫了眼病房里的冯平，又盯着庄合超，说，我们一定要治好他。

庄合超愣了下，才想起来这句话其实是他最初对冯平说的。那时候庄合超和冯平聊天，得知他在中国疫情最紧张的时候没有回美国，便对他说，我们一定会治好您。

现在于湛旧事重提，应该是在强调，这句承诺绝不是庄合超一个人的，甚至也不仅仅是天弘医院的。

庄合超蓦地想起了老爸适才说过的话，不由仰起头，说了声，确实要回阳救逆。

于湛问，什么？

现在，他的情况还可以。庄合超望着病房里的冯平，慢慢说，放心吧，我们一定会治好他。

还是那句话，却有了更足的劲道。

庄合超转过身，慢慢向办公室走去。他知道自己今天甚至明天都没法回去看老爷子了，老爸的脾气就是那样。

他在心里面反复掂量着那个刚升起来的方案，同时也在无声地念叨着，老爸，老爸，您不会骗我的，对不对？这辈子您都没有骗过我……

第二天上午，庄合超再次给冯平切了脉，然后拍了板，冯平已经用了一天的祛毒清肺汤，现在要进一步巩固疗效，让他尽快发汗解表，就用麻黄附子细辛汤。

助手小周看了他开的药方，有些吃惊，问，院长，附子 15 克，麻黄也用到了 30 克，这个……

肖芸听到了，也吃了一惊。她知道在祛毒清肺汤里面，麻黄才用了 9 克。

其实小周心里面更没有底，按照经方上麻黄附子细辛汤所载的常用量，麻黄应该是 10 克左右，附子也是要求在 10 克以内。现在庄合超方中的二者用量都已经远远地超了。

肖芸忍不住说，合超，你可别一意孤行。你的中药用量超了这么多，如果患者有个三长两短，性质就不同了，你可是要负责的。

庄合超挥了挥手，慢慢地说，冯平现在这种情况，必须要补气温阳、回阳救逆，上吧！有什么事，我负责。

看到庄合超那个挥手的动作，肖芸不由得在心底深深叹了口气。她太熟悉他了，知道他只有在深思熟虑后，才会有这样的神态和动作。一时间，她心里涌上了许多滋味。

于湛忽然说，我相信庄院长，上吧。出了问题，我负责。

庄合超不由看了眼于湛。他知道在于湛这平平淡淡的"我负责"三个字背后，其实是对中医态度的一种巨大转变。

上午 10 点，冯平喝了庄合超为他新开的中药汤。

然后,所有的人都开始了焦急的等待。

下午4点,助手小周给庄合超打过来了电话,说,退烧了,退烧了,而且冯平的呼吸功能有了很大改善。

疲倦无比的庄合超这时候正在值班办公室内打着瞌睡,接了电话立即又套上了防护服,匆匆地赶到了病房。冯平看到他,眼睛立即就亮了起来,向他比了个胜利的手势。

庄合超也跟他比了个胜利的手势。他太理解冯平此刻的心情了,这时候冯平应该跟当年的自己一样吧,就是在挺过了那个最艰险的时段后,那感觉就是在一刹那,终于跨过了死亡的深渊,迈向了生的通途。

再次给冯平诊了脉,庄合超对小周做了安排,晚上开始,继续给他喝祛毒清肺汤,两剂合一加倍量浓煎。

于湛和肖芸也先后赶了过来,仔细了解了冯平的情况后,都大大松了口气。肖芸更是很直接地问庄合超,你看,他还要多久?

庄合超说,不会太久,一周吧,然后就会进入正常的康复阶段了。

他说着又习惯性地挥了挥手。肖芸发现,她以往对他这个挥手动作有些反感,这时候反而觉得挺酷的。

于湛笑了,说,看来过不了多久,我们就能听到冯先生拉小提琴了。

庄合超没有笑,只是礼貌性地点了点头。他的心里还如坠着铅块一样沉,根本笑不起来。

爷爷,为什么一定不去医院呢?

庄永昆很无奈地看着躺在床上的爷爷。憔悴而虚弱的爷爷才是这个家绝对的主人,虽然爸爸和大爷都很优秀,虽然妈妈和大娘都很强势,但只要老爷子一发火,所有人都会蔫下来。庄永昆觉得,老爷子统领的这个庄家,也许最大的麻烦就是这个家的所有人都很优秀,都很有自己的想法。

在庄永昆的印象里,很少看到大爷,大爷一直在外面飘,讲课、行医、研究。大娘也是，一直在四处演出。老妈和老爸则是另外一种忙碌，大多是在各自的医院里加班加点。忙碌是他们的常态，要是某个周末，庄永昆看到了爸妈同时在家休息，会觉得很稀奇。

也许从小看多了这样的一种状态，庄永昆很反感当医生，更反感当中医。这种从小到大聚成的反感，岩浆一样在心底打着转，终于在他大学临近毕业的时候喷发了出来。他报考了公务员，而且考上了。只是他没想到，那成了压垮他父母婚姻的最后一根稻草。

虽然庄永昆老早就觉得，在现在这个社会，像爸妈这样的，该离就离了吧，早点结束也许还能早点找到属于自己的幸福。但事到临头，他才发现，自己竟会如此无奈，这个世界真的太没劲了。

爸妈离婚的前一晚，他终于冲到了爸爸的屋里，大喊起来，你从来就只想着你自己，从来就没有想过我，你从头到尾就不是一个好爸爸。

他喊得惊天动地，喊得歇斯底里，震得自己的耳膜都嗡嗡作响。他看到老爸在听到自己最后那句话时彻底地愣在了那儿，仿佛那句话是一道寒流，瞬间将老爸的脸色、老爸的目光，甚至他整个人都完全冻住了。

那也是庄永昆最后一次跟庄合超说话时提到"爸爸"这个字眼，后来，他几乎不跟他说话，更不再叫他爸爸。如果不是爷爷这样，他甚至不会跟他通电话。

小时候的庄永昆对爷爷没什么印象，那阵子爷爷更忙碌。那时庄永昆和堂姐庄妙妙经常跟奶奶待在一起，奶奶也很喜欢他这个大孙子。奶奶是个很温和的人，也许是这个家里面唯一温和的人。

除夕那天，爷爷说的那个救活奶奶的故事，其实庄永昆听过更长版本的。奶奶的家里面是地主成分，奶奶年轻时很漂亮，没正式上过学，却读过很多的书。在二十世纪六十年代，他们结婚时真的是冲破重重阻力，而且结婚时也真是一无所有。奶奶曾经笑着说，什么叫家徒四壁，我们结婚时就是！我们只有个大纸盒子，就是那种包装用的硬纸盒，放在屋子中间当饭桌。

奶奶告诉庄永昆,那阵子,虽然在外面凄风苦雨,但只要一回到那个小破家,我们心里面就挺甜蜜。

小时候,奶奶总给他讲故事,慢条斯理地说那些古代的神话,什么夸父逐日、大禹治水、神农尝百草……

长大后庄永昆才发现,奶奶给他讲的那些古代故事,现在这个社会已经很少有人讲了,小孩子们也根本不爱看。那些都是人们正在失去的东西。

可惜奶奶走得太早了,也许人生就是这样,美好的东西总是比较容易溜走。奶奶的走,对爷爷是一次重大的打击。那一阵子爷爷情绪非常低落,过去爷爷对中医有种类似神祇的看法,但在奶奶死后,他说得最多的一句话就是,医得了病,医不了命。

爷爷总要给很多人看病。他的名声在外,山南海北来找他看病的人太多了。这些人大多是得了大医院束手无策的疑难杂症,还有许多人干脆就是癌症晚期。他们相信他们的病,只有爷爷能治,哪怕是爷爷出差,或是去外地讲学,他们也总能互通消息,历尽艰辛地找到爷爷。神奇的爷爷也确实治好了他们中不少人的绝症。

直到这几年,爷爷因为自己身体的原因,终于静下来了,不再给外面的人看病了。但就在爷爷住的这个小区里,很多人也还是找过爷爷看病。这楼前楼后的远近邻居不知怎的得知了爷爷的大名,就有不少人找上门来。那时候爷爷的身体好了许多,竟也来者不拒。而且越是困难的重病患者,他越是不推辞。

说实话,庄永昆很讨厌那些找上门来的患者,有事你去医院啊,怎么还跑家里来了?但爷爷总是笑哈哈地说,去医院一通检查就好几千,我这三服药二三百就完事了,而且有的病啊,只有我还能想出些办法来。

庄永昆对爷爷很不理解。

爷爷是个十足的怪人。妈妈一吵架就说爸爸,庄合超你一直活在自己的世界里。其实在庄永昆看来,爷爷才是真正活在自己的世界里。爷爷似乎是从"大宅门时代"穿越到了现在,他是中医的学术权威,但似乎总是活在过去,甚至他的学术思想还不是在民国,也不是金元四大家的时代,而是在遥远的东汉时期。

现如今这个时代,在卫市这样的大城市,得了病,还坚持不去医院,这太匪夷所思了。所以,爷爷就是个当代的堂吉诃德。

爷爷,我……我真的有些害怕。庄永昆流泪了,说,咱们还是去医院吧。

在庄永昆的心底,庄家总是有许多人,在第三代里面,他是年纪最小的。但他做梦也想不到会有这么一天,爷爷不行了,庄家居然只有自己一个人在他身边。

我不去……爷爷不去医院。因为,用不着了,我知道自己快走了,要去见你奶奶了,这时候到了医院能做什么呢,任由他们去折腾?别怕,爷爷不会现在走,还要一两天吧。我估计着,你爸会回来的。

庄仲衡眼里的光已经非常微弱了,脸上却浮出一抹笑,似乎是想安慰手忙脚乱的孙子,缓缓说,来,给爷爷把一下脉。

庄永昆的眼神变成了惊恐的小鹿,颤抖着将手按在爷爷的腕上。他立即就觉出来,爷爷真瘦呀,这才叫骨瘦如柴。

这就是转豆脉,老人的声音很虚弱,却缓慢而清晰,来去捉摸不定,如豆之旋转。这就是七绝脉中的转豆脉。所以说,爷爷已经不行了。

庄永昆很想把手指按得再深些,想努力地捕捉到爷爷说的那个捉摸不定的脉象,却又怕按痛了爷爷。

你小时候,有一阵子很聪明,很喜欢问这问那,爷爷很高兴,以为,庄家的东西又能有人继续拾起来了。可惜啊,那阵子爷爷太忙了,你爸爸也太忙,我们都没有很好地引导你。后来有时间了,想教你了,又灌输得太急太猛,你又叛逆了。现在,我只能教你最后一节课了,唯一的一节课,其实就是两个字。

庄永昆愣愣地瞅着爷爷。

心量！老人虚软地笑起来，说，不管你将来干不干中医，都要记住这两个字。心量要广，中医人的心量一定要广大。其实中医人是需要灵性的，有的名医先是当了三十年的穷书生，忽然家里面遇到了变故，就开始发愤学医，没几年就成了大名医。因为他的灵性被激发出来了。而在人的灵性里，首先就要有一个广大的心量。

庄永昆看着爷爷，认真地点着头。

老人不再说话了，终于疲倦地闭上了眼。庄永昆看着爷爷瘦削的脸，忽然有些害怕，想喊一声爷爷，却又怕打扰了本是在休息的爷爷。屋里面很静，静得让他觉得自己听到了许多声音，他听到了大座钟的声音，听到了爷爷虚弱的呼吸声，听到了自己的心跳声和全身的血液在血管里流动的声音。

门锁转动声忽然响起，声音大得像打雷。

庄合超回来了。

庄永昆站起身来，庄合超也看了他一眼。父子二人对视了下，庄永昆居然虚弱地叫了声，爸。

庄合超拍了拍儿子的肩。

庄仲衡睁开眼，看了眼儿子，低低地说，这么早回来干什么……

庄老爷子确实很虚弱了，看到了儿子竟依旧闭上了眼，缓了缓，又想起什么，睁开了眼，说，合超，就在书桌上，左上角，那本子，拿过来。

庄合超急忙取了来，见是一本用毛笔细密写就的书，端正的小楷，写得密密麻麻的。封面上却是几个瘦金体的大字：

伤寒问心录

庄合超感觉这五个字真的很瘦很硬，就如同老爸现在的身子骨。翻了翻，发现是老爸亲笔写就的书，那是结合很多新老医案，对《伤寒杂病论》的注解。

庄合超颤着声说,爸,您这可是功德无量呀。

算是这辈子最后要留下来的东西吧。庄老爷子看着儿子,却慢悠悠地问,合超,你信中医吗? 我看得出来,你在骨子里,还是对中医有些怀疑的……

庄合超一怔。你信中医吗? 这本是自己当日问齐美琳的话,但自己可是中医药大学总医院的院长,父亲为什么这么问自己?

他刚想说什么,庄仲衡就说,你要记住了,对中医的根骨千万不能怀疑。比如五运六气,当年你没少下功夫,但心里面未必就真信,记住了,中医是天人合一之学,信,就要真信!

庄合超身子一震,急忙应了一声。

庄仲衡又指了指那本《伤寒问心录》,说,这是我对白云堂孤本《伤寒杂病论》多年的研究成果,里面也有咱家上一辈人的心血。我们庄家跟这部孤本有很大的渊源,有些细节,可能你们还都不知道……

他那浑浊的眸子里竟罕见地跃出了一团火光,目光悠远得仿佛穿透了陈旧的时光,说,是该告诉你们这段真正的往事了,我以前还从来没有讲过,现在,该让你们知道了。

1932 年,处暑

处暑这一天到了, 宣示着民国二十一年这个漫长的夏天终于已挺过最闷热的三伏天了。

处暑之"处",有终止之意,意味着暑气至此而止。什么事情都有个终止和结束,卫市最难熬的霍乱疫情,这两天也慢慢地消停了。

这天晌午,徐良英刚给自己泡了一碗清肺抑燥的菊花茶,就见满头大汗的辛东博匆匆地进了门。他顾不得擦满脑门子的汗,就喊,良英,赶紧跟我走,这个患者挺急的,非你不可。

徐良英看到辛东博就有种本能的反感,但这人到底还在庄凤梧门前跑来跑去,名义上仍是自己老岳丈的二弟和华夏医药研究总会的副会长,便也只得说,是什么病,哪里的患者?

虎烈拉,霍乱!辛东博急赤白脸地一摆手,说,是个贵人,唉,车都备好了,到了那儿你就知道了。

徐良英知道这位二叔好卖关子的脾气,左右不过是给人看病,便也懒得多问,收拾好了药箱,就跟着他出了门,钻进了早就等候在门外的小汽车里。

小汽车七拐八绕,最后却开进了日租界。在车上闭目养神的徐良英睁开眼,才发现情况似乎不大对,忙说,二叔,咱们这是要去哪儿?

辛东博不跟他对视,只嘿嘿地干笑了两声,阴阴地说,马上就到了,你就算是帮二叔个忙,这个差事呀,二叔推不开。

汽车停在了一处高门大院前,门口竟有荷枪实弹的日本兵守护着。徐良英越发犹豫了,辛东博忙赌咒发誓地解释,进去你就知道了,患者是咱们的一位中医老同行。

这话半遮半掩的,果然勾起徐良英许多的疑惑,便随他进了门。辛东博领着徐良英直入大厅,厅内早候着一个脸色阴沉的日本军官,腰板挺拔得像根标枪。

徐良英一怔,才看清那人竟是有过数面之缘的中村英正。

中村英正见了他,不阴不阳地笑起来,说,徐先生,久违了,欢迎光临。

徐良英不答话,掉头就往外走。大厅门口竟也守着两个日本兵,硬邦邦地将他拦住了。

徐良英冷冷瞥一眼辛东博,说,你知道,我不给日本人看病。

辛东博一咧嘴,说,小爷,患者不是中村英正先生,你过去看看就知道了。刚才告诉你了,是咱们同行,对,是咱们中医同行。

中村英正已挥了下手,说,请吧。

几人大踏步进了内室。内室里僵卧着一个干瘦的老者,脸上灰扑扑的,看上去了无生气,正是中村英正的大伯中村宏。徐良英听庄凤梧说起过这位日本怪人,一个日本老汉医,从某种程度上说,还真是位同行。

中村英正叹了口气,说,我大伯缺少现代医学的防范意识,还照旧去肮脏的鬼市去寻找古医书,染上霍乱后,又坚决不肯接受西医的治疗。他说他身为日本汉医研究总会的副会长,只接受汉医或者中医的治疗,如果死了,就算是为汉医殉道。

徐良英不由想起了上次见溥仪时,中村英正说起的汉方医药在日本被根绝的事,忍不住问,为什么要死而殉道,活着去弘道,不是更好吗?

中村英正哼了声,说,没办法,他太固执了,如果不是我强制给他进行了静脉注射,很可能他他已经是一个殉道者了。

不过,他昂起头盯着徐良英,说,我仍是不相信你们中医能治好霍乱。

徐良英根本不看他,只是默然望着中村宏。辛东博还想劝说,一直僵卧的中村宏却忽然捂着肚子又呻吟了起来。

徐良英已取出了银针,分别刺入了中村宏的中脘、内关、足三里。中村英正负手斜睨,看徐良英沉稳地捻动银针,眼中掠过一丝不屑。

随着徐良英最后一针刺入老人的公孙穴,中村宏的呻吟声竟止住了,眼睛睁开了一线,惊疑不定地望着这位年轻的中国医生。

徐良英说,放心,我一定会治好你。

说话间,再将两根银针分别刺入他的合谷与天枢。老者又呻吟了下,虚软无力的眼神居然明亮了些。

徐良英又细细看了老人的舌苔,才开始给他双手把脉。中村英正已是第二次见识他这种奇特的把脉手法了,眼神中的轻蔑散去不少,变得若有所思起来。

徐良英将开好的药方推到中村英正的身前,说,患者气息奄奄,精神昏沉,必须用回阳救急汤加味,要尽快抓药过来。

中村英正挥手命一名亲随去抓药,向徐良英彬彬有礼地鞠了一躬,说,我大伯很可能还没有脱险,还得请先生再来应诊。

徐良英摇摇头,说,用不着我再来出诊的。

中村英正拧起了眉毛。徐良英又说,我先不会走,要亲自看他服药后的情况,晚饭前后,他的病情就会完全控制住,三天后应该能康复。

中村英正却笑了,说,看来徐先生很自信呀,那我一定要看看。

辛东博急忙说,没错,中村君,良英就是这么神奇,上次治好梅老板的小公子,也是这么神,他说是两三剂药,最后果然就是两剂药痊愈。

草药很快就如数抓来了,中村英正亲自指挥着下人们煎药。徐良英颇有些吃惊,只看煎药这环节,就能看出这个日本汉医世家的严谨,一板一眼都很精细。

中村宏喝了一剂回阳救急汤后,果然就出了微汗,脸上也慢慢有了血色。中村英正忍不住伸手去摸,见大伯原本冰冷的双腿竟也温暖起来,这位日本军官的脸色不由变得和缓了些。

黄昏时分,中村宏老人忽然呻吟了下,哇的一声号哭起来。辛东博吓得心惊肉跳,只道是徐良英玩砸了,中村宏这莫不是一命归西前的哀号了?

中村英正忙问,大伯,您这是怎么了?

中村宏不搭理侄子,只直愣愣地瞪着徐良英,说,徐先生,多谢你这位救命恩人。你看,中医是多么神奇的医术呀,可惜,跟它一脉相承的汉方医学,在我们日本那里,已经被废止了八十年啦,八十年呀……

那张干瘦的脸上慢慢淌满了泪。他哭得很痛苦,那张脸就扭曲出很多的褶皱,老泪便如纵横的山洪般顺着那些褶皱滚落下来。

徐良英知道,那里流淌的也许是深蕴了几十年的痛。

老人哽咽着说,六十年来,我们做过很多艰苦的努力,却收效甚微。四十年前的议会之争,汉方医改正法案以 27 票之差败北,不久之后,我亲眼看到家父在先祖墓前泣血告罪,然后剖腹自杀……好在,后来,在"一战"前后,我们曾经看到过一点汉方医学复兴的希望之光。

他艰难地在枕边摸索着,然后费力地抽出一本书,颤巍巍举起来。

徐良英细看那封面,出版书店的名字虽是弯弯曲曲的日本文字,但书名的五个大字确是很醒目的汉字:

医界之铁椎

他猛地想起来,在庄凤梧的书房曾见过这本书,那时觉得这名字古怪,还和庄凤梧开过玩笑,说,怎么医学还有铁椎,难道用铁椎做针灸吗?当时庄凤梧却神色一派肃然,说,是位日本前辈同行写的,很有见地。"铁椎"一词,是用当年张良遣大力士在博浪沙以铁椎狙击秦始皇的典故,那是推翻秦暴政之首响,借喻此书也能成为复兴汉方医学之强音。

后来徐良英认真读过此书,记得那书是上海名医丁福保翻译的,原作者和田启十郎竟是在 1910 年就自费首印了该书,里面的内容确实见识卓越。

这时他盯着老人手中的那本揉搓得皱皱巴巴的书册,忍不住喃喃地说,西医非万能,汉医非陈腐!

这正是此书作者和田启十郎毕生倡导的理念,他一入眼就觉得深印入脑,这时忍不住随口吟出。

你也看过此书?中村宏咧嘴苦笑起来,很好,很好。西医非万能,汉医非陈腐!徐先生妙手,请转告庄会长,希望你们中国同仁一定要挺过来。希望你们能成为中医复兴的大铁椎,凿破一切蛮横封锁的大铁椎!

他将枯瘦的手掌慢慢攥成拳,虚弱而又坚定地挥了挥。

徐良英盯着那干枯的拳头,说,请放心,我们中医一定会挺过来的。

中村英正却哼了一声,说,大伯,不要那么固执。中医有精华的部分,但更多的是谬误和错乱,总体就是一种神怪学说,而且依着他们现在这条路走下去,只会越走越偏。

中村宏苦笑了声,显然对侄子的这种论调也听得多了,这时候他的身体还比较虚弱,便大口喘息了几下,不再言语。

徐良英已站起身,收拾好了药箱,向厅门走去。中村英正命人奉上诊金,徐良英却看也不看,辛东博忙哈着腰上前接了过来。

中村英正冷着脸大步跟了过来。

徐良英没有回头,也没有停步,只冷冷地说,还是那句话,既然这样瞧不起中医,就不要再大肆搜刮我们的中医古籍!

中村英正说,中医只有不足十分之一的东西算得上精华,我现在要做的,就是确保全部留下这些精华。我跟我大伯的看法不一样,他是个悲观主义者,而我,一直是行动上的强者。汉医很快就会复兴,中医的精华会保留在日本,并只能在帝国得到流传和振兴。

徐良英根本没搭理他,大步出了门,辛东博已经上了小汽车了,在车窗内向他招手。徐良英也没应,提着药箱,一个人闷闷地走入夜色中。

路灯的光线很昏暗,那些路灯下大多蜷缩着破衣烂衫的乞丐,徐良英看到那些人,心里面就有些难受。他掉转方向,向庄宅走去。这段日子他很少看到秀薇和阳阳,现在真的想老婆孩子了。

夜空是一片墨蓝的颜色,还有稀疏的几点星,白天被毒日头烘烤得热腾腾的浓云这时都睡着了,如凝固的黏粥般糊在头顶。

走着走着,却见前方黏粥般的浓云下透出了些亮光。红色的光,映得那片云黄紫交织,有些炫目。

徐良英忽然生出些不祥的预感。那片云的方位正是庄宅的方向。他急忙快步奔了过去。

果然,庄凤梧的宅子起火了,老远就听见了哭声、喊声和各种嘈杂声。徐良英扔了药箱,拼命赶了过去,越向前奔,越能感受到前方骇人的火势。他的双腿也有些虚软无力。

院子里哭喊叫闹声喧嚣一片。徐良英一眼就看见了秀薇。抱着阳阳的秀薇正在嘶声哭喊着,爹,爹爹……

他急忙赶过去,一把抱住了媳妇。秀薇却似疯了一般,只是指着火光里大喊,书房起火了,火很大,可是爹,爹……跑到火堆里面去了,说要找他的白云堂……

周遭有很多人在忙碌,各种盆呀桶呀被人拎着乱糟糟地泼洒。离得最近的消防水局已经赶过来了一家,水机却太小,只能稍稍控制住火势不至蔓延到邻家,更大的金龙水局还没有赶过来。

书房已经完全被火焰吞噬了,却还能看见个模糊的人影,在火光里踉跄着,一头栽倒了。

徐良英终于打听明白了。原来今晚有客人来访,庄凤梧送客出去时,又在街上陪客人聊了许久,回来一进门就发现书房起火了。庄会长立即想到了自己深藏在书斋里的白云堂孤本《伤寒杂病论》,不由顿足捶胸。虽然那时候火势已经很大了,老爷子还是疯了般冲了进去。

徐良英知道,在一片火光团团烟气中要想找到那几部古书实在是太困难了,而这书房里面又都是满柜子满柜子的书,见火就着,火势完全无法控制。

爹,爹爹! 秀薇还在撕心裂肺地狂喊着。

徐良英不由想到,老丈人一辈子谨小慎微,遇事都要寻思到有九分把握了才动手,可这一次,他居然义无反顾地冲进了火海。

火光冲天,照亮了整个苍穹。满院子都是焦煳味,书房还在毕毕剥剥的声响中燃烧着。那声音很有些恐怖,仿佛在向整个世界示威般地怒啸着。

火光也映红了徐良英的一双眸子。他猛然仰头怒吼了声,声音高亢而又激烈,竟似压倒了世间所有的声响。秀薇甚至愣了下,只觉丈夫那吼叫声似乎不是发自口舌,而是从肺腑里直撞出来,撞向那惨红得有些虚假的天地。

吼声中,徐良英陡地从水局人手里面抢过一件湿漉漉的被单子,斜搭在头肩上,骤向火光深处冲了过去。

旁人见了，都不禁疾声惊呼。徐良英却像一匹愤怒的战马不管不顾地冲向熊熊燃烧的书斋。人们都在拼命地跺脚喊叫，让他停住，却没有用。两侧的人能看到徐良英的双眼都是血红血红的，分不出是充了血，还是火光映的。

也许对于徐良英来说，此刻他的整个世界也都是一片火红。

不　息

那晚匆匆赶回来，庄合超给庄仲衡把了脉，便知道老爸要不行了。偏偏老爷子没怎么休息，强撑着给他们爷儿俩讲述了庄家最后的一段故事。

庄合超心里面的滋味简直难以言说。这段故事其实就是一段真相，而他多年前便已隐隐约约地猜到了，只是此时此刻，听老父在人生的最后关头亲口说了出来。

他感觉自己从少年时代开始，仿佛就一直在溯流而上，追逐着一条蜿蜒无尽的大河，悄悄地探寻了许多年，终于站在了大河源头，却看到了一片意想不到的沧桑。

转过天，庄合超没有走，这也许就是老爸最后的时光了。

庄仲衡已经到了弥留之际。

早上 10 点多，老爷子才睁开了眼，看看儿子，又看了看孙子，声音很虚软，说，永昆，那把扇子，是留给你的。

庄永昆怔怔地从老爸手里接过了一把折扇。

那折扇是老爷子晚年临摹的那把梅老板所赠的折扇。庄仲衡的书法很不错，临摹梅老板"仁者爱人，生生不息"这八个字居然有七分神似。

庄永昆托着折扇，又想到昨晚爷爷跟他说的话，心里面像翻江倒海一样。

那本书，《伤寒问心录》是给国家的。庄仲衡的声音慢慢低了下来，书上全是我的心血,对老祖宗的东西应该算参透了一些,也算告慰先人了。我过去总对你说,人一定要把老祖宗的玩意儿参透,要接过传承,但现在想,合超你的路子应该也对,不算偏,毕竟啊,我们做好了传承,还得有自己的真东西。

庄合超感觉心里咯噔一下,暗想这应该是这么多年来,老爸第一次夸奖自己,一时许多滋味一起涌上心头,竟接不上话,只知道不住地点头。

庄仲衡又喘息着说,记住,现在全民抗疫,一定不要给我举行什么追悼会,不许搞任何仪式……他却似又想到了什么,喘息急促起来,说,合超,我这儿……就这样了,你得抓紧回医院,不能耽误在这儿,要抓紧呀。

庄合超看到老爸的目光僵直起来,忙说,爸,您放心吧,医院现在已经很好了,一切都控制得很好。

庄老爷子哦了一声,便如释重负地吐了口气,那口气很长很长,随即再无声息。

庄合超一凛,忙去探鼻息,随即撕心裂肺地喊了声爸,就号啕大哭起来。

在庄合超的记忆中,父亲对自己永远不满意。但现在,这个世界上,对他永远不满意的那个人走了,他才蓦地觉得茫然无助,才觉出了真正的孤独。

这一刻,他真希望老爸依旧硬朗地活着,继续用那种挑剔的目光看自己,继续跟自己说那些挑剔的话。

但是没有了。世界上,那个一直挑剔自己的人走了,那个一直不会骗自己的老爸走了,永远地走了。

号称"卫市一宝"的中医老权威庄仲衡去世了。

正在疫情时期,庄合超并不想惊动太多人,但消息还是很快传了出去,包括这个小区的很多人,也都知道了老爷子去世的事。

这是出殡前的一个晚上。按照卫市的传统,在亡者出殡的前一晚,都有个"送路"的习俗,即逝者的亲朋好友都赶过来,按照民俗的规矩,再送亡人最后一程。但现在是特殊时期，一切从简，况且庄老爷子留下了遗言，不要搞什么仪式，自然也不能让亲友们赶过来，形成聚集。

晚上9点，站在楼下的庄永昆却忽然发现，许多楼层的窗户都打开了。很多人点亮了打火机，有人打开了手机里的手电筒，探身向下晃动着，甚至有的人干脆举起了蜡烛。

庄永昆明白了，在这个特殊的时期，他们都用这种特殊的方式来给爷爷送行。

让他想不到的是，居然有这么多人。他知道，在小区这两排老楼里面，曾经有不少邻居都麻烦过爷爷，但绝没有现在看到的这么多人，那应该是邻里间口耳相传的结果，然后就是邻里间各种微信群的传播。看到居然有这么多人，用这种特殊的方式为爷爷"送路"，庄永昆竟有些心神恍惚。

点点火光在夜空中闪烁着，清冷的空气似乎也被烛光烤得抖动了起来，光和影都有些变形。庄永昆就觉得眼里面有热浪在拱着，整个世界都一点点地变得模糊了。

刘学仁这时走到了他身边，低声说，看到了吗？这就叫公道自在人心。

庄永昆嗯了一声，喃喃地说，爷爷临走前曾经对我说，要有广大的心量。当时我还觉得"心量"这个词太抽象，现在，我看到了。

刘学仁说，我记得你刚出生的时候，你爷爷非常高兴。你爸爸其实已经非常出色了，但你爷爷对他的要求太高了。后来我觉得，老爷子把对你爸爸的希望，又都放在你身上了。

他没说下去。庄永昆却又想起了爷爷留给他的那把扇子，扇子上那"仁者爱人，生生不息"八个飘逸的行楷大字更是倏地划过眼底，顿觉脸上和心里面都火烧火燎的。

夜空里那些烛光还在幽幽地闪烁着。他觉得那是无数双闪着光的泪眼，火光中似乎也有些声音在对他喊，拾起来，拾起来，老爷子的那些东西你应该拾起来。

庄永昆不由泪流满面。一直以来，庄永昆总认为爷爷就是个堂吉诃德，他一个完全传统思想的人，在完全现代化的时代里，就如同单枪匹马挥戈纵横的武士，浑身伤痕累累，却绝不妥协。

直到这一刻，世界在他眼中一点点地变得模糊，又一点点地变得真实，他才觉得，自己终于有些明白了爷爷，也明白了他和爸爸对自己的良苦用心。

最重要的一件事就是让老爷子的骨灰入土为安。在公墓，庄合超打开了视频通话，将老父去世的消息告诉了大哥。庄合兴在视频那边放声大哭。

其实无论是陪伴在庄仲衡身边的庄合超，还是远在大洋彼岸的庄合兴，都对老爷子的离开有心理准备。只是真到了这一刻，哥儿俩谁也受不了。

庄合超让大哥暂且不要把老爷子去世的消息告诉妙妙。妙妙远在被封城的武汉，就不要让她再有心理波动了。同样地，他也没有把这个消息告诉齐美琳。

这次突如其来的罕见大疫，足够击穿一个大城市的医疗资源，这是真正的大灾大疫，不知有多少户人家面临生离死别。庄妙妙和齐美琳，到底是身在异乡为异客，还是等她们回到卫市后，再慢慢消化这些痛苦吧。

对大哥庄合兴，庄合超也没多说什么，反而安慰了他几句，就说，你回来的时候，疫情应该已经过去了，那时候带上妙妙，再好好给咱爸磕几个头吧。

庄合超当天下午就赶回了天弘医院。他心里还难过得要命，但是他知道自己必须第一时间赶回医院，不然，老爷子的在天之灵会不高兴的。

查房的时候，冯平叫住了他，一脸痛苦地说，庄院长，我这病情又有了新变化，我的嗅觉和味觉都消失了，怎么回事？

庄合超看了看他，说，那倒是正常现象，以后会慢慢恢复的。

冯平将信将疑，又说，我怎么总是出汗呢，还老是想睡觉，这身体是不是被中药汤子给拖坏了?

庄合超给他诊了脉,说,这是您烧得太久了,身子太虚弱,现在身体发出的信号则是已经在恢复的过程中了。

冯平才彻底松了口气,说,那就好,那就好。

跟在庄合超身边的助手小周也松了口气。他太熟悉冯平了,知道这位可是个尖锐的中医怀疑派,没想到现在竟对庄合超言听计从,看来真应了那句广告语——不看广告看疗效,中医的疗效能说明一切。

第七章

艰　难

身在武汉抗疫一线，齐美琳的感觉也在时时变化着。

刚进入武汉的那一晚，这个城市给她的感觉是一种缥缥缈缈的冷艳凄清。早晨去定点医院的路上，这种感觉更明显，巴士驶在空旷的大街上，周遭都没有汽车，甚至没有噪声，似乎这个庞大的城市是不食人间烟火的。

进入定点医院后的起始几天，忙得没有喘息之机，总听到管后勤的领导在唉声叹气，说 N95 口罩马上就要不够用了，而且不够用的东西还挺多。她心里就很失落，感觉有点孤立无援。

但几天后，听说各路社会组织、企业，还有国家卫生健康委都打来了电话，努力提供各种援助物资。后勤领导在群里面晒出了爱心捐助的那些物资，多得让人眼花缭乱。齐美琳和队友们就又觉得很感动，有种吾道不孤的温暖感，虽然在被封城的武汉，身处被隔离的医院，却并不孤单。确实，很多双热切的眼睛在望着我们呢。

这种多变的心绪也正是援鄂医疗队的常态，在真正的抗疫一线，随时会有各种各样的变化。

开始那段日子硬扛下来后，齐美琳感觉到口罩似乎成了脸上的又一层皮肤,她也不会再晕得呕吐了,而且穿上层层防护服,戴上帽子、口罩、护目镜、面屏,厚厚白色铠甲全部披挂在身,整个流程已被她缩减到了二十分钟以内。

她跟庄妙妙说,觉得自己正慢慢地变得强大了。

庄妙妙的病情也一天天地见好。有一次齐美琳过来查房,装作很哀怨地说,看来咱俩在一起的日子,是过一天少一天了。

庄妙妙就说,我们早一天出去晚一天出去的生杀大权,可都在你手上呢,你可以不签字呀,我们就出不去了。

我们?齐美琳看了眼旁边眯着小眼笑嘻嘻的何锋,说,叫得真亲热。

何锋有种跟人自来熟的功能,这些日子下来,已经跟庄妙妙的闺密兼自己的主治医生齐美琳混得挺熟。他也经常来庄妙妙的病房探望,庄妙妙病房里面的几位女病友都很喜欢这个开心果。

这时候何锋就说,不,我们不出去,你们这边的清洁工似乎挺紧缺。我可以留下来为你们服务,无偿服务。

齐美琳说,那可拜托了,你们俩可别出去呀!有你们这种甜蜜蜜类型的,能够有效调节患者们的心情。另外,何老师,这里似乎不是你的病房吧,你过来探视也是有时间限制的,赶紧回去,别套近乎啊,我可是铁面无私。

说到清洁工,这几天齐美琳确实注意到一位比较独特的清洁工大妈。

看年岁她应该是五十多岁了,虽然戴着口罩,但也能看到她粗粝的脸上那些深刻的皱纹。这个大妈就在红区里打扫卫生。当时还肯留在医院里的后勤人员并不多,每次看到她弓着腰在楼道里收拾垃圾,齐美琳心里就很有些触动。而这位大妈每次见到齐美琳和几个医生过来,也总是特别客气地点头打着招呼。她打招呼时带着浓浓的湖北口音,齐美琳也听不大明白,每次便也只能客气地点头微笑。

就这么一来二去,齐美琳记住了这位总爱跟人打招呼的清洁工大妈。

这天晚上,又在过道里面碰见了大妈,齐美琳正好不是特别忙,便跟她聊了两句，得知大妈姓刘，是物业公司的临时工，专门负责医院红区的清洁。

齐美琳随口问了句，您不害怕被传染吗？这里可是红区。

刘大妈说，怎么能不怕呢，但我们本来就是来武汉打工的，封城了，我和儿子都只能留在了这里。其实疫情前，我就是这家物业公司的临时工，就分在这家医院做清洁。忽然间来了疫情，很多人都走了，物业把钱提到了每天600，也不好找到人。

她说着就笑了，眼角又挤出许多笑纹，说，我和我儿子还是留了下来，我儿子在另外一家医院做保洁。说实话，但凡肯过来的人，心里都想着为武汉做点什么。武汉现在太困难了，我们总得为她做点什么，哪怕是收收垃圾。

齐美琳很有些感动，就说，您这就叫勇气，敢留下来服务的，都是有勇气的。

刘大妈忙说，齐医生您说得太高尚了，我们没那么厉害，这不还给报酬了嘛，每天足足600元呢。她很快又叹了口气，说，不过啊，齐医生，物业公司发给我们的这身衣服不好，总觉得没什么防护，可不如你们这身！

齐美琳也早发现了这个问题，刘大妈只戴着个普通的医用口罩，手套也很单薄，细问才知道，物业这边的口罩和防护手套配备严重不足，有时候还需要反复使用。齐美琳就说，这可很不好啊，感染概率会增加的。

是呀是呀，刘大妈连连点头，又犹豫着掏出一个小盒子，说，齐医生，这个凡士林护手霜，送给您，您这细皮嫩肉的，得注意保养。嗯，您那样的防护服，能不能帮我买点？

那通体白色的盒子很小，盒盖上很简单地写着"凡士林·保湿"几个字。可能是觉得自己送出来的小礼物太便宜，刘大妈很不好意思，眼角的笑纹就挤得更细密。

齐美琳心里一酸，转身去更衣室给她拿了三组手套和 N95 口罩，连同她的护手霜一同塞给了她，说，我这种防护服确实没办法买到，您的口罩和手套肯定不行，以后就戴这种 N95 的口罩。

转过天，她匆匆地走过通往红区的通道，又看到了刘大妈。正是午后，刘大妈很可能是累了，正在过道拐角那儿靠着墙打盹儿。

齐美琳忍不住把她叫醒了，见她脸上似乎还是昨天的普通口罩，就问，怎么没戴昨天给您的 N95 口罩？

刘大妈又有些不好意思，告诉齐美琳，口罩给了她儿子，她儿子大宝还年轻，还没娶媳妇呢，可不能让他病了，网上说这病要是年轻人得了，各方面都影响呢。

齐美琳很无奈，说，以后您不管多困多累，也千万不要在这个过道打盹儿，这里离着红区太近。

齐美琳觉得这问题不算小，当天下了班后，就去找了温合。她跟温合说，清洁工也好，临时工也好，其实大家都是一体的。现在我们就如同与敌军对垒的大阵，看似防守严密，但其实只要有个破绽，敌人就很容易会从这地方攻破我们。

老温对齐美琳印象很不错，但听完齐美琳的话，老温想了想，还是无奈地摇头，说，你说得都对，虽然那家物业公司应该对这件事负责，我们医院也应该管他们，可是问题是，我们现在还真不能大包大揽地都包下来。因为我们的 N95 口罩，还有防护服，真的都很紧张，我们自己能不能够用都不好说。

老温有些歉疚地笑笑，说，别急，我们再想想办法，再等等，未来都会好起来的。

齐美琳无奈地挤出了一丝笑，心想，未来都会好起来的，就是说，现在不好很正常，但未来是多久呢？一年，两年？

老温很可能是捕捉到了她眼中的那抹无奈和怀疑，就说，小齐，别不信我的话。你可能还不知道，我们这第一批卫市的援鄂医疗队是在大年初二就赶过来的，那时候才真是条件艰苦。刚赶过来的前两天，跟院方还在办着交接呢，患者们的情况就已经很紧急了，可病区里面药品奇缺，氧气瓶的数量都不足,而且是严重不足,我们甚至没有监护仪和呼吸机。更麻烦的是,连合理的治疗方案都没有确定……都说万事开头难,可我们这开头的两天是真的难呀,算起来也就是五十多个小时。我这辈子没害怕过什么,但那时候真的害怕了。可是我还不能表露出来,这个架子还得端着,我不能慌啊,底下很多人都看着我呢。

老温说着抖了抖肩,做了个端架子的动作,虽然在这里没穿防护服,但胖大的身子抖起来样子仍很滑稽。

齐美琳笑了起来,心情不由好了些。不管怎样,她觉得老温是个靠谱的好领导。

生命中总有许多猝不及防,猝不及防的失去,还有猝不及防的遇见。庄合超就在天弘医院遇见了他完全意想不到的特殊患者,萱萱。

萱萱感染了新冠肺炎。

事情很凑巧,这几天齐母见萱萱又闷闷地在想妈妈,就带着她出去逛了逛。据后来疾控中心追踪的线索显示,萱萱与一位最近发现的新冠肺炎患者在遛弯儿时遇见了,而且还有了接触。虽然齐母给她戴了口罩和手套,但萱萱到底是个才六岁的小女孩,路上免不了有揉眼睛揉鼻子的小动作。

她最初的症状只是咳嗽和喉咙痛,随后就发起烧来。

齐母很着急。开始的时候还不敢确认是不是新冠肺炎,因为萱萱的身体一直不大好,以往感冒发烧是常事,最近吃了庄合超的中药,身体才有了起色。家里的儿童药挺丰富,齐母就按照以前萱萱发烧的路子给她吃了退烧药和感冒片。没想到,以前挺见效的组合这回不灵了,齐母有些慌了,虽然是在这个节骨眼儿上,也只得硬着头皮带着孩子去看了发热门诊。

萱萱很快就确诊了。齐母成了密切接触者,也需要隔离。

麻烦在于,萱萱太小了,是卫市最小的新冠肺炎患者。齐母便要求陪着外孙女。

谁也想不到，萱萱的病情居然发展得这么快，很快就到了普通型。

齐母有些慌了，还不敢告诉齐美琳，想到齐美琳曾交代过她萱萱喝中药的事可以咨询庄合超，就给庄合超打了电话。庄合超也非常吃惊，因为他熟悉萱萱的情况，这么快就越过了轻型，说明她的抵抗力很差，忙向那家定点医院的主治医生问明了情况，立即就安排转院到天弘医院的仲景病区。

他看过相关研究资料，发现其实这次疫情中，大多数儿童病例都是轻型或普通型的，但仍是有小部分会转重，甚至会引发严重或危急疾病。而萱萱这孩子的禀赋比较弱，很可能还有基础性疾病，妈妈又不在身边，所以不敢掉以轻心。

庄合超赶去看了萱萱，又细细诊了脉，心里就有些着急，眉头也拧成了一个疙瘩。

据旁边的齐母说，已经两天了，萱萱的情况一直就是低烧转高烧，吃药后会变成低烧，然后晚上又会恢复成高烧。

齐母的精神状态很差。她一个劲儿地摇着头，说，太巧了，怎么就会找上了萱萱？

庄合超只得先安慰老人，又问起详情。

齐母说，那天带着萱萱去转转门口的公园，也是想让孩子开开心。结果正碰见那个人在公园里放风筝……

庄合超知道她说的"那个人"，就是之前发现的那位患者，又听她说起风筝，心就咯噔一下。他知道，无论在齐母那里，还是在萱萱心里，对风筝，都有种别样的情结。

他就叹了口气，说，这时候了，居然还有人在放风筝。

齐母的叹息声有些宿命的意味，说，那是个老年人，拿着风筝，想放起来。风不大，终究没飞起来，掉在了地上。萱萱过去拾起来，递给了他。那老头儿看看萱萱，说，小丫头真乖，这个风筝送你吧。我急忙推辞，老人笑了笑，忽然打了个喷嚏，转身就走了。

庄合超说，那老头儿和萱萱，都没有戴口罩吗？

齐母摇头说，都戴了，但老头儿的口罩在鼻子下面，而萱萱在路上一直嫌口罩太憋闷，拾起风筝那阵子，口罩恰巧也是在鼻子下面。

庄合超默然无语，心里面很不是滋味。

齐母忽然抓住他的手，说，庄院长，你一定要救救萱萱呀，一定要治好她，看在我家老齐的面上，看在美琳的面上。

庄合超忙说，肯定的，这个您一万个放心。而且萱萱的情况，现在也只是普通型。

齐母迟迟不放手。庄合超觉得老人的手真的很用力，想起了什么，忙说，对了伯母，我想，这件事，暂时还是不要告诉美琳吧？

齐母怔住，眼里面都是迟疑。

庄合超说，我们这边会尽快想办法让萱萱好起来的。很快她就又是那个活蹦乱跳的萱萱了。

齐母有些无奈，说，其实我开始也这么想的，先不告诉琳琳，所以这两天只是跟她简单通了电话，她想视频，我就说孩子已经睡了。但琳琳想孩子，已经说好了，今晚就要跟我们视频的。

庄合超叹了口气，声音很沉闷，觉得整个楼层都被自己的叹息填满了。这就是信息社会，没有秘密和隐私的现代社会。

沉了沉，他终于说，等晚上吧，我亲自告诉她。

他又进了病房。

萱萱瞪大了眼睛看着他。她已经认不出这个一身白色铠甲的"怪异"叔叔。

庄合超就笑笑，说，萱萱，你很快就会好起来的。

萱萱也笑了，忽然说，我知道，你是医生，是庄大大。

庄合超说，萱萱真聪明，听出了大大的声音？

萱萱点点头，又指着他胸前记号笔写就的硕大名字，说，我认识这三个字,庄合超。我见我妈妈写过。

庄合超觉得自己的脸热了下,有温暖有喜悦有感动,还有许多愧疚。

因为这两天发烧,萱萱又瘦了些,眼睛就显得更大了。那双眼睛继承了齐美琳的美丽,更加纯真和清澈。

被这双充满童真的眼睛注视着,庄合超觉得自己又面对着宁静的洱海。他说,萱萱还在发烧,要马上喝药退烧,乖乖听大大的话,很快就会好,知道吗?

萱萱忽然说,我想妈妈。

她的眼眶红了,眼泪忽然就涌了出来。

庄合超陡地觉得护目镜有些模糊,平静了下,才慢慢说,好,等晚上妈妈下了班,我们一起跟妈妈聊天,好吗?不过啊,萱萱要乖一些,要照着大大教给你的话,告诉妈妈你现在已经退烧了,吃饭也挺好,好吗?

萱萱点点头。

庄合超出来后给助手小周说明了用药,祛毒清肺汤上做了加减,毕竟是给孩子用的。

难题很快出现了,萱萱喝了中药汤后,马上就都吐了出来。这孩子的脾胃本就比较弱,发烧了几天,反应就更激烈了。这也是以前庄合超给她治疗时面临的一个难点,给她开药和服药,都要小心翼翼。

庄合超只得又调整了下用药,药量也大幅减少了。

萱萱这次没有吐。不过,可能是因为药量和药方做了更改,祛毒清肺汤这次不那么神了,萱萱的高烧虽然降下来了,情况却并不稳定,到了晚上,仍旧有些低烧。

庄合超站在病房外,攥着手机,透过甬道窗户,望着外面黑沉沉的夜空发起了呆。

在武汉的齐美琳也有些心烦意乱。前两天跟家里联系,萱萱总是睡得很早,这有点不大正常,老妈说起话来也总是很匆忙的样子,似乎在隐瞒着什么。

而医院里,她也遇到了些让她措手不及的事。

两天前,有一位她负责的患者去世了。

这是位七十八岁的老太太。她原本不是齐美琳的患者,但在医院里可是大名鼎鼎。因为这位老太太在治疗期间非常烦躁,从不跟人说话,任凭医护人员怎么跟她聊天,她都不搭理。没人的时候,她反而会自己嘟囔几句。一来二去,所有的医护人员都知道了这位"哑巴"老太太的怪脾气。

她是被社区发现后送进来的,因为不跟医护人员交流,所以就没有办法联系到她的家人。老太太一个人躺在病床上,孤零零的,不言不语,非常可怜。

有一天她忽然自己拔掉了氧气管子,亏得正在查房的齐美琳看到了,立即采取了措施,又耐着性子陪老太太说话。不知怎的,从不说话的老太太忽然嘟囔了句,说,姑娘,你的眼睛真好看,有点像我闺女。

齐美琳很高兴,就问起老太太闺女的情况。当聊起老人才十岁的孙子时,老太太的眼里终于有了些光芒。

老温知道"哑巴"老太太终于开口了,也很高兴,就跟齐美琳说,这老太太跟你有缘,就算你的患者吧,以后由你来专门负责她。

从那以后齐美琳就经常赶过去陪老太太聊天,也终于跟她家里人取得了联系。那一天,齐美琳还用手机帮着老太太同她女儿进行了视频聊天,老太太跟女儿又哭又笑。她女儿听了齐美琳事先的叮嘱,也叮嘱母亲一定要全力配合医生接受治疗。老太太也满口答应了。

一切都很不错。可谁也没料到,在当天晚上,老太太病情忽然就转重了,转天就上了 ECMO。院方采取了能想到的一切措施,但老太太还是在下午 3 点钟去世了。

齐美琳的眼泪哗哗地流了下来,全都流在了自己的口罩里。

这是她负责的患者中第一个去世的。她哭得无比委屈，因为已经用了这么大的精神，竭尽全力地去照料了、安慰了、治疗了，但没想到，老太太忽然转入了危重，而在想了那么多办法后，她仍旧是去世了。

那天，齐美琳走下楼来的时候，双腿一直是软软的，没有丁点儿气力。

一个打击之后，另一个打击又猝不及防地当头袭来。清洁工刘大妈感染了，核酸检测呈阳性。

咳嗽、高烧的刘大妈被送进了红区，躺上了病床。五十多岁的刘大妈身体并不太好，喝了两轮中药并没见多大好转。

齐美琳觉得憋闷无比，转过头来就去找温合。

这是我的失误啊，小齐。老温说这话时，脸上再没了往常的笑容。他的心情确实非常复杂，尴尬、痛苦、焦急和愧疚，都显在那张板成铁块般的胖脸上。

齐美琳本来憋着一肚子的气，此刻看到老温这样，涌到嘴边的埋怨话又咽了回去。

老温打开了笔记本，用笔在上面飞快地写着，说，已经算好了，院里面所有清洁工的防护用具，那家物业公司不管我们管吧，其实物业那边也困难。我们呢，虽然困难些，但只要挤一挤，还能坚持。

齐美琳有些无奈，说，温院长您真是个可爱的老好人，这时候还为那家物业公司说好话。谁知道他们是真难假难。

老温说，没办法呀，现在大家确实都很难。那个刘大妈怎么样？

齐美琳说，她的病情挺黏糊，到底岁数大了，现在的血氧饱和度、呼吸、心跳情况都很不好。我们正在努力。现在有个麻烦，就是联系她的家人。

老温说，她不是有个儿子吗？也在附近医院做清洁工？

齐美琳摇摇头，说，她不想告诉她儿子。她说，她儿子就在开发区的那家定点医院服务。但她说她儿子脑子有点直，也没经过什么事，如果病情不重，就先不要告诉他了。

老温沉默了会儿，说，可怜天下父母心呀，不过还是要抓紧联系。我们会尽全力治疗的。

见齐美琳转身就走，老温喊住了她，说，小齐，记住，未来都会好的。

齐美琳愣了下。未来都会好的。大家都知道这句理想主义满满的话是老温的口头禅，她记得前两天老温刚跟她说过，那时她心里面还满是不以为意，但这时候，听到老温这么一板一眼地又说，她却忽然觉得有些温暖。

哪怕是句口头禅，哪怕是一个理想和期待，可终究是带给人力量和希望的话。

最近在武汉定点医院一线，每天就像打仗，也目睹和听说了太多的苦痛，现实世界的阴霾冰冷就像窗外的浓云一样总在人头顶盘旋，她倒更喜欢听到这样有点温度的话。

她又过来看刘大妈。

刘大妈的情况比较特殊，从 CT 影像上看，双肺已出现实变，氧合水平比较低，现在还在低烧。而且刘大妈因为家不在武汉，顾虑就比较多，那张总是微笑着的脸这时便涂满了忧虑。

这家定点医院已经按照老温的要求，进行了中西医结合诊疗，西医治疗方案是口服抗病毒药物，重型、危重型患者会进行支持治疗，同时，会继续上祛毒清肺汤。

现在的情况是，刘大妈喝了祛毒清肺汤后，情况并没怎么好转，齐美琳就很着急。因为她和刘大妈比较投缘，老温就把刘大妈分给了她。老温的原话是这么说的，一定要治好刘大妈，她就是我们中的一员。

哪怕老温不说这句话，齐美琳也会全力以赴。她对自己的每个患者都会全力以赴，对这位每天总是温和微笑的刘大妈，她当然更会付出所有的心血。

刘大妈认出了齐美琳，很吃力地向她微笑，说，齐医生，我感觉自己还行啊，能不能就先别通知我儿子了？大宝的脑子直，遇见事转不过弯儿来。听他说,他们那个医院更忙。大家都是在咬劲的时候,先别分他的心,成不成?

齐美琳不由心里面一热,不知道是该点头还是摇头,想了想说,刘大妈,其实啊,我既是母亲,也是女儿,以我的经验,有了家人的慰问会更有利于您的身体恢复。

刘大妈闭上了嘴,眼神却恍惚了下,叹了口气,说,那就告诉他吧。

齐美琳又想起了刚才老温说的那句可怜天下父母心,心里什么滋味都有,握了握刘大妈的手,说,放心吧,您一定会很快康复的。

院方很快安排了刘大妈跟她儿子视频通话,效果确实挺好。看得出来,刘大妈的顾虑减去不少,精神头也好了点。

齐美琳觉得轻松了些,自己马上就要下班了,查房时便特意下楼去了庄妙妙的病房。

庄妙妙恢复得挺不错,心情却不好。她刚从大学同学群里知道了一个噩耗。

小嘀咕走了。她望着天花板说,目光空洞洞的。

齐美琳虽没见过贾天明,却常听庄妙妙说起贾天明事事爱嘀咕的许多段子,心里顿时涌起一阵钝痛,忍不住问,他很年轻呀,怎么会搞成这样?

庄妙妙说,没想到这么快,据说是二次炎症因子风暴,引发多器官衰竭,真的没想到,这个病毒太魔怔了……

庄妙妙低着头,翻看着手机,而后举起来,说,贾天明是我们同学群里面,最先提醒大家要注意的。我这个人大大咧咧的,又不在一线,就没有在意,但到底有很多在一线的同学都注意了,也就幸运地避开了第一轮的病毒传染风暴。你看,大家现在还在他的微博下面发各种留言,真的,在我们大家的心里面,他还活着。

两个人都沉默下来,竟不知说什么好。

齐美琳只得开导自己的闺密,就说,没有办法,现在大家都是这么苦。最近我看了条微博,一位九十多岁的老太太在急诊病房熬了三天三夜,就为了给自己六十多岁的患病儿子等一张病床。那时候正是武汉病床最紧张的时候，当时那医院甬道里都挤满了人，真的是一床难求……

那条微博我也看过，还转过。庄妙妙眼眶又潮湿了，说，但今天，那个发微博的医生说了，老太太的儿子，就是那位六十多岁的患者，在住进病房后的转天就去世了。

齐美琳的心怦地一跳，故事不应该都是苦尽甘来吗？不应该是大悲过后终有大喜吗？但在突如其来的大疫面前，生命的颜色远没那么缤纷，很多时候就只有这样的黑暗。

那位发微博的好心医生一直将这个噩耗拖到现在才说，就是怕当时说了，会对老太太的心理造成巨大冲击。那时候真的就是一床难求啊。庄妙妙又长长叹了口气，说，你看看我那天的日记，那个学霸师姐的求床记。最后，苏西师姐终于等来了那张病床，可她妈妈刚躺上去就突然发病，抢救无效，去世了。

齐美琳记得自己看过那篇日记，这时不由呆愣了下，问，你说，苏西这个做闺女的，当时得有多崩溃啊？

庄妙妙摇摇头说，苏师姐说了，她那时候甚至没有多少时间崩溃。她当然也会痛苦，也会大哭，但时间很短，对，她忙得连崩溃和悲伤的时间都没多少。她必须迅速调整自己，立即投入战斗。

齐美琳蓦地想起前两天跟庄合超聊天时，他曾没来由地蹦出一句，有时候你会觉得，人生的真相就是那么坚硬冰冷，可我们现在是逆行者，我们连悲伤的时间都没有，因为还有那么多的事需要你去担当……

那时候自己还问他，你遇到了什么悲伤的事了吗？他却只回复了一个苦笑。

她有些恍惚，不由得怔怔地对庄妙妙说，未来都会好的。

庄妙妙也苦笑了起来。

未来都会好的。大家都知道这句话是老温的口头禅，不单医生们知道，连患者们也知道,因为老温查房的时候,也常会对患者们念叨这句话。庄妙妙和齐美琳私下聊天时,也曾经吐槽老温的这种"嘴皮子理想主义"。但现在两人却都觉得,在这样冷硬艰难的环境里,理想主义远比悲观主义更现实也更有必要。

回到宾馆后不久,她接到了庄合超的电话。

说来也奇怪,听到了女儿萱萱患病的消息,齐美琳竟然还能保持平静,平静得连她自己都觉得奇怪。

电话那边的庄合超更有些奇怪。他还怕她接受不了,开始时只说萱萱得了感冒,正在医院里排查。

齐美琳却说,别骗我了,一般的感冒,你很快就处理好了,还用得着兴师动众地给我打电话! 直接告诉我吧,到底是怎么回事?

她说这些话时,语气居然是平静的,可能是因为刚刚跟妙妙聊了太多的悲剧,现在反而能保持平静,至少保持了表面上的平静。

庄合超愣了下,才发现自己似乎真的不擅长撒谎,而且她也确实太聪明,便只沉沉叹了口气。

他的叹气就是答案。又怕她担心,他急忙说,是的,萱萱感染了新冠肺炎,不过,萱萱是普通型。美琳,你真坚强。

她慢慢地说,想不到吧?我一直很坚强。其实我也挺着急,可能是在武汉这里看多了苦痛伤悲,卫市那边至少没有武汉当时的病床紧缺。特别是,卫市那边,还有你呢。

庄合超说,你放心就好。美琳,他顿了顿,调整了下自己的情绪,说,我保证,你回来的时候,一定会看到跟从前一样健康的萱萱。

视频通话在稍后就接通了。

萱萱还是有些低烧,但看到了妈妈,立即就提起了精神,喊着妈妈问,你什么时候回来呀,我和姥姥都特想你。

齐美琳虽然早有了心理准备,但看到女儿斜躺在病床上,脸上还戴着口罩,眼泪就开始在眼眶里打转,说,萱萱乖啊,妈妈这次出差还要一个多月吧。快了,很快了。

萱萱想了想庄合超之前教给她的话,就说,庄大大告诉我了,我就是普通的小感冒,现在已经退烧了,没什么了,我快好了妈妈。你要放心啊妈妈。

见女儿想用她稚嫩的话语瞒下病情,让自己放心,齐美琳陡觉鼻子一酸,眼泪唰地就流了下来,急忙点着头,拼力抑着情绪,说,妈妈放心,萱萱一定会好起来的。萱萱最乖了,一定要听庄大大的话,好好吃药,很快就会好起来的。

娘儿俩说了会儿,齐母也进入了镜头,跟女儿聊了起来。老太太同样在开导女儿,别太担心家里面,关键还是要先咬牙顶住武汉那边,国家的事更要紧。

齐美琳心里又热了下,急忙应着,会的,我一定会的。

她不由想起了刘大妈,刘大妈也曾对她说过,大家都是在咬劲的时候,先别分她儿子的心。刘大妈跟母亲都已是老人了,她们越来越不适应这个时代的快速发展,平时少不了牢骚和吐槽,但在这些老辈人的心底,却依旧是国家为重的传统情怀。

她现在最关心的反而是母亲,就问,妈,庄院长已经告诉我实情,您现在怎么样了?

齐母说,没办法,我也感染了,但我喝了中药就退烧了,也没有低烧和反弹。现在感觉很好,喘气也很舒服。现在我跟萱萱一个病房,重点是照顾她。

齐美琳松了口气,说,那就好,还要听庄院长的,按时吃药。

母女俩又聊了一会儿,才依依不舍地挂断。

过了一阵,齐美琳想起了什么,估算庄合超这时候应该已经回到了办公室,就又给他打了通视频电话。

庄合超刚刚摘掉口罩。这几天两个人都忙得昏天黑地，这时难得在视频里素面相对，便都看到了对方脸上深刻的口罩勒痕。

一时相望无语。

庄合超终于说，你瘦了，美琳。

齐美琳说，你也是。再跟我说说我妈和萱萱的情况到底怎么样，别想隐瞒。

庄合超说，伯母的情况不错，虽然是老年人，但本身只能算是轻型患者，发烧也是低烧，喝了祛毒清肺汤，血氧饱和度有了较好改善，其他各项指标也已经大幅好转了。萱萱呢，情况本身也不算严重，只是她不爱吃药，到底是个孩子。

齐美琳说，就是说，萱萱比我妈要严重，情况更特殊？

庄合超急忙打断她，说，目前的新冠肺炎病例统计显示，90%以上的儿童患者都只是轻型或者普通型，他们很少转重型，以至于开始阶段，有人认为这种病毒不会攻击儿童。不管怎样，从统计数字上看，我们是乐观的。

她定定地看着他，忽然慢慢低下了头，眼泪噼里啪啦地掉了下来。刚才跟妈妈聊天时，她还努力装作一派云淡风轻，这时候却终于撑不住了，哇的一声哭了出来，说，我现在什么都没有了，萱萱千万不能有事……除了妈妈，我只有萱萱……

庄合超听得她的呜咽，心里面也是一阵翻腾的难受，忙说，美琳，你还有我！

齐美琳抬起头，泪光涟涟地看着他，愣住了。

庄合超也愣了，又慢慢地说，美琳，你还有我。

齐美琳的眼中闪出了些温热的光，却又叹了口气，说，这次不算，你还没有想好，我知道的。

庄合超说，我已经想好了。

齐美琳忽然觉得有些害羞，垂下了头，又很快抬起来，说，对了，我这也有个病例要向你请教。

她竟是想到了刘大妈。刘大妈很可能有些基础性疾病，新冠病毒对这个年龄段老人的伤害还是很大的。

听她说明了刘大妈的情况，庄合超沉吟着说，这个患者也确实要多注意些。我认为，首先要让患者退烧，你可以给她用祛毒清肺汤两剂合一浓煎，先让她退烧……

指点完了，他又笑起来，说嗯，随时考虑自己患者的情况，看来美琳真是锻炼出来了。对了，妙妙还在你那儿呢，听说恢复得非常迅速，是吧？

齐美琳说，对，恢复得很不错，也许过两天就要转到方舱医院去了。但我想也许用不了那么麻烦，可能下周她就直接出院了，跟她的男友一起出院。

庄合超问，她的男友？

齐美琳啊了声，想不到自己竟说漏了嘴，这岂不是出卖了朋友？忙说，目前还没有公开，就算是病友吧。你可别去问妙妙啊，不然她怕是跟我没完。

庄合超说，妙妙这个年龄，有了男友那是好事呀。再说，我怎么会傻到去问她，妙妙一定会觉得奇怪，美琳为什么偏要告诉你？

两个人都笑了，为了两个人之间又有了共同的小秘密。

每次停止聊天前，庄合超都要叮嘱齐美琳早些睡觉。齐美琳就笑，背台词般地说，早点睡，记住别太累了，这句话成了咱俩结束聊天的标准用语了。

但齐美琳确实睡得挺晚。视频通话结束后，她照旧打开了自己的笔记本电脑。

她很喜欢在黑夜里点上一盏灯的感觉，在安静中自由自在地敲击些文字，那才是属于自己的时光吧。

悲欣交集

爷爷的去世，对庄永昆震动很大。他常常会想起爷爷临终前对他说过的话，哪怕他不主动去想，那些话那些画面也会丝丝缕缕地自己浮上来。

其实这段时间庄永昆也挺累。他们现在下沉社区的联防联控任务确实非常辛苦，在值守岗位上一站就是六个多小时，不仅要穿着厚厚的羽绒服在北方深冬的冷风中撑着，而且要给每一个进入小区的人量体温，提醒戴口罩。工作虽然很烦琐，但他静下来的时候，就会想很多事，甚至会反思自己当年的选择。

苦闷的时候，他会找人聊天。最近跟他聊得最多的人就是"苏打紫"。那天苏打紫很凑巧地认出了庄永昆，二人聊得很投机。从那之后，庄永昆就常常找苏打紫聊天。他终于知道了苏打紫的真名叫景秀。

这几天，两人每天都要聊上几次。庄永昆挺期盼能在值班的时候遇见景秀。

他一天天地记得很清楚。疫情最严重的那几天，她几乎没怎么上班。2月份以后，慢慢地疫情缓和了些，她又开始出去奔波了，有时候会回来得很晚。

她总是穿着那件红色的羽绒服，虽然戴着口罩，但长发飘飘的样子哪怕在夜色灯影下也很醒目。

每次她都走得很快。一袭火红的苗条影子在天刚亮的时候匆匆地奔向小区外，在天很黑的时候再匆匆地赶回来。擦肩而过的时候，她会向他笑笑。有时候下班回来得早了，她会站在那儿，跟他说几句话。他会觉得那是一天里最快乐的时光。

这一天赶上他晚班，天上飘起了雪花。

看看已经晚上7点多了，他知道景秀今天晚上有个家教工作，按道理也该这个点回来，但看那雪越下越紧，心里有点挂念她。这么晚的天了，如果雪下大了，那便只能坐地铁，或者为了安全起见直接找辆单车，大老远地骑回来。

他伸长脖子望向远方，终于遥遥地望见那道熟悉的影子踏着雪来了。他的心早迎到了她身上，没留神一道影子呼地从身边蹿了过去。

庄永昆转头看见，忙又追了过去，伸着测温计，喊，喂喂，您过来测下温。

那人瞪起眼骂起来,你神经呀,老子刚才测过了,要不然怎么进来的?

庄永昆也是暴脾气,就瞪起眼说,嘴里干净点,你就是没测。

他脾气有点上来了,身子横在那儿,死活挡着那人的路。

那人裹一身黑色皮羽绒大衣,貂皮帽子气势汹汹地翻起来兜着头,只露出半张黑黑瘦瘦的脸。他又眯起一双小眼睛,叫道,怎么着,给点阳光就灿烂是吧,你就这点破权,还敢折腾人,滚远点!

话说到这份上了,两个人都有些急,那人伸手就去拨庄永昆。庄永昆抬手就拽住了他的胳膊。

庄永昆的同事刚才正接着电话,这时急忙赶过来,把两个人分开了。黑皮大衣兀自指着庄永昆骂骂咧咧,庄永昆同事没看清前因后果,这时便只得劝,那人的气势反而上来了,叫嚣着让庄永昆给他道歉。

景秀快步奔了过来,对那人喊,这件事我都看到了,你可不占理的。说着让庄永昆给自己测了温,扬起手腕说,看见了吗?没测温,就是市长也没法闯进去。

那人看出她也是个普通的小区居民,被她的气势完全压住了,还有些不甘心,梗着脖子喊,小丫头片子有你什么事,哪儿凉快哪儿待着去。

庄永昆听他骂景秀,一股火噌地蹿起来,就又要揪那人。景秀忙拦住,向那人说,要不然就报警吧。这里有视频,我是人证,有视频有人证,对你可蛮不利的。

黑皮大衣冷笑着说,报警就报警,谁怕谁呀。

话是这么说,但黑皮大衣的调门声势都小了许多。庄永昆的同事又过来劝,连哄带吓,终于让黑皮大衣测了温。黑皮大衣觉得自己丢了面子,狠狠瞪了眼景秀,气哼哼地走了。

庄永昆对景秀说,这家伙很不正常,我送送你吧。他转身请同事在这里多盯一会儿,就陪着景秀进了小区。

雪已经下得挺厚了,脚踩在雪地上,发出嘎吱嘎吱的声音。景秀住在小区的紧里面，庄永昆正好很欣喜地陪她走这段长路。

谢谢啊。他说，要不是你，我可能就跟这家伙打起来了，当时感觉气都顶到脑袋上来了。

景秀说，你脾气还不小啊？

他说，可能这两天也有些着急吧。妙妙姐在武汉说，武汉大医院最近很需要防护服，我们在美国联系的第二批，挺不顺利的。

有时候就是这样吧，想做好事，却发现挺难的？景秀说着就笑起来，所以我劝你，没事的时候还是多想想高兴的事。

庄永昆说，从上大学起，我就没什么高兴的事。

景秀侧头看着他，说，哪儿能呢，看你这样子不像是抑郁呀。你上小学中学的时候，总有点高兴事吧？

庄永昆说，小时候呀，不让我背汤头歌就是晴天了。高兴的事当然也有，但记得住的真没几件，我爸我妈又都是那么忙，连一起陪我去公园的日子都没几天。

想了想，他又说，对了，有一件事倒挺有意思。我高二的时候，有一阵子我忽然喜欢上了手表，就打着过生日的幌子，跟我妈要一块光动能手表。因为我从小挺聪明也挺乖的，我妈特宠我，我一般要什么她都会给我。但我看中的那款光动能手表要 2000 多，我妈有些犹豫，就告诉了我爸。结果不出意料，我挨了我爸一通训斥。

景秀笑起来，说，你这有点像《红楼梦》里的贾宝玉了，贾宝玉就怕他爸爸。不过你挨了训，怎么还算是高兴的事？

他也笑，说，是啊，虽然挨老爸的训已经习惯了，但当时还是挺郁闷的。不过没想到，等到了我生日的那个周六，早晨一睁眼，我看到书桌上放着一款精致的蓝盘手表。我爸告诉我，十七岁已经不再是个男孩了，想有一块手表也无可厚非，那就来只全自动潜水表吧，以后要像男人一样去战斗。那是一款很热门的潜水表，全自动机械，样子还挺酷的。

说到这里，庄永昆的目光有些悠远，恍惚间似乎又回到了十七岁时的那个清晨。阳光像明黄色的丝绸，从窗帘的缝隙里飘进来，映得桌面上那块蓝色的表盘如同凝着一汪神秘的海水。

景秀啊了声，说，那你老爸对你挺好呀。既满足了你的愿望，又对你进行了教育，有激励、有惊喜，不错。

庄永昆不由得愣了下，这时才忽然想起来，虽然老爸经常板着一张脸，经常对自己的要求摇头说不，但骨子里老爸其实也是很爱自己的。

现在他还能清晰地回忆起当时自己拨弄手表时的欣喜。那感觉就如同在街头忽然听到一段吉他校园民谣，暖暖的，瞬间就挑起了一段泛着光的回忆。

景秀问，那款全自动潜水表很贵吧？

他说，4000多吧。

景秀又说，真厉害，在你的高中时代，4000多够我们东北老家那儿两三个月的工资。

庄永昆跟景秀聊过，知道她的老家是东北的，妈妈似乎很早就下岗了，在外面单干，爸爸工作的行业也不怎么景气。但这时候庄永昆也只是爽朗地笑了笑，没有细品景秀的话，也完全没有注意到她目光里的那抹异样。

她又问，我看群里面，大家都挺着急的，美国那批防护服，看来是彻底地黄了？

他说，真郁闷，本来我那几万块采购款都全额打过去了，现在又全退回来了。

她说，你们找到别的途径了吗？

庄永昆摇了摇头，说，原本是找的我大爷，他正在美国讲学，那边又有他的学生在运作，现在连他都没有办法了，怕是没辙了。

景秀说，那我回头催催我日本的同学吧，她正好在医院。前两天说，她那边还有渠道的。

两个人很快讨论了不少细节,还有些具体的东西没法敲定,说好了回头在微信上细聊。庄永昆很高兴,觉得两人正在向着同一个目标努力。

他们踩在雪地上,嘎吱嘎吱的声响清脆悠扬。他强抑着自己不去刻意地看她,却能清晰地感受到身边有个窈窕的红影子在闪。他呼吸着清冷的空气,觉得夜风中有一缕微甜的气息在招摇着波动着,让他有种在水浪里漂浮的轻快感。

经过一段时间的聊天,特别是那晚景秀挺身而出帮他解围之后,血气方刚的庄永昆把所有对女孩子的美好感觉都贴在景秀身上了,温柔、体贴、美丽、热心、长发飘飘、巧笑嫣然……

回来后,庄永昆就趁热打铁地在微信里催问景秀防护服的事情。景秀那边也很快回了消息过来,她在日本的同学已经确认,确实可以弄来一批医用防护服。

细节很快就敲定了。景秀跟她同学强调是捐款采购,她同学则愿意用她医师的身份去订购,就是日本医院手术室专用的防护服,肯定可以让武汉一线医护人员使用。只是货物运送到位的时间还不能保证,因为要经过清关,然后邮政快递直接发往武汉定点医院,这些时间都不好测算。但是日本同学需要这边抓紧付款,因为日本的防疫形势也在时刻变化着。

庄永昆问清了钱数,没有犹豫,一阵操作,就把 4 万元的购货款全款打给了景秀。

涉及这种实际金额划转的公益购买事项,按照"大爱细流"群的群规,都要及时在群里公布情况。其实这笔资金,大头都是庄妙妙和庄永昆姐儿俩出的,庄妙妙也在一开始就定了规矩,不建议向大家募捐,这个群只是互通消息,但建了群后,还是有一些热心公益的朋友多多少少地捐了点。所以现在这些资金如何运作,便得按规矩给大家一个说法。

庄永昆就把自己转钱给景秀的截图发到了群里面,还做了说明,大赞景秀主动联系日本渠道的热心。

群里面立即就有人献上了祝愿，都希望这个善举快点完成。

很快祝愿的留言就刷屏了，几乎所有的群友都出来了。大家的心情都很激动，还有人喊，钱够不够，如果顺利的话要多购买几批。

但有些蹊跷的是，作为第一当事人的景秀，却并没有说话。

身为群主的庄妙妙在群里找了两次景秀后，泰迪熊的头像终于闪了出来，景秀只说了一句话，大家放心，我会努力去办。

随后的几天，这件事都是群里第一热点话题，很多人都在关注着。他们已经邮购了一批口罩，现在又要再邮购医用防护服。这群年轻人都为自己的点滴善举能帮到武汉而兴奋着。

然后整整三天，景秀一直没有在群里面露面。

庄永昆不由觉得有些奇怪，因为顶着泰迪熊图标的苏打紫原本是群里的活跃分子，但现在，该她经常来汇报情况的时候，她却突然变得沉默了。

群里面不时有人喊话景秀，问她进度到哪儿了，景秀始终不出声。

这几天，最难受的其实是庄永昆。他发现，景秀收了钱之后，就不怎么搭理他了。偏巧他这两天值班的时间段，都没在小区门口遇见她。

他给她发了几条信息，有的是问防护服进度的，有的纯粹就是聊闲天儿，却都没有得到回复。前些天，两个人也经常这样聊天儿，无拘无束，海阔天空。虽然那时候庄永昆就察觉到，这个开朗直率的东北女孩对自己有点不冷不热的，但每次信息还都会回复，赶上她心情好的时候，也能聊上许久。

但现在，景秀不搭理他了，甚至连她的朋友圈也不更新了。他忍不住给她打了电话。电话响了很长时间，她才接。

忽然间又听到了她的声音，庄永昆竟有些激动。

她的声音却有些疲惫，说，对不起，这两天家里面有点事情，群里的消息都没看。又重重叹了口气，说，那边没什么消息，前面说得很好，后来反而慢起来了。我一会儿发你截图吧。

他听出她很有些消沉,忙问,你家里面怎么了,需要帮忙吗?

她说,不用,快忙过去了,是老家那边出了点事。

他听出她话里面的冷淡,心里若有所失,不死心,又问,我们是好朋友啊,有什么需要帮忙的可别瞒着我。

她嗯了一声,说,是我妈那边……有点事。

他又问,伯母身体不好吗?

不是身体,没什么的。她不再说下去了。

他就说,那就好。这几天怎么看不见你了呢? 什么时候一起出来呀……有你在身边的时候,感觉真好。

庄永昆不是何锋那样嬉皮笑脸的小子,平时也只知道看书考试,谈恋爱的经验很少,能说出这样的话,已经比较吃力了。

景秀还是很疲倦地笑笑,说,这几天太忙了,没心情,等等吧。

电话挂断了。无奈的庄永昆愣巴巴地坐了半晌,有种有苦说不出的感觉。

过了会儿,他看到景秀在群里面贴出了她和同学的聊天记录。她已经把钱转给了她的日本同学。

原来这批防护服是景秀的同学以医生的名义,用自己的名字帮大家订购的,因为是走直供医院的储备仓库,所以价格很低。不过后续的许多情况都不大能确定了,发货时间什么的,也都无法保证。

从她们这两天的聊天记录上可以看出来,日本那边的防疫形势也开始紧张起来了。

武汉定点医院里,刘大妈的病情发展得很快。

她忽然高烧到了 39℃,而且血氧饱和度只有 87%,当天吸氧 6 升后,才将将提升到 91%。这一组指标,说明刘大妈发病很迅速,现在已经是重型患者。齐美琳急忙按照庄合超的指点,把两服祛毒清肺汤给刘大妈一起喝了下去。现在她的重点，就是让刘大妈尽快退烧。

祛毒清肺汤继续续写着神奇，两服药一起服用后，刘大妈的高烧在下午就退了下来。但新的问题随之出现了，她感觉呼吸不畅，而且胸痛严重，用刘大妈的话说，就好像是肋骨疼得都要断了。从指标上看，她的血氧饱和度仍然只有91%，再也升不上去了。当天晚上，刘大妈没有再发高烧，却仍是低烧。

齐美琳把刘大妈的数据指标和舌苔照片都发给了庄合超。庄合超反馈过来的信息是，要重用麻黄。这味药除了发汗解表，还可宣肺平喘。他建议祛毒清肺汤里面除了石膏要用最大量，麻黄用量也要提升到15克。

齐美琳听了有些紧张，祛毒清肺汤原方中的麻黄是9克，这已经算是较大量的应用了，现在要一下子提升到15克，可行吗，是不是冒险了？

庄合超沉吟了下，说，我们这边反馈的情况是，高热的患者，麻黄能起到发汗祛邪的作用，而高热退了以后，麻黄则有宣肺、止咳、平喘的作用。现在刘大妈总喊自己肋骨疼，呼吸困难，这就需要麻黄的妙用。

他最后说，重剂起沉疴，美琳，我相信你，你也要相信你自己，上吧。

齐美琳心里面有些暖，又问了问母亲和萱萱的病情，得知都是一切平稳，便关了视频。其实她对这一老一小的病并不大担心，母亲现在的情况已经接近痊愈，而萱萱的情况，庄合超又非常了解。

她对庄合超确实有十足的信心，现在得到了庄合超的鼓励，心底的信心也腾了起来，当晚就没怎么睡，将刘大妈的资料研究了个透，终于肯定了庄合超提出的方案。

当然她也明白，虽然刘大妈是她的患者，这方面她有足够的发言权，但选择了这个方案，也就是选择了冒险。

老温一直在关注刘大妈的情况，转天下午，就过来看刘大妈了。刘大妈在上午已经服了齐美琳新开的中药，让人惊喜的是果然退烧了，但现在的情况就是咳嗽，而且咳嗽得比以前更厉害了。

听了齐美琳的汇报,老温喜忧参半,说,小齐呀,没必要这么冒险,要是万一……他没有继续说下去,只是摇摇头,说,哎,你想,现在刘大妈咳嗽这么厉害,我们应该采取措施了,除了抗病毒的利巴韦林,我看,还是尽快上激素吧。

齐美琳忙说,我不赞成上激素。现在她的情况是肺部出现了大面积的毛玻璃样改变,如果我们上激素,很可能会导致她的感染扩散。她已经是老年人了,恢复起来就更加困难。

老温说,现在她的咳嗽加剧,这怎么解决?

我觉得这应该是暂时现象。现在她的血氧饱和度已经恢复到了94%,而且我问过刘大妈,她咳嗽之后,并不觉得难受和憋气,而是挺舒服的感觉。因为,她把痰咳了出来。

齐美琳的声音小了些,却异常坚决。

老温盯着她,目光有些疑惑,说,好吧,我们现在一起再去看看。

两个人出了值班室,又来到了病房。刘大妈果然还在咳,老远就听到了她的咳嗽声。但老温也是久经"沙场"的行家,一眼就看出来,刘大妈的精神头恢复得不错,就问她,现在的感觉怎么样?

齐美琳说,就说说您的咳嗽,咳嗽过后,感觉有没有憋气?

刘大妈笑起来,摇头说,没有。咳嗽后我会更舒服些,因为我把痰咳出来了,就好像是,胸腔整个打开了的那种感觉,畅快了。

老温又问,你的胸痛怎么样,前两天你说过,痛得就好像是肋骨都要断了?

刘大妈哎哟了声,说,你们要是不问,我都忘了,肋骨不痛了。哦,不,应该是胸不痛啦。

老温的脸色立即缓和了下来,他转过头对齐美琳说,好吧,小齐,看来你还是有办法,你的方案我同意了。

齐美琳立时笑起来,说了声,谢谢领导支持。

老温又说，不过我也不能无原则地同意。刘大妈的情况我们会持续关注，比如她的体温会不会再升高，她的咳嗽会不会减弱，重要的还有她的那些指标，有没有真正的向好！

齐美琳只得说，放心吧，领导，我会继续努力。

她的话说得挺满，但现实的发展总是不那么依着人的理想去走。虽然她明显感觉到刘大妈的症状都在缓解，但从刘大妈的 CT 片子上看，她的情况又似乎是在持续加重，因为肺部那个白色的区域还在扩大。

齐美琳立即有些忧心忡忡，就再向庄合超求教。庄合超倒是很有信心，说，我们中医更注重患者的身体症状是否在缓解，虽然从 CT 片子上看，她的情况在加重，但只要患者的状态，包括睡眠、饮食、呼吸状态和精神状态都很好，就不用太担心。

听他说得自信满满，齐美琳却着实犯了犹豫，问，那是为什么呢？

庄合超说，我问你，为什么你用了大量的麻黄后，她的咳嗽会加剧呢，而你又比较自信，说是暂时现象？

齐美琳说，我认为，从中医来讲，痰似乎是堵在肺里面了，用了大量的麻黄来宣肺化痰后，患者会出现咳嗽暂时加重。她说着说着恍然大悟，现在刘大妈的情况还是那样，痰还是堵在肺里面，还要继续用麻黄，继续宣肺化痰？

庄合超说，这就很好，你已经学会了用中医的整体观来思考问题了。现在她的体温已经控制好了，那么下一步就要用药把她闭塞的胸腔打开，让她把痰顺利地咳出来，建议用瓜蒌薤白半夏汤来加减。

齐美琳这两个晚上基本没怎么睡觉。她一直在默默盘算着刘大妈的病情，闭上眼就会闪过刘大妈的各种情况。有时候她觉得，自己对刘大妈简直比对女儿还要牵肠挂肚，因为自己晚上跟庄合超联系时，经常是在聊刘大妈，对萱萱聊得倒少了。

这两天她跟萱萱也就视频了一次，倒是萱萱说了句，妈妈你瘦了。

一句话又让齐美琳的眼泪在眼眶里打起了转。这两天她走脑子太多，迅速地消瘦了下来，脸上也带了憔悴。甚至庄合超还在视频里很严肃地要求她，马上去睡觉，一定要早睡早休息。

　　齐美琳并不知道，萱萱的治疗情况其实并不乐观，而让她放了一百个心的庄合超，这几天也一直在煎熬中度过。

　　庄合超搜集到的资料显示，大多数的儿童新冠病毒感染者都是轻型或普通型，进入重型的都不多，不过资料中也确实有不到6%的儿童感染者出现了比较严重的症状，最麻烦的还会出现急性呼吸窘迫综合征而危及生命。

　　现在的情况是，萱萱的病情很麻烦，一直是缠绵不愈的低烧，忽好忽坏。因为年纪太小，庄合超考虑到萱萱的身子骨太弱，不想贸然用那些副作用很大的西药，就只能用中药，但她喝了祛毒清肺汤就吐。庄合超冥思苦想，一直在琢磨新的对策，小心翼翼地调整方案，收效却不怎么明显。

　　中午，回到值班室的庄合超刚坐定了要喘口气，小护士就急匆匆地跑了进来，说，快去看看吧，庄院，那个小女孩萱萱有了情况……

　　庄合超不等她说完，放下饭盒就开始套防护服，然后急匆匆地赶去了病房。

　　萱萱果然有了大麻烦。新冠病毒就像一个阴险的刺客，并不急于置敌于死地，而是温柔地潜伏下来，非常缓慢地起病，一直候到患者的抵抗力不够，它才会暴起发难。现在的萱萱就是这样，前段时间起起伏伏的病情，犹如蓄积足了力量，终于集中暴发了出来。

　　现在的天弘医院里，只有萱萱这么一位儿童患者，更因为病情复杂，也就成了医护各方关注的焦点。于湛很快赶来了，肖芸也到了。

　　于湛看了看指标，发现萱萱的心跳和血氧饱和度都很不好，关键是呼吸不畅，孩子大口喘息着，情绪也非常焦躁，小手乱挣，哭个不停。齐母已经慌了神，手抖个不停。

　　肖芸见萱萱气促烦躁，呼吸困难，急忙命令抓紧上呼吸机。

现在的天弘医院已经形成了很好的中西医结合范式，首先西医在救治过程中承担重要的支撑作用，在西医基础治疗的支持下，再应用中医药，一直收效颇佳。可萱萱的情况却很麻烦。原本宁静温和的小女孩仿佛变了个人一般烦躁哭闹，根本难以配合呼吸机。

庄合超叹了口气，迅速掏出了针灸针，纤细的银针在他指尖上闪着银亮亮的光。他想到了清代名医叶天士对急性传染病的看法，温邪上受，首先犯肺，逆传心包，这就会让患者烦躁不安，呼吸不畅，甚至引发昏迷。萱萱的情形应该就是这样，现在必须使用针灸急救了。

于湛他们都曾经看见过庄合超的神针奇技，倒是齐母很有些担心，孩子太小，不知道能不能禁得住这种刺痛的针灸。

庄合超俯下身，说，萱萱，还记得妈妈的话吗？她让你一定要坚强。

他的声音很温和，带着一种让人宁静下来的力量。萱萱还在哭，却咬着牙点了点头。庄合超下针也慎重和温和了许多。

随着银针轻捻，萱萱的心跳终于慢了下来，呼吸也不那么急促了。二十分钟左右，萱萱终于安静了下来，呼吸变得平缓了。病房里面的人都长出了口气。齐母也喘着气坐在了床上。

庄合超问，萱萱，觉得好些了吧？

她仰着汗津津的小脸望着庄合超，说，谢谢庄大大。我好多了，刚才喘不上气。她伸出小手指着自己的胸腔，说，刚才这里堵了许多毛毛虫，现在好了，庄大大用针把毛毛虫都挑走啦。

于湛、肖芸等人都松了口气。

庄合超这时才如释重负，防护服里面都已经湿透了，刚才他虽然谈吐从容，但给个身体虚弱的孩子下针急救，终究是慎之又慎，很快就出了一身大汗。

肖芸说，呼吸频率降至 25 次/分钟，心率下降到 86 次/分钟，血氧饱和度也大幅回升，生命体征算是稳定了。不过，我们还得再给力些。

于湛看了眼忧心忡忡的齐母，挥了挥手，带着庄合超和肖芸回到了值班室，才一脸严肃地说，现在的问题是，萱萱的病情反复得很厉害，虽然我们现在占了上风，但如果不能尽快毕其功于一役，再有反复，就会很麻烦。

庄合超点点头，说，在极少数情况下，新冠肺炎儿童患者会患上急性呼吸窘迫综合征，刚才萱萱的情况已经有些危险了。

肖芸望着庄合超，问，下一步你打算怎么办？

庄合超茫然地望着窗外，说，我再想想办法。

肖芸的心不由沉了沉。在她的印象里，还很少看到庄合超在谈到治疗方案时会有这样茫然的目光。

现在刘大妈的体温确实已经完全控制下来了。看来麻黄确实起到了发汗祛邪之效，而且在患者热退以后，又发挥了宣肺、平喘的作用，刘大妈的咳嗽也渐渐好转了。

齐美琳开始给她上瓜蒌薤白半夏汤。这个方剂仍是出自张仲景，见于其《金匮要略》，本来是治疗胸痹症的良方，但也有清肺化痰止咳的奇效。

齐美琳也在这个经典方里面做了加减，力求打开她闭塞的胸腔。她希望一鼓作气，毕其功于一役。

庄妙妙这两天同样是在悲欣交集中度过的。

昨天晚上，何锋忽然蒙着被子大哭起来。原来他老妈蔡青莲的病情突然再次转重了。

蔡青莲算是发病较早的那批患者。那时候入院还没那么多困难，但当时的呼吸专科医院对治疗新冠肺炎并没有太多的经验，蔡青莲的病情便一直辗转难愈，其间甚至有过几次遇险抢救，好在后来都挺了过来。

但是在几天前，蔡青莲的病情突然再次恶化，缠绵不愈的新冠肺炎引发了她的一些基础性疾病，她已经用了一段时间的无创呼吸机，又出现了纵隔气肿,现在的情况是身上还有导尿管、胃管和深静脉置管,整个人的精神状态也是一时明白一时糊涂,有时候情绪还很狂躁,甚至出现了自己拔掉输液管的情形。

院方已经通知了何锋跟何革新,让他们做好最坏的打算。在何锋的请求下,院方让他们一家三口进行了一次视频。

何锋几乎已经认不出老妈了,往日很注重仪表的老妈,那个总是风韵雅致的汉剧大师,视频里竟已变得憔悴枯槁,特别是那张原本非常白皙的脸庞已是黑黄黑黄的。

最近何锋成天看新闻,也知道这是使用抗生素治疗新冠肺炎后的副作用。只是以前都是在网上看到其他患者脸色发黑的照片,现在亲眼看到了老妈的情形,他立时就觉得心里面难受得要命。

何革新对老伴儿的情况倒是比较了解,这时候也只是强忍着,劝老伴儿要坚强。

蔡青莲这时神智正是难得一见的清醒,似乎是预料到了什么似的。戴着无创呼吸机的老人说话非常吃力,却仍很努力地说,我只怕是不中用了,老何,你以后才是要坚强呀,要给我盯好了小锋。小锋,你也是,老大不小的了,老俩(武汉方言,妈妈)盼着你找到个女朋友呀。

何革新忙说,青莲你不知道,小锋这次找的女友我见了,人挺好,不单是人漂亮,心地还特别好。我得了那个病,找不到病床时,就是她,给我们找到了中药,还大老远地送了过来。那闺女就是我的救命恩人。

何锋听了,忙说了声,您等等。他立即就把庄妙妙也添加到了视频聊天里来,说,妈,她就是庄妙妙,就是来采访您的记者。

庄妙妙昨天就得知了这次对于何家而言挺重要的视频,忙笑了笑,对着镜头说,阿姨您好,您这时候还是要安心养病,不要想太多,不要有什么思想负担。

蔡青莲虚弱地笑了,说,妙妙,这真是缘分。我跟你说,我们家小锋,其实人挺好的。小锋,你一定要好好珍惜妙妙呀。

庄妙妙不知说什么好。在这样一个特殊时刻,她也没法说太多,便只得笑。

何锋却接过了话,说,老妈您放心吧。虽然我还在考察期,但我一定会抓住所有的机会全力争取,而且我会永远对她好,会永远对她好……就像老爸永远对您好一样。

庄妙妙很少看到嬉皮笑脸的何锋有认真的样子,一时间心中涌起了股热流,就对着摄像头,慢慢摘下了口罩,说,阿姨,我们恢复得都很好,很快就要出院了。等您的病也好了,我们就去看您。

蔡青莲认真地望着视频里的庄妙妙,也变得很激动,眼里面翻出了泪花,说,那就好,真好,我等着,等着那天!

蔡青莲的医护方很满意通话效果,毕竟患者的心情瞬间趋好了,这时看到她的情绪有些激动,就建议他们停止了这次通话。

何锋心里面还有些嘀咕,又单独与庄妙妙开了视频通话,睁着有些红的泪眼望着庄妙妙,说,妙妙,你说,我妈的情况会好起来吧?

自从庄妙妙用祛毒清肺汤治好了他老爸,何锋对她甚至有了种迷信,觉得她的许多观点比那些医生还精准。

庄妙妙只得在心里面叹了口气,说,你看,那边的主治医生刚才也说了,这次视频的效果很好,这个病呀,患者的求生欲和心情很重要,现在蔡老师的心情好转了,积极配合治疗的心理增强了,当然会一切向好的。

何锋望着庄妙妙,眼里的光似乎很近,又似乎很远,说,妙妙老师分析得非常好,希望一切都像妙妙老师预测的那样。

庄妙妙在心里深深叹了口气,抬起头,忽然看到了快步走来的齐美琳,就笑着说,齐老师走得这么轻快,一定是有什么好消息吧?

齐美琳将头探入摄像头里,对何锋说,好消息来了,何锋的第二次核酸检测结果也是阴性了,明天就可以出院进入隔离了。妙妙的第一次核酸检测结果也是阴性，很快也会出院。

听说自己马上就要出院了，何锋的表情居然有些复杂。他愣了下，终于站起了身，仿佛下定了决心般，关了视频，出了病房。他先找到了温合院长，然后就奔到了庄妙妙的病房。

庄妙妙的病房是四人间，其余三位女患者也是轻型患者，她们很欢迎何锋跑到这里来活跃气氛。

今天何锋的身份已经是即将圆满出院的病友了。即将出院的病友总是最受病友们和医护人员欢迎的，因为看到有人要出院，能带给大家极大的鼓励和希望。

何锋把手机塞进了齐美琳的手里，说，太美好了，齐老师，我等这一天很久了，请尊敬的齐老师好人做到底，帮忙给我录一段人生中最重要的视频。

齐美琳举起了手机，说，你这么说，让我觉得这手机好沉重。

镜头里的何锋郑重其事地走上两步，给病房里面的几位病友拱手抱拳，说，这些日子在这里治疗，得到了各位大夫护士的精心治疗和细心看护，还有各位病友的热情鼓励。现在是休息时间，一直跟大家一起做体操和八段锦，正好明天我就要出院了，现在我来给大家唱一段我们武汉人最喜欢的汉剧，就唱《状元媒》吧。

病房里响起了一片掌声。那三位病友都知道何锋是个好脾气的开心果，有时候会听他哼几句流行歌曲，却不知他竟还会唱汉剧。一位五十多岁的女患者就问，一末二净三生，汉剧十大行当，你唱哪一行？

何锋一笑，说，一末带十杂，我都能唱。这次就给大家唱一段全的。

他真就唱起来，开口先是自己的老本行吕蒙正的唱段：

凤翅盔锁麟甲威风凛凛，胯下的白龙马如风送云。手拿着银杆枪出没无定，谁不知救郡主，是六少将军……

病房里除了庄妙妙，都是上了年岁的武汉人，都曾听过汉剧，听他唱得字正腔圆，忍不住都喝起彩来。

忽然间何锋把嗓子一吊，又唱起了青衣柴郡主的唱段：

傅丁奎休得要发癫狂，诳言欺君你罪难当。叔皇听儿把前情讲，在潼台寨不敌众险把命丧。马失前蹄遭捆绑，打上囚车押往番邦。忽然间救星从空降，他就是天波府延昭六郎……

病房里的几位观众才听了两句，就又纷纷喝彩，想不到这个笑眯眯的白胖子还能反串唱美女青衣呀。

庄妙妙曾听何锋反串唱过虞姬，这时候倒不那么吃惊。她随即就想起来，何锋的母亲蔡青莲正是当今武汉汉剧最好的青衣。他应该跟自己一样，从小就看母亲唱戏，耳濡目染，也该偷学了不少吧。她又细听，品出何锋的青衣唱功竟也是狠下了一番功夫的。

她忽然明白，他这时候一板一眼地要唱出来，还要录下来，只怕是要认认真真地唱给母亲听的。

跟着，就听到何锋又唱起来八贤王的"七小"唱段：

还望叔皇旨传降，郡主招赘杨六郎。

紧接着，又是杨令公的"一末"唱段：

我儿所奏言不谎，还望万岁作主张。

跟着他又唱傅龙的"五丑"唱段：

> 金口玉言谁敢阻挡，出乎尔反乎尔贻笑外邦。

他从老本行"六外"唱起，自己一个人连唱了青衣、小生、末角、丑角等角色唱段，病房里的几个人竟有精彩纷呈、应接不暇之感，一时喝彩声和掌声不断。

这时正是做保健操的时间，病房外也聚集了些看热闹的轻型患者，不少人也跟着纷纷鼓起掌来。

最后何锋又唱起了"三生"宋王赵匡义的那段戏：

> 这件事儿难发放，只怪孤王我太荒唐。婚姻错许傅小将，谁知救驾的是杨六郎。若许傅家儿不情愿，若许杨家孤的脸无光。吕爱卿，八贤王，你们替孤拿主张。

庄妙妙是亲眼看到那场晚会彩排的人，也知道那场汉剧《状元媒》的彩排对于何锋意味着什么。那是他对于自己整个青年奋斗期的一个告别，也是跟自己理想的告别，跟父母对自己期许的告别。她明白何锋的心思，他本来想把这场告别搞得隆重些，真正在地方台的春晚上酣畅淋漓地长歌高唱。可惜，命运没有给他这个机会。

想不到，这个时候，他竟是"一末带十杂"，一个人将《状元媒》里金殿赐婚的那段高潮全唱了出来。她也是正经学过几天戏剧的，听得出他唱得惟妙惟肖。特别是宋王那段老生唱词，号称"铁扁担行"的"三生"本来就是何锋最早学的行当，现在庄妙妙听来，何锋的这段"三生"竟隐隐地不输于那晚彩排中饰演宋王的专业老生演员。

屋里屋外的病友们都喝起彩来，喝彩声甚至惊动了隔壁病房的护士医生们也凑过来看热闹，于是便有更多的人喝彩。齐美琳也在喝彩，同时用力将手机握得更稳了些。

何锋现在唱出了状态,眉宇间都闪着光,忽然转头望向庄妙妙,那眼里的光更是特别,有喜悦有深情,甚至还有些悲伤。他就用这样的目光抚摸着庄妙妙,然后高唱起来:

俺何锋生来虽不算英俊,唱戏做饭赚钱却无所不能。最难得对妙妙我一片真情,千里姻缘只愿执手今生。

庄妙妙听他唱前两句的时候还觉有些好笑,但听到后来,便觉得脸上一阵火红,猝不及防的吃惊、欢喜和慌乱,随着奔腾的血液全涌了上来。

她知道这本是吕蒙正的唱段,原唱词应该是"六将军他生来少年英俊,杨家将一个更比一个能,两军阵他如入无人之境,只杀得那胡儿死里逃生",哪想到被何锋改成了这样的真情告白,难得韵脚居然不变,看来是他酝酿已久的,果然如他所说,他一直在蓄意等着这一天呢。

病友们听到出了新段子,而且是很有内容的新段子,喝彩声越发热烈起来。

齐美琳也是非常惊喜,心里面替闺密欢喜的同时,也为她害羞,暗想这要是换成了自己,脸只怕要红得隔着口罩都能看见了。又将握着手机的手稳了稳,心想,这可是妙妙的历史时刻,必须握紧了、录全了。

庄妙妙这时候才明白,何锋这小子真是用心良苦,今天他要唱汉剧来跟病友医生们告别,又让齐美琳来录像,再一个人"一末带十杂"唱了全套的"独角戏",这一切都是为了现在的高潮。这家伙是学戏曲的,学戏曲的人都重视仪式感,这一整套的安排,也真的是仪式感十足。

何锋忽地单膝跪在她身前,一把握住她颤抖的手,喊了声,妙妙。

她确实在颤抖。无论如何,她还是被他热泉般的真情告白,当头浇得无比感动和无比慌乱。

他说,我这个人其实很散漫,但遇到真正喜欢的,我一定会抓住不放。

《状元媒》我没有抓住,甚至汉剧也没有抓住,但我想死死抓住你,妙妙,一辈子不松手!

他说得声音很大,也非常郑重。庄妙妙甚至觉得眼前的何锋有些陌生了,跟刚才那个激情十足、豪迈高歌的家伙相比,现在的何锋仿佛换了个人似的,而且说着说着,他眼里面的那蓬热光就忽然流了出来。

庄妙妙陡觉心被烫了一下。她一把抓起他的手,说,行了,快起来吧。

何锋说,妙妙,你答应了?

她看着他的眼泪,不由想到了自己一个人在武汉兜兜转转的艰难和辛酸,但这些天来,帮自己赶走孤独的、带给自己许多欢笑的,还是眼前这个人。一时间她眼睛也有些潮湿,同甘苦又共患难,这才叫真正的千里姻缘一线牵了吧。

在许多人的笑声和掌声中,她觉得脸又发起烧来,终于嗯了声,说,感动了,答应了。

许多人又纷纷鼓起掌来。何锋脸上还流着泪,过来就给了庄妙妙一个紧紧的拥抱。

老温这时走了进来,挥着手说,大家好,这么多人在一起,可能不符合我们的制度。不过好在现在是健身散步时间,而且何锋老师还事先跟我请了假的。他只需要这一小段时间,却是要完成人生中最重要的一项工作,所以我就特别破了个例。这也是为了感谢庄妙妙和何锋,他们二位最早用了祛毒清肺汤,对我们的工作支持很大。

老温又拔高了声音,何锋老师成功了,我非常高兴,他不但战胜了病魔,还赢得了真爱,而且也带给了我们强大的信心! 现在,请大家一起鼓掌祝福他们,然后回到大家各自的病房。

掌声再次响起来。齐美琳真有些佩服老温的水平了,献上了祝福,鼓舞了人心,然后还不露声色地维护了制度。

祝福你们! 齐美琳最后录了一圈微笑鼓掌散去的人群,才把手机递还到何锋的手里面,又对庄妙妙说,妙妙,你可算是正式脱单了呀。

庄妙妙说,哪能这么便宜他呀。我这就是配合他演出。

正沉浸在甜蜜中的何锋吓了一跳,忙说,别呀我的女神,你随随便便一句话,回头我再进了ICU,还得再让齐老师全力抢救我。

庄妙妙打了他一下,说,温院长都说了制度了,你也别赖在这儿了,赶紧回去收拾吧。

她又拉起齐美琳的手,说,美琳,不许太累了,隔着护目镜都看出来你瘦了。听我的,别活得那么沉重!

这句话说得齐美琳心里面五味杂陈。这几天她几乎就是在度日如年。

她走路吃饭,除了牵挂着女儿和妈妈,就是在想刘大妈的病情。有时候她都觉得自己这种完美主义似乎不适合当医生,不允许自己出错,更不允许自己失败,这让她每天都活在沉重之中。

也许妙妙的这句话就是自己的解药,别活得那么沉重。她笑了笑,说,好,以后我跟你学。

她笑得云淡风轻,但心底却在深深叹息,她知道自己学不来妙妙,当了医生的人,哪能活得轻松,而且现在的情况,谁不是在煎熬呢?

谁不是在煎熬呢,齐美琳的这个念头很快就得到了印证。

何锋高唱一段汉剧《状元媒》,赢得了佳人心,确实在医院小圈子内传为佳话。而何锋本人的心里却是且喜且悲的,他还一直关注着老妈那边的情况。

转天早晨,何锋就要出院了,但何锋还没收拾完,就接到了老爸的电话,他妈妈蔡青莲去世了。

何锋虽然早已经有了心理准备,但还是放声大哭起来。何革新在电话那边安慰儿子,小锋,别哭了,至少你妈走的时候没有太多遗憾,你们录的视频,她都看到了,昨晚她很高兴,连说,妙妙这姑娘很好。

何锋哽咽着问,爸,我妈临走前,对我说了什么吗?

何革新叹口气说,她清醒的时候,让人把那视频又放了两遍,说,小锋唱得不错呀,这几段唱得有情有味,想不到他是悟出了戏中三昧呀。我儿子是有天赋的,可惜我当年没都给他挖出来。

何锋听了,陡觉一股热气从心底直涌上了眼眶。

这么多年来,他从一个男孩,到一个男人,其实在内心深处,一直等着妈妈对他的这句认可,只是他一直没有这么个机会证明自己,日子久了,心也就渐渐冷了。只是没想到,妈妈在人生的最后时刻,会说出这样的一句话。

他再也抑制不住,慢慢垂下了头,虽然捂着脸,泪水还是从指缝里不住地钻了出来。

庄妙妙轻拍着他的背,想不出什么话来安慰他,便说,哭吧,哭出来心里就不苦了。男人的双肩在她的手下抽动着,声音依旧压抑。

电话忽然又响了起来,还是那段汉剧老生唱腔,这时听来却别有一股激扬。何锋茫然地接了电话。老团长在电话那边不知说着什么,何锋只是茫然坐着,也不搭腔。老团长显然有些着急,他喊道,何锋啊,疫情对我们的冲击最大,我就怕大家的心都散了,但疫情总有过去的一天是不是……老团长喊得声音挺大,连妙妙都听到了。看来老团长并不知道何锋现在的状态,还在跟他聊排演那部汉剧大戏的事。庄妙妙不由想起何锋曾评价这位老团长是个戏痴,他的世界里只有汉剧。看来果然如此。

别说了,何锋蓦地开了口,声音嘶哑而缓慢,放心吧团长,等疫情一过,我就归队。

见他放下了手机,庄妙妙才问,真的决定了?他点点头,慢慢说,决定了,我明白了我妈最后的愿望,虽然她没说出来。我已经错过了一次汉剧,但我还是想再去抓一次。他握住了庄妙妙的手,说,可能这些天的变故太快太多了,反而能让我悟出点什么来。我觉着,人生有那么多味道,我们最后选的,并不是自己最喜欢的味道,而是最难割舍的。

庄妙妙的眼睛亮了下。望着他通红的双眼,她忽然觉得,虽然这些日子在医院经常能见面,但只有在这一刻,他们才有了更深的默契,于彼此,于这世间。

窗外起风了,浓云被风撕开了裂隙,重金属般的辉光从云缝中迸出,太阳正慢慢地钻出来,仿佛刚刚醒来。

恻　切

庄合超这几天真的感觉很难。

看到萱萱这两天的病情不见起色,于湛就找到庄合超,建议还是给孩子上激素吧,甲强龙,对体温恢复和咳嗽都有好处,效果立竿见影。

甲强龙是糖皮质激素,治疗哮喘和咳嗽的效果比较好,成年人和儿童都可以用,在这次疫情中经常被应用。但是儿童如果使用频繁,会出现一些危险的副作用,所以只适合短时间使用。

上了激素后,萱萱的体温就恢复了正常。不过所有人都高兴不起来,因为萱萱的血氧饱和度一直没有办法提升,还是 93% 左右。

庄合超更加忧心忡忡,隐隐地有种不大好的预感。

跟新冠病毒对抗了这么些天,他对这个阴险的对手有了不少的了解,却仍是觉得它诡谲莫测。像萱萱这种身体素质差的患者,被它侵扰后,往往是在且战且退中陷入了它早就布好的陷阱里。

上了激素的第三天,这个预感不幸应验了。萱萱的病情再次急转直下,她又出现了呼吸艰难的状况,氧合水平在短时间内又下降了,循环功能不佳。孩子感到胸闷,有痰阻在胸里,根本咳不出来。虽然医院立即采取了化痰、吸痰、抗感染等治疗,但萱萱还是没有明显好转。

现在,躺在 ICU 的萱萱跟前两天相比,仿佛换了个人一般,非常的虚弱。

庄合超摸了摸萱萱的脚,发现小女孩的脚很凉,真的是快到"阳气衰微"之相了。

再给孩子仔细诊了脉,他的心不由得沉了下去。正如他一直担心的那样,萱萱的身体原本就太弱了,特别是心脏一直不大好,在跟病毒缠斗了这些天后,气血已经顶不上了,这时候心率加快,已经诱发了心肌缺血加重,随时会发生心力衰竭。

他看过相关的资料,有一些内部的数据显示,合并基础心脏病的新冠肺炎患者死亡率甚至高达 10%。想到这个可怕的数据,他感觉一股寒气从心底直蹿了上来。

居然是这样,怎么还是这样?他站在病床前,心绪骤然就乱了起来,萱萱无助又无力的目光,齐美琳充满信赖的微笑,齐母心力交瘁的脸,在眼前飘来飘去。

合超,你怎么了?肖芸看到他僵硬地杵在那儿,急忙轻轻喊了声。

庄合超茫然地嗯了声,齐家三代人晃动的脸才消散,父亲的脸却又浮了出来。恍惚中,他似乎听到了老父在冥冥之中的幽幽叹息。

他一个激灵,猛然想到了那日父亲将《伤寒问心录》交给自己时说过的话:合超,我看得出来,你在骨子里,还是对中医有些怀疑的,你要记住了,对中医的根骨千万不能怀疑。比如五运六气,当年你没少下功夫,但心里面未必就真信,记住了,中医是天人合一之学,信,就要真信!

中医是天人合一之学!这句话如同电光一般划过他的心。

停掉激素吧。庄合超慢慢仰起头,对助手小周说,正气不足,邪乃干之。萱萱现在的情况,还是不要再用抗生素和激素了。在常规法没有显效的时候,当用五运六气方。今年是庚子年,子午之年为少阴君火司天,阳明燥金在泉。我们用正阳汤。

正阳汤出自宋朝陈无择所著的《三因极一病证方论》(简称《三因方》),那正是根据中医五运六气学说,依着天人合一理论所创立的处方。庄合超在心里面再一次盘算着正阳汤的药物组成，白薇、桑白皮、旋覆花、玄参、白芍、当归、川芎、生姜、甘草……其实改用正阳汤这个思路，这些天已在他脑海中出现了几次，只是一直没有下定决心。

这时候他知道，终于到了决断的时刻了。

助手小周也有眼前一亮的感觉，说，《黄帝内经》中提到，热病生于上，清病生于下，寒热凌犯而争于中，民病咳喘，血溢血泄……确实对症！不过，这孩子现在的主要问题还是阳气衰微呀？

庄合超赞许地看着小周，点点头，说，是的，现在萱萱四末不温，心排量下降，心肌缺血加重，所以第一步的重点是要以附子为回阳救逆的君药，加味黄芪、麻黄、麦冬为佐药，再配以正阳汤温阳化饮。

他开始说最终的药量配伍，小周认真地记着。

关键还是在附子的用量！庄合超的声音又犹豫了起来。

小周问，其他的药量都正常，附子是回阳救逆的关键，要用多少克？

庄合超喃喃着，只有降低体温才能降低心率、保护心脏。为达到温阳之效，必须大剂量补气，大剂量、超常规，才能有效果。可萱萱还是个孩子，心脏又一直不太好……

所有人的目光都定在了他身上。

他最后挥了下手，说，第一次，先用 3 克吧！只要她没有问题，我们再加量。

肖芸注意到，他这次的挥手有些缓慢和无奈。

走出 ICU 时，庄合超有些浑浑噩噩，竟不知自己怎么走回的值班室。

恍惚间，于湛和小周都过来跟他说话。他也点着头跟他们哼哈着，却没怎么留意他们都说了些什么。

人都走了。他就孤零零地呆坐在那儿，隐隐地，又觉出了那种深邃的无力感和窒息感。这也许是疫情开始后，自己最艰难的时刻，已经殚精竭虑了，依旧彷徨无计。

这一刻，他甚至对自己的医术都产生了怀疑。

木然坐了很久，他才发现外面早已全黑的天上似乎飘起了雪花。已经2月份了，居然又下了雪，雪花飘飘扬扬，在路灯惨白的灯光下无比寂寞地舞动着。

他没来由地觉出了一种深刻入骨的寂寞。这时候，甚至没有个人来商量商量，老爸走了，那个能在最后关头给自己掌舵的人已经永远离开了。

手机忽然响了起来。他有些机械地接通了电话。

听说你遇到了难题？

居然是廖晨的声音。

庄合超一下子坐直了身子。如果刚才看一下号码，他很可能就直接挂断了。

别误会。廖晨在电话里冷冰冰地笑起来，说，是肖芸打电话找的我。她跟你到底那么多年的夫妻了，这时候她想起了我，想让我帮帮你。庄老爷子门下，只有我擅长儿科。

庄合超不由呵了口气，不知说什么是好。

肖芸跟他是多年的夫妻了，也许是最了解他的人，但肯定不是最懂他的人。这时候他头痛欲裂，脑筋转了半天，才想起来，廖晨算起来其实是肖芸的一个远房表哥，只是平时关系比较疏远。

没想到，这时候肖芸会去找他来帮自己。这其实倒符合肖芸的一贯作风。尽管她有时候很强硬，但骨子里，却是个实用主义者，一切行动只考虑能否达成最终目的，其他都是次要的。其实肖芸的眼光很毒，她找的廖晨，也确实是庄门里面最好的儿科医生。

我听她说了那个小女孩的情况。廖晨慢悠悠的声音里透着居高临下的胜利感，听说你要上正阳汤。好像，还要用附子做君药……其他的肖芸也说不清楚。你有什么疑问吗？尽管问，我肯定知无不言，别不好意思啊庄大院长。

电话里忽然沉默了下来。

两个男人都不说话了。

沉了沉，庄合超终于说，附子是回阳救逆的君药，加味黄芪、麻黄、麦冬为佐药，再配正阳汤温阳化饮。首先的重点还是在回阳救逆上，所以附子的量是个关键。那么，对于一位身体虚弱的六岁女童，要回阳救逆，单剂附子量可以加大到多少？

廖晨缓缓说，其实在临床中，儿童对附子的耐受力反而特别大，可能是因为小儿元阳元阴充足吧。我曾经治疗过两位患有先天性疾病的八岁儿童，单剂附子最高用到了 200 克。

庄合超说，200 克？

廖晨说，当然那是逐渐加量的结果。而你这是要求迅速起效的急救，第一次肯定会是比较小的量，我猜你肯定只用在 5 克左右。那么第二次的用量就很关键，这才是你最犹豫的，对不对？

庄合超说，第一次我用了 3 克。

廖晨说，第二次我建议你用 30 克。放心大胆去用吧，就看你有没有这个胆量。

庄合超说，好吧，谢谢。

廖晨忽然问，庄合超，我说的话，你会相信吗？就不怕我给你弄个陷阱，让你整出个医疗事故？

庄合超没有犹豫，说，我信你。

电话那边，廖晨不由长长吐了口气。那仿佛是很多年淤积的块垒，就这么缓慢地吐了出来。

祝你好运。

廖晨挂掉了电话。

齐美琳也一样在度日如年地煎熬着。

这天下午，齐美琳终于发现，刘大妈的CT片子表现迅速趋好了。拿复查的片子和以前的片子对比，可以看见原先双肺几乎四分之一左右的毛玻璃样改变已经开始大面积消退。

齐美琳顿觉彻底松了口气。其实这两三天，刘大妈的整体情况就一直在好转，她现在已经能完全起身了，说话的声音也洪亮了不少，但对于主治医生来说，关键还是要看具体的检测数据。

好消息在下班前传来，刘大妈的核酸检测结果居然是阴性了。

老温闻信后非常高兴，拿着刘大妈的CT片子边看边嘟囔，曙光在前方啊。不过，虽然核酸检测结果是阴性了，但患者这样的CT，我们还是要谨慎些，还得再继续治疗一下。当然，最困难的山头已经被齐医生攻下了，胜利就在眼前了！

这天晚上，齐美琳感觉自己就像是千里奔袭的战士，已经硬挺了几天几夜，现在终于大获全胜了，一直紧绷着的那根弦便一下子松懈了下来。

这时候才觉得痛和累。主要是心累，还有一阵阵的心痛，真的是心脏区域的发紧和憋闷，甚至辐射得后背都有些隐痛。齐美琳想着，这阵子太忙了，合超给自己开的中药都没来得及吃，看来等忙过了这一阵子，还是要继续吃药。

她有些想孩子和老妈，就拨通了老妈的视频通话。老妈没接视频，反而打了个电话过来，告诉她说，萱萱已经睡了，这孩子还在恢复期，每天睡得比较早。

齐美琳问了问萱萱的病情，老妈照旧说一切都在向好。她也就放下了心，然后就是一连串的哈欠打了上来。

齐母听了就有些心疼，说，琳琳，你准是又没注意休息，早点睡吧。

齐美琳笑了，说，马上马上。我睡去了啊妈。她哈欠连天地就想撂电话，不知想到了什么，忽然没头没脑地又说了句，妈，其实，这些年您真不容易，但您是个坚强的好妈妈……

齐母的心弦陡地被拨动了，一时间万语千言都涌了上来，却又不想耽误闺女早睡觉，就只得沉沉地叹了口气，说了声，知道就好，睡吧琳琳。

不知为什么，挂了电话后很久，老妈的那声叹息还在耳边盘旋着，像是苍老而温暖的手在摩挲着她的脸，又像是冬日的暮光在抚摸着小树。

齐美琳疲倦地躺在床上，心神有些恍惚起来。

她发觉自己正慢慢地蹚入一条河里，河水很冷，仿佛有无数薄冰在慢慢地刺入她的身体。她想抬头看清周遭，却什么也看不清，河面上都是冷雾一样的云气。她没来由地想起跟助教前夫离婚的那天，走出民政局的时候也是个很冷的下午，天空中就飘着这样黏稠的冷雾。

原以为那个下午离自己已经很遥远很遥远了，没想到蓦地忆起来，却又觉得很近。

她隐约听到了有人在呼喊她的名字，有女人也有男人，女人的声音似乎是母亲，又似乎是萱萱，男人的声音则是庄合超。然而起风了，呼啸的风声渐渐掩盖了一切，小树、暮光、星辰，都随着风声跟她一起坠入刺骨的河水中，整个夜空也慢慢地沉入了黑暗的河水中。

那种黏稠而又憋闷的感觉越来越强烈，她奋力将头仰起探出水面，发现天竟又亮了起来，太阳红彤彤地晃人眼睛。这样刺目的阳光里，她却听不到任何声响，连风声都止息了，四周安静得有些像她刚到武汉时的那个夜晚。

她看到了岸边两个熟悉的身影，一个是父亲，一个是庄合超，庄合超的手里还拎着只风筝。他们边走边聊，正慢慢向她蹚过来。齐美琳大声呼喊着，但不知为什么，他们都没有听到，兀自肩并肩地聊得很投机的样子。

听不到就算了吧，他们一定会在阳光最温暖的前方等着自己，萱萱应该也在那里吧。想到这里，她笑了，她知道她很快就会追上他们的。

老温在转天上午就得知了齐美琳突遭不测的噩耗。

每天班车就那么些人，同一个班的同事都会相互提醒着有谁还没有上车。但这天早晨的班车等了足足十五分钟,还没见齐美琳的身影。同事们打了几轮手机都是无人接听,才觉得有些异常。

老温听到了这个消息后,立即就木在了那里。反应过来后,老温立即大喊了一声,全力组织抢救!

抢救一直持续到了当天下午,大家终于无奈地接受了这个冷硬的事实。后来老温努力让自己平静下来,和一位心脏专科的大夫分析了一下,齐美琳应该本身就有冠心病,这些天又过于劳累,最终突发心脏病,酿成了无可挽回的悲剧。

援鄂医疗队的所有队友听到这个消息后都难以置信。他们大多跟老温一样,听到噩耗后的第一时间都木在了那里。悲痛如同汹涌呼啸的湍流,很快就冲荡进所有人的心,每个人的眼泪都成了决堤的河。

在卫市,庄合超是第一个知道这个噩耗的人。

老温常跟齐美琳聊天,知道她经常会向庄院长请教中医问题。所以,斟酌了一番后,老温没敢把这个噩耗直接告诉齐母,而是先把电话打给了庄合超。他是庄合超聊得来的真朋友,也就知道齐家和庄家的关系。老温也很无奈,现在怎么通知死者家属这个难题,自然要先跟老友庄合超商量了。

知道这个消息后,庄合超整个人都僵硬了,缓过劲之后,他开始大声地喊,大声地叫,感觉电话不那么真实,就直接打了视频过去。

他终于看到了一些照片,然后他在视频里看到了庄妙妙。

庄妙妙的眼眶还是红肿的,显然是刚刚哭过的样子。医疗队的队友们知道庄妙妙和齐美琳的关系,现在庄妙妙在这里几乎就成了半个死者家属。

她哽咽着跟叔叔确认了这个噩耗。

庄合超只觉全身的血液都停止了流动。那边视频里老温和庄妙妙还在喊,画面也在动着。庄合超却觉得那些声音和画面都是缥缥缈缈的,仿佛是从天外飘过来的。

沉了良久，庄合超觉得过去了几分钟，又觉得是过了一个世纪。老温有些沙哑的声音又在视频里响了起来，合超你要挺住！齐美琳直到最后一刻仍然是战士，是英雄。我们会带着她的精神，接着往前走。我们绝不能沉在悲伤里，我们要替她去救护那些被病魔折磨的人。

庄合超嗯了声，哽咽着说，可萱萱怎么办呢？萱萱还在接受治疗，她今天早晨还嚷嚷着要见妈妈……

现在萱萱的病情，确实已经到了最紧张的时刻。庄合超新拟定的附子、黄芪等药配正阳汤，看来比较对路，萱萱服药一剂后精神有了初步的好转。庄合超本来决定给她的下一剂药就用高剂量的附子了，但萱萱却变得烦躁不安，情绪很不稳定。

孩子想妈妈了。齐母劝了好久，好说歹说，最后也只得答应萱萱，晚上让她跟妈妈视频联系。

萱萱却不知道，她的妈妈已经去了一个很遥远的地方，永远不会回来了。甚至齐母也不知道，她的女儿已经永远离开了她。

庄合超无力地瘫坐在椅上，眼泪热滚滚地直淌到了嘴边。

晚上 8 点，正是早就约好的萱萱和妈妈视频通话的时间。

庄合超早早地赶到了病房，一位女护士捧着平板电脑逗着萱萱。

视频接通了，萱萱对着镜头疲倦地笑了起来。

她终于看到了"妈妈"，只不过妈妈是戴着面屏、口罩和护目镜的形象。在母女俩这些日子的视频通话中，她确实有两次看到妈妈是这种装备形象的。

宝贝好啊，萱萱要听话呀！

屏幕里的"妈妈"说话了，防护服里面传来的声音有些失真，图像也有些不大清晰，但形象还是很接近的。

奉命扮演齐美琳的，是她的好闺密庄妙妙。

这是庄合超急中生智,给侄女下的命令。无论如何,他这几天要先稳定下萱萱的情绪,只有孩子不那么烦躁和焦虑,安稳地睡两宿好觉,才能让药性真正发挥作用。

庄妙妙的声音跟齐美琳有些相似,套上那一大堆装备后,便只剩下了一双眼睛。两个美女的眼睛当然不大像,但视频里有美颜功能和像素差异,人物形象都有些失真,而庄妙妙又戴上了齐美琳的眼镜,便有了几分相似。

为了让自己的模仿更加逼真,庄妙妙事先跟何锋进行了演习。何锋当过演员,她也练过戏曲,相互回忆着提醒着,让她的语调和手势也尽量接近齐美琳。

这次角色扮演当然瞒不过齐母。所以十分钟前,肖芸就把齐母引开了,借口是要给她进行一次紧急检查。她和庄合超分工明确,这个惊天噩耗能瞒一天是一天,特别是在萱萱用药的特殊时刻,还是不要刺激这对苦命的一老一小。

即便是这样,站在病床前,庄合超心里面还是有些忐忑,妙妙不会穿帮吧?

其实这时候他的心里是最痛苦的,他是知道真相的,而且那个人是让他刻骨铭心的齐美琳呀。但他还是要把所有的悲戚伤痛都埋起来,堆出一副笑脸,陪着侄女演好这出戏。也亏得有这套全副武装的防护服,可以帮他遮住那些藏不掉的悲伤。

萱萱看着屏幕,觉得今天的妈妈似乎有些陌生。

庄妙妙急忙告诉她,妈妈今天正闹嗓子,说话有些痛,然后就说了几句笑话把孩子给逗乐了。

妈妈,你什么时候回来呀?我真的想你了……萱萱说着,眼圈又红了。

庄妙妙说,妈妈也想你,妈妈还要过些日子才回来呢。

这么说的时候,庄妙妙心里面也阵阵揪紧。尽管已经演习了很多遍,但面对屏幕里那双纯净的眼睛,她还是觉得自己要绷不住了,情绪马上就要失控。

她从心里面祈祷,尽快结束这场对话,要不然,五分钟后,也可能一分钟后,自己就要失声痛哭了。

对了,萱萱,庄妙妙忽然灵机一动,说,庄大大说了,你要好好养病呀,乖乖地吃药,等你出院了,他就会带你去放风筝。

真的吗?萱萱转头望向身边的庄合超。

庄合超急忙点头,说,没错没错。大大给你找到了一个锣鼓燕大风筝,特别漂亮,这风筝在风里面还能敲锣打鼓呢。

他冲屏幕里的庄妙妙挑起了大拇指,将孩子的注意力引到这边来,真是个高招。

庄合超凑过来跟萱萱聊了几句,但小女孩还是不怎么看他,跟他笑了笑,就又望向屏幕,痴痴地说,妈妈不能骗我哟。

庄妙妙说,不会,妈妈真的不会骗你。

萱萱问,妈妈,你好像哭了呢?

是,庄妙妙忍不住了,说,妈妈真的想萱萱了呢,可是你看,妈妈还在上班呢。

萱萱慢慢嘟起小嘴,说,我也要哭了,可是我不哭。姥姥告诉我了,跟妈妈说话时千万不能哭,妈妈工作很忙很忙,千万不能让你分心。

庄妙妙说,萱萱真乖,这边的麻糖很好吃,回头妈妈给你多带点过来啊。天晚了,萱萱早点睡吧。

萱萱说了声好,忽然说,妈妈,你能摘下口罩吗,我想看看你现在的样子。

庄妙妙愣住了,然后她勉强笑起来,说,萱萱乖,妈妈这里的防护管理是很严格的,不能随便摘口罩,要不然妈妈会被考核的。早些睡吧萱萱。

她摆着手,想匆匆地结束这场对话。

萱萱却摇头,说,不,妈妈,我想看看你。

庄合超觉得心里面咯噔一跳,难道这个孩子感觉到了什么吗?

好在这时候庄妙妙灵机一动,说了声,萱萱乖,妈妈在病房里值班呢,摘掉口罩,妈妈会被病毒传染的。听妈妈的话,早点睡,你一定能梦见妈妈。妈妈在梦里面等你哟。

萱萱终于笑了,说,好吧,那就在梦里面等妈妈。

萱萱到底很虚弱,还发着低烧,说了这些话,人就有些发蔫。庄合超当机立断,命令护士关掉了视频。

萱萱恋恋不舍地望着黑漆漆的屏幕,说,我要睡觉了,我觉得我今天晚上肯定会梦见妈妈的。

庄合超拍了拍她的脸,说,那就早点睡,萱萱记得要在梦里告诉妈妈,明天你要正式吃药,然后很快就会痊愈的。好吗,萱萱?

听得庄合超的话,萱萱终于虚软地笑了笑,然后迅速闭上了眼,似乎只要闭上眼,就能马上梦见妈妈了。

庄合超迅速别过了脸,不忍去看孩子脸上纯真的笑。

不管怎样,得到了"妈妈"电话安慰的萱萱终于睡了个好觉。

转天上午,庄合超明显感觉到萱萱的情绪稳定了许多。但她还是没有完全退烧,心率还是高,看来病情随时还会反转。庄合超又对萱萱进行了全面的诊断,衡量了各项指标,最后拍了板,抓紧上高剂量的附子。

他要求直接用到 50 克附子。

助手小周吓了一跳,连肖芸也大吃一惊。小周小心翼翼地提醒说,院长,为达温阳之效,常规是使用 10 到 12 克的附子,萱萱她还是个小女孩,您上这么大的量……

庄合超摇了摇头,说,现在必须超常规了。我们必须争分夺秒。

肖芸摇了摇头,说,合超,你又要……

一意孤行?庄合超苦笑了下。肖芸不由叹了口气,上次庄合超诊治冯平时就曾经超出常规量用药,她那时就埋怨过他一意孤行,现在他居然抢先说出了她的这句台词。

他挥了挥手,说,那就一意孤行到底吧。

肖芸注意到了他挥手的动作很果断,就没有说话。

萱萱上午 10 点服了药,所有的人又都紧张地关注,庄合超更是几次亲自赶来这间病房查房。他也不怎么说话,只是看看指标,偶尔摸摸萱萱的手足。

萱萱的四末转温了,萱萱的精神逐渐好转了。

到了下午,他终于收到了一直苦盼着的好消息,萱萱退烧了。

肖芸赶过来跟他报喜时,庄合超正静静地坐在值班室里,听见后也没有什么激动的神色,仿佛一切都在他的意料之中。肖芸看到他的双眼已经深陷了进去,目光仿佛凝胶般地望着前方,甚至超脱了悲喜。

她想劝他,却不知道怎么开口,就说,这消息还没告诉齐妈妈?

庄合超颓然摇了摇头,说,太残酷了,先等萱萱彻底好了吧,也许会很快……

她也不知说什么是好,就沉沉地叹了口气,说,你该下班了,去歇歇吧。

庄合超还是摇头,说,你休息吧。今晚我盯着。

肖芸欲言又止,又叹口气,转身走了。

庄合超还是干坐着,只望着窗外的天空发呆。太阳落下去了,暮色沉甸甸地铺了下来。

这时候所有的忙碌都过去了,那种迟缓而又沉重的钝痛便又兜头袭来。曾经,她和他离得那么近,他和她都不敢奢望将来,却都小心翼翼地感受着那份惊喜。只是没想到,这么快,甚至还没怎么开始,那些美好的期盼就全都烟消云散了。

也不知过了多久,护士匆匆地跑了过来,声音里满是惊喜,说,庄院,庄院,好消息……

她跑进来就吃了一惊,嘴巴和步子一起停住了。

天已经完全黑了下来，庄合超只开了一个小台灯，离他还很远，屋子里便有点黑。护士看到他们的庄院长就木木地坐在暗影里，似乎只剩一股凝固在黑黢黢躯壳里的精气神。在他身后的玻璃窗上，是梧桐树光秃而巨大的影子，风一搅，影影绰绰地舞动，隐隐地传过来许多细碎的啜泣声。

说吧，什么好消息？庄合超的声音还很平静。

护士说，萱萱的呼吸功能改善很大，心率已经接近正常了。还有，她吐了，吐的都是黏痰，吐了有小半盆，好像是卡在她肺里面的痰都吐出来了。孩子现在直喊饿呢。

庄合超这才站起身，向病房走去。

萱萱果然精神很好，看到他就问，这个药汤吃下去好热呀，是不是把我吃坏了，总是出汗？

庄合超摸着孩子的额头，说，出汗好呀，你退烧了，萱萱的阳气回来了。

萱萱说，那我还想吃饭呢，现在特别饿呢！

庄合超向病床边上的齐母笑道，那就更好了。孩子这几天没怎么吃饭，太虚弱了，需要补充。

齐母问明白了孩子的情况，知道萱萱的病情得到了有效控制，一颗悬着的心终于落了下来，连说，太好了，太好了，这个好消息回头一定要抓紧告诉美琳。

庄合超听到齐美琳的名字，心就是一阵抽痛，忙说，最近她可能挺忙的，有事情您先发微信吧。

他不愿看老太太有些疑惑的目光，低下头，说，萱萱加油，想吃什么呀？

萱萱睁大漂亮的眼睛，说，我想吃姥姥做的炸酱面。

齐母笑了，说，这孩子，跟她妈一样，就好这一口。等着啊，等咱们都出了院，姥姥给你做。嗯，那时候你妈妈也该回来了。

庄合超听了，眼眶瞬间就湿了，忙又拍了拍萱萱的手，说，好啊萱萱，也许过不了几天，大大就可以带你去放风筝了。

病房里响起一老一少的笑声,庄合超则默默地走出了病房。

已经很晚了,楼道里有些安静,他蓦地想起那晚齐美琳第一次带着萱萱来看老爷子,临走时正是自己送的她,两人肩并肩地走着。那时风把她的长发吹出了别致的美,清清冷冷的空气里还飘浮她的芳香。可惜那样美好的时光太短了,就像场梦一样。

甬道里,灯光如白雪般地铺在地面上,他隐隐地觉得那些青白色的灯光还在簌簌地闪着,好像是她的眼睛。蒙眬间,他看到她竟站在不远的前方向他微笑,笑容还是那么温柔。

他恍惚了下,定睛再看,前面还是幽冷漫长的甬道。

最近庄永昆也越发的郁闷了。

这个傻小子终于感觉到了景秀对他的淡漠。晚上八九点钟了,他一个人窝在屋里面,把头发揉搓成一蓬乱草,冥思苦想,为什么现在的景秀对自己爱搭不理了呢?现在她跟他之间,似乎只能谈谈公事,比如防护服的问题,而且她也是选择在群里面公开谈。对自己,她甚至连聊天私信都不回复了。

庄永昆躺在床上,忍不住一次次点开景秀以前发的朋友圈,从那里至少还能看到她明媚的笑脸。

忽然,他发现一张照片下有个人在点赞。他灵机一动,既然他能看到这个人的点赞,那这人肯定是两人共同的朋友,就点开了那人的头像,居然是个叫莉薇的女孩。

庄永昆很高兴,记得是自己在报考公务员时遇到的莉薇。她是公务员考试培训机构的,一个白白胖胖的女孩,很喜欢唠叨。没想到她也认识景秀。再一查,莉薇居然也在"大爱细流"群里面。

他就给莉薇留了言:你也是景秀的朋友哈,最近群里面怎么很少看见她露面呢?唉,还苦盼着她那批日本医用防护服呢!

他先说起了群里的公益项目,这是他和群里的人当前最关注的,他用这个话题小心翼翼地引出了景秀。

莉薇很快就回复了。两人热火朝天地聊了一番，庄永昆才知道，莉薇和景秀曾经在某家培训机构共事过一段时间，那阵子两人混得还比较熟络。

莉薇显然是个快嘴，见庄永昆很关心那批防护服，就直接语音甩出了一句话：你呀，这么快就把钱给了她，实在有点冒失了。景秀这人不靠谱的。

庄永昆大吃一惊，问：她怎么不靠谱了？

莉薇回复：景秀家里面太穷了，前些日子她家里出了事，四处借钱，还找过我呢。你把钱转给她，有没有要她留字据？

庄永昆问：没有啊，但我们的聊天记录，不就是现成的字据吗？没办法，我们想买一批防护服支援武汉，我原先谈好了一家，最后却黄了，正好景秀说她有渠道能在日本买到医用防护服。

莉薇回复了个诡异的笑脸，答道：她就是个三流大学的毕业生，能有什么渠道。当初在一起时，她土得掉渣，穷得连洗面奶都用不起。真要有个日本留学的同学，人家还会搭理她？现在她在咱们卫市，也是费了牛劲才找到的工作，住的地方也是跟几个人合租的。

庄永昆有些慌了，问：你说她家前些日子出了事，是什么事？

莉薇回复：听说是家里面欠债了。她不肯细说。她还找我借钱呢，我哪敢借给她。以前跟她聊过，她家原来住在老东北一处工人村的，穷得底儿掉。所以说，你那笔钱一下子转给了她，一定要盯紧。

庄永昆只觉脑袋嗡地一响，这才发现自己对景秀确实了解得太少了，除了知道她住在那个小区，就是看到她在疫情稍见平稳时就出去忙碌，每天来去匆匆。

照理说，景秀曾经那么热情地帮过自己，自己也不该怀疑这个爽朗的女孩。但问题是，按莉薇说的，景秀家里正欠着债，这几天又忽然间变得神秘兮兮，什么事都是不怕一万就怕万一……

果然，万一的事情真就发生了。

转天上午,庄永昆给景秀打电话,但打了三次,都是无人应答。

然后一连两天,景秀都是电话不接,微信不回,仿佛完全失踪了。直到这天晚上 7 点多,他才打通了电话。庄永昆的暴脾气又上来了,说的话有些急,上来就是劈头盖脸地一通质问。

景秀一直在静静地听着。

直到他那通暴风雨式的追问结束了,她才叹了口气,说,其实我一直在联系着,我日本同学那边应该是遇到了些难题,那边就是慢。另外,因为我也是催得比较急,让我同学很反感,她甚至认为,我是要倒卖防护服。

她的声音很低很柔,像风里起伏的雪花,透着强烈的无奈和失落。庄永昆刚才那通火刚发完,还在气头上,就笑了笑,说,你可别真的当那个倒卖防护服的人呀!

这个玩笑显然有些不合时宜,景秀在那边彻底沉默了下来。

沉了好久,她忽然问,我是不是给你们这种感觉?

庄永昆有些呆愣,竟不知怎么回答才好。

这次沉默显然如同灌了一杯冰水,瞬间让两人心里都冷飕飕的。他终于闷闷地问,为什么这么说?

她说,算了,你等我三天吧,不行,你们就报警。

她的声音有些抖,仿佛强抑着什么。庄永昆忙说,不,不不,我们等呗。

景秀那边已经挂了电话。

接下来的整整三天,景秀再次像消失了一样,杳无音信。庄永昆觉得自己的话说得重了些,心里面非常懊悔,几次打电话过去,景秀通通不接。

除了庄永昆,群里面很多人都在找她,催问防护服的进度。景秀也不搭理。

庄永昆心里彻底没了底。但想到那天景秀颤抖而又坚决的声音,便只得咬牙撑着,他要看看第四天会发生什么。

第四天正是庄永昆轮休的日子。快中午了,景秀却把那 4 万元退回给了他。同时还发过来一句留言:很遗憾,这批防护服没有买到。

终于等来了结局，却是这样的结果，庄永昆心里面很不是滋味，就问到底是怎么回事。

景秀给他转过来了一段合并转发的微信对话记录。

庄永昆认真看了，才弄明白，原来景秀果然是遇到了麻烦。她完全没有这方面的经验，又一心想着办成这件好事，压力又大，就一直在催她的同学。这种催问的方式，终于让她的日本同学产生了疑虑。日本同学怀疑她要拿这些防护服去倒卖，两个人在微信里争执了几次。

那位日本同学随即也遇上了新的麻烦。最近日本横滨港游轮事件在持续发酵，一艘 3500 人的大游轮中有人确诊，还有更多的人在发烧，所以游轮不能靠岸，横滨所有医院都是一级戒备状态。因为这位日本同学是直接找医院直供厂家订货的，在当前疫情紧张的时刻，医院随时会增加防护服的订货量，那么厂家很可能会把她追订防护服这件事告知医院。如果医院追责，就会吊销她的医生执照。

思来想去，这位同学干脆就给厂商打电话，让厂商直接把钱都退给了景秀。两个人在对话里还谈到了汇率，因为日元汇率涨了，景秀还要帮同学补上汇率上涨的差额。

翻完了两人这几天长长的对话，庄永昆越发有些堵得慌，她确实在闷着头去促成这件事，也许正是因为要拼力促成，结果用力过猛，反而搞砸了。他略略算了算，吓了一跳，因为现在汇率涨到了 6.7，所以景秀的同学再把日元换成人民币的时候自己肯定要往里面垫钱，而且还垫付了不少。这笔钱后来景秀都补给了对方。

他急忙打电话过去问。

景秀说，搭进去了几千块钱，没什么，就当是个教训吧。

他急忙说，不管怎么样，这笔钱不该由你出的。

电话那边静了下，然后景秀忽然哭出了声。这应该是她憋闷已久的哭声，带着很多很沉的委屈和无奈。许多年以后，庄永昆都记得这声呜咽。那哭声其实很短,就如同黑夜里忽然荡开来的流星光芒,闪一闪,就止住了,却有种钻心入肺的凄怨。

她急速地止住了哭,只是声音又有了些抖,说,对不起大家,想办好事还是没有办好,关键是这几天我老家的事也挺多。

他急忙问,你家里怎么了,也需要钱吧?我可以帮你的。

她幽幽叹了口气,没说什么,就挂了电话。

他有些着急,急忙打过去,却都被她拒接了。他没着没落地坐在那儿,像个犯了错的孩子。

过了会儿,她发过来长长的几段话:

可能莉薇跟你聊过吧,我家里欠债了。我上大三的时候,我妈稀里糊涂地给她好友做了担保人,结果好友欠债跑路了,我们家就这么凭空有了一大笔债务。我妈我爸都是东北小城市的工人,我妈老早就下岗了,我爸那厂子一直半死不活的。虽然他们跟我说,我只管学习,不用去管还债的事,但我还是在大三就开始出去兼职家教,两年省下来2万多块给了家里。

毕业后我一个人也要干好几份兼职。但疫情前吧,已经临近年关了,我家还差最后一笔钱。那边催得特别急,家里面已经没钱了,而疫情一开始,我兼职的那几份家教就全停了。然后这几天,向我妈催债的人简直就是火烧眉毛一样。我也只能四处找朋友借钱,东拼西凑的,也就在这几天给还上了。

所以这几天我也是很急,没心情在群里面说话。防护服的事,你应该都看明白了,我很早就把钱都打给我的同学了,哪想到最后她会怀疑我,然后又赶上了横滨港游轮事件,内忧外患的事情都赶一起了,只能说,想做好事挺难的,也许这就是人生吧。

庄永昆盯着这几段话,翻来覆去地读了几遍,脸上火烧火燎的,这时候他很想冲到她身边,想跟她当面表白点什么。

他再次打了视频电话过去。她还是拒接。

他只得发微信,说,对不起景秀,真想不到你遇到了这么大的难处。包括我也是,大家都误解了你。不过景秀,你有了困难为什么不来找我呢?我一直认为,我是你真正的朋友。

又过了好久,景秀那边才回复过来,仍是很长的几大段:谢谢你认为我是你真正的朋友,我也曾经这么认为。也许正是想跟你做朋友,所以才不愿意跟你谈钱的事。

不过我们之间的差异太大了,你也不知道我毕业前窝在四个朋友合租的出租屋里,拿手机狂刷招聘软件,一个月投出去五百份简历是什么滋味。最后一个星期我面试了十六家公司,那时候收入少,焦虑的时候头发一把把地掉,那又是个什么滋味呀。

你十七岁时老爸随随便便给你买块潜水表就花了 4000 多,而我爸那时候的工资还不到 2000。现在呢,你跟我聊天说,你要自己出去开公司创业,就等家里资助的第一桶启动金了,而我那时却还在为家里面最后一笔债务发愁。

这笔债务确实让我特别焦虑和自卑,也压得我连走路都比别人快几分。最难的是在去年 11 月份,我甚至考虑是否要去当个骑手了。我曾经发过誓,一定不要让老妈再受苦了。她已经吃了太多的苦了。我妈告诉我说,我两岁时她就下岗了,只能在农贸市场摆摊。凌晨 3 点就要去附近批发市场进点水产品来卖。要是在冬天,东北那地方最低温度是零下几十摄氏度,她没钱打车,只能冒着西北风,摸着黑骑车赶路。农贸大厅里面也没暖气,也那么冷,她要守在水泥台子那儿两三个小时才能迎来一个客人。我妈说,碰见客人时,她的心情反而最紧张。因为大家都下岗了,手头都挺紧,客人就会玩命杀价。我妈要保证把水产卖出去,又不能让自己亏本,每次划价砍价都是一次小型战争,太难了。

所以,我们简直就是生活在两个世界的人。你是个一直顺风顺水的富二代,而我是个一直在底层挣扎的负债女。我们之间差异太大,看问题的差异也太大。

　　但即便如此,我还是想为武汉做点什么。只不过我没想到,困难会这么大,误解和猜疑会这么深这么强。

　　很遗憾我最终没有买到那批防护服,很庆幸最后我还是把那笔钱及时还给了大家。

　　庄永昆心里面五味杂陈,急匆匆地也想写些心里话发过去。但他是那种理工男,不是文笔细腻的文艺青年,吭哧吭哧写了一堆话,却总觉得词不达意,干脆全删了,只写了一句话:对不起景秀,我们能见一面吗? 你要是不出来,我就在你们小区门口一直等你。

　　她很快回复:没必要啦,那个房子我已经退租了。

　　他很急,想了想,又写道:不论怎样,这笔汇率差额,还是我们一起担吧。

　　可惜这条信息没有发出去,一个突兀的红色叹号提示着他,景秀拉黑了他。

　　他急忙去群里找,才发现景秀也已经退了群。

　　庄永昆顿觉心里面又苦又涩,这时候竟没来由地想起爷爷临终前对自己说过的话。那是爷爷给自己上的最后一课,爷爷说,中医人的心量一定要广大。可惜自己还是没有把这句话真正悟透。也许自己的心量确实是不够广大。会不会,自己就此永远错过了景秀呢?

　　那个外表秀丽内心倔强的女孩,那道长发飘飘来去匆匆的影子,就如一团亮丽的烟花闯入他的世界,在他的心底绽放,但刹那缤纷后,马上又在他的世界里彻底消失了。

　　他坐在窗边,望着外面发起了呆。

　　他家的楼层低,能看到窗外的老树伸展着光秃秃的枝丫,很徒劳地托着那片灰暗阴沉的天空。树下面鹅卵石小径上的雪,早都被踩踏得乌黑了,草坪上还有厚厚的白雪,远望过去,刺目的大片银白里夹杂着一串串的黑,透出一种带着萧瑟的凌乱。

第八章

坚　持

萱萱一天天地好起来了。

庄合超每天都会去病房里看望这个特殊的小患者。小女孩的情绪并不高,因为这几天她都没有看到妈妈。

齐母已经知道了那个噩耗。

得知真相后的这几天是最痛苦最难熬的,齐母感觉自己跟死人差不多。她遭遇的苦太多了,但晚年丧女的这次打击,无疑是最大最痛的。她甚至都怀疑起整个人生来了。

为什么会是这样?她一遍遍地问自己,也问身边的亲友们,为什么会是这样呢?

老太太得到了很多安慰,但再暖心的安慰话也没什么用。最后让老太太暂时走出阴霾的,反而是她回忆起了女儿生前的一句话。那天,很晚才回到宾馆的女儿给她打电话说,妈,其实,这些年您真不容易,但您是个坚强的好妈妈……

那是女儿跟她最后一次通话时说的最后一句话。当时齐母听着虽然感动,却总觉得这话有些没头没脑,后来在这段最黑暗的日子里,她蓦然想起这句话来,却觉得女儿说这话时似乎有着什么预感一样。

这仿佛就是女儿穿越阴阳阻隔,在冥冥之中对自己最深切的劝慰和希冀。女儿知道自己这个当妈的这些年不容易,女儿在告诉她,不管怎样,您还是要继续坚强,继续做个坚强的好妈妈、好外婆。

齐母经常默默地念叨着这句话,女儿生命中最后的这句感慨让她看到了一道亮光。不管人生是个什么颜色,她决心一定要挺过来,也一定会挺过来的,因为还有萱萱。

这天,趁着萱萱午睡的时候,庄合超犹豫再三,终于对老太太说,伯母,我不知道自己有没有这个资格,我想,认萱萱作干女儿。

齐母的眼泪一下子就涌了上来,说,咱两家是两辈人的交情了,你这么说,我很感动,也确实,我很怕我有一天走得早了,萱萱就成了孤苦伶仃的一个人,这孩子命真苦呀……

庄合超忙说,好,我会永远把萱萱当自己的亲女儿来疼。而且您放心,美琳是人民的英雄,萱萱就是英雄的女儿,我们大家都会疼她爱她的。您也是英雄的母亲,您永远也不会孤单。

齐母垂下了头,慢慢地哭了。这些日子她已哭过太多次了,她甚至觉得自己已是被抽走了灯芯的蜡烛,变成了一段软塌塌的不会发光的蜡油。这时听到了庄合超的话,她竟恍惚间觉得,那根灯芯又回来了,自己还会发光,虽然老泪滚滚而下,但她知道,未来仍会有光明。

这是一次天弘医院例行的早晨碰头会,气氛很有些压抑,屋里面坐着的都是天弘医院的抗疫专家。他们的眼睛都紧紧盯着那几张 CT 片子。

呼吸科主任肖芸刚刚向他们通报了一个消息:卫市医疗救治专家组组长、天弘医院院长于湛感染了新冠病毒。

肖芸说,两天前,组长出现了发热症状,随即进行了核酸检测,目前结果显示为阳性。他已经在一线坚守了一个多月了,他太累了……

会议室里面就有人说,应该是那次气管镜清痰吧。当时正是深夜,那位七十多岁的大爷使用呼吸机时突然呼吸困难,组长判断他是出现了痰堵,必须立即做气管镜清痰手术,组长一定要自己上。那个患者气管里面的痰特别多,痰液从气道里面喷出来,甚至喷到了两米外的墙壁上,当时于组长的护目镜上被喷得到处都是。

不知是谁,又沉闷地叹了口气。叹息仿佛细碎飞溅的沙砾,尖锐地敲击在每个人的心头。给新冠肺炎患者插管和实施气管镜手术的医生是最危险的,因为那是在新冠肺炎患者的气道处于开放状态下的手术,裹挟病毒的高浓度气溶胶随时会从气道喷涌而出。

肖芸沉默了一分钟,才说,组长一直是这样,从来不退。现在的问题是,他近一段时间太劳累了,身体抵抗力很差,从片子上大家就可以看到,他病情发展很快。

CT片子上是明显的白肺。那一缕缕缭绕的白,仿佛烟鬼刚吐出的烟气,几乎覆盖了全肺。

众人的目光都有些沉重。

庄院长,肖芸忽然望向庄合超,说,于组长亲口说的,他希望你来给他主治。

众人都抬起了头。庄合超也有些意外,眼前不由闪过于湛那过早雪白的头发和越来越佝偻的背,就慢慢地说,好,我们共同努力,相信组长马上就会恢复健康的。

他的话说得有些含糊。他已经去病房看望过于湛几次了,现在的情况是,于湛年龄较大,连日坚守一线操劳,身体比较虚弱,病情确实发展得比较快,关键是他的地位比较特殊,这不由得让庄合超顾虑重重。

肖芸意味深长地望着他,说,组长的脾气你是知道的,这也是他深思熟虑的决定。

散了会,庄合超就又匆匆地赶到了病房。才两天,于湛就消瘦了许多,眼窝也有些凹陷了,也许正是因为瘦了,高度近视镜后的那双眼睛反而显大了些,目光还是挺有神的。

看见肖芸带着庄合超过来,于湛忍不住苦笑了声,说,可能我还是大意了,陈大爷的痰喷了出来,我最后处理得不细致,感染啦……有些惭愧啦,真对不起大家。

他说的陈大爷就是那位七十多岁出现痰堵的老年患者,也正是在那次气管镜清痰手术后不久,于湛被确认感染了新冠病毒。

庄合超忙说,你还是太累了。现在不要想太多,很快就会痊愈的。

肖芸说,当时患者气道里大量痰栓已经变硬了,要切碎后一点点夹出来,量太大。一次一刻钟的气管镜手术,于院长硬是做了一个多小时。

于湛问,那位陈大爷怎么样了?

肖芸忙说,你就不要再操心了。他的情况在术后有了明显好转,呼吸、血氧饱和度都趋于正常。

庄合超又补充说,陈老在术前出现的"炎症风暴",用了中药注射液血必净,这两天也已经完全控制住了。

于湛长长地哦了声,说,那很好,刚才我问了下我们的数据,我们现在的出院率快到50%了,最近一段时间没有一位转重型的,合超,你这位外援,功不可没呀。

庄合超没说话,只是用力地握了握他的手,感觉他的手确实很瘦。

于湛说,我有高血压和糖尿病。这两天他们给我进行了抗病毒、抗细菌和激素冲击治疗。不过啊,老庄,我还是想给你出个难题,我想试试你的中医。

他一边说着一边呵呵地笑了起来,当然了,在我心里,还是更相信西医的。但这些日子跟你在一起耳濡目染的,我很有些好奇,所以我想亲自体验一下。别有负担啊老庄,对于你来说,我只是个普通的患者。而对于我自己来说,这是个难得的实验。

庄合超看清了于湛的目光，虽然有些疲倦，却兀自闪烁出强烈的好奇。他知道，眼前的于组长是一位真正的学者，永远怀有一颗探究未知的赤子之心，所以永远是那么坦诚。

他俯下身，说，放心吧老于，你受苦了，我们一定会让你尽早回到工作岗位上。

于湛笑了笑，说，别说什么受苦不受苦的。再选择一次，我还是会给陈大爷手术。我们选择了做医生，就不能退，就要坚持到底。

他的脸已经很瘦了，又戴着口罩，这么咧嘴笑起来，皱纹就很多。望着那真诚的笑，庄合超的心就突地一颤，不知怎的竟想到了齐美琳。

得知了那个噩耗后，庄合超时常失眠，经常想，也许自己当初拦一拦劝一劝她，不让她去武汉，这个巨大的悲剧不就不会发生了吗？更多的时候他会扪心自问，齐美琳上有老下有小的，为什么要选择千里迢迢地驰援武汉？

这时候，他听见于湛说出了这句话，云淡风轻，又字重千钧，忽然间竟有些明白了齐美琳的心意。他和她聊天时，她跟他说过自己选择中医的初衷，那个她父亲留下的那张铅笔药方的故事，那是一个十九岁女生的骄傲和坚持。

选择了医生，就不能退，就要坚持到底。也许这才是齐美琳从来没有说出来的心里话。

一想到齐美琳，庄合超的心里便不由得有些波澜起伏。他强力按捺住那些情绪，双手按在了于湛的腕间，轻声说，老于，放松，我们现在诊脉。

现在于湛还发着烧，身体比较虚，这段时间他过度劳累，透支太多了。庄合超必须进行精准诊断，专人专方。

一搭上于湛的手腕，万千思绪便随着指尖的那一缕跳动而迅速消散了，甚至连眼前于湛那清癯的形貌也一同消隐了。庄合超的心神全凝聚到了指头上，那里仿佛有无数根精密而又无形的细线，飞速地传输着患者气血、经脉、机体等各种信息，有秋毫之微，有大观之象，终究是其大无外，其小无内，都化作阴阳、表里、寒热、虚实诸象,慢慢汇聚于心。

于组长,你的情况并不麻烦。庄合超说话时,目光又恢复了往日的锐利从容,首剂药用麻黄附子细辛汤合桂枝去芍药汤,三天后就可以上祛毒清肺汤了。不过,需要先停掉你的抗生素和激素治疗。

于湛说,照你的判断,这样会更快?

庄合超点点头,说,你的身体还比较虚,用中药补益气血、祛邪外出,效果会更直接。放心,你会很快康复,最多两周!

于湛爽朗地笑了,说,既然我要体验下你的中医,那就体验个彻底的。肖主任,照庄院长的安排,我们全停掉。他又有些疑惑地沉吟起来,免疫反应的过程是两周左右,新冠肺炎患者生病后的前两周是比较难熬的,我能不能这样理解,中医的治疗主旨,就是最大限度地激活人体自身的免疫力?

庄合超觉得这位专家组组长学者型的可爱一面又显露出来了,就说,中医认为,正气存内,邪不可干。这里的正气,就涵盖了机体免疫力。其实中医治疗传染病的原则是扶正和祛邪两方面。你所说的最大限度地提升人体免疫力,正是其中的一方面。

庄合超说到做到。三剂药后,于湛就彻底退烧了,各项指标趋好,病情也得到了有效控制。

这天上午,庄合超赶来看望于湛时,他已经改喝祛毒清肺汤了。

于湛很有些感慨,对庄合超说,真是神效!以前总觉得中西医结合是一句口号,对中医也多多少少有些偏见。我们作为学者,可以允许自己的见解有偏差,但一定不能永远偏差。这些日子我们一起打拼,这一次更是亲身体验,所以从做学问的角度看,我这次感染新冠病毒,还是有价值的。

庄合超觉得这时候学者气和孩子气兼具的于湛很可爱,便也感叹说,我跟国外的同行也聊过,中医的现代化进程中,我们还有许多事要做,需要我们努力的地方太多了。

于湛想了想,说,是的,现在中医药已经全程参与进新冠肺炎防治里来了，在全国范围内都产生了有目共睹的效果。你提出的许多疗法，都颠覆了我对中医的认知。以往总认为中医是个慢郎中，没想到，在这次新冠肺炎一般患者的急救甚至是危重型患者的抢救里，中医还有这么强大的优势。如果没有中医，不知有多少患者一旦陷入危重状态就无法逆转了，我们真的无法想象！

庄合超说，二十世纪以来，现代医学突飞猛进，西医的急救技术立竿见影，让人觉得中医在急救上没什么办法。其实这是一种误解，这种误解甚至广泛存在于中医人士内部。所以说，我们做得还很不够。

于湛眼里又闪出些沉醉的光，摇头沉吟着，也不是做得不够，而是中医西医这根本就是两种思维，统筹起来确实困难。有时候理论上完全无法协调，就只能用效果说话。比如前几天，冯平他们出现的核酸检测复查不达标的事，你从五运六气理论专著《三因方》中推出的那个正阳汤，效果就非常显著，虽然我对五运六气学说，还完全不能接受。

于湛说的事，发生在前些天。

天弘医院有几位新冠肺炎老患者出现了些新问题，其中就有那位美籍小提琴制作师冯平。他的病情当初也是一直反反复复，一度成为重型患者，后来被庄合超用祛毒清肺汤和麻黄附子细辛汤施治，迅速扭转了病情，前些日子首次核酸检测已经是阴性了，但第二次核酸检测又复阳了。

之前也有其他患者出现过这样的情况，算上冯平，天弘医院一共有了8位这样的患者。他们始终无法实现连续两次核酸检测阴性，也就达不到出院标准。天弘医院的几位专家都有些着急，患者首次核酸检测转阴后，又在第二次检测中复阳，治疗起来便感觉难以对症下药。

庄合超认真研究了这些人的病历，发现他们的身体素质都不大好，当时他正好施用《三因方》的正阳汤给萱萱治疗，效果还不错，便从中选择了5名患者，让他们停掉其他治疗，专门服用正阳汤，现在已经有3名患者连续两次复查核酸检测阴性，可以正式出院了。

正阳汤算是又解决了一个难题。出自宋代陈无择《三因方》的正阳汤，所根据的便是中医五运六气的理论。五运六气理论，简称运气学，本是《黄帝内经》的重要组成部分，是以年干推算五运，以年支推算六气，进而探讨自然变化周期性规律及其对人体疾病的影响。可以说，这门学说是近现代以来中医学里最受争议的部分，其传承也最为薄弱。

于湛也曾和庄合超聊起过这个课题，但是对于五运六气学说，于湛始终表示难以理解和无法接受。但偏偏出自该学说的正阳汤又有很实际的效果。

听得于湛又搬出了这个例子，庄合超不由笑了笑。这个话题实在太大了，他一时竟不知该说些什么，就又重重攥了攥于湛干瘦的手，说，其实就是我自己，对这门神秘而古老的学说，也正在重新认识。我们都在努力，一切都会好起来的。

于湛眼里也有光闪了闪，说，对，一切都会好起来的。

曙　光

庄妙妙已经出院了。刚出院，她就意外地收到了闺密朱丽的信息。

之所以说意外，是因为朱丽已经在微信上消失一阵子了。前些日子朱丽跟着她的富二代男友飞赴马尔代夫度假，开始那些天朱丽心情倒还不错，时不时地在微信朋友圈晒些沙滩游艇的照片，也会经常跟庄妙妙聊天，给坚守在武汉的同学们打气。后来不知怎地，朱丽的消息就渐渐少了，甚至庄妙妙发了信息，她也没有回复。

那段时日国内疫情艰难，庄妙妙也正焦头烂额，就没顾得上朱丽。没想到，这回朱丽自己又冒出来了。

这次她没有发碧海蓝天的照片，只是一段话：亲爱的，感觉有点没劲，这人生真没意思。我们快分手了。

庄妙妙大吃一惊,问,你们才刚刚热恋上就要分手了?

朱丽说,我们这才叫"新冠时期的爱情",爱情死于什么,死于熟悉!哪怕这里是马尔代夫,哪怕这里是度假天堂。两个人一天天从早到晚地腻在一起,缺少社交,没有工作,时间久了,那也是烦得要死。对方脸上的一个雀斑都像放在了放大镜下,看得无比清晰。想想人类真是可笑,说好的天涯海角天荒地老,居然敌不过每天二十四小时的卿卿我我。太熟悉了就会发现看不惯的地方,看不惯了会吵,吵起来了,彼此就厌了烦了,但两个人还得成天在一起。你说这是个什么生活?

庄妙妙于是打了个视频电话过去,难得地跟朱丽聊了会儿天儿。闺密之间的话题原本是亲密无间,没有任何缝隙的,但不知怎么搞的,现在庄妙妙觉得跟朱丽竟聊不到一起去了,似乎有了些隔阂。她就想起来,同样是闺密,前些日子和齐美琳在一起时就聊得很畅快,似乎是都在往前奔的两位骑手,想的说的哭的笑的,都是一个方向。现在再和朱丽聊,那感觉竟如擦肩而过的两个人,虽然贴得更紧密了,但都能感受到彼此交错而去的两股力道。

聊到后来,朱丽就笑庄妙妙活得不明白,庄妙妙则笑朱丽活得太明白了。

朱丽倒是同意,很无奈地说,活得太明白了就会觉得没意思。

庄妙妙那心理辅导师的职业习惯发作了,说,丽丽,其实你觉得没意思,并不是因为你活得太明白,也不是因为你们恋情告急,而是因为空虚。

朱丽就说,是呀,这不我们正拿着世界地图想换个地方度假吗,这个海岛是靠不住的,几乎没有正规的医院,来几个本土病例就会被击穿。可是现在,全世界也没几个安全的地方了⋯⋯

庄妙妙忙说,我说的空虚,并不是让你换个地方,而是干点有意义的事情,最好是你们一起做。哪怕你们想办法弄些医疗口罩邮寄回国内!

朱丽又回复了个疲倦的眼神,问,真的管用?

庄妙妙说,试试吧,行动起来,肯定管用!还有个好消息,虽然刚到3月,但最困难的时期,我们已经快挺过去了!

庄妙妙确实是这么看的。

她在日记里面写道:

2月20日,武汉新增治愈病例首次超过新增确诊病例。

2月22日,国家卫生健康委宣布,武汉和湖北其他地市、全国其他省份现有确诊病例数均呈现下降趋势。

2月27日,钟南山院士预判,有信心在4月底基本控制中国疫情。但是一个意想不到的情况是,中国境外新增病例超过了中国境内,带来了新的考验,中国也要提防可能的反向输入病例。

2月28日,国家卫生健康委新冠肺炎疫情应对处置工作专家组专家表示,目前武汉疑似病例数、重型和危重型比例、病死率均在下降,每日新增确诊病例80%—90%由疑似病例转来,充分表明疫情得到有力控制。武汉保卫战已经进入决战决胜阶段。

3月3日,张伯礼院士预判,通过分析疫情数据,武汉有希望到3月底实现新增病例基本"清零"……

一个个关键性的数字,终于到了疫情防控的决胜阶段了。

虽然还是需要咬牙挺住的时候,但我们有理由相信,大局已定,这一战,我们赢了!

我已经跟"未成名的戏曲大师兼十六线男星"阿锋老师商量好了,我们将捐献自己的血浆,去帮助那些重型、危重型患者。

未来都会变好的,只要我们每个人都发出了自己的光。

刘学仁经常跟庄合超电话联系。这位副市长已经巡视过几次卫市的新冠肺炎定点救治医院,虽然不能进入红区重地,却也给底下解决了不少实际问题。平时他也常从庄合超那里了解到许多一线信息。

这天刘学仁给庄合超打电话时,语气格外郑重,说,马上就要上会了,齐美琳同志会被追认为烈士,你回头请先转达给老太太吧。等她们出院了,形势都稳定了,我们会有个正式的仪式。

庄合超握着手机,沉默了片晌,才说,好,美琳是英雄。萱萱的病也已经没有大碍了,正在最后的巩固阶段,等着出院呢。

刘学仁听出了他情绪上的波动,就叹口气说,听说你最近很玩儿命呀,我记得你也五十了,是天命之年了吧,千万不能逞强了。老于已经倒下了,他的身体本就不大好,唉……

听得他的一声长叹,庄合超忙说,于组长目前也是情况良好,很快就会康复。

刘学仁说,所以说,现在你这个副组长肩头的任务就更重了。你更要给我照顾好你自己,把自己革命的本钱看好,不能太累太玩儿命了。庄合超院长,我让你现在就跟我保证!

庄合超也听出他说这话时的认真和焦急,忙说,放心吧,我跟老领导保证。你的身体怎么样,我的中药你按时喝了吗?

刘学仁说,一直按时喝呀,身体状态感觉还不错。不过,别太拿我这个病当回事,说实话,没有任何感觉。对了,你的慢性阑尾炎怎么样了?

庄合超说,最近小犯过一次,我们都一样,等着忙过这段,就去手术。

我感觉,这次大疫情,我们快要控制住了。这次前所未有的历史性大考,我们拿下来了!刘学仁说着抬起头,凝望着办公室外的夕阳,眼中燃起了一团霞光,说,这种感觉很强烈,我们的制度有保障,我们的人民很可爱。

庄合超说,是呀,最近我也在思考,我们中国的文化,确实有一种很强的向心力,所以中国人自古以来都是愈挫愈勇,越挫折越抱团,也就越坚韧。

他慢慢地吐了口气,说,曙光确实就在眼前了。虽然很漫长,但还好,一切都要变好了。

冯平终于要出院了。

这已经是 3 月中旬了。中国已经挺过了疫情的艰难时期,卫市的形势更是一片大好,市内各区已经多日无新增确诊病例,天弘医院也是持续多日没有新增重型和危重型病例,而一些老病号都开始陆续出院了。萱萱和齐母也已经出院了。

老冯算是出院比较晚的。他确实是岁数太大了,原本的基础性疾病拖累了身体的抵抗力,又经历了两次检测复阳,让他变得非常焦灼。好在喝了一段时日的正阳汤,冯平终于两次核酸检测阴性,各方面条件都已经符合出院标准了。

这一天正好是庄合超在岗,冯平赶到值班室来向他告别。于湛正跟庄合超说着事。于院长康复得比较快,两次检测转阴后只休息了几天,就又赶来上岗了。

两个人看到冯平来辞行,都挺高兴。

不知为什么,冯平的心情却很差,眼角似乎还有泪痕。一聊才知道,冯平一位美国邻居的小儿子去世了,竟也是因为新冠肺炎。

原来早在 2 月底的时候,国内疫情已经得到了基本控制,而在国外,却是多国新冠肺炎确诊病例攀升,全球疫情升级了。3 月初,美国累计确诊病例才 100 多例,可到了现在的 3 月中旬,全美五十个州就都有了确诊病例,确诊人数已经有数千。而在美国,得了病基本都要靠商业保险来解决,冯平那位美国邻居在保安公司工作,收入微薄,根本没有钱给孩子买符合条件的昂贵保险。那是个十三岁的少年,当时高烧不止、呼吸困难,就近送往一家医院时却因没有保险而被拒绝收治,在转院的途中,心脏骤停,不幸去世。

冯平很伤感地对庄合超说,我很喜欢那孩子,他跟我学过一段时间小提琴,他的手特别适合拉小提琴。呼吸紧迫、快要窒息,这情形我经历过,所以我一直不敢想象那个孩子生命中的最后时刻。他在生死一线的危急关头赶到了本来可以救他的医院，却被拒绝了。被拒绝的，其实是他对生的希望。

于湛也一直在关注疫情的大形势，便说，作为一名救死扶伤的医生，我对这种事感到更加痛苦，我想这也许只是美国同行的一次失误吧。还有就是，没想到美国现在的情况已经这么严重了。

庄合超说，我大哥正在美国讲学，他跟我聊起过这个话题。整个2月，美国人都白白丢失了。本来意大利病毒失控的前车之鉴就摆在眼前，但美国大规模的检测几乎没有，干预性措施也没有。

冯平哼了声，说，这群只会喊口号和甩锅的政客！还是我们这儿靠谱，国内疫情已经快结束了吧？

庄合超说，目前我们还不到松口气的时候，但已经有专家预测，有信心在4月底全国疫情得到基本控制。不过现在疫情已经蔓延全球，全球性的复杂疫情反过来又会对我们国内的疫情控制产生各种负面影响。

冯平叹口气说，我的签证也快到期了，该回美国一趟了。每年呀，我都要回美国一两次，大部分时间还是在咱们卫市。

庄合超不由想起了当日兴冲冲奔赴美国的大哥庄合兴，就问，既然您已经在美国打拼出来了，为什么还经常回卫市呢？

冯平愣了下，才慢慢说，怎么说呢，缺乏共鸣吧。虽然从证件上看，我已经完全是个美国人了，虽然已经在美国待了二三十年，但还是没有那种真情实感的共鸣。就感觉我在美国只是工作挣钱，没什么参与社会的成就感。

他说着又笑起来，关键还是我喜欢卫市呀，不单单是老朋友们都在这儿，这些年的工作重心也都转到了卫市。现在疫情这样的情景，看来我得申请延长签证了，能晚点回美国就晚点回去。

于湛说，经过了最严格的防控，国内将会成为最安全的地方，您近期还是留在国内的好。

冯平像个孩子般地望着他们，说，专家们再给推断推断，这次全球性的疫情,会在什么时候全部结束?

于湛礼貌性地笑笑,并不说话。学者型的性格让他哪怕是在聊天时,对这种问题也概不作答。

庄合超只得说,人类与病毒的战争已经进入了一个全新时期,新冠病毒很特殊,它肯定不会像SARS那样突然消失,甚至,它会像流感那样,成为今后这个世界的一部分,我们必须做好持久战的准备。

冯平点点头,对值班室内的医生们深深鞠了一躬,表示自己想在出院前,给庄合超、于湛等医护人员,拉上一段小提琴。

庄合超点点头,神情忽然肃穆起来,说,这也是我们之间的约定。那就请您给大家拉一段《梁祝》吧。

冯平没有推辞,稳稳托起了小提琴,脸上浮现出悠远而凝重的神色。

小提琴声响了起来,开始娓娓诉说一段古老的故事,像一阵从湖面掠过的清风,轻轻抚摸着大家的耳膜和心神。

这是一段庄合超很熟悉的旋律,却又是他这些日子里不敢再去听的曲子。记得当时在家里跟齐美琳一起听的还是古筝曲的《梁祝》,那时候自己还被她泡的茶的香气簇拥着。

小提琴声仿佛是一蓬雨,雨水顺着他的睫毛滴下来,汇聚成河,迅速地冲进心里面,冲波逆折,百转千回。也许他心里面本就藏着一条大河,只是蓦然间被琴声唤醒了,化成了雨,世界一点点地模糊了起来。

送走了冯平后,庄合超看到手机上多了一条信息,竟是哈曼发来的。这段时间他倒是偶尔和这位欧洲流行病学专家联系,两个人也确实需要及时交流学术上的信息,包括新冠病毒到底是什么,它到底从何而来,疫情何时会结束,中国的防疫怎么样,欧洲又有哪些经验教训,还有美国,到底是怎么走到了这一步……

半个月前,庄合超甚至向哈曼比较全面地介绍了祛毒清肺汤,哈曼对此也非常感兴趣,说,要把这份药方介绍给德国大学的两位中医教授,让他们实践下,现在的德国新冠肺炎患者人数增长得也挺快。

今天哈曼显然比较兴奋,在手机信息里滔滔不绝地发了一大段话,详述自己的病情:我亲爱的庄,你肯定想不到,我的眩晕症已经痊愈了。最初,你的中药确实在三天内就让我的病情有了很大的改善,但就像你判断的那样,没有完全好,我又服了一个月药,效果就不那么显著了,可是我已经没办法再找你开药了。好在我正要到美国进行一次学术交流,按照你的地址,我找到了你的哥哥。他用神奇的针灸帮我解决了困扰七八年的大麻烦。

看到这里,庄合超笑了,回复了一句,哈曼教授,您得感谢您的上帝,您的运气真不错,您很可能是我哥哥在归国前的最后几名患者之一。据我所知,他已经下决心,一定要回国了。

哈曼回复说,确实要感谢上帝,在美国疫情彻底失控前,我也跑回了德国。还有一件更重要的事,半个月前你介绍给我的那个中药方剂祛毒清肺汤,很有效果。虽然目前我们只是应用在普通型患者身上,但还是能看到它明确甚至是神奇的作用。我亲爱的庄,看来我们在法兰克福的那次讨论已经有了结果,积极的结果,你们这一代中医人,还在积极地努力。

庄合超眼前闪过这位德国老头儿执着的目光,心内不由热了下,就有股温暖的东西慢慢流淌开来。

他这一路奋力打拼过来,其实最想得到的是老父庄仲衡的肯定。也许是因为哈曼的年龄比老爸小不了多少,这时得到这个德国老头儿的肯定,竟让他突然间想起了老爸。真可惜呀,老爷子没有看到疫情大局已定的这一天,他也不可能再用那挑剔的目光审视着自己,给自己打一个严格的分数了。

他伸出有些颤抖的手,很缓慢地回了句,谢谢肯定,我们希望做得更好。

哈曼的话倒是很快就弹了出来,神奇的中医家族!不过,你还没有帮我完成那件事,那位神秘的 xu 医生,还没有打听出结果吗?

庄合超愣了下,立时想到了那晚老爸用虚弱的声音讲述的那个故事结局，霎时间许多影像和声音汹涌地冲进了脑际。

据庄仲衡说，当年庄凤梧书斋的那场大火过去之后，许多真相才慢慢浮出水面。

纵火的人应该是一个被辛东博买通的庄家用人，其实他最初的任务只是负责偷出那套白云堂孤本《伤寒杂病论》。可是这太难了，庄会长成天守着那套古书啃读，不看的时候便很巧妙地塞入书柜深处。庄凤梧的书斋里面都是书，一排排的书柜被各色古书塞得满满当当的，那套书塞进去后就如同一滴水汇入了河流，哪怕是庄秀薇过来，一时半会儿也找不到。

不知是不是辛东博给那个用人出了个馊主意，在书斋纵火。只要火势起来，庄会长一定会赶过去先抢他那套命根子般的白云堂孤本《伤寒杂病论》，这样目标就完全暴露了。然后，所有人都会赶过来救火，人多手杂，很容易就能把那套书偷走。

只是那个用人在放火这种事上完全没有经验，竟真的在书斋里面很实在地点起了大火。没想到那时候又起了风，火势很快烧起来了，而且那个用人也没掐算好时间，当时庄会长正出门送客，跟客人在街头又聊了一阵子，等回来的时候，火势已经很大了。

随后就酿成了那出惨剧。庄凤梧疯了般地冲入了火场，遭烟熏火燎就昏倒在了书斋里。徐良英赶回庄府的时候，火势已经完全不可控制了。但徐良英仍旧披着湿毯子奔进了燃烧着熊熊大火的书斋，硬生生把庄凤梧抢了出来。

可惜庄会长已经气绝身亡了。其实他烧伤倒并不严重，应该是忽然呛入烟气，窒息而亡。那套古书居然安然无恙，被他压在身子底下，烤得热腾腾的，却完整无缺。

庄秀薇哭得死去活来。徐良英跪倒在庄凤梧的尸身前，大声说，爹，爹，您安心走吧，这套书我一定给您印出来，您的心血，一定要让它传下来。

他想了想，又冲着庄凤梧磕了个头，喊，爹，您放心，我第二个儿子，一定要姓庄!

当时听庄仲衡说到这里,庄合超顿时恍然,许多年的猜想终于完整地串了起来,一时百感交集,心里不知是个什么滋味。

庄仲衡又说,我妈告诉我,她上面原有个哥哥,不到两岁就夭折了。但那也是个有名字的人,叫庄龙友,论辈分应该是我的大舅。我爸在我姥爷跟前发了那个愿,就相当于把我过继给了我的这个大舅,虽然这大舅早就离开了这个世界。但我从懂事起,就知道我爸的名字叫庄龙友,我爷爷大号庄凤梧。我爸徐良英做事很绝,一瞒就瞒了我大半辈子。他活着的时候,一直让我叫他姑父,直到他临去世前,我妈才敢告诉我真相。我叫了一辈子姑父的那个老爸,躺在病榻上奄奄一息了,我才哭着喊了他一声爸……

庄仲衡的眼神忽又变得缥缈起来。往昔那些模糊的影像,这时候却很清晰地在老人的心里闪过,仿佛石上的水痕都流尽了,被遮掩的纹理便很坚硬地显露了出来。

很小的时候,庄仲衡就觉得自己的家挺不寻常。家里面四口人,他是最小的孩子,但是他姓庄,而比他大六岁的哥哥却姓徐。他没有爸爸妈妈,只有姑父和姑姑。姑父和姑姑告诉他,他们就是他的爸爸妈妈。他们也确实待他很好,哥哥徐仲阳是他们的亲儿子,但得到的疼爱也远没有他多。在他心底,也真的当他们就是自己的爸爸妈妈。当然庄仲衡一直有着深深的遗憾,为什么自己没有亲生的爸爸妈妈,他们甚至没有留下自己的照片,爸爸庄龙友是个什么样的人,妈妈呢,她又是什么模样?姑姑庄秀薇对自己已经很好很好了,如果妈妈活着,对自己是不是会更好呀?

这个叫徐良英的姑父很不寻常。他是真正的一家之主,平时的话并不多,脸上也难得会有笑容,却是家里绝对的权威。卫市迎来解放的时候,庄仲衡也才十来岁,对家里面的事并不太明白,只知道姑父是位非常非常厉害的中医。中华人民共和国成立以前卫市的许多政要富绅都找他看过病,家里面常堆着达官贵人们送来的新奇礼品。姑父对这些并不大看重，都是很随意地堆在屋里。他的诊所里面也经常收治穷人，遇见穷得实在掏不起诊费的患者，姑父还会倒贴些药钱。

中华人民共和国成立后，表哥徐仲阳很骄傲地告诉庄仲衡，其实他老爸徐良英早就是地下党了，他利用自己卫市名医的身份，悄悄救下了许多革命同志，为组织立下过大功。

还是个孩子的庄仲衡不大明白姑父到底立下过什么大功，却发现中华人民共和国成立后姑父的身份有了些变化。姑父曾被要求弃医从政，但是姑父坚持自己只对治病救人感兴趣，当不了官，几经推辞，便仍是在自己的诊所里面行医，却终究还是成了别人口中的"领导"。少年庄仲衡对这些都不大了解，却能看出来姑父的干劲很大。也确实，刚刚迎来中华人民共和国成立，从老人到孩子，心里面都有种焕然一新的感觉。

也就在那个时期，庄仲衡在中医上表现出了超乎寻常的天分。姑父发现他这方面的天赋远远超过哥哥徐仲阳，很是欣慰，就在庄仲衡放学后，开始给他讲授医学。也就是说，庄仲衡的医术，真的是姑父徐良英亲自给带出来的。

姑父总喜欢给他和哥哥买风筝。庄仲衡打小就奇怪，印象里姑父是个不怎么好玩的人，为什么唯独对风筝情有独钟。姑父还深谙放风筝的各种诀窍，熟悉风筝在初飞、低飞和高起时该怎么放线。有一次姑父买了只牡丹彩蝶风筝，那只风筝彩绘得实在漂亮，把牡丹画在了蝴蝶身上，美得耀眼，可惜一上天就打滚。姑父捣鼓了半天，给蝴蝶一边的长尾巴内侧绑个不起眼的竹骨，再上天就稳稳当当了。

姑父有个名医的身份，在中华人民共和国成立前自然给不少国民党的高官看过病，在后来的那几次运动中，就不可避免地受到了冲击。在那个特殊年代，家里面经得几回风波，就穷得叮当响了。

姑父是个吃过大苦的人，经历许多波折，却依旧能默默地忍下来。他极少发火，但若是动了怒，吼上一声，家里面便谁也不敢再言语。当年庄仲衡寻死觅活的那场恋爱，被所有人不看好，因为他爱的女人，家里成分太差了，姑姑更是一百个不愿意，认为老二这是要给家里惹来新麻烦。关键时刻，徐良英喊了一声，他俩情投意合就好嘛，都什么年月了还要门当户对的旧思想？这一吼，那架势真是惊天动地，庄仲衡的恋爱才得以修成正果。

在那段年月里，庄仲衡看得出来，其实姑父也很苦闷，总是一个人喃喃自语着什么。有一天，外面起了大风，庄仲衡就看到姑父盯着外面摇晃的老树枯枝发呆。忽然，姑父眼中放起了光，然后翻箱倒柜地找出一个小盒子，打开来，是只折叠好的古旧风筝。几次风波后，他家里面没剩下什么老物件，只这老风筝盒子阴差阳错地幸存下来了。姑父兴冲冲地掏出小盒子里的物件，三下五除二就翻转拼接成一只硕大的老鹰。

庄仲衡认得这是小时候家里面挂在墙上的那只老鹰风筝，后来搬了家，这只老鹰风筝便被姑父收了起来，再不挂出来。他一眼看见老鹰头顶上那片红，立时就有许多记忆像苍黄的老照片一样从眼前闪过。那道朱砂红还是那样的明艳，像是一缕燃烧了许多年许多年的地火，又像是一道无声的呐喊，带着穿透了岁月的犀利。

姑父很得意地擎起了风筝，犹似还山多年的宿将忽又抓起了自己的战刀。他执意要出去放放风筝，庄仲衡劝不住，又怕他出什么意外，就只得跟了出去。

风很大很冷，河岸边没什么人。七十多岁的老人娴熟地抖着手里面的线，老鹰风筝很快就飘在了风中。风大的时候，小风筝根本没法放，这老鹰风筝舒展的双翼接近两米，虽不惧风，却也很考验人的气力和技巧。姑父却收放自如，轻轻松松地让风筝冲上了青天。

那时庄仲衡刚结婚，日子却过得很憋屈，就忍不住问，姑父，每天都是凄风苦雨的，您怎么还有这个闲心呀？

徐良英不语，只顾很认真地放着风筝。风小了许多，"雄鹰"却飞得越来越高了，跟着便如一只真鹰般在清冷的高空盘旋起来，带着一股睥睨世间万物的傲气和豪气。

徐良英仰头望着风筝，目光已变得柔软了，仿佛被风涤荡去了俗尘，才慢慢地说，因为我不会飞，风筝会飞呀。

那时候的庄仲衡完全没听懂姑父的话。

爸，我爷爷瞒了您这么久，您怨不怨他？庄合超的声音就在这时响了起来，将庄仲衡从回忆中捞了起来。

庄仲衡叹口气，说，说不怨是不可能的，甚至跟你们提起他时，我还是习惯叫姑父，叫了大半辈子了，改不了啦。知道了这个真相后，我才认真地回忆起你爷爷当年看我的眼神，慢慢地，我有点理解他了。唉，那时候男人的一诺千金，现在的人已经很难理解了。

屋子里又寂静了下来。庄合超胸中也涌起了许多滋味。他还没记事的时候，爷爷就去世了，他只见过爷爷的照片，但不知道他叫徐良英。父母不知为何也并不愿多跟他说起爷爷，虽然会偶尔说些他的神奇事迹，却并不提及爷爷的名讳。而在庄合超的心里面，一直就想当然地认为，爷爷就是爷爷。这时候听得老爸的话，庄合超才蓦地明白，这个一诺千金，说起来还真的是老爸心底深沉的痛呢。

庄仲衡又喃喃地说，当年最苦最闷的时候，我那老爸可能是太熬苦了，竟在个大风天带着我去放风筝。那时他说过一句我不大明白的话——因为我不会飞，风筝会飞呀！现在，我终于明白他的意思了……

庄合超倒没弄明白这句话有何深意，却忽然望见了老人眼里面的光，那光里面有种迥立于尘世之上的超脱。恍惚间庄合超有些懂了，从爷爷到父亲，骨子里都是这样，他们积极入世，又凛然超脱。也许人要活出自己的味道来，就得有这种超然和洒脱。

老人也在望着他，目光熠然一闪，仿佛想跟儿子传递着什么，随即那目光就如同燃尽的炭火般,光芒渐渐敛去了。

这就是庄仲衡在最后时刻给儿孙讲述的故事,从他姥爷到他父亲的结局,那经历风波的起伏人生,剥去了生命所有的华丽外袍后就袒露出了坚硬的真实,仿佛午夜里的胡琴声,荣衰悲喜都凝在一个调子里,让人听了心里漾出万千滋味,却发不出声。

此时想起来庄家这段最隐秘的往事,庄合超还是有些百感交集。他拨通了哈曼的电话,慢慢地说,哈曼教授,救治您父亲的那位卫市中医,姓徐,叫徐良英……

他想把这个有些漫长的故事认真地说给这位欧洲同行听。这个故事里有中医的传承和艰辛,有男人的血性和坚持。

讲述之前,他必须稳定一下自己的情绪,因为他眼前又闪过几十年前那场熊熊燃烧的火。他总有个奇怪的感觉,感觉自己曾经亲眼看到过那场大火,甚至他现在还能看见那团灼热的火光,那光影里蕴含着一个中医家族在人世间的奇异色彩,郁郁苍苍,层峦叠嶂。

尾声

武汉终于解封了。

庄妙妙带着何锋回到了卫市，开始隔离。

几天前，她的老爸老妈也是费了九牛二虎之力，辗转倒机，历尽艰辛，终于赶回了国内，目前也正在隔离中。当美国新冠肺炎累计确诊病例突破 30 万例的时候，庄合兴终于打定了主意，一定要尽早离开这个地方，还是回国安全。

庄妙妙在日记里写道：

> 你好武汉，好久不见。我们的武汉，终于回来了。
>
> 这真是十四亿人共同的心声。4 月 8 日这个解封的日子早就公布了，全国人民也早就盼着这一天了。
>
> 我特意没有选择在这一天离开武汉。我要在这个特殊的日子里四处转转。
>
> 催人泪下、惊心动魄、勠力同心、战天斗地……这些闪闪发光的词语在这个日子里反而显得苍白了。我最喜欢的一个词是，烟火。
>
> 我们 8 点多转到了汉口火车站，发现那里堵车了，而且堵了几公里。还有，武汉街头的几家热干面店也排起了队，当然，大家很自觉地保

持着一米以上的距离。

感慨呀，那个烟火气的武汉终于回来了。

有烟火气，才会有希望。

转回我这些日子暂居的小区时，我忽然看到了几个熟悉的身影。那是我们小区的保洁人员。他们还戴着口罩手套，捂得严严实实，正闷头清理着垃圾箱。他们的动作很慢很慢，缓慢是因为小心，也因为认真。我忽然有了种直贯入心的触动，真的是最平凡的人给了我最深沉的感动。

想想看，哪怕是在最困难的时期，小区的垃圾也必会日清日洁，电梯里甬道里每天也必会弥漫出消毒液气息，那都是因为有这群最平凡的人在默默地努力。我忽然想，"爱国、敬业、诚信、友善"的价值观印在宣传栏里，可能会让人觉得习以为常，但其实，这些信念是真正印在这些平凡人的认真努力中的。

也正是这些不起眼的平凡人，支撑起了武汉抗疫的半边天。我不由又想起了同样是清洁工的刘大妈。

亲爱的美琳，你无比挂念的刘大妈已经出院了，她还很挂念你，我们还无法告诉她你的事（写到这里眼睛又有点潮），刘大妈还给我发来了室内锻炼的最新照片。这张特殊的照片，还有我今天特意照的这些照片，我都发在这里了。

我知道，美琳你一定会看到的。

三天前，老爸已经带着老妈到了卫市。老爸在电话里告诉我，当双脚踏上故乡大地的那一刻，他居然哭了……

老爸在电话里跟我说，他这次被疫情彻底地打了脸，不过这是好事，至少让他看清了美国的嘴脸，跟好莱坞电影里完全不同的真实脸孔。

当然，虽然老爸说得义正词严，但我认为让老爸那么实际的人历尽艰辛跑回中国，最主要的原因还是美国那地方的疫情太吓人了，而现在，中国才是世界上最安全的地方。

我一直认为，我们的国，现在距离理想和完美，在很多地方还有差距，但大家一起建设呗，反正我们已经走在正确的道路上了。而且我们传承的文化一直是最有凝聚力的，看着自己的国家在自己的汗水中慢慢地变得更强更好，多爽！

好了，反正回来就好。老爸老妈要比我们更早地解除隔离。屈指算算，我们一家人团聚的日子也不远了。

现在到了反思时间了。爱反思的妙妙又要追问了，新冠病毒是什么？

说起来让人很无奈，病毒甚至不算是细胞，不能自己进行新陈代谢，只能算是一种结构简单的生命形式，或者说，是介于生物与非生物之间的一种原始生命体。可就是这种最简单的生命体，却让万物之灵的人类感到了自己的渺小和脆弱。在它面前，人类真的是弱不禁风。

新冠病毒是一个刚刚被认识到的生命体，也许它很早就存在于地球的某个角落里了，只是刚刚被发现，刚刚被上报。

很可能，它会长期存在。

这个世界，从此变得不同了。

黑格尔说，人类从历史中学到的唯一教训，就是人类从来都不会从历史中吸取教训。

但愿这一次，我们不要这样，千万不要这样。

当庄妙妙在卫市隔离点感慨万千的时候，庄合超也已经回到了自己的家中。连续作战了这么久，他被上级强制要求休假，而且现在卫市的防疫大形势一片大好，他也终于可以休息一下了。

紧张了这么久，忽然间松弛下来，庄合超竟有些茫然。他打开了书桌上的电脑，登录了电子邮箱。现在的即时信息传输手段太多，年轻人已经很少用电子邮箱了，但庄合超是那种工作起来一板一眼的人，许多文件还是习惯用邮箱接收或发送。前段时间太忙，根本没时间看，这时候打开一看，发现里面已经堆满了邮件。

忽然一封新邮件跃入了眼帘，发件人竟是齐美琳，他心中怦怦地一阵狂跳，定了定神才想起来，她习惯晚上熬夜赶稿子写论文，在武汉也是如此。看了下日期，竟是她出事前一晚发给自己的邮件。

邮件中的主要附件居然是她写的《国医天命》部分草稿。

在这本书中，她想从清代晚期开始，一直到现当代，系统整理出一些著名中医的生平事迹和医案，而且将重点放在了民国至中华人民共和国成立之前。她认为那时候国难深重，中华民族面临内忧外患，危机四伏，西医在中国以一日千里之势蓬勃发展，而中医则在西医的巨大冲击下面临生死存亡，自身学术理论体系的清理与重建都迫在眉睫，那个时代的著名中医们最艰难，也最坚强。

庄合超不由得感叹，齐美琳选取的这个视角非常独特，她想系统挖掘那个时代的资料，梳理出那些代表人物的故事，再整理出他们的精彩医案。但这个选题显然任务太过艰巨。她辛苦忙碌了许久，也只刚刚完成了十七万字的前半部分。其中有一部分民国抗疫的内容，已经被她放在了网络上。

他看到她在前言中写道：

　　过去的、未来的，中国的、世界的，所有医生都分两种，一种是所谓常规操作的医生，他们只是按照医学要求去做，循规蹈矩，也能积累经验，水平也会循序渐进；另一种医生则是"先发大慈恻隐之心，誓愿普救含灵之苦"，他们是真正让这世界生生不息的仁者。我想，后一种才能成为真正的仁医，他们不畏艰难困苦，不惮风霜雪雨，不管顺境逆境，始终负重前行。

这就是大医的境界,他们背负着"大医受命于天"的"天命"。

他们就是所谓的苍生大医。中医的至高境界,也是至精至诚,成为苍生大医。

在前言的后面,又附了几行小字:

合超,上面这些道理,其实我在上学时,早就在书上读过了,也背过也考过,但从来没怎么入脑。直到我看到你眼里密布的红血丝,看到你那些天里苍白凹陷的双颊,特别是看到你试药时抽搐的身体,还有,那天拥抱你时感受到的你瘦硬的肩胛,我才真正明白了这些道理。

最近几天我总是想起我们去法兰克福开会的事,那次的主题正是古本伤寒论研讨,而前几天看到你发过来的《伤寒问心录》的照片,看到上面老爷子密密麻麻的蝇头小楷注解,还有他亲笔摹写的那幅"仁者爱人,生生不息"的扇面,我就想起了他讲过的那些民国抗疫往事,也许法兰克福会议上哈曼关于中医的追问已经有了答案。

我忽然想,茶分五行,紫砂壶里应该也有五行。如果以茶叶来喻,我喜欢的武夷肉桂属于岩茶,必然是五行属土。以紫砂来喻,你家里那款大红袍泥料的紫砂壶,应该就是五行属火了吧。

所以,你那天让我认真想想的年龄问题,其实我早已经想好了呀。

他怔了下,才想起那天心情激荡时,自己曾感慨年龄太大了。虽然那时候她已经给了自己答案,但这次在邮件里,她又用了这样一个五行相生的例子,将他喻为火,她则自喻为土,火生土……

很相合的搭配,很巧妙的比喻。

这是她离开这个世界的前夜给自己发的邮件呀,他盯着屏幕,淤积了许久许久的泪水,骤然间涌了出来。

江河，是穿越卫市的一条大河。"江河"这名字朴实简练，一如卫市人的风格。近年来政府在河两岸做了很多景观改造，沿河带状公园随着河势蜿蜒错落，有种举目烟波翠的天然风韵。以往河边少不了喜欢热闹的卫市人在放风筝、钓鱼、踢毽子、跳大舞。疫情突起后，十里葱翠的江河岸边就变得冷寂空旷了，连个人影也看不见。

这几日，江河边上终于又有了生气，慢慢地又开始有人在遛弯儿、锻炼。难得今天轻闲，庄合超就开车带着齐母和萱萱一起赶到了江河边。带萱萱出来放风筝，这是他早就答应了的。

眼下还是上午，江河岸边的人并不多。萱萱也是被闷得太久，终于能出来玩儿，情绪就好了许多，一路上不停地问这问那。跳下车，更兴奋，侧头望着庄合超，问，庄大大，你会放风筝吗？

庄合超说，叫干爸。

小女孩有些羞怯地笑笑，小脸红了起来。

庄合超有条不紊地整理着手里的风筝。小时候，他还确实跟着老爸庄仲衡放过风筝。爱动脑子的他玩起风筝来，也很快就钻研出了大致的门道。虽然这玩意儿丢下很多年了，但现在再拾起来，庄合超也并不陌生。他还特意从家里找出来这样一只不大不小的锣鼓燕风筝，是他老爸庄仲衡收藏的"风筝魏"代表风筝。风筝那展开的双翼上还画着象征和和美美的荷花与鸳鸯，还缀着几只红色的蝙蝠，像红灿灿的花，更增了几分喜庆。

之所以翻箱倒柜地找出这只特色风筝，是因他想起了祖父徐良英当年将锣鼓燕风筝烧给两个早逝儿子的旧事，现在他也要给冥冥之中的齐美琳"敲锣打鼓、鸿雁传书"一番。燕子造型会让人想到春天，而在这个春日里，放飞一只会打鼓奏乐的锣鼓燕，也确实有别样的意义。这个冬天太久了，现在春天终于来了。

萱萱对这只古老的机械动态风筝很好奇，伸出小手拨弄着燕子背后的带有风轮的锣鼓架。庄合超弯着身子给孩子讲解，这种小风轮都是带有拨片的，风筝升空后风轮被风吹动，就会拨打小鼓。

仰起头，他又看到了河对岸保存良好的民国时期租界的高楼。高大的老派欧式建筑在晨曦下泛着古旧的光，仿佛在用一种历尽沧桑的平和目光注视着眼前穿梭熙攘的车流人流。他不由生出种古今交错、宛若隔世的恍惚。

风筝升起来了，开始飞得并不顺当，忽起忽伏，却果然有悦耳的锣鼓声随着风飘飘摇摇地传了过来。

萱萱看着，一会儿欢呼，一会儿惊叫，最后终于看着那只燕子矫健地御风而起了，便鼓掌喊，庄大大，好棒，大大好棒！

庄合超抖着风筝线，说，看好了啊，一会儿干爸教你怎么放风筝。

这是个很清爽的大晴天，他仰着头，便被满目的金黄晃了眼睛，一时间许多的记忆都涌了上来，跟那些刺目的阳光一起在眼前翻腾着。有些清晰的影像是最近亲历的时光，有些模糊的影子则来自听父亲转述的爷爷当年的事迹，更有些依稀的窈窕身影，亦真亦幻，那是自己常梦见的齐美琳。他曾不止一次地梦到自己和齐美琳一起带着萱萱放风筝。这时候他甚至觉得她就在自己身边，伴着那云里风里传来的清脆鼓声，她跟他一起仰望那片金黄，跟萱萱一起拍手笑着。

萱萱望着悠然高飞的风筝，忽然说，大大，你教我中医吧，长大了我要当中医。

庄合超觉得心口热了下，有些替齐美琳欣慰，又有些怅然于这孩子永不改口对自己的称呼，便也执着地说，好，干爸教你。

萱萱很高兴，说，我从这么小就开始学，长大了一定会是个好中医吧？

庄合超声音微颤起来，说，一定会的。萱萱长大了，一定会成为妈妈那样优秀的中医！

好呀，谢谢。萱萱抿了抿嘴，兴奋的小脸蛋上酿出了绯红，终于喊了声，谢谢干爸！

那声"干爸"很清脆地飘向空中。庄合超听到了，心里却似翻江倒海，和齐美琳的许多画面从心底倏地划过，悲的、喜的、怅的、悔的，许多情愫齐齐轰鸣。他的手不由抖了抖，那风筝竟似感受到了什么，摇晃着掉头扑下来。

好在这时起风了，风筝就如被激流荡起的轻舟，猛地仰起头，几个转折便冲到了风口上，燕子的双翼被阳光照得金芒闪耀，鼓着风，在藏蓝色的天宇中渐升渐高了。

萱萱欢呼起来，干爸好厉害呀！

庄合超侧头望着萱萱。小女孩的眼睛很亮，眼里有朝阳彩虹，有天光云影，也有一条碧莹莹亮闪闪的江河。

后记

　　这部小说写得很辛苦,很多时候我们都以为要写不下去了,因为难度太大,难点太多。小说的主题是抗击新冠肺炎疫情,这是万众瞩目的大事件,而且它的时效性太强,直到现在,新冠病毒仍在全球肆虐。所以我们常常疑惑,写时效性如此强的大事件,是否会缺乏思考的深度?

　　在《天命》中,庄合超和齐美琳都曾在很深的夜里,看到高楼上的许多家庭还亮着灯,感觉到那些灯火就是一双双眼睛,满是渴求地望着自己。这一段确实是我的真实感受。动笔写《天命》时,常在许多个绞尽脑汁的子夜里推开键盘,绕室踟蹰后,站在阳台上远眺夜色里未熄的零星灯火,许多人已倦了,许多人仍无眠,能听到整座城市在吃力地呼吸着,藏青色天穹下是一派大音希声,庞大的寂静其实是最深沉的叹息。

　　好在创作的过程使我们学到了很多,一次次灵感上的激荡碰撞,让我们渐渐达成了共识,在这样影响深远的大事件上,文学必须发声,而用长篇小说的形式,对时代精神和时代变化进行呈现,又最为深刻动人。

　　那么,就勉力前行吧。

　　我们查阅了太多的资料,饥不择食地吞下了各类素材。可能有的朋友已经从这部《天命》中看到了某些新闻事件的影子。我们发现,包括一些抗疫题材的电视剧也是如此,每个单元的剧情都来自真人真事,因为那些痛苦的、凄美的、感人的、平凡的真实故事,才是疫情时代真正的人生呀!

我们希望写一部写实性尽可能强的小说，希望能尽可能广大而真实地展现疫情突发下那些坚韧抗争的细节。所以，小到用《三因方》里的正阳汤治疗二次核酸检测复阳的患者，大到齐美琳的猝然离开，都有现实事例的影子。当然，就如同小说男主人公庄合超名字中的那个"合"字，许多人物和细节，经过小说笔法的聚合提炼，已经不能与现实"对号入座"了。

小说中的祛毒清肺汤，当然源自著名的抗疫通用方剂清肺排毒汤，而庄合超这个人物已经与清肺排毒汤的原研发者没有什么对应性了，甚至这个通用方剂的研制过程也经过了艺术处理，情节上更加曲折。

景秀从日本采购防护服的那段情节，也是来自我身边一位作家朋友的经历。同样是联系国外的朋友采购医用防护服，同样在最后功亏一篑。虽然好事没办成，但我觉得，这种普通人的默默努力尤其可贵。

小说中的美籍华人冯平，现实中的原型是我的堂兄。我的堂兄就是一位美籍小提琴制作家，就如同小说里的冯平一样，他的事业和许多老朋友都在天津，所以他一年中的大部分时间也在天津。疫情开始后，在国内最困难的时期，堂兄也不愿离开天津，直到9月份，延长签证停留期满了，才依依不舍地离津返美。当然，谢天谢地，我堂兄从没感染新冠肺炎，而且他也不是个"中医黑"。

同样，小说中的这些中医案例也几乎全部来自现实。虽然小说允许艺术夸张，读者也不会按照书里面的专方来照方抓药，但我们仍然希望小说中的医疗细节都有实际治疗案例的新闻、访谈等材料作为依托。我们查阅了大量中医抗疫资料，希望尽可能多地掌握那些现实中的中医抗疫医案，感觉这也是一次难得的学习过程。在此，我们也真诚地向这些给予我们启发的可敬的中医人一并致谢。

在小说创作的研讨中，曾有专家认为小说中所写的中医治疗效果似乎过于"神奇"了。其实如上所述，小说中的方剂构成、病理分析乃至疗效，都来自实际案例。让读者们觉得神奇，一方面说明了我们作为写作者的笔下细节功夫仍需提升，而另一方面，这些神奇恰恰又不是小说的艺术夸张，而是许多现实中医案例原本的样子。

就拿 2003 年的 SARS 来说，当年国医大师邓铁涛曾在采访中介绍，他领导的广州中医药大学第一附属医院在抗击 SARS 的战斗中做到了"三个零"，即零死亡、零转院、零感染。

在这次疫情防控阻击战中，张伯礼院士曾表示，根据多项临床比对研究的结果，中西药结合治疗在各项数据上明显优于单纯的西药治疗。

这次的中药通治方剂清肺排毒汤，在试点省份临床观察中就曾创造了总有效率 90% 以上的佳绩，甚至在某省的初步观察中，患者服药后发热症状在 3 天之内就全部消失，核酸平均转阴时间大概 10 天左右。

从这些数据可见，小说中的某些情节，其实反而是故意降低了中药专方的疗效，以便提升故事的张力。

我们知道，不管怎样，对中医的质疑会一直存在。甚至我曾经采访过一些中医专业的大学毕业生，他们也同样对中医有所怀疑，而且有的人怀疑程度还挺高。就像小说中所写的，在遇到庄合超之前，即将博士毕业的齐美琳对中医的体系和疗效仍旧没有信心。而现实生活中，怀疑中医的人就更多了，甚至在查找资料的过程中，我常能在一些报道中医治疗新冠肺炎疗效的新闻下，看到不少"中医黑"的留言。对于小说家而言，一部小说只是呈现和提问，不会给出具体的答案，也不会强迫读者去接受某些观点。在这部《天命》中，我也只是尽力做到了呈现我所触摸到的现实。

其实对中医的质疑很早之前就存在了，至少在民国，就有了数次怀疑和批判中医的大辩论。1929 年，在南京国民政府卫生部召开的第一届中央卫生委员会上，中医更是遭遇了《废止旧医以扫除医事卫生之障碍案》提案的致命风暴，随即引发了各地中医代表参加的全国中医抗争大会。这些历史事件，也成为《天命》中民国叙事线的主要故事背景。

小说中这条民国叙事线还讲到了 1932 年那次几乎席卷了全中国的霍

乱大疫情。那几乎是中国有史以来霍乱泛滥最广的一次，从四川、陕西到上海、武汉、南京等23个省市、306座城市均出现了疫情。霍乱疫情沿着铁路、公路、水路等交通线快速传播到了内陆各省，尤其是传到了西北等地区，由于缺乏相应的医疗条件，造成了数十万人死亡的大惨剧。

1932年5月，天津塘沽地区也发现了霍乱疫情，当时的国民政府铁道部指示北宁铁路管理局做好检疫工作，设立检疫员，对往来乘客实施检疫。也正因为当时上海、天津等大城市的防疫设施条件相对较好，所幸没有出现较大的人员伤亡。《天命》中民国时期的卫市，属于当时近现代化程度较高的华北地区大城市，本不应有较大的疫情，所以小说中卫市民国霍乱疫情的一些历史细节，更多的是取材于当时的关中地区、成都、武汉等地的抗疫资料。

之所以要在这部当代中医抗疫主题的小说中加入一条民国叙事线，其实就是想彰显中医一直以来所面对的各种艰难，还有中医抗疫一以贯之的坚持。中国历史上每一次的大疫情中，都有中医医家们挺身抗疫、奋勇前行的身影，而民国的中医们正逢国家内忧外患和中医事业命悬一线的双重夹击之下，回望那个时代中医抗疫的故事，更艰难、更跌宕，也更悲壮。

小说中庄凤梧全力抢救的白云堂孤本《伤寒杂病论》，也有其历史背景。在二十世纪三十年代，确实有比较著名的所谓"古本"《伤寒杂病论》被发现，如长沙古本、涪陵古本等。其中尤以白云阁本内容最全，较为完整。这是黄竹斋先生1935年抄得桂林名医罗哲初珍藏其师左盛德1894年所授之白云阁藏本《伤寒杂病论》（白云阁乃左盛德书斋名），1939年在西安刊印面世，后来又被称为桂林古本。这些古本虽然真伪难定，被多数学者提出质疑，但仍颇为医家所推崇，对于学习《伤寒杂病论》具有很高的参考价值。

想强调一下的是，《天命》虽然一直小心翼翼地力求与现实和专业细节的合拍，但终究是小说，小说的任务是创造，而不是简单直接地展现现实，所以《天命》中的某些细节未必会完全与实际契合。

比如，现实中像于湛这样的省市级医疗救治专家组组长，应该有很多复杂的任务,除了要坐镇市里的疫情防控指挥部统筹指挥,还要经常参加新闻发布会,还会主持医疗救治专家组的视频会诊,以及针对广大一线医护人员的视频培训。他的主要身份是一位"统帅",而不是披坚执锐的将官,虽然他也会亲临病区现场指挥,负责危重患者会诊,但是他感染新冠肺炎的概率应该是很低的。所以,《天命》中于湛与庄合超这样的市级医疗救治专家组正副组长,直接负责危重患者诊疗的某些桥段,还是属于"小说笔法"。

同样的,《天命》中的卫市,虽然与天津有很多相似之处,但终究是一座"小说中的城市",并不能与现实中的天津简单对应。实际上,天津的累计新冠肺炎确诊病例是比较少的,疫情防控和医疗救治都颇为出色。

又如,齐美琳随援鄂医疗队驰援武汉,在一家定点医院工作,即便这家定点医院也推行中西医结合诊疗,但面对刘大妈这样的老年患者,以西医为主的医院只怕未必敢放手让一位经验不算丰富的青年中医全面负责。

还有一处细节,庄仲衡病危期间,庄合超开始时还在卫市抗疫一线天弘医院奋战,而在其负责的患者冯平转危为安后,庄合超又及时赶回了家,见了老父最后一面。但那时候应该是2月,正是抗疫最紧张的时期,按照防疫规定,在一线红区紧急抗疫的主治医生似乎不能立即出院赶回居民区的。我为此咨询了天津的专业人士,似这种老父病危的情况下,抗疫一线主治医师能否即刻出院回家,得到的答案是很可能不行,因为防疫政策不允许。不过,通过网络搜索发现,现实中某些地区确实有类似于抗疫一线医生因父亲病危而立即请假回家的新闻。这段情节,我和治邦老师推敲再三,最终决定,仍然让庄合超回去见老父最后一面。

写到这里真要感慨一句,不得不说,现实中抗疫之艰辛与悲壮,甚至会超出小说的设计。

在此特别要感谢几位朋友。天津中医药大学第一附属医院南院急症部刘学政医师,作为天津中医一附院第三批援鄂医疗队队长,给我们详细讲述了中医一线抗疫的情况,并热心解答了相关专业性的问题。冯东升、柴宏彬二位大哥以及作家好友陈渐、江南雪和夜传杯,在细节上提供了许多珍贵资料。对了,陈渐就是前面提到的组织从国外购买医用防护服的那哥们儿。更要感谢杭州中医专业的刘道渺和董超超二位老师,百忙中仔细审读了小说的中医桥段,给出了许多中肯的专业建议。他们的热心与用心,让我铭感不忘。

当然,最让我们感动的是天津市委宣传部和天津市作家协会的各位领导和老师们,他们一直在背后默默地给予了我们很多支持,特别是多次邀请专家对小说细节进行探讨。很多专家拨冗详阅了小说,并给出了细心的建议,在此真诚致谢。

《天命》这部小说结束于武汉解封。也是在那 4 月间,我在天津海河岸边又看到了蓝天白云间悠然展翅的各式风筝。春风渐暖,游人渐多,飘摇升空的风筝也带着人们的心气冉冉向上。

如今写下这篇后记时,庚子年已经过去,人们的生活却已因新冠肺炎疫情而改变了,每个人都经历了艰难。这其实就是大时代,真正需要写作者去认真思考、回应和呐喊的大时代。

而这部小说虽是以中医抗疫为主线,其实是想尽可能全面地描绘新冠肺炎疫情下的百态人生和国人上下同心的奋勇抗争。中医抗疫更像是一条贯穿线,用这条线将全民抗疫的中西医精英、政府官员、基层服务人员等多层面的人物贯穿起来,更广泛地展现国人守望相助的精神力量。当然,这只是最初创作时雄心勃勃的想法,待真正动笔,就犹如登上了一艘在浩渺大河上漂泊的夜航船,寂夜远行,穿越百年,既见当下的波澜壮阔,也回望过去的浩荡长流,可惜那些月色下的光影太快太急,越是急切地想描摹,越觉其艰难,而于时代之感悟,更需长久沉潜的耐心和超拔的大智慧。所以,浅薄如我,也只能知重砥砺,尽心向前。但这终究是一次激动人心的远行,我们会永远记得两岸那别样的风景和那些不甘的灯火。

可能完成一件困难的任务会让人有种成长的感觉。《天命》的写作,确实让我们感觉到了自己的浅薄和不足,但我们知道,面对艰难时,无论是个人,还是我们这个群体,都会焕发起体内蛰伏的力量,凝聚起一股真精神,学习着跃向更高。

王晴川　李治邦

2022 年 2 月 27 日　天津